U0675466

绿野形踪

张永智作品集 |下|

张永智 著

作家出版社

第五辑

尔言散语

这世界在我的眼里美妙无比，所有灿若霞蔚的瑰丽想象，就像花影扶疏的月境下敷衍出来的一个个精彩的故事。坐在遥远的传奇里诵读，有深深浅浅的依恋，有浓浓淡淡的温柔。我用清澈明净的一颗纯心，透过时光五彩斑斓的光泽，小心翼翼地欣赏着这个缤纷世界的一切美好，并将这份美好植根于心，直到记忆之外，直至韶华老去……时光流转，人生短暂，喧嚣的城池里，弥漫着一种朦胧的雾气，恍若紫气东来的一朵祥云，在一潭秋水之上悬浮缥缈，散发着惝恍迷离的光晕。

人生漫漫，岁月悠悠，然值得庆幸的是，当现代文学在盎然的春日里开始萌芽时，我也在我的精神世界里如约地诞生了，并从此徜徉在文字游戏里。和大多数热爱文学的朋友一样，谈到文字，总会自豪地冠以"自幼喜爱"的字样来形容自己与文字的深厚渊源。是呀，当人生之秋的暮霭笼罩心田的那一刻，回首走过的半个世纪的旅程，无限感慨的我信手翻开人生的履历，那些或清晰或久远的笔触，依旧飘逸着悠悠的、淡淡的墨香，那些曾朝朝暮暮陪伴我生命年轮的文字，每每浏览之际，总有着无数的温馨，瞬间悸动不再年轻的心……

乡音

前几天，收到爱人的来信。爱人在信中说：我从未见过这样美好的春天。每天在地里干活，不但不感到劳累，那爽心悦目的春色，反而使我增加了力量……

看着信，我不禁陷入了沉思。其实家乡的春天在我的记忆中向来是美丽的。奇怪的是爱人，她那饱经风霜的眼睛，怎么突然迷上了家乡的春色？

当开往陶亥召的长途客车一头扑进家乡的怀抱时，我的心醉了。车窗外那满目的青绿，真使我感到像是儿时依偎在母亲的胸前，享受着母亲的爱抚。

我怀着激动的心情回到家中，爱人下地干活去了。我便按照邻居的指点向我家的责任田走去。

那天已是傍晚，火红的夕阳拥抱着我的家乡。我走在乡间的小路上，和煦的春风牵动着我的衣襟，似乎要留住我的脚步。刚刚放叶的葵花苗儿随风向我点头致意，在晚霞里泛出碧绿碧绿的亮光；路边泛绿的杨柳直立着，青嫩的叶子哗哗作响，好像我儿时那些生气勃勃的小伙伴在田野里纵情歌唱；排水渠道边吐絮的红柳轻柔地拂动着，那温顺腼腆的形态，多像家乡那些纯朴而又多情的姑娘；我回头张望，起伏不平的沙梁也穿上了绿色的衣裳……

我伴随着家乡春天的节奏，在这绿色的海洋里欢快地走着。

终于，我看见了爱人弯着腰正在为小葵花苗儿施肥。我悄悄地过去，夺过她手中的化肥盘，她直起腰来，我突然发现她脸上被生活的利刃刻下的皱褶，在看到我的那一瞬间，一下子褪得精光。

在回家的路上，我发现爱人真的像给我的信中所说的那样，变得年轻了。她迈着轻松的脚步，不时地用手抚摸着她那两条长长的辫子。

变了，家乡变了，我真想喊出我心中的喜悦。

晚上，在明亮的灯光下，我望着爱人的眼睛，她显露出一种无比喜悦的神情。过了一会儿，她对我说道："我知道你看到地里的庄稼长势良好，心里肯定很高兴。不过冬天过去了，会不会出现倒春寒？气候可是变化无常呀！"

我猛然抬起头来，在我的眼前，爱人的形象突然高大起来。生活是一位多么伟大的导师，它能使普通的农家妇女也变为一个富有哲理的新农民。

一年来，我从多方面深切地感到，祖国永恒的春天正在来临，而爱人的来信像第一声赞美春天的乡音，久久地在我心中激荡。

可不是，在最近的来信中爱人说：你不要再担心倒春寒春旱，艳阳高照，温暖宜人，今年肯定会有一个好收成。放心吧，你要在师范学校好好学习，像咱家地里的庄稼一样获取更多的知识。

家乡的景色在我眼里好比一幅精美的油画，爱人的声音有如一首动听的乐曲，每当想起这些，我浑身就充满了力量。

生产队里的往事

　　小时候，队房（生产队办公场所）是我们最向往的地方。一年四季里队房是全村的中枢，指挥春播、夏锄、秋收、冬储的号令全在这里部署实施，开社员会、学报纸文件、记工分、年终分红都离不开这里。儿时的我们更喜欢队房旁边的打谷场、平板车、牲口圈棚等，因为那是开心追闹嬉戏的场所，也是期盼着演电影的唯一场地。

　　有关队房的记忆总是那些深深落在心底的趣事。记得生产队里买了一台收音机，这可是一个稀罕东西，60 年代末的农村很少见到。大家在队房的大炕上围着看，围着听，有的说这是洋戏匣子，有的纠正说是收音机，争论中围拢过来看稀罕的人越来越多了，屋子里已塞满了人。最后队长干脆把收音机搬到队房对面的沙坡上，那嘹亮的声音打破了寂静小村的夜。"北风那个吹，雪花那个飘……"郭兰英的歌声从此嵌入心灵，我们一群小孩儿认定那匣子里一定有小铜人在里面说唱，爬上半坡腰试图让大人打开后盖看个究竟，但被拒绝了。好奇心驱使我们在大人们下地劳动时，偷偷地在队房打开了那个收音机后盖，原来只有一堆大小不等的圆管子（后来明白了是二极管、三极管等）和一个小喇叭。

　　随着生活条件的改善，后来家家柜子上都摆上了收音机，有大有小还有手里握着的、兜里装着的。队里召集开会也不用挨家挨户通知了，因为家家又安上了有线电陶瓷喇叭，队房里的多功能收音机一吼，坐在炕头都能听到，再对着喇叭喊，队房的多功能机还能听到回话。儿时的我们在各自家里对着喇叭喊几声便能约好出去玩儿。

队房的乐趣很多，夏天我们中午不回家，都在车筒子里的车上睡觉午休，目的是趁大人不注意把两个车的车辕架在一起，玩起了四轮飞车，从队房门前的沙坡顶上飞驰而下。自然是胆大、力壮的把辕主驾，其他的乘坐兜风，那个爽就甭提了。一次拐弯急了，车翻在了路下面，好在人未伤着，此事回想起来后怕了半辈子，因为车上全是准备去割草的镰刀……

到了秋天，打谷场更是另一番快乐的天地，围着草垛玩打仗、捉迷藏，闹到晚上也不愿回家。有时还跟大人在牲口圈棚内学着铡草喂牲口、并吆喝着到水井边饮牲口。那时生产队里秋收的粮食在场面上碾晒后，堆成一个大圆锥体，生产队粮食保管员用一个凹刻下"公粮"二字的木戳在粮堆上扣下印记。那两个字的庄严神圣至今难忘，每当粮堆上有了这两个字，我们在场里的游戏活动就结束了，因为如果因追逐破坏了公粮上的印记是会被惩罚的。

生产队在当时的人民公社是最基层的核算单位，劳动出勤按年龄记工分。每到年底，队房那张大桌子上的算盘被会计拨得清脆响亮，分红很快就出来了，好年头一个工分能分一毛半，年景不好也就几分钱，一个壮年人一天也就能挣一个十分工。小孩参加集体劳动最多也就半个工，有时我们的劳动从数量上说和大人一样多，但记分员还是记半工，一场争吵也就不可避免了……

儿时的烦恼不会长久，往往因一场愉快的劳动竞技或嬉戏而冲淡。记得收割庄稼时领头的人要打扎捆个子的秸秆绳，必须比其他人速度快，镰刀在脚下挥动，向前推进一段就得用手拔几棵庄稼秆，把根部拧在一块再打结铺在地上，后面收割庄稼的人便把庄稼秸秆整齐放在上面。打头的人们憋足劲争先往前冲，田野里形成一个个燕阵在追逐，早到了地头的还助人为乐，为落得远的悄悄割一段庄稼。

在生产队最幸福的事是每年秋后杀羊宰牛，除了能分到每家每户应得的份子肉外，有时还能在队房集体聚餐，每当这时，我们便拿着碗筷早早站在队房的下风向，闻着从大锅里散发出的炖肉味。在生活不富裕的日子吃肉是一种奢望，闻着香得流口水，吃着香得三日不知五味，从那时便留下了一生味觉的最美回忆！

后来到城里上学，考上了高中、中专、大学，毕业后又在城里找到了工作，从此与生产队的农活告别了。改革开放以来农村包产到户，队房已没有了利用的价值，青年人进城打工，昔日的乡村生机不在。当我带妻儿回到曾经魂牵梦萦的家乡，那儿时视为乐园的队房只留下了一片残垣断壁，打谷场荒草丛生、人迹罕至，一切只能在回忆中寻找。

生产队的岁月

一提起生产队，我就想起我在农村的那段艰苦岁月。

也许我们那个生产队不是那段岁月里最困苦的，但也是当时所有农村生活的一个缩影。

生产队的形成，最早是解放初期的互助组，然后是合作社，再后来就是人民公社领导下的生产队，这是一个基层的集体，实则是一个完整的大家庭。生产队里的所有社员听从生产队长的领导，生产队设有队长、副队长、妇女队长、会计、出纳员、保管员、饲养员、记工员。生产队长在这个集体当中在劳动上享有一定的特权，虽然也拿着劳动工具和社员一起劳动，但有时只是象征性地做个姿态。而副队长则不同了，他首先得具备和掌握各种农活的技能，按农村的老话说要是很好的庄稼把式，主要工作是带领社员劳作在田间，指导社员劳动技能，监督社员劳动质量。妇女队长在生产队里也起到不可忽视的作用，除组织一些年轻的女社员参加生产队一些辅助性的劳动外，有时也同男社员一样一起劳作，比如锄地、收割，等等。生产队的会计，是生产队的管家人，年终所有的收益都是经过他的整理计算才得出来的；出纳员是生产队管钱的，生产队的所有收入也包括副业收入都由他掌管，所以，如果他伙同他人一起贪污，那生产队就会陷入贫困状态，社员们的日子就会更加艰难。保管员是负责生产队的库存粮食种子和所有农具的保管，他必须思想品德好，不能损公肥私；见了集体的粮食就动心，做监守自盗勾当的人，是不能胜任的。饲养员的职责是饲养好队里的马驴骡和十几头牛。马有吃夜食的习惯，所以，夜晚要给马添料这样的劳动一般由上了年岁的社员去做。社员们有个大事小情、婚丧嫁娶，都少不了动用生产队的大马车或牛车。深秋季节社员们从田地里往家里运送秋收作物，寒冬腊月，社员们家家户户烧煤，都是用生产队的大马车从几公里以外的炭窑上运回来的，他们一路上所遭遇的寒冷是可想而知的。

年少时，我对生产队渐渐地有了清晰的认知，首先它是一个完整的集体，土地是这个集体获得财富的来源之一，但社员们劳动一年的结果基本维持在温饱状态。因为向国家交售任务粮时，国家对粮食的价格是有明确限制的，不仅如此，粮食部门在收粮时，粮食检验人员手拿一根一尺多长的粮探子插入麻袋，抽取粮食进行化验，一旦水分超标，价钱就会下滑，所以，社员们最担心的就是抽查出粮食不合格。那时的粮食价格从未超出三毛钱。社员们多劳多得，又能得到多少实惠呢？虽然如此，总比没有劳动力强，有的家庭贫困主要是因缺少必要的劳动力造成的，有的则是人为的因素造成的，这在广大乡村是一个较为普遍而又复杂的问题。

在我离开生产队的那年，社员劳动一天的收入还不到三毛钱，还不够买一盒恒大牌香烟，可见社员们是怎样度过那段艰苦岁月的了，这极大地挫伤了社员们的劳动积极性，尽管如此，却很少有外出跑生意的。一些小伙子利用自己的一技之长，或帮助生产队老匠人拉大锯，或帮集体、私人盖房子等，虽然尽是干一些辛苦的工作，但在那年月也是可以解决温饱问题的。那时的生产队，一年四季都有干不完的农活，即便是稍有一些农闲，也被上级没完没了地下派各种各样的劳作任务所消耗，兴修水利工程、修公路等等，这些繁重的劳动都是义务完成的。

随着社会的发展进步，我们村早已摆脱了生产队的经营管理模式。记得刚开始包产到户那几年的一个金秋十月，我回到村里转悠了一圈，发现村边那几个庞大的场院已被一片金灿灿待收的谷穗覆盖，我问老队长："这场院里的谷子是谁家的？"老队长随手摘下一根沉甸甸的谷穗，说道："是你二叔承包的责任田，这几年你二叔凭借承包田的收入，成为远近闻名的致富能手。"我听了由衷地为他感到高兴。

昔日场院里的所有印迹，并没有因眼前这片景色让我淡忘它的过去，此刻，我仿佛回到儿时与村里的小伙伴在这里玩耍的情景，仿佛听到场院里脱粒机的嗡嗡声……村里生产队时代的马厩早已没有了踪影，我极力想从我年少的记忆中回放它的轶事，追寻生产队的岁月，总觉得今天的日子起码要比那时好上一万倍！是的，这些长在场院原址上的庄稼和马号位置上新盖起来的砖房，掩盖了它的原貌，却掩盖不了曾经养育我们的那个团结的大集体，它已被日新月异的发展进程永久地带入历史的长河里，但它翻卷起来的层层浪花依旧清晰……

家乡的那条小河

　　思乡是蛰伏于人血脉中的一种情愫，触碰到某个相关的信息就能立刻唤醒它。越是离家久，越是回家少，就越发思念老家的水土。我时常想起老家的那方热土，老家的邻居，老家的炊烟，还有我们村前安静流淌着的那条什布特老亥小河。

　　这条小河究竟形成于哪年哪代，我无法考证，但她像一部记录家乡历史的典籍，在这里万古流淌，从洪荒的岁月流淌到今天，又要从今天流向我们无法预测的明天。她翔实地记载了老家一草一木的变迁，一朝一夕的生活。她对村民生活的变迁了如指掌，她一定明白，这一带最初是怎样的荒芜凄凉，村民们如何披荆斩棘、挥汗垦荒，终于变成了现在的沃土肥乡。她滋润着这方土地，曾经养育了我们的祖祖辈辈。在这块土地上，她见证了腥风血雨的战争，收获过五谷丰登，品味过酸甜苦辣的时光，记录下悲欢离合、爱恨情仇，目睹了朝代更迭和人情世故。那些远去的岁月和往昔的记忆，都随着这条小河流向牛川河，汇入黄河，终归大海。

　　我的童年是伴随着这条小河度过的，是这条小河把我孕育、滋养。我坚信我身体的细胞里至今仍含有小河给予的水分和营养。我们村四周的沙漠里大大小小有十几处泉眼，一个个泉眼如同珍珠一样撒落在沙岭的漩涡之中，泉水形成涓涓细流又汇成了小河。

春打六九头，河边的柳条发了绿，站在柳条上的鸟儿开始对着沉睡了一冬的河水呼唤开来，河心不时传来冰裂的声音，一块块裂开的冰块在河中碰碰撞撞流向远方。河开后，燕子来了，紧接着老房子后院的桃花也开了。进入夏季，门前的小河是孩子们的主要活动场所，淙淙河水在鹅卵石上流过，发出悦耳动听的声音，绽开一朵朵洁白无瑕的浪花，就像一群天真烂漫的孩子在兴致盎然地吟唱一首热情奔放的歌谣。河水有急有缓，湍急处如飞珠溅玉，平缓处似银湖泻波。河底有五颜六色的石头、沙子，清澈透明的河水中无数的小鱼、青蛙、蝌蚪游来游去。

三伏天，我们经常在小河里戏水玩耍。阳光下的河水闪耀着金色的光泽，我们如鱼儿一样在水中游弋，平滑的水波如母亲温柔的手抚摸着我们幼小的身体。有时也会站在河床落差大的地方冲淋浴，清澈的溪水飞流直下，任凭它浣洗、冲刷，别提多惬意了。牛儿在河边悠然啃着青草，我们躺在草地上享受清凉的河风，看蔚蓝的天空。河里的小鱼和蝌蚪很多，掀开水下的任一块小石子，都能发现它们，一群一群聚在一起，大的如手指，小的不盈寸，比比皆是。

盛夏暴雨过后，河水是要发脾气、抖威风的，其他沙沟里的洪水都汇聚在小河里，混浊的泥水卷裹着沙石杂草，翻滚着、咆哮着，像一群狂奔的野马汹涌而来，势不可当，怒吼着冲向远方。

到了千里冰封的季节，河面就冻实了，整条河流形成一条银蛇。一场自制冰车比赛在这里举行，我们全在这里集结，滑冰车是我们的拿手好戏。差不多每个男孩都有一个冰车，冰车是用木板钉成的，下边串着两根钢筋棍，把冰车放在冰上，坐上去用冰锥在冰上一扎，冰车就哧溜溜地走开了。每到寒假的时候，我们几乎每天下午都要去小河冰面上滑冰车，有时一玩就是几个小时，天黑了也不回。

子在川上曰："逝者如斯夫。"我虽然离开了家乡，但却永远不会把村前的小河遗忘。童年的记忆永远在悠悠的小河里悄无声息地流淌着，她像精灵一样时常出现在我的眼前。小河的风姿已牢刻在我心里，那哗啦啦的动听歌声始终在我耳旁回响，她像一支饱蘸油彩的画笔，涂抹着家乡的田园风光。她又如同母亲一样宽厚慈祥，用甘甜的乳汁哺育了一代又一代的村民，让少女变得美丽俊俏，让小伙儿长得健美强壮。

我的乡村情

　　乡村是一个饱蘸着情和爱的字眼，总是让人倾注着无限的思念和向往。我虽走出了乡村，但乡村的每一支歌、每一条河、每一道沙梁、每一块农田，每一块土、一棵树、一株草、一朵花，都是我一生中深深的眷念和牵挂，是我在离开乡村后的一种酣畅淋漓的回望。

　　离开乡村三十多年了，乡村的一山一水、一草一木都深深地刻在我的心里。乡村的沙坡、小河、树木、老井、田野、村庄，乡村的鸡鸣狗吠、春夏秋冬、晨雾暮霭、牛羊啃青，还有乡村的村情民俗、南北西东……每每回忆起乡村来，我都会发自内心地说：我的乡村我的情。

　　乡村又是一个亲切的字眼。因为乡村是我们每个人的老家。假若把时间上推三代，我们都是乡村人。乡村，那是你、我、他的根。我们的祖先都在乡村，即使后来进了小城大城都市的人们，甚而到了国外的人们，他们的根仍在乡村，都是从乡村里出来的，始终有一种乡情在系着他们。所以，无论是谁，无论走到哪里，身处何方，都把生命的根深深地扎在乡村，他们始终放不下远方的祖居之地，那是血脉皈依的地方啊！每每提起乡村，都会有一种发自内心的亲切感。此时此刻，我忽然想起了古人所说的"故园东望路漫漫"，其实说的就是对乡村和家园的情结。看来怀恋乡村情结自古有之，千百年来，人们都在建设和思念自己的乡村和家园，古代先贤圣哲为我们树立了楷模。

我从小在乡村长大，经历了乡村风霜雪雨的洗礼，经受过乡村艰苦生活的磨炼，听惯了乡村民间俗语，听熟了乡村老人讲的古老而神秘的故事。清晨，蒙蒙眬眬中听到了乡村召唤下地的喇叭声；中午，忙碌中看到的是家家户户的烟囱；黄昏，放学回家时看到的是收工回家的男人、倚门而立的女人，还有叫声各异的马和牛。我在乡村耳闻目睹的还有那鸡鸣狗吠，过节走马灯，妇女扎辫子，老爷们儿讲故事……至今使我记忆犹新。我看到的是一幅幅美丽的乡村生活图景。

乡村的美丽在四季，春夏秋冬描画着不一样的乡村，使乡村在大自然的妙笔中生辉，幻化出各种美丽的色彩。

乡村的春天，令人向往。和煦的春风总是令人陶醉，明媚的春光总是惹人喜爱，描绘的都是乡村的春天。徜徉在弯弯的乡间小路，满眼尽是春色，树梢上写满了春意。乡村沙丘上，高高的杨树、蓝色的苜蓿花、青青的小草映入眼帘。斑斓的野花被明媚春光照耀着，涨红了柔嫩的笑脸，摇曳着点头微笑，朵朵山花的眉宇间传递着春天的美丽。静思中还会听到叮咚、叮咚声，那是村前那条小河在歌唱春天的美好。漫步在春雨所润泽的乡村小路上，心驰神往，缭绕的云雾把乡村、房舍、炊烟、田野、行人、牲畜笼罩在朦胧中，好一幅乡村情趣图，那是乡村百姓营造出的田园之乐，多么富有诗情画意。观乡情野趣，赏蜂鸣蝶飞，听鸟儿细语，闻瓜果飘香，览乡村风景，追逐大自然和人的和谐共生。

乡村的夏天，更令人陶醉。我首先想到的是乡村夏天的夜晚。人们欢快地围拢在一起，有听收音机播放刘兰芳说的评书

《杨家将》《岳飞传》的，听得津津有味；有围着老人听乡村版《杨家将》《岳飞传》《三国演义》的，好像比刘兰芳讲得还逼真、生动，旁边还有插话补充的，更来了兴趣，听着听着就入了迷，直到人走得差不多了，说书的老人也有点累了，就来个要知后事如何，且听下回分解。还有的中年男女凑到一起，哪有那么多话好说？平时不好说的话也说出来了，时不时地开几句玩笑，耍耍嘴皮子，也会引来一阵阵笑声，划破了乡村夏夜的长空。

乡村的秋天，使人喜悦。秋天的乡村天高云淡、秋高气爽，秋阳也不再像夏天那般毒辣了，带着温馨恬静来了，将金色的阳光洒在收获的田野上，给沙坡、河流、田野、村庄、房舍、道路、树木都镀上了一层金黄。秋日早晨，鲜红的朝晖斜斜射向大地，照在从村舍到田间耕作的百姓的脸上，感觉很舒畅。茫茫田野里，庄稼竞相摇曳，到处是一派丰收忙碌的景象，忙在田野，醉在田野，掰玉米的、刨土豆的、拉庄稼的，说笑声、吆喝声，俨然一部秋天的乡村里喜获丰收的交响乐。一辆辆满载收割的粮食作物的牛马车走来了，发出了喜获丰收的吱呀、吱呀声；挑担的、背草的回来了，满载的也是丰收的喜悦，笑意写在脸上。还有白天忙不完的，就擦着黑回家，焦急的家人提上灯笼出门迎接，秋夜里的一串串灯笼从不同的小道缓缓走来，走向村里，走向家门，成了秋夜里一道道亮丽的风景……

乡村的冬天，令人回味。给我印象最深的就是乡村冬天里的雪。雪，就像一个个天宫里下凡的舞女，浮浮摇摇地从四面八方来了，有的还是随风打着旋儿来的，飘到乡村，飘到了身上，亲吻着脸庞，凉凉的、湿湿的、痒酥酥的，让人感到很舒适。刚飘来的雪可触可摸，有实感，一会儿就融化了。待雪下得多了，来不及融化的时候，就纷纷飘落到地上，堆积起来，感觉不长时间，就是厚厚的、白茫茫的一片，煞是好看。这个时候的乡村大地又变了一副模样，大地被厚厚的一层白雪覆盖着，静悄悄的，真是"雪落大地悄无声"。再举目四望，近处的杨树、柳树的枝丫上都挂上了雪的花环，造型别致，楚楚动人，远处那年近半百的老榆树更是披上了银花，漂亮极了，这真是"忽如一夜春风来，千树万树梨花开"。飞雪给乡村带来了美景，披上了盛装。

雪后的早晨，迎着东方冉冉升起的太阳观奇景，常常惊喜地发现，在红霞的辉映下，白雪反射出耀眼的光芒，像无数的星星眨着眼，闪耀着瑰丽无比的奇光异彩，洁白晶莹，纯净明亮。

乡村的冬天是闲适的，劳累了春、夏、秋三季的人们，就开始休养生息了，也叫"冬休"。享受一个冬季的欢乐，有聚在一起打牌的，有串门拉家常的，还有结伴到供销社买货的，乡村的冬天也是欢乐的。

乡村是一本厚厚的书，有永远说不完的话题。家乡的风土人情滋育着我，不管未来我去了哪里，对于它，我的故乡，我都会遥寄我满满的思念，更加地爱它。

荞面圪坨儿

在我的老家，农作物以种植玉米、糜子、谷子、荞麦、马铃薯（俗称山药）为主。虽然荞面不是主要粮食作物，但荞面在家乡人饮食生活中的重要性完全不逊于糜米小米。

荞麦是我们当地人生活中常见的一种食物，别名乌麦，起源于中国北方，种植历史悠久，主要有甜荞、苦荞、翅荞和米荞四个品种。《诗经》中有"视尔如荍，贻我握椒"的诗句，这里说的就是荞麦。说明距今两千五百年前，我国北方就已种植荞麦了。

荞麦种子成三角形，种皮坚韧，呈深褐色或灰色、花白色，由蜜蜂等昆虫传粉。荞麦在肥沃的土壤上较其他粮食作物产量低，但特别适合于干旱丘陵和凉爽的气候。荞麦成熟快，故可作晚季作物种植，并能作为窒息作物使杂草死亡，而为其他作物的栽培改善条件，亦可用作绿肥犁入田中以改良土壤，也是蜜源作物，除人类食用外，还常用作家禽和其他牲畜的饲料。

查《伊金霍洛旗志》可知，荞麦在该地种植地域广且历史长，生长期短，耕作与田间管理比较省工，品种以本地红花荞麦、蓝花荞麦、紫花荞麦为主；荞面是粗粮，多吃可防治高血压，我们本地人都爱吃。

荞麦味甘，微酸;性寒，健脾消积，下气宽肠，解毒疗疮，主治肠胃积滞、痢疾等，还能增强血管的弹性。荞麦中含有丰富的维生素 B，可以增强血管的弹性、韧性和致密性，又能促进细胞的增长，降低血脂和胆固醇，软化血管，保护视力，预防心脑血管出血，调节血脂扩张冠状动脉并增加流量等。荞麦中丰富的烟酸，能增强解毒能力，促进新陈代谢。荞麦中的铬，更是一种理想的降糖物质，能增强胰岛素的活性，加速糖代谢促进脂肪和蛋白质的合成，还能抑制血块的形成，具有抗血栓的作用。荞麦还具有抗菌、消炎、止咳、平喘、祛痰和降血糖的作用。

荞麦生长期比较短，一般情况下，七十多天就能成熟，一些早熟品种，五十多天即可收获。荞麦适应性广，抗逆性强，生长发育快，即使是立秋以后种的荞麦，依然能有收获，为此，不少人把荞麦当作重要的备荒救灾的作物。荞麦种下去，几天就发芽，很快就开花，且花期比较长。荞麦开花都是在凉爽的季节，这时其他植物的花不仅凋谢，而且叶子也慢慢地落下，唯独荞麦花在盛开，我所看到的荞麦花，全都是白色的。也是上天的眷顾，才让这荞麦在贫瘠土壤而生，晚秋始花，凉风而熟，使得这独居北方，纯洁如玉，烂漫无瑕的荞麦，陌上千年盛开，陌下流水人家。

荞麦成熟于暮秋时节。收割荞麦那几天，大地已经盖上了白霜。如果遇上割荞麦的天气很冷，人们就把镰刀挟在腋窝下，然后拢起十个冻得麻木的手指放在嘴边不停地哈着热气。就这样割一阵，哈一阵热气，直到太阳慢腾腾地高悬在头顶，天气才稍微暖和一点，割荞的速度才由慢变快起来。在我的家乡割荞麦，只见割荞麦人左手揽一拢荞穗过来，然后用镰刀擦地皮斜着刀刃刮起来，然后再用左手一甩，荞捆就呈圆锥形立于身后山坡的旷地上，远看就像一列列山里人扎制的看护庄稼的茅草人，在忠实地站岗放哨一般。那时候我经常在放学后和大人们一起上坡割荞麦，体验这种独特的收获方式。

在老家有这样一首山曲儿："荞面皮皮架墙墙飞，一门心思爱上个你，一个圪坨一点点心，心里有谁就是谁；沙土地上种杂粮，荞面圪坨羊肉汤，油糕荞面桌桌上放，满家家都有荞麦香。"从这首质朴的山曲儿中，可以感受到荞麦在家乡人心目中的位置。

有一位民俗学者写了一首通俗乡土小调《荞麦情》，准确生动地描述了荞麦的生长习性与周期，很有信息量："一场喜雨地皮皮湿，牛马年种田是庄户人的福；你拉上马儿我扛上耧，六月天种荞麦相跟上走；荞麦出土两瓣瓣，最要命的是怕天旱；软软的南风细雨飘，转眼间长成狗爪爪；七月里开花秆秆红，八月里花谢挂灯笼；一颗颗荞麦三棱棱，九月里盼来好年景。"

荞麦因为出苗快，不用夏锄，收割与脱粒也省事，适合这里的气候、雨水条件，所以成了庄户人家三类耕地首选作物。

在上世纪六七十年代，家乡人把荞麦加工成面粉都是自家动手，经过多道工序，石碾、石磨是关键性工具，推碾子、围磨是家家户户少不了的活儿。到了上世纪80年代，石碾、石磨逐渐被淘汰，被小型面粉加工机所顶替。老农们说："荞面还是大石磨上碾下来的好吃，有荞面味儿；而小钢磨子温度高，把荞麦烧坏了，荞面不香。"

上世纪80年代之前，加工荞麦的工序很复杂。先用凉水浸泡后，再晾晒多时干燥；碾盘上荞麦的多少需拿捏得当；有的要用石磨先粗粗地去掉荞麦皮，然后用石碾压成荞面。这样加工出来的荞面称"拉生荞面"，白亮好吃，但出面率低；有的干脆在石碾上把荞麦压碎，然后再过箩。

采用石碾加工出来的荞面，口感光滑、筋力大，远非"小钢磨子版荞面"可比。由于石碾的废弃，原汁原味的荞面在老家已很难吃到。

改革开放以后，在城里和乡镇，农家荞面馆大量分布，食单包括荞面圪坨儿（俗称"猫耳朵"）、荞面饸饹、荞面蒸饺、拨荞面、刀削荞面、荞面搅团等品种，尤以荞面圪坨儿和拨荞面卖得最火。

我是上初中期间学会捏荞面圪坨儿的。因为上学是住在一个老喇嘛家里，有老喇嘛的徒弟做伴。他徒弟会捏荞面圪坨儿，就叫我也好好学。经过几次指点，我也初步掌握了捏法技巧。在此后的日子里，只要家里有机会吃荞面圪坨儿，我就当仁不让地当上了"捏匠"。用右手食指在左手掌上轻搓，匀称的圪坨儿便纷落如雨。时间久了，我从和面到捏圪坨儿，再到羊肉焖荞面圪坨儿，非常娴熟。

家乡的荞面圪坨儿之所以受青睐，除选用野山优质荞面的原因外，独家熬制的卤子和臊子也是卖点。远近客人进小店吃上一碗香喷喷的荞面圪坨儿，家乡的风土人情便融化在他的心里了！

荞面圪坨儿朴实无华，朴素简单，以一颗质朴的心，令所有的美味佳肴黯然失色，久在外地打拼的游子总是不远万里带上一些荞麦面，在浓稠的荞麦香里品味故乡的味道，那涩涩的麦香，弥漫在记忆的日子里。

和村民在一起的日子

时间飞逝，我当"村官"已经四月有余。自去年高中毕业后，我一直在为做什么工作而彷徨，找不到自己的奋斗方向。时至今日，尽管是在简陋的干打垒大队部房间，我仍然无怨无悔地做着分内的工作，想要用文字吐露自己这个"村官"工作的真实经历，愿自己能在农村广阔的天地中升华理想。

说实话，农村工作真累！工作起来没有时间观念可言，一有事情，领导和同事们就要配合着去完成。今年2月，我所在的罗家梁队发生羊圈棚火灾，火情就是命令，大家都忙得像热锅上的蚂蚁，全村社员赶赴火场灭火。在出发时，我带上黑白照相机，记录下了扑火情景。

由于旱情严重和羊圈临近悬崖，地势险要，火势越来越大，在灭火现场，没有"领导"，没有"村民"，大家只有一个目标——灭火。每个人都睁大因熬夜和被烟熏得通红的眼睛，冲在前面扑火。女同胞们就全部投入做后勤工作，可谁也没有怨言。整整一个夜晚大火才被扑灭。这一场火让我看到村民们的纯朴、勤劳及伟大。在灭火的过程中，我忘记了害怕，只有一个想法，不能退后，要上一线参与扑火，当火情得到控制时，我才有时间用相机记录下清理火场的场景。

之后，我参加了罗家梁生产队入户宣传法律法规知识和矛盾纠纷摸底排查活动，并组织开展了普及法律知识竞答活动。这时，我才知道，其实每个村民都是演员，都是舞蹈家，他们用自己淳朴的歌声、憨厚的舞姿感动着我们，拉近了村干部与社员之间的距离。

到大队工作四个多月，老王书记不知带着我开了多少群众矛盾纠纷协调会。细算起来，大概每天有"一会"。这些会，大多是为"东家的牛吃了西家庄稼"等一些鸡毛蒜皮的事而召开的调解会。在我看来，有些事根本不值一提，但王书记对每件事都认真解释、认真协调。经过调解一件件矛盾纠纷，让我明白，其实村民们没有谁无理取闹，他们需要的是被真诚地理解和尊重，而沟通却是理解和尊重的前提，只要认真和他们沟通，讲事实，摆道理，他们都能配合村干部的工作。

以前，父母总是说我"不成熟、不懂事"，那时对这种说法我不屑一顾。我现在突然明白，其实成熟包含了很多，对人生价值的认识，对生活的认识，对交流、沟通及语言的认识。有一个小品中曾经有这样一句话："清洁工和画家是一样的，画家在用笔描绘祖国美丽的城市，清洁工用手中的扫帚同样描绘着祖国美丽的城市……"同样，在平凡的岗位上，在与村民们相处的平凡日子里，我接受了走向社会大课堂的教育，这将为我今后的人生道路指明努力的方向。

家乡的涌动

不知何时，村子渐渐空了，只剩下了老人和孩子。

年轻人都出去当了农民工，有的甚至带去了孩子，而村里的学校再也没有了过去的热闹，有的村只剩下了十几个孩子上学，只好几个村的学校合并成一所学校。

像父辈那样视土地为生命的老一辈农民已渐渐逝去。土地逐渐集中在少数人手里，城里的一个又一个市民却租地当起了农民，而那些不想出去却没有继承和掌握传统农业技术的农民，沦落为"现代农业家"指挥下的"产业工人"。

城里人成了农民，农民成了工人。

故乡还在，村子的魂已渐渐离去。

许多人漂泊在异乡，或许成了老板，成了白领，甚至成了异乡人，或者成了文化人，一谈起家乡，就用无尽的想象，表达自己对故乡的无限思念和眷恋以及不可磨灭的故乡情怀。谁也不愿说家乡落后，说家乡愚昧，说家乡的贫穷，而愿意被乡愁美化着，把贫穷道德化，把落后浪漫化，认为丑化家乡就是对自己人格的侮辱，沉迷而且迷茫，家乡的颓败就渐渐模糊起来。

你看每到春节，返乡潮在全国涌动，怎么也要赶在大年三十前回家，似乎童年的记忆在那时又回来了，家家蒸包子，户户包饺子，杀猪炖肉欢欢喜喜过大年。

而今，年味越来越淡，回来除了走亲戚，就是打麻将玩扑克。一个小村子，竟有十几家商店，商店不是为了买东西，而是摆满了小方桌、麻将桌之类，占据了大半个店面。

春节过后，打工大军又满怀豪情北上或南下了，辛苦努力地去挣钱，等待来年回来重复同样的故事。

故乡还在，但古老的乡规民约宗族家训的血脉早空了。

现在的年轻人，买个空调两千块心疼得受不了，手机半年数月一换，都是几千块，却一点不心疼。微信成了全民的爱好，每人都是低头族，往往全家人捧着手机玩微信，连吃饭的时间都不放过，昼夜颠倒，玩累了睡，睡醒了又玩，放任生活处于一种无聊的恶性循环中。正如一幅图发问，这样像不像清末的国民，人手一杆烟枪？

这些年，村上考上名牌大学的少之又少，考上一般大学的也寥寥无几，未完成学业辍学的越来越多了。还说，人家有点能力的都进城里上好学校了，我们上的是没有了好老师的烂学校，考不好情有可原。

故乡还在，希望却少了，可怜了我们的下一代。

连熟人之间也成了点头之交，老乡都变得陌生起来。

许多村子人心惶惶，等着拆迁，有的一耽搁就是几年，年轻人等着成为富翁，老年人唉声叹气，有的哀的是故土难离，有的哀的是年轻人今后咋办。

拆迁可以一夜暴富，村里的那些懂钻营者，成了老人教育后辈的榜样。胆大心黑、不择手段、不计后果、敢于挑战道义和法律底线，许多村民把这种人作为自己孩子学习的榜样。

有钱，就是成功。钱包鼓，就是人上人。

德高望重成了可耻，被利益蒙蔽的眼睛里已经没有了是非观，钱就是权威。所以，旧有的优良传统被击溃，变得体无完肤。

拆迁就是一场折腾。

折腾好了，新农村新天地。折腾瞎了，老百姓受苦。

许多村搬完了，安置房迟迟未动，人们在期望中等待；许多土地原先计划的项目落实不了，村民成了没有土地的农民。看着土地闲置荒芜，却种不了。

说自己是城里人，没有固定工作；说自己是农民，没有庄稼可种。而没有拆的村子的许多土地也一直荒芜着。种粮食，种子化肥还有耕种收割，算下来，费心巴力不挣钱，还不如不种，还能领村里的粮食直补，种那划不来的庄稼干什么？

谁掠夺了本属于农民的长远福利，而让投机主义占了上风？谁破坏了农业自有的生态平衡，让农业陷入了急功近利的恶性循环？谁导致了粮食和食品安全，人人自危？

失去了敬畏的民族，换来了大自然的报复。天作孽犹可恕，自作孽不可活，人自食恶果，怪不得别人。

对创造了人类历史上最灿烂的农耕文明的中华民族来说，不得不说是一种悲哀。故乡犹在，村魂已死，我愿意站在高高的沙梁上，为你招魂！

80 年代末，我的家乡发现了大煤田，以农耕为主的农业经济变成了产煤为主的工业经济。有那么几年看不到天空的颜色，灰色笼罩着整个荒野大地。每次我坐车外出办事，只要看到柏油马路灰蒙蒙的地方那准是快到老家了。几个跟我一块回陶亥召乡的同事不无调侃地说，你们这里才是"人间仙境"。作为家乡人的我，只能无奈地摇摇头。

这样的日子，老家的人们过了十年有余，终于从 2002 年开始，村民意识到不能再如此以牺牲自然环境为代价，过这样乌烟瘴气的日子。政府也下定决心整治这里的工业污染和自然生态环境，经过几年的修整，这里的污染源大为减少，生态植被慢慢地在恢复。2003 年我受乡政府的邀请，到采煤复垦治理区转了一圈。看着采空区复垦后，乔灌草本植物已经长到了一尺多高，基本覆盖了整个回填区域。当看到家乡在政府、煤矿和村民的共同努力下变得这么美，我心里由衷地感到欣慰，我们一起拍照留念，记录下这难忘的一幕。

环境好了，人们的生活水平也相对提高很多。现在的家乡正在按照政府的战略规划实施转型发展，在发展以煤为主的产业的同时，一些新型的科技创新型产业和乡村生态旅游正在悄然兴起。那焕然一新的可以容纳千名小学生的教学大楼、乡村卫生院、敬老院、幼儿园等民生工程已经投入使用；出去打工的年轻人逐渐返乡创业，村民们再也不为召回村魂担忧了。

我离开家乡在外奔波三十多年了，对于家乡的每一点风吹草动都会牵挂于心。

瑞雪迎新年
——写在 2015 年正月初一

这是悄然而至的 2015 吗？

这是期盼已久的盈盈白雪吗？

推开新年的大门，房子白了，树木白了，街道白了，城市白了，眼前一片纯白的世界，心一下子活了起来。来了，来了，春雪来了！来了，来了，瑞雪伴着新年一起来了！一切恍然如在梦里，却又是那么的真实。

清晨依窗远眺，但见白雪皑皑，银装素裹，2015 年的第一场大雪寂然无声地于正月初一凌晨飘然而至，令人惊喜万分。感恩上天的垂爱，让初春雪的精灵姗姗光临，亲吻广袤大地，覆盖山川原泽，洁白而素雅，空灵而清静，尽显北国风光，一派梦幻清丽瑞雪景象。

雪飘了，日又升，倾泻一地的浪漫。真是有缘欣赏漫天飘舞的壮景，尽情领略翩舞如仙的雪姿，亲身体会雪凉彻肤的清爽。俯身握雪，微凉侵骨，冰清凉意直抵心房，爽心悦体。寒冷的冬季将尽，感觉到了一种异样的初春温暖、别样的幸福。

漫步在厚厚的白雪之上，心有不舍，耳边微风拂面，眼前洁白无瑕。贪婪地呼吸着清新的空气，微醉长街。脚踏白雪的美妙玄音伴我前行，清晰的足迹蜿蜒延长。沐浴在这样的素洁柔风里，心如雪花，静淡如水，一切不悦的过往都会被冰雪融化，被银雪掩埋，被微风掠走，了无痕迹。

其实，在自然世界里，冬天仅是自然轮回的四季之一。地球上的一切生灵皆依从于四季规律的轮回变迁而有了生命的消长和休养。冬天一般意味着生态环境的沉寂和冷清。生物在寒冷来袭的时候会减少生命的活动，很多植物会落叶，动物会休眠，候鸟也会飞到较为温暖的地方，一切生灵都在选择其适宜的生长方式度过寒冷的冬天。有血有肉的人类也不例外，只是多了心态的调整和自我保护的生存手段。

由于境由物生的缘故，冬天在富有情感和想象的人们的眼里总是寒冷和灰色的。人生的不幸和厄运也常被比喻为难熬的漫长冬季，让人避之远之。只有在不谙事理的孩提时代，才会把堆雪人、打雪仗当作快乐的游戏。但不管人们喜爱与否，冬天依然轮回，人们的日子依然在适应中度过。只是为适应气候环境和命运，如何调整自己的心态就显得十分重要了。可以说不同的心态就会活出不同的情调和境界。

植物一般经过春天的萌发、夏天的旺长、秋天的果熟蒂落之后，就会在萧瑟中休眠于冬天的寂冷。岁月风雨的吹打、日月星光的照射，仿若一世遭遇的风尘，哪怕风光一时，最后也难免体衰以致病菌缠身而奄奄一息。好在冬季寒雪覆盖的冻土正是杀毒灭菌的佳壤，最终让植物在没有鲜花和绿叶陪衬的冷峻中扶正了生命的根须，净化了生命的种子，为来年的萌发和丰硕的收获奠定了壮实的根基。想必"瑞雪兆丰年"的预言就出自于生命在四季中的自然变迁，绝非主观的臆想和随意的武断。

如此轮回的生长规律，已在无言中启示了人类，告诫了人类。"人生好比三节草"的古训或许就缘于这样的道理，况且草木还有"一枯一荣"的变迁呢，谁能避得开命运的顺逆而任由自我主宰？顺应生命的自然规律并保持一种适者生存的心态，才是人生应有的选择。人累了就需要休息，病了就需要疗养。进而在功成名就之际还得有激流中勇退的谦为，在迷糊犯错之后还得有落寞中悔过的坦荡。得一时不可得一世！人的修养却是以一世定一时的。顺随自然的同时，人还得有一个平和健康的心态，毕竟思想和情感的寄托可以超越现实的处境。正所谓人似草木，也有"一枯一荣"；人非草木，又岂能无情无义？认识生命的存亡、命运的沉浮，在于探索人生应有的境界和应有的价值，不因陶醉于一时的荣华而忘乎所以，悲叹一遭的厄运而怨天尤人。身处任何环境都能随遇而安地镇定和坦然，才会彰显出人性的光辉和伟岸。任何无限度的贪婪和自私最终都会毁了自己。况且世上没有"长生药"，人生的得与失、沉与浮、宠与辱都是人世间不可回避的现实生活现象，亦顺应了四季消长的自然规律，何必再去计较得失而喜怒于怀以致终身不解呢。

在这初春的日子里，一生操劳的农民祈盼着瑞雪的普降，是希望汗水浇育的土地在来年将有一个好的收成。其实每一个人都是其人生田野的稼穑者，都盼望着苦尽甘来的好日子和平安一世的好时光。"好人一生平安"，这其中的"好人"就有为大众所认同的道义标准。不贪不腐，自食其力，公正仗义，遵纪守法，随遇而安，助人为乐……应是一个人独善其身不可缺失的品行操守。然而人呀，都会或多或少存在着这样的毛病或那样的缺点，还得需要在现实的风霜雪雨中饱经磨砺。但不管怎样的磨砺，总得心怀善意，才会修得正果。

在初春的温暖里向往瑞雪，其实是以善良的心愿去迎接春天的到来。既然春天的寒潮都会不期而遇，一个心境坦然的人又何必为此而惶惶不可终日呢？唯有积极面对，人生才有超然脱俗的境界和意义。想必在世俗的浮华中重拾童年的纯真和善良，春天的寒冷又将是一幅美丽绝伦的画卷……

让满天飞舞的雪花遍布山川田野，以广袤无边的圣洁褪尽斑驳杂乱的庸俗和自我的封闭；让阵阵朔风的凛冽拂过胸腔肺腑，以冰封沟壑的冷酷——冻结贪婪堕落的私欲和罪恶的念头……一个圣洁无邪的世界定会宁静你的心灵，让你感受到人与自然和谐相依的无限美好。此时此刻，瑞雪所兆的丰年呵，即是你人生的安康和幸福，你心灵的纯洁和高尚，你汗水的苦涩和甜美！

让银装素裹的美傲立于苍茫大地吧。愿春日里的人们都能在朔风中挺身成一棵棵不曾倒伏的树，纵然一身凛冽的冰雪，也能从沉寂的地核中感受到春天的萌动……希望依旧暖流于心的春天呵，会让你增强生命的意识和抵抗的能力，从而忘掉了寒冷，净化了心根，祛除了冬眠的病态和慵懒。你人生的又一崇高境界，自然会在纯洁美好的向往中春天般灿然复苏……

我的师范情怀

今天偶尔翻看同学录，鼓起勇气仔细认真地阅读其中的每一篇文字，再次见到陌生中夹杂着熟悉的字迹，倍感亲切，仿佛正在同班里的每一位同学亲密地交谈着。曾经两年的同窗、同吃同住的室友、无话不谈的好弟兄，还有可亲可敬的好老师，好想你们啊！

我一直相信凡事都有上帝的美意，中专能够在伊盟师范读书是我的幸运。在漫长却又短暂的两年校园生活中，我遇到自己最感兴趣的事情：教育。与教育相关的所有事情都能快速地引起我的关注，甚至我常常会以自己的童年成长经历为案例，解剖教育在自己成长过程中所造成的影响。这种习惯直到现在依然保持或者较之以往更甚。我所关注到的社会热点、犯罪案例以及身边所发生的大大小小的事情最终的落脚点都是教育。少有人能否认教育在他生命中的核心地位，也少有人可以否认教育在他成长过程中所起到的无可替代的助力。教育中我更关注的是情感教育，是孩子价值观的塑造教育。培养孩子崇尚公平、追求平等、尊重他人、自立自强、爱人如己、服务社会的价值观是我未来的教育追求。随着对孩子认识的深入，越来越多地体会到家庭教育在一个孩子性格塑造、价值观形成的过程中所起到的巨大作用。学校相对侧重的是学识方面的传授，而孩子品格的培养则更多地依赖于来自父母的榜样效应。

谈得有点远了，在伊盟师范的第一个收获就是收获自己最爱的行业。"学高为师，德高为范"的校训不断鞭策着我在学识上的进步和品德上的提升。耳濡目染的师范情怀也使我从最初对教育懵懵懂懂的认知到如今最大的理想便是成为一名受学生喜爱的教师，这一切的转变都来自于我的母校——伊盟师范学校。

在师范不仅收获了曾带给我无数欢笑的同窗友谊，也收获了令我十分感动的师生情谊。老师的关心、关注与肯定、鼓励，愿意挤出珍贵的休息时间倾听我的困惑、解答我的疑问、亲切地平等交流，所有的这些成就了今天这样的我。

不得不提的是和我感情非常深厚的校园里的花草树木。学校的每一个角落几乎都有我曾经的身影。雨天为了拍下花儿的婀娜、树叶的青翠，完全不顾已经淋透的衣服；烈日下为了拍下娇艳令人不忍直视的尽情绽放的花朵，完全不顾皮肤的灼热，只是为了留下它们美的瞬间。当我遇到烦恼时，漫步在校园的花丛里，静静地倾听大自然的合奏，所有的烦恼在不经意间便消失殆尽。

还有校园那只白色的流浪小狗。有好几次我都以为它会熬不过明天，但是再过几天，它会再次出现在我的视野内。那时真是非常快乐，为小狗顽强的生命力自豪。还有学校到处可见的肥嘟嘟的小鸟，临近傍晚，图书馆附近就会传来成群的鸟儿唱歌的声音，响亮动听极了。伴随着这样的自然交响乐，品味着浓郁的文化馨香，此乐何极！谢谢师范和谐的自然人文景观，给我的师范生活带来无穷的享受。

还有一个特殊的群体，和我有着相同信仰的弟兄姊妹。我们分享着自己的信仰、诉说着每周的收获与烦恼，交流着彼此内心最真挚的感情，我们彼此帮助，彼此扶持，彼此关心，彼此祝福。让我从一个不够成熟、有些以自我为中心的人，转变为一个愿意去爱别人、懂得体会心灵间那细腻微妙情感世界的人。相信带着真爱与体贴会帮助我将来成为一个可以带给他人幸福的人。

难以忘却的记忆
——伊盟师范学校四十周年校庆抒怀

在庆贺伊盟师范学校四十华诞的时候，我走进校园，仿佛看到了一个童话般的世界：花草的种子在沃野上飘荡着，寻找着……沃野说："快来吧，这里有灿烂的阳光、清新的空气、充足的养分。"

于是，许多充满生机的种子鼓起勇气投入沃野宽厚的怀抱……

于是，他们在这里发芽长叶直至含苞欲放，甚至开出灿烂的花朵，散发阵阵馨香……

伊盟师范学校，你不就是这样一片富有生机与美丽的沃野吗？四十年来，你培育了多少献身基础教育事业的园丁，奉献给多少师范教育工作者灿烂的思想与智慧的结晶，又吸引了多少热衷于教育事业的新人。

我是1984级伊盟师范毕业的。追忆在伊盟师范的那段时光，不仅可以听到老师在课堂上的回声，更能感受到刻苦学习时的宁静。一想起时时闪现的同学们激越的身影，尊敬的教坛宿将们的风采就历历在目。

数学老师李廷华是60年代毕业的大学生，他身材魁梧、相貌英俊，浑身透着数学科学的严谨，甚至穿在身上的衣服也总是打理得棱角分明。他平时不善言谈，讲课时没有一句多余的话。他讲数学课，在巩固原有知识的基础上，交给我们如何按数学原理解题，如何运用数学语言解答问题。他鼓励我们独立思考，引导我们用不同的方法解答同一道难题，让我们感到学习数学的乐趣。在李老师的引导下，我对中学期间没有学好的数学又找到了新感觉。师范毕业后，在我指导我的孩子写数学作业时竟然没有任何陌生感，这全凭读师范期间几位数学老师给我传授的教学方法和打下的知识基础。

常英老师，曾是我高中阶段的化学老师，他调到伊盟师范学校后，我又聆听到他讲授的化学课。常老师在 1957 年"反右"斗争中受到迫害，由北京师范大学下放到内蒙古从事教育工作。几十年来，常老师不论在哪所学校任教，都受到学生老师学校的高度认可，他讲授化学的风采给我留下了终生难忘的印象。他高高的个头，浓眉大眼，那张略有皱纹的脸，显现出他饱经风霜的师长风度和智慧的光彩。他讲起课来，一本教材，一支粉笔，一口乡音，让我们在课堂上就可以把所传授的知识全部消化了。他在讲台上讲授化学实验，耐心细致，干净利落，让我们一听就懂，一看就会。他在纠正化学概念错误时，总是一字一句地说清楚，让我们永远不要忘记。有一次，他在做实验时问我们这是物理反应还是化学反应，一个同学站起来说是化学反应。他说在你的脸上抹上一点颜色会不会起化学反应？全班同学哄堂大笑。他说，判断一个反应是否为化学反应的依据是反应是否生成新的物质。物理反应是某种物质的状态或存在的形式发生了改变，而物质本身的性质没有变化。受常老师的影响，从此我对化学产生了兴趣。我想，师范毕业后应该当一名全科老师，像常老师那样，把化学的奥秘揭示给学生，让他们也能在化学知识的天地里苗壮成长。

小学数学教材教法是师范教育的必修课。崔智老师讲授这门课时的确付出了不少心血。当时我们错误地认为，将来当一名小学教员，还学什么教材教法，不就是小学书本那点知识嘛！因此觉得开设这门课程没什么必要。崔老师发现了我们的思想动态后，采取积极引导的方式，对数学概念、数学公式、数学定理、数学习题、数学复习等教材教法进行深入浅出的讲解。他说，讲数学概念要用"讲练结合法"，讲数学公式和定理要用"导学法"，讲数学习题要用"讲评矫正法"，讲数学复习要用"单元结构法"。正是这些教学方法的应用，使我在登上讲台后取得了很好的教学效果。

给我们讲授语文基础课的是徐均老师，他是江苏南通人。60年代大学毕业后，积极响应党的号召支边来到伊克昭盟。略带南方语气的"普通话"，常常激发我们苦练语音基本功的兴趣。每当他上课走进教室时，总是衣冠齐整、斯斯文文。他教导我们，要成为一名合格的人民教师，必须要有扎实的语文基础，包括语音、语法、文字、造句、阅读、写作，等等。讲标准话，写规范字，对学好任何一门课程都是有用的。在他的影响下，经过两年的语文基础知识训练，我们每个同学都能讲一口流利的"伊盟普通话"。十几年后，徐老师转岗到伊盟讲师团工作，送我一本他的著作《说男道女》。我看了以后觉得徐老师的作品绝不是我辈所能为的。书中语言的精练、生活的内涵、情感的流露、寓意的深邃，无不饱含着一代名师学者的思想底蕴和文字练达的深厚功底。

给我们讲授写作课的是郎正礼老师，他是山西忻州人。在第一次给我们讲课时，先讲了一段他来伊盟工作的故事。他说，在忻州师范学校毕业那年，正是国家三年困难时期。学校提倡学生要响应党的号召，到农村去，到边疆去，同时要在就业志愿报名表上填上自己选择的地方和单位。于是，他在中国的版图上仔细查找，希望选择一个能成就事业的好环境，好学校。结果在伊克昭盟地图上找见这么一个地名：杭锦旗。他看到这三个字，就敏锐地感觉到，"杭"是"杭州"的杭，"锦"是"锦绣"的锦，"旗"是"红旗"的旗，用这三个字组合在一起的地方一定是一个花团锦簇、风光秀丽的地方。因此，在志愿表上义无反顾地填上了"杭锦旗第一中学"。

第二年春天，毕业生就要奔赴各地上班了。起程时他坐上火车沿着走西口的路线一路西行，三天后到了包头东站。他又乘坐一辆没有暖气的长途大巴车向南过了黄河，继续在黄土公路上西行。一路上，看到的却是另一番景象：旷野荒凉，黄沙漫漫，沙尘漫天飞舞，大巴车被大风刮起的黄沙遮挡得能见度不足三米，有时司机只好停下车等待风沙过去再继续前行。眼前的这一切，让郎老师感到阵阵凄凉，不由得发出无声的感叹：地名与造物主竟如此愚弄吾等？

就这样，郎老师在杭锦草原上工作了二十年。1983 年他调到伊盟师范学校给我们讲授写作课。他要求我们写作文要贴近生活，符合文法，要有哲理，要有逻辑，不能胡言乱语，切忌文过饰非。他指导我们在作文中展开想象的翅膀，描绘对未来美好生活的憧憬和向往……

两年的师范生涯，是我人生的转折点。伊盟师范学校每一位教坛宿将，都是我做人的榜样。我说，如果大树和绿草是奉献给自然的礼物，那么，教化和师德就是奉献给社会的文明成果。伊盟师范学校的每一位老师，如红烛熠熠，光照后生；如茧丝绵绵，温馨人生。我想，虽然烛泪会干，茧丝会尽，但随着师范金龄的增长、教师技艺的提高、精神境界的升华，带给我们的是一种新的道德修养。至高无上的法则就是我们每一个人的绝对忠诚，摒弃旧的清规戒律，忘我地对待我们为之献身的事业。

成就，归功于伊盟师范的老师！

永远忘不了你呀，我的伊盟师范！

从警无悔

有一天，我在《警察》杂志上看到这么几句散文诗：

> 有一段岁月，只有青春才会拥有；
> 有一种颜色，写满了不变的追求；
> 有一面旗帜，带着理想，才能走近它的风采；
> 有一种感觉，是怀着忠诚，锻造出警察的铁骨。

这首诗既写出了警察的理想和职责，又是他们在日常工作中的真实写照。人民警察从事着特殊的职业，是人民群众心目中手持利剑，惩恶扬善的守护神，他们一边与魔鬼搏斗，一边呵护着摇篮中的婴儿。

警察，意味着责任与忠诚，意味着奉献与牺牲，人民警察需要有无私无畏的精神和钢铁般的意志。面对与日俱增的超负荷工作，面对灯红酒绿的诱惑，面对凶残狡诈的犯罪分子，无数公安民警无怨无悔地默默坚守着他们心中那份神圣的职责和使命。

是什么让他们铁骨铮铮，英姿飒爽？
是什么支持他们义无反顾，勇往直前？
又是什么使他们漠视诱惑，笑对清贫？

是对神圣使命顽强的践诺，是对公安事业不懈的追求，是对党和人民无限的深情厚意。

走进公安队伍里，这才发现，原来孩提时脑海中形象模糊的英雄就鲜活亲切地在我身边，他们有着坚毅的眼神，洋溢着恬淡的笑意。

春暖花开，他们无暇顾及游山玩水、探亲访友，为顺利破解命案，矫健的身影不厌其烦，勘验复查，调查走访，研判串并，费尽心血寻找破案的蛛丝马迹。

夏日炎炎，他们在乡野间埋伏守候，为不打草惊蛇，他们纹丝不动隐蔽在草丛之中，任凭蚊虫肆虐。

秋风阵阵，他们更是斗志昂扬，以秋风扫落叶之势，开展起声势浩大的"防盗抢防诈骗"、打击两抢一盗系列专项行动。

寒风凛冽，他们还在不停巡查，不断纠正，在苦行中感受着维护秩序的责任；不分昼夜，不管上班还是休息，在劳累中充满着坚守责任的激情；在大雪纷飞中，用一颗真诚的心丈量无数个夜晚的漫长。

他们是一个个日夜加班加点的平凡身影，是一个个因追捕逃犯而几天几夜不合眼的疲惫身躯，是一份份为群众办事而跑上跑下的激情奉献，是一声声穿梭在大街小巷而忙碌着的坚定足音。

然而谁不爱都市的繁华，谁不想亲朋相依，合家欢喜？但公安民警特定的职业、特殊的环境，让他们选择了无悔的付出。

人民群众需要他们，未破的悬案需要他们，他们在身着这一身警服的同时，也就选择了这一份沉甸甸的责任。正是他们默默地执勤、艰辛地查缉、枯燥地值班和不舍昼夜地侦查办案、伏击守候，才换得千里平安，万家灯火。

爱岗敬业就是把一点一滴的小事做好，把一分一秒的时间抓紧。搞好每一次接警处警，问好每一次谈话笔录，统计好每一个信息数据，做好每一个案卷档案，写好每一篇案件文稿，办好每一个有效证件，做好每一次耐心的解释，给群众一个美丽的微笑。古人说：不积跬步，无以至千里；不善小事，何以成大器。从我做起，从小事做起，从现在做起，这就是敬业，这就是爱岗！

有句话说得好：不爱岗就会下岗，不敬业就会失业！今天不努力工作，明天就会努力找工作。是啊！大家都知道，一个错误的数据可以导致一个企业破产；一个错误的标点符号，可以使你几个通宵的心血白费；而你一个小小的疏忽可以铸成一个冤假错案，彻底改变一个人的命运。同样，也许你的一个小小的疏忽可以使罪犯逃之夭夭。

爱岗敬业不仅仅要有锐意进取的情怀，不断升华岗位技能；同时还应时刻保持谦虚的心怀，以好学的精神，如饥似渴地吸收各种有利于自己发展进步的科学文化知识；时代在变化，岗位也在变化，这就要求他们与时俱进，不断创新，把本职工作干到最好。他们是一滴水，滋润着一寸土地；他们是一缕阳光，照亮着一片黑暗；他们是人民警察，为人民群众的利益奉献着自己的一份力量。

他们是一根火柴，看似平凡，但平凡的外表包裹着的是他们火热的心、通透的能量、执着的认真，在属于他们平凡的岗位上，为了公安事业的美好明天用力燃烧着自己！这样才能燃得光鲜，燃得亮丽，燃得精彩！

在骄阳烤炙的水泥路上，在崎岖坎坷的山路中，在乡间的碎石小路上，到处可见他们的足迹，是雨水，是汗水，是泪水……只要他们的汗水能换取千家万户的安居乐业，能换取社会的安定和谐，他们苦点也心甘，他们累点也情愿。

虽然他们的青春在喘着粗气，虽然他们的生活在滴答滴答地流着汗水，虽然他们的年华，正一点一点地被繁重的任务所侵蚀，但是，从他们穿上这身警服的那一天起，在他们年轻的心壁上，就雕凿着一种激情：挥洒汗水、燃烧青春、奉献社会、创建和谐。他们夜以继日、无怨无悔地工作，把情留给了社会，把爱洒向了人民。

他们的每一次办案都证明了对生命的敬畏，他们的每一滴汗水都折射出太阳的光芒，他们的每一分付出都将为社会增添一分和谐。生命，需要在时空的经纬中慢慢沉淀，才能显示它的价值。他们在燃烧自己，燃烧自己的生命，使生命之光大放异彩；他们所有的热血，都为人民的安全而流动；他们所有的汗水，都为人们安居乐业而挥洒；他们所有的激情，都为社会的和谐而澎湃！

多少个夜晚，公安机关的灯光刺破了黑夜的幕布，多少个佳节，公安机关的案卷翻飞搅扰了本该享受的天伦之乐。晨钟暮鼓，岁月轮回，仍旧是那几张办公桌，仍旧是那一张张笑脸，仍旧是堆积如山的案卷，不同的是身形不再挺拔，步伐不再有力，声音不再清脆；脸颊爬满了时间的沟壑，鬓角染上了白雪的痕迹。他们没有轰轰烈烈，有的只是对党的忠诚、对人民的热爱。他们选择投身公安事业，选择辛劳地付出、无私地奉献。他们时时刻刻把群众的利益摆在首位，时时刻刻把群众的安危放在心头。他们以一点一滴的实际行动，展示了人民警察勤勤恳恳、甘于奉献的精神面貌。一个个兢兢业业、一心为民、无私奉献、勤奋刻苦、坚忍不拔、机智勇敢的英雄形象出现在我们眼前。他们那黝黑的脸颊衬出了警察的威严，硬朗的表情透着警察的坚毅。多少个寒来暑往，多少次花开花落，人们看到的总是他们那忙碌的身影。

没有鲜花簇拥，没有掌声相伴，但长程漫道，他们毅然前行；一肩霜雪，风雨兼程，正是这样一代又一代的人民警察，谱写着那曲激昂的警察赞歌……当我们古老的民族以崭新的姿态昂首走向未来的时候，那坚实有力的步履里始终有一群默默奉献的身影，用安定染成国徽永不消褪的色彩，用和谐书写公安事业的不朽传奇。

尽职尽责，力保一方平安，全心竭力，为社会安定和谐保驾护航，他们义无反顾。他们以自己的行为，使人民感到，这是一支能够依托的可靠队伍，让社会知道，这是一面保护群众的坚实盾牌。

拧在一起，他们就是一道闪电，一束火把！

聚在一起，他们就是整个太阳，整个星空！

站在一处，他们就是用心灵结成信念不倒的墙！

携起手来，他们肩并肩，用青春的热血铸造社会安定和谐不朽的魂！

他们有着一份坚贞的感情，一腔无私的热血，一以贯之的作风，一股凝聚的力量，一种顽强的斗志，这无与伦比的精神力量，就是人民警察无坚不摧的战斗精神。

他们要把和平写满誓言，让白鸽飞遍祖国的蓝天；他们要把温馨写满誓言，让安宁走进每一个夜晚；青春年华无私奉献，警徽上闪烁着他们永恒的誓言。

我的煤炭梦

荏苒三十年，弹指一挥间，我来到神东煤炭集团公司已有三十年时间。今年是令人激动的时刻，公司迎来了三十周岁生日。从我来到神东的前身——华能精煤公司算起，在不经意间我也已伴随公司成长了近三十年，作为公司的一员，我由衷感到骄傲，感到自豪，感到欣慰。

作为可以见证神东发展成就的一员，我感到无比高兴，是公司赋予我经历人生这一段学习进步的机会，来神东的这三十年，也是我学习成长的关键时期。在社会不断发展进步的今天，我们不学习就会落后，不学习就会失败，只有在学习中才能立足生存，才能进步成长。正因为有了我们值得骄傲的经历，我们学习到了进步的法则，学习到了奋斗的真谛。

同行三十年，我磨砺了三十年，使得自己更为成熟和淡定。现在，我自信比以前成熟很多，比以前进步很多，我的思路也比以前更为宽阔，我的心态也更为平静。同时，我能够从容面对将要发生的一切，我愿意接受更新更艰巨的任务，接受更大的洗礼。社会在进步，经济在发展，基础设施建设的热潮在高涨，西部大开发的步伐在不断加快，我们对于能源产业革命的推动作用将越来越大，我们的任务和责任也会越来越重。面对眼前的一切，我坚信三十年磨一剑，蓄势待发，我的人生舞台也会因为公司的不断发展壮大以及大家的努力奋斗而更美好，更绚丽多彩。神东的三十周岁生日已经来临，我们期待明天，期待辉煌。

与神东同成长的三十年，我明白了企业发展的路程是艰辛的，但因有我们大家不屈的精神和不懈的努力，使得这段充满坎坷的路程不再遥远与漫长。在这几十年里，我有幸亲身经历了一个企业从小到大的过程，经历了公司的飞跃，是一步一个脚印的，又是全速前进的，它在以飞快的速度朝着它的目标疾驰，正如公司的基石精神一样，开拓务实、争创一流。而我，也不会放慢自己前进的脚步。

回忆这三十年走过的路程，有成功，有喜悦，当然也有过失落和泪水。在这里，我要感谢公司的每一个人，感激他们伴我同心同行同成长，接下来，我们还要并肩前行，继续努力，共同唱响中国煤炭梦！

习近平总书记在参观《复兴之路》展览时指出：实现中华民族伟大复兴，就是中华民族近代以来最伟大的梦想！这一时代解读，既饱含着对近代以来中国历史的深刻洞悉，又彰显了全国各族人民的共同愿望和宏伟愿景，为党带领人民开创未来指明了前进方向。"中国梦"深刻道出了中国近代以来历史发展的主题主线，深情地描绘了近代以来中华民族生生不息、不断求索、不懈奋斗的历史。中国梦，也是每个人的梦！有梦想，有机会，有奋斗，一切美好的东西都能够创造出来的。在神东煤炭集团公司发展三十年历程中，我们的梦想同样一直伴随左右。

"梦"，带给人多少遐想、多少憧憬、多少激情！梦想在前，路在脚下。每个人都有梦，但并不是所有梦想都会实现。只有锲而不舍地去努力，找对了路径和方法，梦想才可能实现。个人、企业如此，国家也一样。没有梦想的民族是可悲的，对美好梦想没有坚定不移、矢志不渝追求的民族同样没有前途。无论面对多少挑战、多大困难，梦想可以给人以希望、给人以信心、给人以力量。正是梦的存在使我们倍增前进的勇气和取胜的信心。因为梦，我们的世界更加多彩和美好。因为有梦就有创新，有梦才有未来。

你的梦，我的梦，我们的煤炭梦。人生如船，梦想是帆，每个人都有一个只属于自己的梦，那个梦想一定是五彩缤纷的，一定是芳菲满眼的。在企业中，只有企业全面可持续发展，个人才能实现梦想。同样，只有每个人都充满激情，我们的"煤炭梦"才够美丽，才够坚实。企业是我们的家，我们只有同心同德，努力工作，团结奋斗，才能共创我们企业美好辉煌灿烂的明天。我们要努力地在工作中培养自己的主人翁意识，多做工作，多学经验，不断总结，勤于思考，将自己的努力化作公司前进的一块基石，增强对企业文化的认同感。我们要顽强奋斗，艰苦奋斗，不懈奋斗。只要我们胸怀理想，坚定信仰，又脚踏实地，苦干实干，我们就一定能够拥抱美丽的煤炭梦！

大漠深处的绿色奇迹

　　一千多年前的唐代诗人李益到陕北窟野河一带游历时曾悲凉地赋诗："眼见风来沙旋移，经年不省草生时。莫言塞北无春到，总有春来何处知？"

　　2015 年的仲夏，一批作家、诗人来到窟野河上游的神东煤炭集团公司采风，一位诗人慷慨赋诗："荒野变新城，荒凉变繁荣，荒滩变湿地，荒废变利用，荒漠变绿洲，荒蛮变文明。"

　　是什么让曾经的荒漠发生如此截然不同的变化？这是历经三十年坚持不懈的创业奋斗，在万年荒漠中成功筑造具有世界一流水平的共和国首个一亿吨级、两亿吨级煤炭生产基地的同时，孕育了一颗塞北瀚海的绿色明珠，这是几代神东人创造的旷世奇迹。

　　神东矿区位于我国以干旱著称的第五大沙漠毛乌素沙漠南缘与黄土高原北缘的过渡地带，属典型的大陆性季风气候，生态环境极度脆弱，是世界著名的高原荒漠丘陵干旱区，也是国家黄河流域水土流失重点监督区。恶劣的自然环境，使这里常年风沙弥漫、草木稀少。在蒙古语系里，"毛乌素"即为"寸草不生"之意。

　　如何破解煤炭开采与环境保护的矛盾，一直是全球性难题，而如何破解生态极度脆弱荒漠区煤炭开采与环境保护更为突出的矛盾，则更是难上加难的难题。上世纪80年代中叶，神东矿区开发初期，饱受恶劣自然环境之苦的开拓者、创业者，就下决心破解这个全球性难题。并提出"一次性开采煤炭资源，建设永续利用的生态资源"和"产环保煤炭、建生态矿区"的生态环保建设理念，坚持煤炭开发建设与生态环境再造并重的方针。近年来，神东进一步提出"建设世界领先的清洁煤炭生产商"发展战略，大力实施绿色开采、绿色发展和清洁生产，将生态环境、生态文明建设提升到新的境界。

神东高度重视生态环境建设的科技创新工作，提出"采前防治、采中控治、采后修复"和"外围防护圈、周边常绿圈、中心美化圈"的"三期三圈"科学生态环境治理模式与技术体系。公司组建生态环保专门科研机构，联合科研院所，围绕生态环境建设开展了三十多项科研项目并取得了丰硕成果，其中多个项目获得国家科学技术进步二等奖，而获得行业及省部级的奖项更多。

追求高碳产业低碳发展，一直是神东高度自觉的意识与行为。公司通过不断加大节能减排科研资金投入力度，持续开展节煤、节水、节电、节油、提高煤炭资源回收率、减少污染物排放等技术研究和重点工程技术改造；创造性应用井下采空区蓄水及矸石过滤净化技术，对井下水资源进行复用，并不断提升矿井和生活废水的处理能力，使废水复用率达到43%，其余全部达标排放；通过对选煤厂运用煤泥水闭路循环洗煤节水技术，不仅每年节约清水48.6万立方米，而且每年回收煤泥6.48万吨；通过优化排矸巷设计，对井下矸石淤泥就近消化，实现井下矸石不外排；对洗选矸石进行回填、矸石发电、制造建筑材料、复垦等综合利用，实现了矿区矸石零污染。

神东的生态环境建设，产生了显著的生态效益、经济效益和社会效益，有力促进了地企的可持续发展。据测算，经过治理后的神东矿区，每年的风沙天数比过去减少了三分之二以上，经乌兰木伦—窟野河输入黄河的泥沙每年减少 2000 万吨以上；同时直接造福当地，75 万亩耕地因生态、气候改善而获得稳定收成；还催生了林草绿化业的产业化发展，提供了 50 万个以上的就业工作岗位，为地方群众开辟了一条致富新门路。同时，商品煤的混沙量因此降低了 3.74 个百分点，吨煤增收 1 元左右，按照历年的产量计算每年因此可增收数千万至上亿元。

神东矿区多年坚持不懈的环境保护和生态建设，使昔日的荒漠呈现出"污水不外流，矸石不外排，产煤不见煤，天蓝碧水流"的美丽画卷。

十年铸辉煌
——写在神东煤炭集团公司成立十周年之际

在鄂尔多斯高原，黄河之滨，有一颗璀璨的明珠，这就是神东煤炭有限责任公司。

神东煤炭集团公司是在榆林境内原神府煤炭公司和鄂尔多斯境内的原东胜煤炭公司基础上整合重组成立的。至今已走过十年的创业发展历程。

十年栉风沐雨披荆斩棘，十年励精图治勤奋进取，十年峥嵘岁月铸就辉煌——这是对神东煤炭集团公司十年发展最真实的写照。十年，神东煤炭集团公司用自己的足迹走出一部筚路蓝缕的创业史，走出一部自强不息的奋斗史，走出一部锐意进取的发展史。

十年的风雨历程，包含着几代神东人的不懈追求。站在十年的丰碑处回望，神东煤炭集团公司走过的这些岁月，由小变大，由弱变强，从作为陕北蒙南煤炭资源开发主体参与当地煤炭资源整合，到把几座煤矿先后改造提升为国家级安全质量标准化矿井，到建成生产规模化、技术现代化、管理信息化、队伍专业化程度较高的配套项目，这其中无处不活跃着神东煤炭集团公司全体员工勤劳奉献的身影，凝结着他们的智慧和汗水。

十年的跋涉与拼搏，十年的辉煌与梦想，让我们共同回顾这十年的艰辛和喜悦，共同品尝神东人用汗水浇灌出的累累硕果。

数易春秋，风华正茂。神东煤炭集团公司成立于1998年8月20日，是我国煤炭史上第一家跨省区开发经营的特大型煤炭企业。在这片充满希望与神奇的热土上，神东煤炭集团公司的正式建成翻开了历史的第一页，也奏响了神东人艰苦奋斗，开拓务实，争创一流的英雄篇章。从此神东人只争朝夕的精神，为革命老区贡献着自己的赤诚，携着自己的荣耀载入史册，神东煤炭集团公司如一个冉冉升起的新星，闪耀在中华大地上空。

十年风雨砥砺，十年艰辛创业。1998年，神东人在市场经济的大潮中，开始了探索神东煤炭集团公司发展的道路，有辛酸、有欢乐，几经拼搏、几多收获，神东煤炭集团公司在探索的道路上艰难前行。从初进矿区历经艰难博弈，到一个个大型现代化矿井成功出煤，从技术装备的引进、自主研发、工艺改进、管理模式创新到亿吨矿区的建成，无不展示出神东人的智慧与力量。

风雨同舟，共济十载。那是一段凝聚力量的历史，也是一段追求卓越的历史。

1998年的秋天，神东新的领导班子成员接过公司发展的接力棒。面对全国煤炭市场疲软的形势，煤炭价格走低的现状，一班人审时度势，调整产业结构、改变生产销售策略、精细化管理成本、强化干部队伍建设，一个个决策，一件件壮举，为公司注入了新的发展理念与活力。现如今神东煤炭公司已发展形成以煤为主，洗选加工、设备维修、开拓准备、生产服务、热电联供、后勤保障等专业化、多元化发展的格局。现已建成三座年产两千万吨以上的现代化煤矿和四座年产千万吨的大型煤矿，五座年产五百万吨以上的矿井。

企业是树，生产是根。只有扎根生产，一心一意谋发展，聚精会神搞建设，才能从市场中吸取丰富的养料，滋润企业不断成长。神东煤炭公司以其独有的魅力吸引着有志之士慕名而来，十年磨一剑，砺数载心智耕耘，积万卷铿锵力作；十年的努力，承载着岁月的悠久；十年的执着，镌刻着不懈的追求；十年的积淀，打下了厚重的基础；十年的坚持，铸就了坚忍和执着；十年的磨砺，我们已经朝气磅礴。

日月轮回，斗转星移。企业的发展就像一条川流不息的大河，有时汹涌澎湃，有时涓涓细流。在市场经济的大潮中以改革促发展，以行动阐释使命。

1998年8月20日，神东煤炭集团公司正式挂牌成立。公司是在神府煤炭公司和东胜煤炭公司基础上跨省区组建的。公司成立之初，就确立了"建设世界一流特大型现代化煤炭基地"的发展目标。十年来，公司始终坚持科学发展观，建立和完善现代企业制度，神东人凭着"壮士断腕"的勇气和决心，凭着"破茧重生"的韧性和精神，开拓务实，争创一流。截止到2008年年底，公司煤炭产量突破亿吨大关，建成世界上第一个亿吨级现代化煤炭生产基地。公司资产总额达到六百亿元，累计实现销售收入三百亿元，实现利润百亿元，上缴税费八十亿元，为企业和社会创造良好的经济效益和社会效益。

构建安全管理新格局。坚持"安全为天"原则，狠抓全员安全意识，突出超前预控，与中国矿业大学、西安科技大学、太原理工大学、辽宁工程技术大学、内蒙古科技大学结成产学研合作伙伴，加强科研攻关和技术创新。

全面开展质量标准化建设。与国家煤矿安全生产管理局开展了《煤矿安全风险预控管理体系》课题研究，形成了新时代煤矿安全管理的国家标准和规范，五座煤矿建成了全国质量标准化示范矿井。

强化人才队伍建设，打造现代化专业团队。以职工教育培训中心为基地，举办煤矿关键岗位培训班常态化，全面提升了煤矿关键岗位从业人员的文化水平和操作技能、奉献精神和执行能力。公司每年到全国高校招聘应届毕业生，新鲜血液正在源源不断地注入企业，保证企业的青春活力。

科技催生强大动力。科学技术是第一生产力。公司历来注重科技兴企战略，用先进的科技保障生产的高效运行。在信息化建设中以网络建设为平台，促进企业管理信息化，实现了井上对井下语音调度以及井下对井上信息反馈。形成了覆盖井上、井下集办公自动化、生产监测监控、自动控制、工业电视、企业管理于一体的综合自动化信息网络系统。提高了安全生产的快速反应和应变能力，提升了公司的整体企业管理水平，实现了管理的最优化和效益的最大化。

对于企业发展而言，三年靠机遇、五年靠资金、十年靠人才、百年靠文化。置身于神东这片沃土，时刻被延安精神所感染着。经过几代神东人的探索实践，形成了独具特色的神东文化。这就是"创百年神东，做世界煤炭企业的领跑者"的发展愿景；"高起点、高质量、高技术、高效率、高效益"企业方针；"安全、高效、创新、和谐"的核心价值观；"为国家做贡献，为客户赠价值，为员工谋幸福，为社会促和谐"的企业使命和"人岗匹配，人尽其用"的用人观。以团结协作、不怕困难、勇于拼搏的工作作风培育着自己的企业文化，打造着百年基业。

神东文化的引领，企业积极履行社会责任。把融入地方、建设地方，回报社会作为企业义不容辞的社会责任，十年累计投入九亿多元用于生态环境建设，获得了全国绿化先进单位称号。投资建设和管理运营矿区居民的集中供热、供水、供电项目，以及道路交通、教育卫生等公益事业，解决了矿区三千多户农牧民的生活需要，有效地改善了城镇居住环境，提高了居民的生活质量，为将乌兰木伦镇和大柳塔镇分别建成陕西和内蒙古第一镇做出了重要贡献。

围绕企业生产经营实践，健全和完善思想政治工作运行管理体系，形成了工作落实、责任追究、鼓励创新的一体化思想政治工作新格局。始终把构建和谐企业作为精神文明建设的一项重要内容。通过举办职工运动会，安全生产知识竞赛，开展各类健康有益的文体活动，为员工搭建发展平台，满足员工求知、求美、求乐的精神文化需求，激发了员工的积极性、创造性和团队精神。

神东一派丰收景，煤海千帆奋进歌。十年，如同一个承前启后的路标。十年薪火相传，弦歌不辍，这十年是公司创业的十年，更是一个满怀激情的新起点。这十年的拼搏奋斗，是一首激昂的战歌。这十年刻骨铭心的记忆，是一声催人奋进的号角。这三千六百五十个昼夜，神东人在前行。十年风雨兼程。过去的成绩令神东人神采飞扬，未来的希望更让我们欣然神往。展望未来，机遇与挑战并存，困难与希望同在。在继往开来的历史起点上，在充满挑战和发展机遇的时代，我们要始终坚持"五高方针"和"建设世界一流现代化能源基地"为目标，秉承"艰苦奋斗，开拓务实，争创一流"的神东精神，始终牢记"为国家做贡献，为客户增价值，为员工谋幸福，为社会促和谐"的企业使命，尊崇"安全、高效、绿色、协调"的价值观，依靠特别能吃苦，特别能战斗的广大员工队伍，迎着科学发展的春风，踏着转型跨越的节拍，在阳光路上一路前行。

说道德
——神东煤炭集团道德模范评选活动有感

一

道德是石，敲出希望之火；道德是火，点燃希望之灯；道德是灯，照亮人生之路；道德是路，引领人们走向灿烂与辉煌！

神东组织开展的道德模范评选活动，引起了神东内外的强烈反响。经过评选的敬业奉德模范登上了领奖台。大屏幕聚焦道德之光，传递道德力量，展示了他们恪尽职守、善行无疆、见义勇为、信守承诺、大爱无声的故事。

你看，"秀花焊接班"班长顾秀花专注工作的画面，飞溅起来的焊花，在诉说着秀花大姐将使命与光荣焊接在一起的勤勉与执着，她到底图个什么？她说：我是神东一名普普通通的女焊工，我要一如既往地在工作岗位上奉献力量，让道德力量成为伴随我们一生的财富。

你看，"让爱走得更远"的"80后"天车工武艳，忘记了自己援助过多少个孩子，忘记了捐赠过多少钱，在她眼里她只是做了自己喜欢做的事情，可她却用自己朴素的爱、纯粹的心为山里的孩子们送去温暖与希望。

你看，"让正义更响亮"的张智强，他生活的信条就是"做个好人"，因此挺身而出是他生活中常有的姿态；"质量守护神"张海源，视工程的质量和安全条例如生命一样，在九年里，两千多个工地、数十万平方米的优质工程就是他道德的"成绩单"。

你看，张莉洁，一名普通的后勤女工，却以傲梅的姿态撑起了家人幸福的一片天；用爱唤醒丈夫的美丽矿嫂许学峰，日日夜夜的坚守诠释出真爱无声……他们都是生活的强者，他们用实际行动谱写了人间的真情和生命的乐章。

你看，坚持续写着《拾鱼归海》故事的劳务工高利兵，十几年如一日上门排忧解难，把助人为乐这一中华民族流传的美德唱得深情，表现得淋漓尽致……

这一组组感人的画面，一幕幕动人的情景，一句句质朴的言语，都在这个下午定格，让我们思考、品味、震撼、感动。难怪康德老人曾说："在这个世界上，唯有两样东西深深地震撼着我们的心灵，一是我们头上灿烂的星空，一是我们内心崇高的道德。"

诚然，现代价值观必须摆脱自我与自私的束缚，跨越金钱与名利的栅栏，走出道德沦丧的怪圈，跳出明哲保身的沟壑，才能使道德之花绚烂，才能使道德温暖人们的心田。

现代价值观不能到文艺复兴的个性解放中挖掘，不能到萨特的存在主义中挑拣，不能到卡夫卡的人性异化中剪取，必须立足于社会主义的广阔背景，吸取五千年的道德精髓。让我们的明天美德随处可见，让看到别人困难却走开的人重新负起像道德模范一样的责任！

二

我们播下一个动作，便收获一个习惯；播下一个习惯，便收获一种品格；文明已被人们放在心里的一个重要位置，时时刻刻在与文明交谈，千万不要把文明行为习惯看作小事。每个人的举手投足之间都传递着丰富的文明信息，让我们从现在做起，从自己做起，从点点滴滴的小事做起，养成良好的文明习惯，做文明学生，管住我们的口，不随地吐痰；管住我们的手，不乱扔垃圾；管住我们的脚，不践踏花草。

道德是最美丽的花儿，最圣洁的心灵，它让人问心无愧，心胸坦荡。有时道德是一种感恩。有时道德是一种爱心。道德，是春天的花儿，是植物的肥料。道德，是一种美德，是一种财富，更是一种智慧。

做人要讲道德，有道德的人才是真正的人，高尚的人，脱离了低级趣味的人，对社会有用的人。

中华民族是一个有着强烈荣辱感的民族。在我们的社会里，是非、善恶、美丑的界限不能混淆。否则，社会和谐不起来，经济发展不起来，民族精神振作不起来，国家也强盛不起来。胡锦涛同志提出的"八荣八耻"，旗帜鲜明地指出我们应该坚持什么，反对什么，倡导什么，抵制什么，应当成为每个公民应有的价值取向和行为准则。

作为祖国的未来和希望，我倡议我们从自己做起，从小事做起，从现在做起。在思想上积极追求上进，明辨是非；在学习上刻苦努力，精益求精；在生活上勤俭节约，节约水电，不搞攀比；在平时热心为同学服务，大胆创新；在行动上坚决反对有损民族形象的丑恶行为，讲文明，讲礼貌，守纪律，遵守社会公德和校规校纪。让我们积极行动起来，努力学习科学文化知识，树立正确的世界观、人生观和价值观。自觉把"八荣八耻"作为心灵的准则和行动的指南，弘扬社会主义荣辱观，为构建和谐社会贡献力量。

道德是我们拥抱在怀中的一道绚丽的彩虹，只要它一现身，便会带给我们雨过天晴的喜悦与欢欣。不是吗？当我们和别人闹矛盾时，道德会让我们伸出热情的双手，主动和对方言和；当我们自暴自弃时，道德会帮助我们找回自我；当我们悲观失望时，道德会使我们振作，从而走出那愁云密布的黑暗；当我们受到挫折、失败时，道德会促使我们奋勇前行，坚信"失败乃是成功之母"；当时代的使命降临时，道德又会使我们抱定"天生我材必有用"的信念，勇敢地、毫不畏惧地承担起一切……可以说，道德是我们生活的立足点，也是我们生命的支撑点。

让我们从今天开始，从现在开始，从自己开始，自觉地做道德建设的宣传者、实践者和捍卫者，逐渐具备良好的公民道德，成为一个具有高尚道德修养的中国人！

电视画面话安全

著名心理学家马斯洛说："除了空气和水，安全是人类的第一需求。"

君不见煤矿安全生产事故，几百个鲜活的生命离我们而去；君不见重特大火灾事故，一百多个无辜的生命就此陨落；君不见山东火车脱轨，几百个活生生的人因此离世。仅2008年全国发生的重特大安全事故约七百四十起，事故中丧生三千二百多人。

那一幕幕残酷的电视画面，冲击着我们每一个人的心灵。这些事故暴露出来的问题无非是心存侥幸，麻痹大意。这怎能不让我们觉醒，不让我们震惊！这样的事故虽然在我们身边很少发生，但我们也应让安全与生命同在。

"智者是用经验防止事故，愚者是用事故总结经验"。神东本着"事后补救不如事前防范"的原则，不断增强公司职工安全意识，各矿定期召开安全会议，谈安全问题，做安全汇报。你总会听到，安全员不断地讲解"生产运行安全"；你总会看到，生产岗位上矿工们仔细检查设备存在的隐患；你总会感受到，瓦检员严守操作规程不留死角所体现出来的工作热情。

"泰山不拒细壤，故能成其高；江海不择细流，故能就其深"。分析每一起事故，不是缺少各类严密的规章制度，缺少的是对规章条款不折不扣的执行。

看着电视画面中的惨祸惨景，我神伤了；看着那事故中的弱小身躯，我哽咽了；听到事故现场传出的惨烈的呼救声，我真的揪心啊！天真的面庞，活泼的身影，如花的生命，刹那间陨落天际，这让无数家庭失去了欢笑的权利，这给所有学校敲响了长鸣的警钟。

安全是一个社会和谐的乐章，它让生命之歌如此美妙，对于我们每一个人来说，它是通往你成功彼岸的独木桥，只有在确保安全的前提下，你才能抵达成功的彼岸去感受成功的喜悦；它又是培育幸福的乐土，只有在安全这片沃土的培育下，幸福之花才能随时绽放在你的生命旅程。拥有了安全，虽然不可能拥有一切，但没有安全就一定没有一切。在人生的旅程中，健康是前提，物质是基础，精神是源泉，而安全，则是堡垒。一个让我们生命的状态时刻保持安全与平衡，让我们生存的环境时刻充满宁静与和谐的堡垒。没有了安全，再丰厚的物质也会变得一文不值，再丰沛的精神源泉也如无本之木。

一首《幸福在哪里》，给了我们美好的遐想和憧憬，妻儿老小的天伦之乐，亲朋好友的欢聚一堂，都诠释着幸福，延续着欢乐，而寄托这种幸福的载体是什么？是鲜活的生命。无论在生活中，还是工作中，都有着潜在的危险性。细心促平安，粗心酿大错。剐擦碰撞，小伤小痛，恰恰为事故埋下了隐患。身边细心的同事提醒系上松口的鞋带，禁止靠近电盘区，这些细节的防范让我们远离危险；而大大咧咧，心存侥幸心理，即便与事故擦肩而过，也会心有余悸。深刻反思，智者用教训换取经验，愚者才用鲜血换取教训。

我们每个人心里都必须明白，安全为了我，我要保安全。企业是由"我"组成的，我的安全理念、安全习惯、安全行为都在影响着别人，影响着企业，所以一定要提升"我要安全"的主动认识，强化"我必须安全"的责任意识。把安全的硬性规定变为我们的自觉行为，使各种规章制度不再是印在纸上、贴在墙上的一纸空文，而变成我们头脑中自觉的安全理念和思维模式。安全，是珍爱生命的前提。如果我们不注重安全意识，视安全隐患而不顾，对安全问题措施不细、防范不严，把生命当儿戏，那么造成的后果则不堪设想。

朋友们，我们要树立时时重视安全，时时注意安全，处处不忘安全的思想，见安思齐，见损而自省。在岗一分钟，安全六十秒。做安全的忠实执行者，为我们的幸福保驾护航。让安全伴随着我们每一个人，让生命之花开得更加绚丽多彩！

情定神东

    自 2001 年至今，神东集团已成功举办了十二届集体婚礼，见证了三百对新人的相识、相爱、相守，连续多年被评为员工满意度最高的企业文化项目之一。这里有简朴的婚车，有简约的婚宴，有流光溢彩的舞台，更重要的，是有公司领导、亲朋好友诚挚的祝福，现场观众热烈的掌声，以及相守一生的誓言和回馈恩情的感恩之心。

    "今天的婚礼超出我的预期！"一位新娘激动地说，极致浪漫的现场布置，细节考究的物品设施，精心设计的仪式环节让人耳目一新。"这么多领导、同事共同见证我们的婚礼，觉得特别幸福。希望神东越来越好，我们的生活都越来越好！"

    神东煤炭集团团委书记介绍说："神东集体婚礼是神华集团企业中，举办届数最多、坚持时间最长的，已经成为神东文化的一张名片。众多有志青年带着梦想来到神东，神东为他们提供的不仅是一个发展的平台，更可以收获家庭幸福与生活美满，解除后顾之忧。"通过举办集体婚礼，神东搭建了企业与员工间的情感纽带和沟通桥梁，借助文化的力量凝聚员工，激发更多的员工扎根企业，为创造更加幸福的小家，为实现神东"大家"的发展而共同努力。

    神东年轻员工、外来员工较多。因为工作紧张，而且父母不在身边，跑前跑后办婚礼就成了年轻人一桩费心费力的事情。于是神东的决策者们在 2001 年 5 月 1 日，举办了第一届集体婚礼。这种"企业搭台，新人唱戏"的婚庆方式不仅为员工节省了费用和精力，更为员工营造了一种"相亲相爱一家人"的温馨感，因而受到了广大员工及亲属的热烈欢迎和好评，且一办就是十二年。

据团委书记介绍，作为一家注重人文关怀和员工感受的公司，神东一直在努力为大家解决生活上的种种后顾之忧。在神东工作的员工之所以能够对工作"敬业"，首先是因为他们能够"乐业"，他们能够安心、快乐地在这里工作。要成为一名合格的神东人，就不能仅仅把工作视为生存的手段，而是要懂得怎样用积极的心态，享受工作的意义，为社会做出应有的贡献。据了解，很多参加过集体婚礼的员工，都成长为各单位的业务骨干，获得了很多荣誉称号。

为个人成长提供广阔空间，是神东一贯坚持的理念。特别进入新时代以来，将"产环保煤炭，建生态矿区"作为发展战略的神东煤炭集团面临的第一个问题，就是如何实现企业的可持续发展？解开问题的钥匙交到了数千名员工的手里。

神东煤炭集团总结提炼了"创百年神东，做世界煤炭企业的领跑者"的"创领文化"。值得一提的是，神东把"幸福员工工程"放在了第一位。神东的人才观主张，要把员工放在企业发展战略的第一位，想员工之所想，急员工之所急，让员工能够"快乐地坚守工作，有尊严地享受生活"，让每一位员工在工作中体现自身的价值。

神东长期致力于完善公正、公平、公开的选人用人机制，卓有成效地开发了内部岗位公开考选和 H 型（管理路线和专家路线）职业通道；以中高层管理人员为主要培养对象，先后与中国矿业大学、辽宁工程技术大学联合开办了企业管理硕士班，为公司的健康发展储备了一批兼具系统管理知识和实际管理经验的复合型人才。2015年出台了《神东人才发展规划》。这些举措让青年员工学习有方向、成长有规划、展示有平台，充分体现了"知识与技能并重"、"能者上，平者让，庸者下"等用人理念。在先进理念的支撑下，每一件事都细细考量，周密部署，努力让每一名神东人，时时处处感受到充盈着正能量的神东文化。

张子飞说："如果企业对员工好，那么员工肯定也对企业好。这里面的先后关系不能颠倒，企业首先要做到爱自己的员工，重视自己的员工，把员工的苦乐都放在心上，员工才能把爱反哺到工作中去，才能和企业同呼吸、共命运、共成长。"多年来，神东在创建世界一流的发展道路上取得的成就，也进一步印证了神东人才理念的正确性。

90年代开始，神东开启了专业化发展的步伐，从传统煤炭企业的社会属性中解放出来，对煤炭生产、辅助生产、生活后勤、多种经营多个行业实行专业化管理，形成了以煤为主，全面提升的发展格局。建成了国家级企业技术中心和博士后科研工作站各一个，省级企业技术中心、省级工程技术研究中心、省级工程实验室等研发平台六个。先后承担国家重点研发计划四项，国家火炬计划项目三项。

神东，就是这样一个值得员工信赖的企业。因为有爱，一群充满梦想的年轻人在这里凝聚；因为有爱，一个团结务实创新奉献的团队在这里燃烧激情；因为有爱，一个勇于担当的企业傲立潮头敢为人先。

举办青年集体婚礼是神东坚持以人为本，实施幸福矿工工程的重要举措，是为青年做实事、办好事而举办的青年婚庆盛典。同时，青年集体婚礼也是神东青年共圆绿色婚恋梦想，引领低碳环保、勤俭节约新风尚的婚庆盛典。青年是神东发展的生力军，公司将一如既往地履行、担负好培育青年的责任，培养、关爱神东青年，让他们在神东的沃土上，实现抱负，幸福生活。让他们都胸怀祖国，敬重事业，扎根一线，诚信友善，传承神东精神，勇担企业改革、创新、发展的责任和使命，在建设世界一流煤炭企业的征程中，书写出奋斗青春最美丽的七彩华章。

瑞雪情满植树节

——写在 2012 年植树节之际

一

我曾读到过一篇文章，写的是一位诺贝尔和平奖获得者马塔伊的事迹。

马塔伊是非洲肯尼亚的一名黑人妇女，她目睹家乡的土地上，因毫无节制地砍伐而逐渐失去绿色，祖国的森林覆盖率不足百分之二，森林资源的日益匮乏正在导致干旱和无数家庭面临贫困，在痛心疾首之余，她想到了挽救。她以身作则，首先在自家后院种了九棵树。接着宣布成立环保组织"绿带运动"。从 1977 年开始，她坚持不懈地动员贫穷的非洲妇女和学生植树。就是这个"绿带运动"造就了非洲最重要和最有效的植树造林工程。

我对文章的主人公印象最深的是，首先她高瞻远瞩并力挽狂澜。她认识到绿色能挽救生命，所以她把一生中精力最旺盛的时间用在了"绿带运动"中。从而让周围的人，甚至全国、全非洲、全世界的人，认识到植树造林的重要性。

马塔伊的执着精神，使我感觉到了什么是贵在坚持。她三十多年不辞辛劳地动员妇女植树，从看似平凡的工作做起，最后做出了了不起的贡献。她的确是开启地球绿色之门的榜样。

二

我国各地也经历过乱砍滥伐树木的事情，当人们觉醒的时候就开始做植树造林工作，根据各地的气候类型，规定了每年春季的义务植树节。

今年的 4 月 12 日，环保处组织神东煤炭集团公司机关员工来到大柳塔矿采煤沉陷区进行植树造林。

不知是老天爷的恩赐，还是被神东人精神所感动，上午的天气虽然有点阴霾，但看不出有降雪的迹象。到了下午两点三十分，一场瑞雪将刚刚回春变暖的百里矿区顿时变为一片白茫茫的世界，然而工作和生活在神东煤炭集团的员工们植树造林的热情依然十分高涨，带着自己的工具按时乘车前往植树地点。

雪越下越大，大巴车在风雪中徐徐前进，看着外面的风雪，像在看立体电影，感觉那风啊，雪啊，正劈头盖脸地向我们砸过来。

瑞雪轻轻地飘在旷野上，隔着车窗远远望去，整个矿区犹如一座玻璃城堡。沙梁、山包、高楼、厂房都若隐若现，虚无缥缈，往日沸腾的矿区显得那么宁静而平淡。我想，等置身于其中时更感觉到如临仙境。风吹着雪，时而横横地飘一阵，时而又上下舞动一阵，更增添了一份置身云中的感觉。

在雪中植树，对我来说还是第一次。植树地块是被四周小山环抱的一块沙地。放眼望去，披上了一层薄薄的"白纱"的荒地上，在雪花的衬托下，正在植树的身着各色服装的神东人，显得格外耀眼。大家两个一组，三个一伙，兴冲冲地劳动起来。每组五十棵树，前后总共用了一个多小时，就全部搞定。

可能是被我们的热情所感动，雪渐渐地停了，风也渐渐地小了，人虽也感觉累了，但看得出来，每个人都快乐着。

是啊！如果每人都献出一片绿心，我们的家园将会变样！如果每人都拿出珍藏的热心，我们的生活也会变样！

三

我不是出生在"植树节"这一天，但每到生日我都会想起一句话："生命之树常绿。"我相信，国家规定植树节这一节日不是偶然的，一定有着某种神圣的意义，或许是提示我们用毕生的努力，经历无数的历练，依然保持生命的活力，有春天般的勃勃生机。然而，保持生命的绿色，我们的内心世界就不能是荒漠。我的一位朋友在生了孩子成为母亲后，很长一段时间里诚惶诚恐，她说："面对孩子，我不知道我是否能像我父亲那样，有足够强大的精神能量引领这个孩子走向光明的人生。"她的担忧我能理解。我们这个世界比自然环境恶化更为严重的是人内心世界的荒漠化！我们还经常被感动吗？我们还有真挚的情感吗？我们还有对美好事物的憧憬吗？如果我们没有精神世界丰沛的源头活水，那么如何去灌溉我们心灵的绿洲？

我想，每到"植树节"，当我们外视环境的同时，也应内视我们的心灵，为那里植一棵绿树，让内心世界绿意盎然！

二十多年来，神东和全国各地一样，每年都花一定精力做植树造林及美化矿区工作。成果已经显现，的确山头绿了，荒漠绿了，矿区绿了。说明我们的员工都准备把自己打扮成绿色使者，披着绿色走向健康，走向文明，走向幸福。

　　春风送暖，万木复苏。愿全公司上下珍惜大好时光，每年开展义务植树活动，使我们神东成为"矿在林中，路在绿中，房在园中，人在景中"的典范。

感恩神东

每天清晨，当我迎着第一缕晨曦走出家门，走向工作岗位的时候；当我坐上崭新的通勤车，和同事们毫无芥蒂、笑意盈盈、亲切闲谈的过程中；当我又圆满完成了一天的工作，又学习收获了一些工作经验、业务知识和技能时；当我结束一天的工作，沐浴在夕阳中，走在回家路上的时候，一种强烈的幸福感就会从心底油然而生，我耳畔就会不由自主地回荡起那支熟悉而优美的《感恩的心》，我就会情不自禁地低声吟唱：感恩的心，感谢有你，伴我一生让我有勇气做我自己，感恩的心感谢命运，花开花落我一样会珍惜……

感觉迟钝，思想懒散，有些事情即便是不经意想到了也不愿往深处想，有些事情即便是自己已经经历了，还是觉得和自己很远。就在今年年初，在包头市一家企业门前看到：因为工厂停工已经在家中等候多天的职工们三三两两聚在一起，打听工厂何时开工，何时能够再上班。一个中年男人蹲在角落里，他没有加入到人群的讨论中，可他焦虑、沮丧和茫然的眼神却深深地触动了我。

那一刻我想到了自己，在原东胜精煤公司遭遇煤炭市场不景气，不少煤矿职工在家等候上班时的心情，每月只有几百元的生活费，给人的感觉又是如何呢？

我和许多朋友一样，参加工作以后，每天上班下班，从来没有感觉到这就是一种幸福。三十多年日复一日、年复一年地工作着，甚至使我对工作产生了一丝厌倦和无奈，总感慨重复、单调、乏味的工作何时是个尽头呀！

可自从煤炭市场回暖以后，公司一万多名干部职工总算有了赖以生存的家园，一夜之间突然由一个无所事事的失业人员变成了企业的主人，每人每月可以领取五千到一万元的工资收入，家庭生活水平日渐上升。

工作了这么多年后，心情和生活早已变得平淡，直到企业再度崛起时我才意识到，这平淡和简单是一种多么经得起推敲的幸福啊。

"感恩的心，感谢有你，伴我一生让我有勇气做我自己；感恩的心，感谢命运，花开花落我一样会珍惜……"唱出了多少深意，同样也唱出了我的心声：感恩父母，是他们赐予了我生命，来到这个五彩缤纷的世界，并抚育我长大成人；感恩师长，是他们用知识与智慧健壮了我们的羽翼，使我有飞向天空的力量；感恩同事朋友，茫茫人海、芸芸众生，相遇相知便是最大的缘分；同样，我更需要感恩的是我的神东公司，是她给我提供了一个发挥自我、展现自我、施展才华的舞台。

自从神府东胜两大煤炭企业重组以来，我和所有神东人一样，越来越感受到神东煤炭集团这个大家庭的温暖。组织的关心，领导的爱护，同事的问候，丰富的文娱活动，犹如一缕缕春风，吹得我们心头暖意融融。尤其是神东在企业文化、企业管理、企业安全生产等方面的高水平，使神东的煤炭产量稳步增长，质量稳步提升，安全生产的科技含量不断增加，"神东煤"不断销往国内国际市场。各种消耗明显降低，费用不断减少，经济效益显著提高。设备更新改造不断加快，企业管理水平不断提高，职工收入日益增长，职工业余生活不断丰富，一个负债经营、自负盈亏的国有企业焕发了生机与活力，职工精神面貌焕然一新。更可喜的是在经历煤炭市场的大幅波动之后，神东人满怀一颗感恩的心，把无尽的感恩化成工作中无穷动力，以迫切的心情忘我地工作。珍惜时间，珍惜生命，珍惜这来之不易的工作岗位，用真情、真心、真干回报神东。"有活干是幸运的，干好活是幸福的"的工作理念已深入人心。如今抱怨发牢骚的人少了，脚踏实地上进的人多了；在岗聊天打发时间的人少了，埋头钻研业务的人多了；遇到困难时相互推诿的现象少了，企业的凝聚力增强了；勤勤恳恳干好本职工作的人多了，敷衍了事不拿工作当回事的人少了。人们懂得了珍惜——珍惜自己的工作，珍惜自己的岗位，珍惜自己的企业。也许我的努力和付出微不足道，但是我更愿意把这看作我们企业精神的凝聚。在一个企业里，一个人的力量真是很小，作为公司一名普通职工，我所能做的也只能是工作时再精心一点，巡检时再认真一点，节约每一滴水，利用好每一度电，这是企业最重要的财富，也是最最不能缺少的。

常言道"态度决定一切"。世界不会因谁而改变，需要改变的是我们面对世界的态度。工作被我们视作谋生的手段，更是我们个人生命价值的体现，而我们的企业，正是体现我们自我价值的平台。其实你也许并没有意识到，在更多的时候，工作给我们带来的是精神的寄托，平凡的工作也许少有成就感，但心灵的安全感让我们很踏实。以感恩的态度去面对我们的企业，在工作中尽心尽力、积极进取，向着自己的目标不懈地努力，在带给企业利益和效益的同时也可以大大提升个人的能力。当你感受到个人的荣辱和企业的发展融为一体，对企业的感恩成为一种习惯，对企业的忠诚成为一种责任的时候，工作将充满激情，事业也会更有成就感。

如今，我为能拥有一份踏实而稳定的工作而感到幸运，我为自己是神东煤炭集团公司这个大家庭中的一员而感到自豪，我为自己能重新拥有一个实现自我人生价值的工作岗位而感到高兴，我为神东能为我们提供各种展示自我能力的舞台而感到幸福。对于给予了我太多的神东公司，我不愿把"热爱"两个字加在她的前面，因为"热爱"太简单、直白，而我最愿意用"感谢"，对我的企业说一声"感谢"，就像面对一个始终给你庇护的人一样，只有这样才能激起你的感激之心、报答之意。

班尼迪特说："受人恩惠不是美德，报恩才是。当他积极投入感恩的工作时，美德就产生了。"所以，我感恩，如果没有神东，也许我依然一事所成；我感恩，如果没有神东，也许我还在市场漂泊；我感恩，是我们的神东让我真正成长、成熟；我感恩，是我们的企业让我拥有了实现自我价值的平台，找到了自己的人生坐标，为我提供了更为广阔的施展才能的舞台。

时刻拥有一颗感恩企业的心，我不再抱怨，不再推诿。面对困难，我不再是单独奋斗的个体，而集体的力量将远远大于个体力量的总和，因为我们感恩、我们团结。

时刻拥有一颗感恩企业的心，我们明白小我和大我的取舍。在领导面前我们不再有对立反抗的情绪，工作做到上行下效，因为我们感恩、我们理解。

时刻拥有一颗感恩企业的心，同事彼此之间关系会更加融洽，配合更加默契，误会和埋怨将因理解被淡忘，因为我们感恩、我们信任。

时刻拥有一颗感恩企业的心，我们就不会在工作中贪图私利、损公肥私、损人利己、消极怠工，因为我们感恩，我们自律。

拥有一颗感恩企业的心，我们便拥有了企业这个大家庭，我们便成为了企业真正的主人，一荣俱荣，一衰俱衰。

"感恩的心，感谢有你，伴我一生让我有勇气做我自己；感恩的心，感谢命运，花开花落我一样会珍惜……"回忆过去，感恩现在，才能把握明天。神东给予了我很多，我只有拥有一颗感恩企业的心，才能珍惜工作，才能认认真真、扎扎实实地做好本职的工作，才能对得起企业的给予和自己的收获。

我的工会情结

　　第一次听说工会，是在上小学的时候，从电影上看到的"二七铁路工人大罢工"的场景。工人们为了反对压迫、争取自由而罢工，他们喊着、嚷着要加入工会。当我问起老师什么是工会时，老师笑着对我说了几句很难懂的话，大概是书本上的很正规的对于工会的解释吧。

　　我喜欢读书是从小学三年级开始的。那时候，总认为学校是个万宝仓库，里面有很多好东西。走进学校的图书阅览室，桌面上满是一本又一本各色封面的笔记本。班主任是一名老党员，每天下了班，他都要到阅览室写学习笔记，有时会写到晚上很晚的时候。打开班主任的笔记本，里面满是"最高指示""毛主席语录"等长方形的挺拔俊俏的钢笔字，那些字就像班主任的性格一样，刚强、敦厚、有韧劲，方方正正、苍劲有力。

　　也许受到班主任的影响和熏陶，我从小就喜欢看书，无论是报纸、杂志，还是那一本本的小人书，我都是认认真真地打开，饶有兴趣地看。尽管有时候看不懂，但总也能从其中找到自己认识的一些字，或是找到自己喜欢的一些图画，并没完没了地跟在老师身后问这问那，提出一些让他们感到啼笑皆非的问题来。

班主任是学校语文、数学、音乐、美术多学科教学能手。有一次，我偶然走进一间造纸坊的仓库，这是一间平房大屋子。进到屋里，只见周围全是一排排的书架，书架上摆放着好多好多的各色书籍，书架边上放着一个木制的报纸架，淡黄色的长木条夹着厚厚的一摞一摞的《工人日报》《人民日报》等报纸。我不知道为什么在造纸的库房还摆着书架。后来班主任老师给我说，那是纸坊工人把回收的书籍放在书架上，专为有兴趣读书的人提供借阅的便利。

进门的时候，我专门向四周看了看，发现屋里并没有人，这才渐渐地大着胆子走到书架前，像一个饥饿的人突然看见大量美食一样，惊喜、好奇甚至有些贪婪地浏览着眼前这些好东西。忽然，"三国演义"几个黑色的字跃入了我的眼帘。那是一本封面为淡褐黄色的书本，它静静地立在书架上，好像一只熟透了的果子，正在等待着我去采摘。

关于张飞的故事，我是从一本连环画《三国演义》上了解的。由于非常崇拜张飞，我甚至向班主任提出过一个现在看来非常幼稚的问题：我姓张，张飞也姓张，我和张飞是不是一家子？班主任笑着对我的问题进行了解答。可看着我仍然一副迷茫的表情，他抚摸着我的头说，傻孩子，等你长大了，看了《三国演义》原著，就什么都知道了。

连环画介绍的故事毕竟简单些，只是对《三国演义》的大致情节进行了一个简单的描述。至于其中的详细情况，我是非常想知道但却苦于还没长大，无法达到目的。此时，我虽然还没长大，但这本书却真真实实地出现在我的面前了。

正在我一眼不眨地盯着这本书时，由门外进来一位三四十岁的女人，我认识，她姓赵，平时称呼她赵姨。她见我对这些书感兴趣，就对我说，你想看书吗？我说是。她说，你随便挑吧，看书不要钱。我说这是真的吗？她说是真的，这是纸坊的书，可以随便看。我一听，立即欣喜地拿起了那本长篇小说《三国演义》。

赵姨接过书看了看，说你能看懂吗？我说能。她有些惊讶地笑了笑，从抽屉里拿出一个小本本，写上我的名字递给我说，这是你的借书证，等你看完了再来换新的。我接过借书证，发现证上真的盖着一家企业工会的大红印章。打开书的封面，在扉页上也盖着鲜红的工会的公章，那圆圆的带着一点油渍的红色圆圈，恰好盖在作者罗贯中的名字上。

不花钱就能看书，企业工会真好！这是我对于工会的第一个印象。

后来，真像班主任说的，我渐渐长大了，知道了我与张飞并非一家子，也知道了工会并不是人们常说的简单的写写画画，知道了工会是工人的组织，是为工人服务的，是职工的家。

再后来，我参加了工作，几乎每年五一劳动节前后都会有个活动项目，有时发点毛巾、脸盆、毛巾被什么的，有时会举办一场体育比赛，也有时会搞一场自娱自乐的文艺演出。不管是什么形式的活动，都是由单位工会组织的，这不仅让我对工会产生了一份深深的羡慕，而且每每这时，都会让我想起那本盖着鲜红色工会公章的书本。

时光荏苒，转眼之间我已过不惑之年。虽然我也写过一些诗歌散文，但我始终感觉，我的写作风格和文字语言中，总会有那么一点《三国演义》中那种激情奔放、描写手法多样的风格，这也许是受了那本不知看了多少遍的小说的影响吧。

或许是自己与工会的缘分，也或许是自己的性格与爱好适合工会工作，今天，我竟然成了神东工会的副主席。工资也涨了，级别也提了，但我感觉到工会并不像一些人说的是"养老的地方",而是真实地感到自己的肩上多了一份沉甸甸的担子。

工作中,我除了认真服务职工、服务安全生产之外,常常会想起当年那位纸坊的赵姨,想起心里一直保存着的那本盖着工会公章的长篇小说《三国演义》。

每当闲暇之时,或是处于半睡半醒之间时,我会在恍惚之中感觉到,神东有那么多爱看书的青年矿工,他们懵懵懂懂地走进现代图书馆,走进了工会大家庭,而我也会送给他或她一本喜欢看的书,然后看着他们慢慢充实,一步步成长起来。

令人欣喜的是,他们真的有自己的书出版。虽然还没走上专业写作的道路,但我想,如果他们是神东工会的会员,相信他们在工会这个大家庭、在工会这个舞台上会展现自己多彩的年华。

矿嫂的心声

冰冷的寒冬已悄然离去，随着春天的到来，天气逐渐变暖，神东矿区又开始热闹起来。每天清早，我在上班途中总是少不了遇见穿着工装的矿工或是职工家属，三三两两走向自己的目的地。下午茶余饭后，走在乌兰木伦河边的滨河路上，看着散步的人群，他们由不同年代、不等年龄的人组成，有的或许是同事、朋友或家人，嘴里不时在说着什么，可见的是一张张幸福的笑脸。晚上，霓虹灯漂亮的灯光为整个矿区换上美丽的色彩，一群女职工及家属在震耳欲聋的流行歌曲中翩翩起舞，旁边的长凳上还坐满了观众欣赏着歌舞，或是窃窃私语……这些使神东矿区生活变得丰富多彩，他们都在用自己的方式充实着整个矿区生活。

这一天，我遇上了一位熟悉的矿工家属，她边走边给我讲述着："曾经的我是一名矿工的家属，而今我也是矿上一名职工，大家叫我矿嫂。过去几年，自认为对丈夫的工作还算支持，对他的关心只能算是尽到了妻子的责任。大学毕业这些年来，虽然很多时候都在矿上工作，对自己丈夫的工作也只有那么一点点了解，只知道他每天都有下井任务，尤其是在夜班的时候经常是把闹钟调到二十三点，不论深冬严寒还是刮风下雨都要按时起床，下班回来刚好是第二天早晨的八点钟。看到自己的丈夫为了工作为了生活是那么的辛苦，所以我尽量体贴他。一天三班制，经常下班都是超时出来。穿着干干净净的工作服，戴上矿帽去井下，当升井的时候浑身就变得漆黑，只看见两只眼睛在转动。记得在2008年四川大地震的时候，我在家里也有震感，但在那瞬间他还在井下采煤工作面。

"当我看了最近央视热播电视剧《矿哥矿嫂的平凡生活》后感悟颇深，对煤矿有了更深入的了解，对矿工的工作艰辛更有进一步的体会了，对矿区的生活更加熟悉了。在电视里有这样一些情节：有的家属根本不体谅自己的丈夫在井下的辛苦，每个月到时候只管领光自己丈夫的工资，经常丈夫下班回家还是冰锅冷灶的，特别是现代生活水平提高了，更多的家属只管打自己的小麻将。也有很多家属，在家里是贤妻良母，家外对人热情大方，积极地参与工会组织的家属协管活动。电视里面最感人的是一位老太太从年轻时就经常带着两只暖水瓶到井口送水，一直到老，坚持了二十多年。多年后矿区的条件有很大的改善，井口检身房也配有了饮水机，可她还是不忘送水到井口，经常在半路遇到上下班的矿工说：'阿姨，现在都有饮水机了嘛，您怎么还送水啊？'她是我们矿嫂的榜样。这部剧不仅反映出一名矿工下井采煤的真实情景，更让我懂得了一名矿嫂对家庭的责任，懂得了对自己丈夫和家人要关心与付出。

"也许有很多人都看不起我们煤炭工人，尤其是下井工人，对此我并不认可，相反，我觉得最了不起的就是我们井下采煤一线的工人。没有他们的辛勤劳动，我们靠什么出煤？靠什么发电？他们在一线是最辛苦，最伟大的。"

这位矿嫂的感想，反映了矿嫂更是光荣伟大的，没有矿嫂的贤良淑德，能有我们的矿工安心下井上班吗？矿工顶着安全的巨大压力奋斗在生产一线，而矿嫂身上的担子并不比矿工们轻，要照顾家里老小，担心着自己丈夫的安危，热情关心着工友，贡献出自己微薄的力量与关怀，都是了不起的。

辛苦的矿工，贤淑的矿嫂，在任何一个矿区比比皆是。这也是矿区一道最美的风景线。每一个优秀矿工后面都有一位了不起的矿嫂，每一位了不起的矿嫂的默默付出都是煤矿安全生产的重要保证。

创新中的神东人

　　人在物质生命之上还有精神生命，精神生命的存在以创造为主，人们从创造中得到乐趣，感受到生命的意义和价值。神东人正是秉持着这份创新精神在我国率先建成第一个亿吨级特大型现代化矿区，成为我国重要的煤炭生产基地，煤炭产量连续二十年保持在千万吨以上。在世纪之交的历史转折关头，神东领导班子审时度势，科学决策，以换思想、理思路、求发展为主题，做出了实施二次创业的战略部署，确立了稳定煤炭主业、优先发展非煤产业的战略方针，拉开了神东集团二次创业的帷幕，开辟了神东集团改革发展的历史新时期。

　　经过十几年的艰苦奋斗，神东这个十几年前几乎发不出工资的特大型国有煤炭企业发生了翻天覆地的变化。通过机制、管理、产业等多方面的创新，企业成功走向国内和国际两个市场，走出了自己的行业和地域限制，涉足多个产业领域，打造出循环经济链条，实现了可持续发展。神东已经超越了传统煤矿的含义，成为一个跨行业和跨地域的现代企业集群，并且呈现出一种爆发力无穷的成长性态势。

　　十几年来，面对纷繁多变的外部形势和艰巨繁重的改革发展任务，神东煤炭集团领导班子团结带领广大干部职工以解决生存危机、加快改革发展、做大做强神东为己任，坚持解放思想、实事求是，立足于神东的区域、资源、产业、文化特点，紧跟全国企业改革发展历史进程，认真研究能源产业经济发展的规律，高扬创新发展主旋律，运用市场经济规律和先进经营理念再造企业，靠创新解决管理短板问题，靠改革解决机制不活的问题，靠发展解决可持续发展问题，企业经济实力不断跃升，产业格局逐步构建完善，发展区域不断拓宽，盈利能力不断增强，社会贡献日益增长，职工幸福指数明显提高。

创业是一面旗帜，她唤起了神东人空前的危机感和使命感，空前地统一起全体神东人的思想，凝聚起全体神东人的智慧力量，为神东人打开了一扇解放思想、干事创业、加快发展的希望之门。从桥山脚下到黄河之滨，从陕北腹地到鄂尔多斯高原，神东人勤奋、耐劳、创新，并使之成为神东特有的标志性符号。

创业是一次革命，转机建制、改革脱困、加快调整、规模扩张、制度完善、产业提升，我们始终以发展为主题，以改革为动力，以结构调整为主线，坚持存量调整、增量扩张、总量增长的有机统一，由难点介入，从重点突破。神东人用自己的智慧和力量，全方位、系统性地再造了神东。煤炭产能、产业布局、规模实力、盈利能力、上缴税金、员工收入、社会地位空前提升，企业由积贫积弱到做大做强。

当历史的时钟走到今天，当我们放下过去的艰辛，重新面对新的挑战；当我们享受着发展的喜悦，憧憬着美好的未来，我们不由得要高呼一声：神东万岁！

从计划经济下的管理体制，到市场经济中的煤炭龙头企业，一路走来一路辉煌。是光荣的神东人成就了这一切，是光荣的神东人书写了这一曲曲的恢宏乐章！他们就是现实里的"普罗米修斯"，如同他们亲手采出的煤，一样缄默、一样燃烧、一样炽热、一样执着、一样可敬。

此时此刻，就让我们彼此认真地体味神东人的艰辛和顽强、伟大和英雄，面对严峻的市场竞争，百折不挠、锐意进取，和企业相濡以沫；面对生活的各种困难，顾全大局、任劳任怨。

安全高效、敬业奉献是神东人的信念，热爱神东、献身神东是神东人的信念，在最困难的时候办最难办的事，也是神东人的信念！

光荣的神东矿工战斗在企业的不同领域、不同岗位，有着不同的贡献和付出，但有一点是共同的：他们身上都凝聚着神东的优良传统作风，都体现着不畏艰险、敢为人先的创新精神；都拥有着热爱企业、奉献神东的崇高品质；都展现着高度的事业心和强烈的主人翁责任感。他们是神东生产建设中的中坚力量，是改革发展的中流砥柱，是社会的楷模，是时代的英雄，更是企业不垮的脊梁！正因为我们骄傲地拥有这样的职工，我们才可以在前进的征途上确立建设主业突出、竞争力强的国际化大企业集团的目标，才可以在新的历史高度上，以创新、发展、调整、提升、安全、和谐来诠释新一轮改革发展的内涵，才可以勇敢地描绘主业做大做强、体制做优做活，实现神东煤炭集团持续繁荣的美好未来！

安全责任重于泰山

在人生的长河中，十几年说长不长，说短不短，而我，在神东公司工作已有十五年了。在过去的十五年里，我见证了神东公司从小到大、从弱到强；亲身经历了现代化煤矿的巨变和员工综合素质的逐步提高，而我感受最深的是安全责任的不断提升。

说到安全责任，就是为了避免安全事故。不管是发生在外单位的或是我们神东公司内部的安全事故，诱发这些事故的主要原因是什么呢？对，就是违章，而违章的根源则是安全意识淡薄，安全责任不到位。

记得2003年，乌兰木伦矿发生了一起上隅角瓦斯集聚突爆，造成二人死亡、七人受伤的安全责任事故。在追查事故原因时，大家都说平时对瓦斯管理不到位，按无瓦斯矿井管理，结果在上隅角瓦斯聚集的问题长期没有解决。这起事故虽过去一年多了，但有时想想就像发生在昨天。也许有的人不这样想，甚至已经遗忘了，那是因为事故没发生在你身边，倒下的不是你朝夕相处的同事。如果我们的矿领导在平时的工作中切切实实地抓了"三违"，进行认真管理并深刻认识了瓦斯危害性，可能就不会发生这样的悲剧；如果我们的班组长或是工作负责人认真地做了安全的组织和技术措施，两条年轻的生命也许就不会消失；如果我们的员工安全意识强，心中牢记"我要安全"，那安全事故可能就不会发生在你的身上；如果我们大家都多一点安全意识，多一点安全责任，那就不会有瓦斯爆炸人员伤亡这样特殊的日子了。安全没有如果，等到我们说如果的时候，一切都晚了，留给我们的是追悔莫及和警钟长鸣，留给亲人的是悲痛万分和永失我爱。

安全是什么？安全是天，因为人命关天。安全是企业的生命线。安全是身体健康和家庭和美。所以我们说，安全责任重于泰山！

过去的十五年是神东公司发展进步的十五年，公司的一切都逐步走上了正轨，各级领导越来越重视安全，安全工作越做越完善，安全责任的落实越来越得力。尤其自 1998 年以来，各级都把安全工作当成了一项重中之重的工作来抓。像公司月度季度安全生产例会、全员安全培训班、班前班后组织的安全学习、班组的安全活动和事故分析，以及工作日志的规范化填写和严格执行，等等。这一切都充分证明了我们的公司重视安全了，领导重视安全了，员工重视安全了，压在我们每个人的肩上是一份沉甸甸的安全责任！

面对发生的各类重特大事故的血淋淋的事实，我们有何理由不讲安全？我们有何理由不抓安全？我们有何理由不把安全牢记心间呢？又怎么能不让我们大声疾呼：安全无小事、责任大于天！

对于安全管理，不能以为只有领导者才有责任，更不要以为只有当事人才有责任。作为一名企业的普通员工，我认为，安全管理是全员的责任，而且首先应当是每一位基层员工的责任。

公司制定了安全管理制度、建立了安全管理体系、保证了安全资金的投入，为大家创造了安全生产生活的基本条件。这些只是安全管理的前提，如何层层落实制度，保证安全生产，则是我们每一位基层员工的责任，需要我们共同维护。

面对镜子中的自己

　　每个人的生命，都是独一无二的奇迹。无关美丑、不论贫富。这个奇迹包含了呱呱坠地、咿呀学语、蹒跚学步，包含了弱冠、而立、不惑和明识天理。这是生命漫长而又短暂的持续，是人一生仅有的一次经历。

　　面对镜子中的自己——可能面容不够俊朗亮丽，也许身材不够高挑完美。然而，大可不必自怨自艾——它们至少是完整的——我们有完整的面容、四肢和身体，该为这不算完美但却完整的生命感到幸福！因为，有些人，远没有我们幸运：由于一次意外，有人在火灾中失去了漂亮的面容；有人在冰冷的钢铁机器前失去了灵巧的双手；有人瘫痪在床；有人与轮椅为伴；甚至有人永远地失去了活着的权利……

　　面对镜子中的自己——你该明白，安全，才是生命奇迹最重要的含义。

　　在这里，我想说：自然的灾难，并非人力所能相抗。它的发生不可阻挡、不可逆转，除了心存敬畏，我们只能尽力而为。然而，人为的事故呢？因为疏忽，我们忘记关掉煤气阀门，忘记佩戴安全帽；因为大意，我们将本已烂熟于心的操作规程忘到脑后，将明知不能省略的步骤人为省略；因为不负责任，我们将烟头随意丢弃，让设备长期空转。事故真的发生了，一切都将不可挽回。这个时候，我们该去怨谁？除了"哀其不幸"，难道我们不该"怒其不争"吗？

面对镜子中的自己——难道你只看到了自己？

我们自降生的那一刻起，就注定了不再只是一个单独的个体。我们的生命自始至终就与他人息息相关，除了活着，我们的生命还担负着更为深远的意义：我们有父母，有妻儿，有兄弟姐妹，太多的身份要去践履，太多的责任要去担负。白发父母慈祥的面孔，温柔伴侣亲切的笑容，伶俐儿女可爱的眼神，哪一个不令人神往，哪一个不叫人留恋？

有一个身边的故事。邻居家的王师傅，在企业打拼多年，终于在某日取得突破，成为生产车间的主管领导。也许是过于兴奋，当天夜里，王师傅喝了一瓶白酒，摇摇晃晃来到车间，睡倒在巨大的液压起重臂下。早已醉得不省人事的他哪里会听到提醒清场的电铃声？就这样，巨大的起重臂缓慢地、无情地将他碾轧成了一摊肉泥。噩耗传来，还沉浸在儿子升迁喜悦中的老母亲一下子昏倒在地，从此以泪洗面，精神恍惚。"子欲养而亲不待"，固然让人伤感，"白发人送黑发人"又何尝不令人肝肠寸断？

还有一例故事。刚过而立之年的李某，是一家钢厂的维修工。在一次例行巡检中，他忘记了拉紧安全帽的系扣。当他弯腰准备给一台松动的皮带加固时，安全帽脱落了，同时脱落的还有头顶一块重重的三角铁……李某就这样走了，留下一个不满一岁、没有叫过一句爸爸的孩子。孩子是无知的，在李某出殡的当天，他还会不合时宜地开心地笑出声来。可是，有谁会去斥责这个年幼的生命呢？

逝者已逝，或许从此免去牵挂，但活着的人，哀伤将伴其一生。从这个意义上讲，谁敢说我们的生命只关乎自己？

我们神东集团公司是一个汇聚了无数梦想、希望和幸福的大家庭，而我们，安居其中。这个大家庭，看不得一丝丝隐患，听不得一丁点哭声；这个大家庭，连续多年将安全作为整体工作的重中之重。安居其中的我们，既要感恩，又要慎重，更要奋进！要学那数十年如一日的上湾矿，产煤六千万，安全无事故；要学那兢兢业业的维修厂，时刻谨小慎微，日夜查漏补缺，为无数个家庭幸福奠定了基础；还要学习身边所有重视安全、遵章守纪、敬业勤奋的工友们，集个人安全之涓涓细流，汇全员安全之宽阔江河，聚集团发展之蓬勃动力。

认真面对镜子中的自己，镜子也在回望。它给我们一个严肃、凝重的表情，告诉我们：生命与安全同行，幸福才能延续。让我们时时重视安全，处处遵章守纪，如履薄冰，防微杜渐，去堵塞百分之一的疏漏，去制止千分之一的侥幸，去消除万分之一的偶然，共同筑牢安全永不崩溃的大堤，创造生命更加灿烂的奇迹！

擦亮路牌的人

　　他是一个道路清洁工，每天早上七点出门，穿着蓝色的工作服，带着蓝色的梯子、水桶、刷子、抹布……多年来他都负责同一条路线，主要负责滨河大道三公里路段，清理完道路两边的垃圾和路牌，他的工作就完成了。清洁路牌并不是一件简单的事情，但他是一位认真负责的人，他负责的路牌不只干净，而且像新的一样。他喜欢自己的工作，喜欢所有的街道与路牌。

　　有人问他："生活中有没有什么想要改变的呢？"他会回答："我什么都不想改变。"可是有一天他听到一个小孩对他妈妈说："妈妈，这是滨河路？"他妈妈说："没错，滨河路是神东矿区通往陕西、山西、内蒙古的主干道，这条路也是矿区开发建设的重要标志。"清洁工目瞪口呆地望着这一幕，心想："我对滨河路的了解竟比小孩的妈妈还少。我每天来这里上班，却对这条路了解得很少。"说罢，他便骑着脚踏车飞也似的向家里奔去。

　　从此，他开始认识与研究路牌上的宣传标语与内容。他看报纸查询，听广播了解，看电视知晓。他的生活开始改变，过了几个星期，清洁工渐渐喜欢上了阅读，虽然有些句子看不懂，但他会一遍又一遍地阅读，直到看懂为止。渐渐地，他与宣传部门的人员都越来越熟悉了。他对同事说："可惜呀，我没有早一点开始看书，我错过了好多东西哦。"

渐渐地，当他开始熟悉这些内容后，他会在工作中背诵自己喜欢的文字给自己听。于是他就洗洗路牌吹吹口哨，洗洗路牌念念诗词、说说故事。路人听到的时候，会停下来，目不转睛地望着蓝色梯子上的清洁工，好奇地想着："清洁工？音乐爱好者？"大家的想法都是：有一种人是专门做清洁工作的，叫作工人。另一种则是研究路牌宣传内容的，叫作有学问的人。现在竟然有人可以同时做两件事情，这真是彻底改变了大家的想法。

一年一年过去了，当清洁工研究完所有的路牌内容后，他也五十多岁了，也习惯了讲一些有关路牌的故事给大家听。那天，清洁工讲了这么一段故事：在一块路牌上写着"产环保煤炭，建生态矿区"。这一文化理念源自我们这个矿区是水土流失最严重的地区。如果只开发煤炭资源不注重环境保护，会造成更加严重的环境破坏。所以，这几个字不是简单的宣传标语，是要求我们每一个人都要树立环保意识，从我做起。这时，正好有几个过路人站在他的蓝色梯子下面，被他的故事所吸引……第二天一早，有些人就在滨河路牌下等他。当他开始擦拭路牌时，又开始讲起故事来。等他擦完最后一个路牌，所有的人为他鼓掌喝彩，口中赞叹不已。后来听他演讲的人越来越多，他也开始为自己的登场做准备，渐渐地，他习惯了这一切。

但有一天，他的生活又改变了，神东电视台到现场采访了他。当电视播出后，一夜之间他变成了名人。可是清洁工还是谦虚地说，"我是平凡的人，我要做好清洁工"。他还说，"我比较喜欢擦路牌。至于讲讲路牌故事，那只是我的消遣而已"。于是他就这样始终如一地做着"路牌清洁工"。

他，不只擦亮了路牌，也擦亮了自己的生命。

走到哪里，都带上自己的阳光
——2018 新春寄语

新的一年又开始了，朋友们，无论你走到哪里，都要带上自己的阳光。

带上自己的阳光，是一种豁达开朗、澄澈透明、洁净无瑕的敞亮心态。说到底，人最终能够安然栖居的，是自己的心灵。

心里充满阳光，纯洁的心犹如一滴清水，无论外界如何烟雨迷蒙，然而清者自清，那滴绝无污染的清水是一种精神、一种信念，令这滴水始终清洌，始终纯美。

生命是一场漫长的旅程，生活本身就是一种承受，承受痛苦，承受幸福，承受平淡，承受孤独，承受失败，承受责任，承受爱，付出爱……

当一切都可以看开时，往往也就没有什么是想不开的了，没有什么是不可以失去的，包括金钱、权力、名誉、地位、爱情、事业，甚至生命本身。这一切的拥有和失去，不是以自己的意志为主宰的，得之我会珍惜，失之那就坦然面对吧。

人生有好多无奈，当自己改变不了环境时，可以学着悄悄改变自己；当改变不了现实时，可以试试改变态度；当自己改变不了过去时，可以用改变现在来证明自己；我们不能预知明天，但可以把握今天。

带上自己的阳光，是一种智慧，一种超脱的情怀。快乐幸福从没有标准，完全取决于人的心态，认为自己是最倒霉的，那是你在自己的雨季里只看到别人天空的太阳，却没有看到自己不幸淋雨的后面还有一方晴空；认为自己是最幸运的，那是因为真正的不幸还没来得及登门拜访。幸或不幸都要头脑清醒，不要迷失，不要失去自我定力。

别在不幸中让仇恨的欲望占有生命，否则，你的心里永远不会平衡；当幸运降临到你头上时，也别拿自己的优越感沾沾自喜，否则，懒惰自满会在你得意忘形中滋生。祸福相依，正所谓塞翁失马焉知非福，就是这个道理。

只要心里有阳光，身处逆境也不会绝望。默默吞下所有的疼痛，用倔强的笑容打败悲伤。

生活本来不容易，为人都很辛苦，身居庙堂之上高楼大厦也有泪水，茅屋草房贩夫走卒穷家寒舍也有笑语。富有的人不一定就快乐，贫穷的人未必就痛苦，只要心中有阳光，三九严寒喝口凉水也甘甜。

带上自己的阳光，做真实的自己，不以物喜，不以己悲，真诚坦荡生活每一天。流水人生转瞬即逝，每一天我们都像蝼蚁一样在忙碌，被生活压顶。为名忙，为利忙，忙忙碌碌何时休，多少前缘成了过往，其实抓不住的是潺潺时光。

生命本身其实是纯粹而干净的，而我们成长的过程中渐渐地沾染了太多的粉尘。每一个人的人生旅途中，都有许多不可避免的遭遇，或勇于面对，或仓皇逃离，全在自己的选择。

无论是强者还是弱者，只要活在这尘世里，谁也无法逃离爱恨情仇的纠结；微笑着、忧伤着、快乐着，也疼痛着，这就是多味人生。

带上自己的阳光，照亮自己的心灵。心灵的力量是无穷的，它可以把一朵花变成一座花园，也可以把一滴水变成清泉。幸福其实就是一种心境，所谓"人生由我不由天，幸福由心不由境"，只要你心中有阳光，无论走到哪里，无论发生任何事情，你都会觉得是幸福的。

不死的岁月叫人生

生当有人欢呼，死当有人捧场，中间不死的岁月叫人生。生死不用你操心，只负责活好自己，特别是拾掇好尾活。跟跟跄跄进入六十岁。人生既是一场凯旋，又是一切归零。进入花甲，你要把控的是慢慢花开，缓缓花谢。人生后黄金期每一刻都很珍贵。编筐窝篓，全在缩口。看夕阳余晖，顿觉还有一段血色黄昏和朝阳一样灿烂。正当为知天命而不惑，不解什么是花甲。

我的好友郝总是一个指挥几千员工的企业领头人，从领导岗位悄然而退，突然不会调度自己的生活了。一切都感到不自在不适应，平常很少出门，低于尘土的失落感打压了他平生的锐气。人们羡慕他的高退休金还有很健康的身体，但他不以为然："退了，就证明老了。"一句感慨，时间还没助推，自己倒在盼速老。十足的退却心理作祟，只识近黄昏，老不出夕阳无限好。

什么样的心态，决定你老的速度。生活逼你接近现实的时候，那一定是你拧干了梦想的水分。花开一甲的年纪，其实你还没准备好如何对待老。成熟是一种看透，不是说老了就成熟了。你看不惯青年人的嘚瑟，一些老年人也遭遇青年人看不惯的倚老卖老。如果我们把老当成包袱，还算不糟糕，只怕老了摔倒了让人不敢扶，与年轻人抢公共资源，形成青春与老迈的软对抗那就不好了。人一旦在理念上形成老的心态，就趁势把自己打入了老龄集团。你的钱包成为一些商家瞄准的对象。你满街赶场子把领七个鸡蛋一斤挂面当成营生，就是匆匆去赴老；你三天两头测血压测血糖就是匆匆去赴老；你把保健品当饭吃，也许老得更快。你和青年人抢座位，那就老得不像样子了。

老了，不怕有事，怕无所事事。你能登上公交，就证明你有站的能力。一站就几里，站着并不影响你看一路风景。能站着，不正说明你的身体是健康的吗？精神境界是高尚的吗？何必为抢座位把自己及早打入老年行列，加速自己老的时间和速度。

老了，你腾出的座位叫文明。这趟出行，你又年轻一回。"我有那么老吗？"这反问式叫板青春凸显老年人的尊严。这种人打死都不会与年轻人抢座。骨子里透着十足的刚强，令人起敬。

朋友老张，除了到外地看望子女，平日在市区很少开车。有人说他活得太仔细，但他说，不开车省下时间多走步，何乐不为？

老了，重新学会走路，每分钟一百步，脚跟与大地互动，目视前方，双臂摆动。楼梯，缓上。平地，还可倒着走。驱动人生，你有很多打开方式。六十花甲，赶上大信息时代的末班车，你也可以纵横新浪腾讯，北国移动，千里联通，万里微信。俱网易，数优酷人物，还看淘宝。人人谷歌老迈，同城携程未来。

老了，是一场如花的个性之旅。色彩缤纷的，你乐选哪种就哪里绽放。七十多岁的老唐至今已有三十多年舞龄，脸色略呈老态，但身材依然如中年人有形。她每天早晚坚持，虽经历一次车祸但也没打消她跳舞的兴致，身体恢复后，依然在蹁跹起舞。最近，著名的芭蕾舞演员石钟琴跳广场舞视频广为流传。人们为七十岁的她美好如初的身段所惊叹。退出舞台后她把艺术看成至高"舞"上，带领大家跳广场舞。从阳春白雪到下里巴人，直抵泥土的艺术本色同样赢得大家欣赏和尊重。

把岁月赋予足尖，扩展生命周长。

要知道，不死的岁月才是真正的人生。

芳华易逝，唯爱和善良永恒

生命是一树花开，艳过方知岁月温暖，香尽便觉天地悠长。

沃野苍穹，日月难圆牵手之梦；人间陌上，山水常念相拥之缘。

总觉得，在物象星宇的空间，能够装扮世界的，并不仅仅是山水的斑斓，而一定还有善良在生命里绽放的颜色。

芳华虽迷，却有花期，而爱和善良，总如那池莲之静、幽兰之雅，似潺潺流水，在时间的长河里，不涸不枯，常韵甘醇。

其实，生命本该就是这样的。

美！是岁月有意对人生的恩赐，是生命飞翔灵魂之外的显赫。

人生当情，情之为缘。而唯愿能在所有的年华，去做个有爱善良的人，这便是美在生命中升华的意义。

芳华易逝，唯爱和善良才是永恒。

朝风夜雨，晨钟暮鼓。时光打磨的光阴，总是来也匆匆去也匆匆。

最是人间留不住，朱颜辞镜花辞树。

君不见，黄河之水天上来，奔流到海不复回。君不见，高堂明镜悲白发，朝如青丝暮成雪。

其实，眨眼的是人生的距离，唯有爱和善良，才是生命里程上最闪耀的光华。

念天地之悠悠，怆然而叹！春去秋来，织碾世事沧桑；烟霞娇柳，笑伴云雨情长。时间的年轮在岁月中留存着不朽传奇，多少千古风韵都任时光匆匆折叠。

一天总是太快，才觉晨阳初照，却已桑榆暮影；一年总是太快，左手才执春暖花开，右手却沐寒风猎猎；一辈子总是太快，才觉人生初见如美玉，却已浮生向晚情悲凉。

天街云水从如流，日月孤旅载春秋。

笑问人生谁长久？浪花昨日不回头。

一个人纵然有荡气回肠的故事，让世界汗颜；即使有滚烫的激情，燃烧美好年华；即使有惊世的芳华，在生命中光芒四射。

然而，昏黄天地，水月勾画。

这古往今来，又有多少华艳奢靡，能在似水的流年里常驻常新；有多少风流韵事，能占尽世间繁华，涤尽千年浮云；有多少佳人俊秀，能把岁月挽留，挥尽万载妩媚，望断红尘风云。

"望桑台阁化烟尘，荒芜丛生王侯门。残鬓衰颜泪花痕，谁记当年胭脂粉。"

古有"落雁"之称的四大美女之一王昭君，粉黛柔媚惊鸿，脂玉香馨艳绝，但让人们记住她的并不是那顾盼生姿的倩影，也不是她巧笑倩兮的眼神，而是她面对国家的需要，挺身出塞，博得汉匈两族人民团结和睦的精神，和她对自己家园无私无畏热爱的追求。

越国美女西施，美貌千古流芳，不灭春秋。巧手柔脂，轻点羽纱，河边小鱼也要怕羞沉水。

可让后人提及赞叹不已的，并不是她盖世的容颜，而是国难当头时，她忍辱负重，以身许国，为越王勾践东山再起，付出自己应有智慧和力量的爱国情操！

逝者如斯，不舍昼夜。没有多少美丽会在时光里侥幸。芳华易逝，唯有心中的爱和善良，才能在岁月里永恒。

美人不怕迟暮，只因心里驻着善良；美丽不枯，只因有爱闪着光芒。

山水有魂，日月无期。人生所有的美丽，都是人在生命里播种下的善良。而每一种善良，都是美丽在生命中盛开的花。

千山万水，情依依；寸心尺影，意悠悠。

生活里总有太多的芳华都曾经娇艳，但没有谁的花期能经久盛开。

芳华易改心无改，唯念善良涌情怀。月白风清，任红尘沧浪；云长梦短，随世事浮沉。

回味过年

——写在 2014 年除夕之夜

时光走进腊月，载着儿时记忆中的年华缓缓盛开，年的脚步越来越近，带着飘香的回忆溢满心间。一切似乎很久远了，再没有曾经的期盼与渴望，没有了曾经的欣喜与快乐，随着年龄的增长，也早已失去了对年的热情，只留下一份对逝去岁月的感怀和深深的眷恋。

记得儿时，那个时代物资匮乏，过年成了最幸福的一件事。也正因为那个时代的贫穷，才有了今天让我们难忘的那份简简单单真实的快乐！那份年的味道令我们记忆犹新！

每每一放寒假，便扳着手指热切地期待年的到来，因为只有过年，才能穿上不打补丁的衣服，肩上扎着一两个红色绿色的小鞭炮，心里美滋滋的。任两个脸蛋冻得像熟透的红红的苹果，一张张笑脸透着无限的天真与快乐，丝毫没有一丝冷意，村子里的小孩一起在雪地里疯玩着，笑声一片，叽叽喳喳像一群春天的燕子，传递着春的信息，像一个个美丽的天使，将春天的喜悦传遍那个偏僻乡村的每一个角落。

过了小年，年的气氛越发浓郁。扫去了一年的灰尘，亦如扫去了过去一年所有的烦恼忧愁，以洁净一新的面貌迎接新的一年。虽然那时的生活贫困拮据，不可能人人都焕然一新，即便如此，依然从每个人的身上，从屋内到院里，都能感受到浓浓年味的气息。一幅幅用自己的手亲自写成的大红福字和对联无不透着年的吉祥与喜庆；院子里，大人们亲自垒起的旺火堆象征着来年的日子红红火火，红彤彤地照亮了孩子们嬉笑的脸庞，温暖着一颗颗天真无邪的童心。

　　厨房里，母亲忙碌的身影，热气腾腾地不断飘来浓浓的肉香，不仅令馋嘴的我们垂涎欲滴，肚子也随之咕噜咕噜地作响，恨不得马上就能吃上我们向往已久的香喷喷的细烩菜。白面包裹着玉米面的馒头，咬一口又软又硬的，透着淡淡的香甜。红色的油糕圈子又香又甜，趁母亲不注意就偷偷地吃上一口，继续跑出去玩。每次过年母亲都会准备些馒头和糕圈，至今想起来，那香甜的滋味依旧在心头缭绕。那些今天我们吃腻的食品，儿时是我们平时难得的奢侈，成了我们最大的奢望，这也是我们期盼过年的一个主要原因。因为只有过年才能吃到平时不易吃到的食品，而今却再也吃不出当年的味道了。那种味道成了今天我们一种既奢望又不可能实现的期待！永远地留在了记忆当中，永远成为了一种怀念！

　　过年的夜晚，在大人的带领下，围在院子里放鞭炮。胆大的我总是走到院子的中央，看那些烟花绽放五颜六色绚烂的色彩，瞬间整个院子像一个五彩缤纷的世界，照亮了院子里每一个角落，照亮了我们一张一张幸福快乐的容颜和笑脸。在欢笑伴着噼噼啪啪的爆竹声中，我们渴望着长大，向往着美好的明天！然而，那种欣喜与期待，渐渐地随着岁月的流逝、年龄的增长，终究成了今天的回忆。回首儿时过年守岁，嘴里含着糖块、手里握着鞭炮残根睡着了的情景，总是令人心里头掠过淡淡的苦涩、淡淡的哀思。

　　经历了人生的春和夏，回首走过的每一段路程，有痛苦，有欢乐，也有感动。一路走来，有过疲惫不堪，有过踌躇犹豫，经历了生活的风风雨雨、五味杂陈，岁月赋予了我们一份淡定与从容，以冷静的思维泰然处之。生命不可以重来，时光不可能倒流，无论是憧憬也好，无奈也罢，年都会把每个人推向未来。如同大自然的季节轮回，我们无法改变，只能顺应规律。岁月的沉淀，也逐渐让我们对年有了更深的体会、更深的感触！儿时的年味，在岁月的流逝中，深深地烙在我们的脑海里，飘在记忆中。终究让我们懂得，令我们难忘的其实是儿时纯真的岁月，那些少年不知愁滋味的天真时光！

静静地聆听着岁月的过往，轻轻地将所有的日子翻过，新的日历开始了新一年的篇章。突然感叹，岁月竟然如此匆匆！昨天，竟然成了回忆！

三十年后，又是一年春节至，人们随着现代社会流行的网上购物开始忙碌，为自己的挚爱亲朋物色着一份份浓浓的心意。大街上人潮涌动，小商小贩的叫卖声，商店节日促销的音响声，人来车往的说笑声，孩子们三两成群的嬉闹声，以及道路上堵车的鸣笛声，无不提醒着年走近的脚步。红红的灯笼，吉祥如意的对联，各种各样的年画，处处洋溢着年到来的喜庆。越是如此，越是感触"年年岁岁花相似，岁岁年年人不同"，越是如此，越是感触"新春佳节至，更添一分思"。

于是，年便成了一张张握在手里的车票，无论天南地北，雪雨风霜，回家过年成了每个人迫不及待的心愿；年也就成了手里的大包小包，车后备厢里的小超市；年也就成了电话里亲朋好友一条条的新春祝福；年也就成了母亲的期盼、孩子的渴望、亲人的相聚；为了团圆，为了那份凝聚在心里的亲情与爱！岁月改变的是容颜，却永远改变不了对亲情的渴望，改变不了年这个传统节日在每个人心中的根深蒂固！因为亲情是永恒的根！

让我们在岁月的回首中静静地守望；让我们在静静的守望中，默默地祝福；让我们在面对逝去一年的忙碌中，倒空所承载的喜怒哀乐，对逝去的时光释然一笑吧；让我们在一家人团聚中感受亲情的温暖，让爱在凝聚中升华，让祝福传递情谊；让我们在逝去的五味杂陈中，点亮新的希望，踏上新的征程轻松起航，努力走向新的明天！让我们在浓郁的年味中，看江山如画，听岁月如歌，品挚爱真情！

人生面对长相随
——写在爱人杨花六十岁生日之际

今天我要说，选择了你——杨花，我从不后悔，相爱滋味两人慢慢体会。最初的诺言在心中准备，一生面对长相随。你要的我用心去给，把每一段日子都留住吧，慢慢变老再回味……

早晨起来，拉开窗帘，看到了太阳的笑脸。爱人杨花还没有醒来，我看着睡着的她笑了笑，向阳台走去。沐浴了清晨的阳光后，洗漱完毕，到厨房为爱人做了一碗手擀面，卧了两个农家笨鸡蛋，放了几片油绿的菠菜叶，做好后放在了餐桌上。之后叫醒爱人，对她说了声："哥们，生日快乐！鸡蛋面做好了。"她笑着说："辛苦了，谢谢老哥们！"

今天是爱人的六十岁生日。生日，代表着年龄的增长和阅历的增加。生活中的我们重视老人的生日，重视孩子的生日，而对自己爱人的生日，我亲自主张筹划还是第一次。

孔子说："三十而立，四十而不惑，五十而知天命，六十而耳顺，七十而从心所欲，不逾矩"，这些岁数对于中国人来说应该具有特别的含义。早晨为爱人做的一碗面，没有华丽的包装，没有浪漫的玫瑰，只有一句："哥们，生日快乐！"

这六个字里包含了我们俩三十五年的真挚情感。

与爱人三十五年的婚姻生活，开始阶段是在六年的城乡两地分居生活中度过的。回想起爱人在农村生活的六年，可谓酸甜苦辣咸五味俱全。几年里，多少农活儿扛在肩上，一次次出工，一次次回归，你的肩扛起了多少个轮回？

回想起与你一起走过的三十五年的婚姻生活，年轻时聚少离多，三十五岁以后才有了不再分离的相聚。体味过酸甜苦辣，感受过喜怒哀乐。

回首与你一起走过的三十五年，心中不免有些感慨。快乐也好，忧伤也罢，都是生命的给予，我没有理由不好好珍惜。如今，经过人生的盛夏，步入收获的秋天，才有了曾经期盼已久的安稳。

回味相牵走过的人生路，我感谢命运把我送到你这个心地善良、真诚、包容的女人身边。曾经在二十多岁的时候，我们一起唱着"跟着感觉走"，带着梦想找感觉。走到了三十而立，岁月让我们有了感知。我在外面的闯荡，让你我深深地感觉到了牵挂与思念的苦楚。四十不惑，我们在如梭的时光里开始感悟。在这个浮躁的年代，能悟出一些事理就是高智商，遑论"不惑"。五十知天命，不仅为儿女成家立业受操劳，也为社会事业默默地无私奉献。六十耳顺，一路走来到今天。

我知道人在中年时期很辛苦，很疲惫。我这个疲惫的"船舶"，有你这样深度足够而宁静的"港湾"来停靠，才能使我得以积蓄能量，继续远航。所以，今天做好你的后勤，我也给你一个有深度且宁静的"港湾"，是我现在应该做的永恒承诺。

人到知天命之年，如同一棵树长在现实主义的土壤里。你许多时候的固执，在三十年前可以用"可爱"来形容，今天只能说你不识时务。哲人说：合理的就是现实的，现实的也是合理的。所以，许多事情别去计较它的存在是否合理，我们生活在现实中，而不是真空里。世人没有谁能完美诠释人生的意义，人生一世，没有谁能真正说清人生到底是什么？也许这就是郑板桥的"难得糊涂"的本意吧。人生原本就没有平坦的大道可行，在艰涩中我们学会了珍惜，学会了坦然和淡定。记得台湾教授曾仕强在《百家讲坛》讲胡雪岩时说过"尽人事而听天命"，许多事情我们只能控制过程而不能决定结果。这个过程，让我们从中深思。经历过人生蹉跎岁月的磨砺，仔细咀嚼着活着的意义，才懂得：活着就要好好珍惜！

星移斗转，韶光渐逝。经历了人生许许多多的悲欢离合，感受了人间方方面面的酸甜苦辣，无情岁月的打磨，使这个年龄的你全然没有了昔日稚气般的潇洒，笑容可掬早已被深沉和稳健所替代。风风雨雨相伴这些年，我们之间有喜悦，有哀怨；有温暖，有寒冷；有期待，有结果。我们共同遗弃了春的幼稚，淡化了夏的冲动，拒绝了冬的寂寥，现在便于田野中的大树下收获着秋实的丰硕。岁月的河流带我们走近了不急不缓的后半段。我拿起岁月的镜子，回忆昨日，昨日的一切，都如一片片温柔的花瓣在空中飘散，构织成了一曲美丽的音符，我认真地倾听着它的回响。回响中记忆最深的还是你唱的那首歌：风起的日子笑看落花，雪舞的时节举杯向月，这样的心情这样的路，我们一起走过……

走过了春天走过秋天，送走了今天又是明天。一天又一天，月月年年，今天又到你的生日。我和你相处的三十五年，对于历史，一个人的年轮都是弹指一挥间。但是，对你，对我，都不是。而是像一本古老的书籍，写满了你和我的故事。这些故事里的每一点亮光都是一个永恒，会在我们的有生之年永远闪亮！时间是把神奇的刀子，刻下我们一起走过的痕迹。三十五年的婚姻生活，爱情没有减少，还在与日俱增。与日俱增的爱情里又加进了浓浓的亲情成分，让你我一生于情路上牵手前行。

执子之手，千山万水骤然缩短；

与子偕老，近在咫尺平淡无奇。

执子之手，走过了这么多年，一路无怨无悔；

与子偕老，让我们共撑一把檀香伞，走过风，走过雨，走过今生，走进来世！

时光荏苒，星光依旧璀璨；纤云弄巧，近在咫尺还嫌远。爱人杨花，在你生日的今天晚上，我要为你点燃生日蜡烛，烛光燃起的时候，我们要共同敬给年逾古稀的在世父母一杯酒，给他们磕个头，感谢他们的养育之恩。我会许下一个愿望：亲爱的杨花，祝你健康！平安！快乐！之后我会把屠洪刚和王菲的那首《爱人》唱给你："选择了你，我从不后悔，相爱滋味两人慢慢体会。最初的诺言在心中准备，一生面对长相随。你要的我用心去给，把每一段日子都留住吧，慢慢变老再回味……"

思念母亲

今晚的月亮真圆真美，月光悄悄地从窗外溜进我的屋来，它的不速之情搅醒了我酣然的梦境。月光薄如蝉翼，连蛐蛐儿的叫声都包裹得不那么严实，像一首首小夜曲能听得一清二楚，但听后悲凉之感犹重，它的悲凉足以证明深秋已经降临。

掩上门，独自来到五楼的窗前，看天空悬挂的明月。明月如一只银盘静静地倒扣在深邃的天空。远处的山静穆得能清楚听见遥远的狗吠，不知此时是不是还有夜归人惊扰了狗的安宁。突然，一阵微风将我的长服撩起，一个不小的寒颤使我不由自主地激灵了一下，这似乎让我明白了月光扰醒我梦境的缘由。

俗话说："日有所思，夜有所梦。"对我来说，日思夜想显得尤为突出，思念成为我的主题。我常常思念三年前被病魔夺走生命的母亲，她的身影、她的笑容犹如一幅清晰的画面时常镌刻在我的心头，让我一阵阵惊悸、一阵阵怀念、一阵阵悲泣。

今夜，在沉梦中又见到了我日思夜想的母亲，她的身影、她的笑容在另一个世界里，时而显得是那样的模糊，时而又是那样的清晰。她那低矮的房子——坟冢，时常在我的心头萦绕，恰似远山挥之不去的雾霭。思念母亲，就像一条清澈的河流，时时流向故乡，流向遥远的天际；又像奔腾的江水，汹涌澎湃，绵延不绝。

母亲独自一人静静地躺在漆黑的棺木里，像在养神又似在安睡；有些安详又有些遗憾。病魔的利爪终于大发慈悲，可以让母亲永久失去疼痛失去煎熬；可以让她独自躺在天国的一艘小船上，悠悠然睡个安稳觉，慢慢欣赏慢慢享受来自天国的美景；可以做她一生都做不完的梦，实现她一生也无法实现的念想。

母亲的慈祥母亲的浅笑，始终如一碗清澈的故土醇酒，静静地流淌在我粗壮的脉搏，浇灌在我浅薄无知的内心，无时无刻不在温暖着我冰冷的躯干，洗涤着我丑陋的灵魂。

母亲瘦弱的躯体放在敦厚沉实的柏木棺椁中，如一把枯柴，又似一把寒草，宽松阔大的寿衣包裹着母亲，让时间和空间显得有些空洞有些寂然，青黑色的余晖把母亲瘦得只有巴掌大的脸颊，映衬得是那么沉寂那么枯槁，雪白的发丝在茶叶枕上泛着浅浅的白光，像结了一层薄薄的柔霜，和着母亲浅浅的笑，如一幅温馨的画、一首甜美的诗。母亲的泪如一泓清泉，滚动的是思念与牵挂，倾诉的是依依不舍与苦难的时月。

在母亲的坟冢前放了两盏油灯，如天边闪烁的寒星，这是陪伴母亲走向极乐世界的指航灯。我每次上坟扫墓都要不辞辛劳地为灯添油换芯，生怕油灯会被风吹熄或是油干芯尽，母亲会在走向极乐世界的路途上摸一段黑路，我要让它永久地亮起来，母亲可以一路走好，一路光明，一路清静，一路安顺。

用钢凿打过的草纸一片片一堆堆在母亲坟前焚烧，烧过的灰烬在哀鼓愁锣中轻轻飘扬，我不知道母亲——您是否仍在用您那块破黄的手帕包裹着纸钱。生前，您就是用那块破黄的手帕一次再一次为我们积攒上学的费用，每当我攥着那些发褶发皱还带有您血汗味和油渍味的纸钞时，我的心犹如穿刺般疼痛，总是梦想将来生活独立后要一心一意地报答您。可遗憾的是，我还没有怎么回报您，您就早早地撒手人寰，悲情地离我而去。

母亲，您常常走进我的梦境，在梦中和我唠嗑同我嬉笑，同我享受着天伦之乐中的欢乐和苦难。可我醒来后，依然捕捉不到您的一点痕迹。我想靠近您，我想依偎您，我想走进您平淡而又宽阔、伟大而又博爱的内心，可您已走远了，渐渐远去，如逝去的光阴，永远也不再回来。我只好在我小小的阵营里，吟咏对您无限的思念，让思念这条清澈的河、让思念这条绵延的江始终在我疼痛的伤疤上结痂长肉又生血。

最后写一首《我的母亲》，奉献给母亲的在天之灵：

> 我的母亲伴随着春秋冬夏 / 守候着一块荒山一个贫瘠的家 / 每一载风风雨雨都牵动着她的心事 / 盼望着禾苗如同儿女们 / 快快长大 / 她从读不懂儿子寄给她的远方思念 / 也写不出她对儿子永久的牵挂 / 但受得了严寒酷暑挫折和践踏 / 母亲走了很长很长的路 / 说了很多很短很短的话 / 做了很多平常而又平常的梦 / 从未见过都市的拥挤和繁华 / 如今母亲变得明显的苍老 / 脸部的表情变得越来越复杂 / 总是慈祥的笑脸 / 掩饰不住点点泪花 / 头上厚厚的头巾 / 缠不住满头的银发 / 只因还独自支撑起 / 一个坎坷而又古老的家。
>
> 我的母亲是在沙窝里长大 / 没有忘记祖辈的遗训 / 做一个为人贤惠的妇女家 / 没有飞到村外 / 改变自己的青春与年华 / 如今的岁月没有忘记 / 房前屋后

的树枝丫／依然等候母亲去砍伐／自留地里的菜豆都开了花／还有那缝补衣裳做鞋的桑麻。

　　大热天／母亲也穿着一件厚厚的棉夹／任凭汗水在脸上流淌／皱纹深深地往额上爬／母亲总用一种虔诚的目光／迎来朝阳又送走晚霞／从不叫苦从不叫累／深夜还在灯下把鞋底纳／母亲也常在夜里／如童心看着满天的繁星眨／总是默默祈祷／对远方的儿子放心不下／如今我也长大了／心里默算着如何做一个孝敬的儿子／将来怎样支撑一个家。

剩下的只有曾经

人静时，躺下来仔细想想，人活着真不容易，明知以后会死，还要努力地活着，活一辈子到底是为什么？看透了，才知道人生如戏，活着不易，回首往事，一切云烟只是一个句号。

复杂的社会，看不透的人心，放不下的牵挂，经历不完的酸甜苦辣，走不完的坎坷，越不过的无奈，忘不了的昨天，忙不完的今天，想不到的明天，最后不知道会消失在哪一天，这就是人生。所以再忙再累别忘了心疼自己，天气寒冷，一定要记得好好照顾自己！因为走着走着，就只剩下了曾经。

人眼看人，山外有山，心眼看人，人外有人，自己守本分，生命有贵人。看透了，读懂了，才知道人生无常，有人活得太假、太累，伤了自己的人格，坏了自己的名声。人活着，别把自由忘记了，心活着，别把安静拒绝了。人生如天气，可预料，但往往出乎意料。所以，照顾好自己，不管是阳光灿烂，还是聚散无常，一份好心情，是人生唯一不能被剥夺的财富。把握好每天的生活，照顾好独一无二的身体，就是最好的珍惜。得之坦然，失之泰然，随性而往，随遇而安，一切随缘，是最豁达而明智的人生态度。

一辈子真的好短，有多少人说好要过一辈子，可走着走着就剩下了曾经。又有多少人说好要做一辈子的朋友，可转身就成为最熟悉的陌生人。有的明明说好明天见，可醒来就是天各一方。所以，趁我们都还活着，战友、同学、朋友、同事，能相聚就不要错过，能爱时就认真地爱，能拥抱时就拥入怀，能牵手时就不放开。能玩的时候玩，能吃的时候吃。每天清晨，揉揉自己微醒的双眼，呵，很庆幸今天还活着！那就告诉自己，只要自己还活着，就得好好活、好好爱！

人的一生好短暂，天明盼天黑，天黑盼天明，谁知道今天的天黑，能不能盼来明天的天明呢？我知道有些事是不能勉强的，也知道有些事是永远没有结果的，那就每天都给自己编一个善意的谎言：也许有一天奇迹真的会出现，也许有一天会得到意想不到的结果，所以就得告诉自己，必须要好好活，好好爱！因为过了今天就不知道明天会是怎么样，也许过了今天就真的没有明天了，要把自己的每一天都当成最后一天来过，然后等着自己去迎接又一个今天。因为，只有心幸福，日子才轻松；人自在，一生才值得！

请大家看看，著名的厦门大学教授易中天的一段话！好经典！再过若干年，我们都将离去，对这个世界来说，我们彻底变成了虚无。我们奋斗一生，带不走一草一木。我们执着一生，带不走一分虚荣爱慕。今生，无论贵贱贫富，总有一天都要走到这最后一步。到了天国，蓦然回首，我们的这一生，形同虚度。所以，从现在起，我们要用心生活，天天开心快乐就好。三千繁华，弹指刹那，百年之后，不过一捧黄沙。请善待自己，因为没有下辈子。

曾经走过，才能有所学习成长。退休后的我下定决心要卷土重来，再次出征。我取出被我放置一旁的洁白稿纸，用笔在一个个的格子中细细耕耘；我翻开被我弃置一角的一本本书籍，慢慢研读其中的字字珠玑，让文字的精髓为我注入一股清新的源头活水。渐渐地，我的文字臻于圆融成熟，也得到了各位读者的认可。现在的我已经可以自在地游刃有余在文字之间，只要有一支笔、一沓稿纸，我便能沉浸在这方瑰丽的天地中，自得其乐。我不负众望，一路收获了许多许多。我的内心满溢着无限的喜悦，在蒙昽的视线中，我终于明白努力才会有收获。

好好珍惜身边的人，因为没有下辈子的相识！好好感受生活的乐，因为转瞬即逝！好好体会生命的每一天，因为只有今生，没有来世。人生本来是悲喜交织的一页，走过失意与挫折，才能得到成长的机会；走过成功与喜悦，也才能真正体会生活中的美好。苏轼走过了被诬陷贬谪的失意，才能激发出他最为人敬佩的豁达自适。他那《定风波》中的"莫听穿林打叶声，何妨吟啸且徐行，竹杖芒鞋轻胜马，谁怕？一蓑烟雨任平生"，便显出他那不畏风霜的强韧，以及开阔的胸襟。

在他被贬黄州时走过了失意与灰心，造就了他在《赤壁赋》中"惟江上之清风与山间之明月，耳得之为声，目遇之而成色，取之不尽用之不竭，是造物者之无尽藏也"。这种细腻的观察与栩栩如生的描述，使他在诗词上的地位，格外卓越非凡。走过心灰意冷的旅途，或许曾经踌躇，曾经徘徊，但最后的成长与喜悦，总会带给我们美好的结果。心幸福，日子才轻松；人自在，一生才值得！想得太多，容易烦恼；在乎太多，容易困扰；追求太多，容易累倒。人生，走着走着，就剩下了曾经。

要做到：有利时，不要不让人；有理时，不要不饶人；有能时，不要嘲笑人。因为太精明遭人厌，太挑剔遭人嫌，太骄傲遭人弃。人在世间走，本是一场空，何必处处计较，步步不让。话多了伤人，恨多了伤神，与其伤人又伤神，不如不烦神。一辈子就图个无愧于心，悠然自在。世间的理争不完，争赢了失人心；世上的利赚不尽，差不多就行。财聚人散，财散人聚。每个走过的日子，都已无法挽回，虽然有些令人惋惜，但我们的生命却因这些曾经走过的记忆而更加丰实、美好。走过挫折，它将带给我磨炼与成长，好好地踏出每一步，让光阴里每一个足迹，都拥有最独特、最珍贵的回忆。即便如此，走着走着就剩下了曾经。

唐诗里的中国

　　也许，在我们每个人的心底，都藏着一个小小的唐朝，所以在今天，唐装才重回我们的衣柜，中国结又重系上我们的裙衫，唐时的歌曲包上了摇滚的外壳，又一遍遍回响在我们耳畔……爱中国，可以有一千种一万种理由，选一个最浪漫的理由来爱她吧——唐诗生于唐朝，唐朝生于中国，中国拥有世界上独一无二的唐诗！爱唐诗，更爱中国。

　　站在世纪的长河上，你看那牧童的手指，始终不渝地遥指着一个永恒的诗歌盛世——那是歌舞升平的唐朝，是霓裳羽衣的唐朝。唐朝的诗书，精魂万卷，卷卷永恒；唐朝的诗句，字字珠玑，笔笔生花。无论是沙场壮士征夫一去不还的悲壮，还是深闺佳人思妇春花秋月的感慨，唐诗之美，或痛彻心肺，或曾经沧海，或振奋人心，或凄凉沧桑，都是精彩绝伦，久而弥笃。

　　翻开《唐诗三百首》，读一首唐诗，便如拔出了一把锈迹斑驳的古剑。精光黯黯中，闪烁着一尊尊成败英雄不灭的精魂：死生契阔，气吞山河，金戈铁马梦一场，仰天长啸归去来……都在滚滚大浪中灰飞烟灭。多么豪迈的唐诗呵！读一首唐诗，宛如打开一枚古老的胭脂盒，氤氲香气中，升腾起一个个薄命佳人哀婉的叹息。思君君不知，一帘幽怨寒。美人卷帘，泪眼观花，多少个寂寞的春夜襟染红粉泪！多么凄美的唐诗呵！浅斟低吟，拭泪掩卷。

寒山寺的钟声余音袅袅，舒展双翼穿越时空，飞越红尘，似雁鸣如笛音，声声谱回肠。世事更迭，岁月无常，更换了多少个朝代的天子！唐宗宋祖，折戟沉沙；三千粉黛，空余叹嗟。富贵名禄过眼云烟，君王霸业恒河沙数。唯有姑苏城外寒山寺的钟声，依然重复着永不改变的晨昏。唐朝的江枫渔火，就这样永久地徘徊在隔世的诗句里，敲打世人浅愁的无眠。

唐朝的月明。不知谁在春江花月夜里，第一个望见了月亮，从此月的千里婵娟，夜夜照亮不寐人的寂寥。月是游子的故乡，床前的明月光永远是思乡的霜露；月是思妇的牵挂，在捣衣声声中，夜夜减清辉。月是孤独人的酒友，徘徊着与举杯者对影成三人。

唐朝的酒烈。引得诗人纷纷举杯消愁，千金换酒，但求一醉。三杯通大道，一斗合自然。人之一生，能向花间醉几回？临风把酒酹江，醉里挑灯看剑。醉卧中人间荣辱皆忘，世态炎凉尽空。今朝的酒正浓，且来烈酒一壶，放浪我豪情万丈。

唐朝的离别苦。灞桥的水涓涓地流，流不断历历柳的影子。木兰轻舟，已理棹催发，离愁做成昨夜的一场秋雨，添得江水流不尽。折尽柳条留不住的，是伊人的脚步；挽断罗衣留不住的，还有岁月的裙袂。一曲离歌，两行泪水，君向潇湘我向秦。都说西出阳关无故人，何地再逢君呵？

唐朝的诗人清高。一壶酒，一把剑，一轮残月。一路狂舞，一路豪饮。舞出一颗盛唐的剑胆，饮出一位诗坛的谪仙。醉卧长安，天子难寻，不事粉饰，不为虚名。喜笑悲歌气傲然，九万里风鹏正举。沧海一声笑，散发弄扁舟，踏遍故国河山，一生哪肯摧眉折腰！

唐朝的红颜多薄命。在刀刃上广舒长袖轻歌曼舞，云鬓花颜，泪光潋滟。都羡一骑红尘妃子笑，谁怜马嵬坡下一抔黄土掩风流。情不可依，色不可恃。一世百媚千娇，不知谁舍谁收。长生殿里，悠悠生死别，此恨绵绵。

　　万卷古今消永昼，一窗昏晓送流年。三百篇诗句在千年的落花风里尘埃落定。沏一杯菊花茶，捧一卷《唐诗三百首》，听一听巴山夜雨的倾诉、子夜琵琶的宫商角羽，窗外有风透过湘帘，蓦然间忘了今夕何夕。

　　唐装在身，唐诗在手，祖国在我心中。

井冈山写意

　　井冈山，是一块红色根据地；井冈山，是一个绿色宝库。1960年董必武访问井冈山时说："四面重峦障，五溪曲水萦。红根已种植，今日正繁荣。"今日井冈山，不但是红色旅游山，而且还是文化山和绿色山，"物华天宝钟灵毓秀，绿色明珠流光溢彩"。从红色中走来，向绿色走去，走进这片神奇的土地……

　　这山，横出世，天欲堕，赖以拄其间。

　　这山，竖灯塔，擎火把，光照环宇。

　　这山，用红米饭、南瓜汤哺育了革命。

　　这山，便是革命的摇篮，红军的故乡、我的梦乡——井冈山。

　　造物主轻轻一拨，就潇潇洒洒地将五百里井冈点缀在罗霄山脉的中段。莽莽苍苍，浩浩瀚瀚，巍峨挺拔，逶迤磅礴。1927年秋，经过三湾改编的秋收起义队伍跟着毛委员上了井冈山，一杆红旗飘扬在井冈山头。次年，秋收起义的队伍与南昌起义的部队在宁冈会师桥汇聚，两双扭转乾坤的巨手握着中国的命运。两双手一挥，一股革命洪流汹涌澎湃，井冈山便抖开了一幅历史画卷。千山万壑，重峦叠嶂敞开了胸怀，溪涧流水，沟渠山川张开了手臂，以热血和乳汁哺育中华民族的栋梁，保卫革命的星星之火。茅坪河送来了红薯，五斗江捧上了草药，村村寨寨献上了糯米糍粑，竹篓里背来了拥军鞋……三湾的红枫，茅坪八角楼的灯光，大小五井的杜鹃花，黄洋界的云海，五大哨口的梭子、竹签，七溪岭的红杉，龙潭的翠竹，茨坪的红军练兵场，把井冈山写成一首革命史诗。

仰望，是剑锋刀刃，雄健峻拔，刺破青天锷未残；俯视，是烟波浩渺，乱云飞渡，波翻浪涌，卷起巨澜。当年，旗是斧头镰刀旗，军叫工农革命军，在这里抗击反革命"围剿"，点燃农村包围城市、工农武装割据的火种，倚仗这"天下第一山"，与白军展开了艰苦卓绝的斗争，任凭电闪雷鸣、狂风暴雨，任凭黑云压城、风雨如磐，八角楼的灯火不灭，五大哨口的篝火不熄，黄洋界的青松不倒。这山，正是用特殊材料制造的中国共产党人的头颅、胸膛、脊梁与双手支撑而成；这山，正是坚定的革命信念浇铸。红军北上后，"茅草要过火，人要换种"的血腥屠杀并没有使井冈山屈服。山重水复，峰回路转，大井的红墙不倒，茨坪的桂花依然香气袭人，黄洋界的红杜鹃如火如荼，映红了六盘山、宝塔山、太行山、沂蒙山、五指山和天安门。

井冈山，你养育了中国革命，革命也塑造了你。

历经近九十年的风雨，井冈山更加英姿焕发，仪态万千。如今，高耸入云端的井冈山，到处是莺歌燕舞，欢声笑语，满山山花烂漫，争奇斗艳。五百里林海，分外郁郁葱葱。坐落在"池外桃花二三点，叶底黄鹂四五声"之地的水电站早已结束了点松明、竹片的历史，松柏掩映、竹叶扶疏的水泥房取代了茅草房。历史在革命博物馆内沉思。然而，立体声中不时悠扬出茅区山歌，花径小路依然称颂红军与老表的鱼水深情；游客依然哼着"苏区干部好作风，带着干粮去办公……""红米饭，南瓜汤……"等红色歌曲。如今的五百里井冈，郁郁葱葱，春意盎然。

井冈山，您是中国革命的摇篮。

井冈山，您是中国革命精神宝库中的一顶皇冠。

井冈山，您是中华儿女心中的一座丰碑！

昨日的硝烟

——观鸭绿江断桥随想

我出生于上个世纪 50 年代中期，每当唱起"雄赳赳，气昂昂，跨过鸭绿江……"的歌曲时，浑身就充满了力量，这首庄重浑厚的旋律，半个多世纪以来一直在我的心中激荡。鸭绿江，胜利之江，不老之江，像磁石一样吸引我更加向往，有生之年能游览鸭绿江，已成为我多年的心愿。

在抗美援朝六十周年前夕，我与爱妻杨花来到祖国东北最大的边境城市丹东，在这里，几个好友的热情款待让我们觉得这座城市不再陌生，心中充满温暖。我们同游了鸭绿江。透过车窗远远望去，鸭绿江流淌在丹东和朝鲜之间，江水碧波荡漾，粼光闪闪。远方山峦起伏，绿树如烟。几只小船在平静的江面上悠悠漂荡，好似一幅美丽的画卷。然而，这里最著名的还是两座气势磅礴的鸭绿江大桥，一座大桥从中间断开，是战争时期被美国军队炸毁的，它的旁边是一座更加雄伟的新桥，许多游人在桥上观光拍照。江边的公园里鲜花盛开，游人如织……

向江面望去，平静的江水宛若天上仙女不慎丢下来的玉镜，金灿灿的阳光洒在这面玉镜上，显得那样光彩夺目。微风轻轻拂过玉镜，江面上就泛起了层层涟漪，好像一条被吹起的绿绸带。江鸥在江面上自由飞翔，那唧唧哦哦的鸣叫声，好像在唱着一首欢快的歌谣。远处江上帆影点点，近处游船的马达声、汽笛声和游人的欢歌笑语声交织在一起，编奏成一曲天然的交响乐。这充满诗情画意的意境足以让人流连忘返，久久不愿离去。

鸭绿江有着悠久的历史，永远不变的是它那楚楚动人的风貌，正如一位少女用碧绿的丝带来遮住自己的美丽一样，吹过的微风伴着它温柔的涛声，像一首童年的摇篮曲，让你甜甜地入眠，又像妈妈的轻声慢语，滋润着你的心田，它的美丽、它的柔情，诉说着一段美妙动听的故事。

漫步在鸭绿江畔，眼前的景色令人应接不暇，绿树成荫，鸟儿成群，遍地的鲜花嫩草，为大地母亲编织出一块五颜六色的大绒毯。风婆婆抚摸着小花小草的脸，小花小草频频向游人点头致意，含笑欢迎八方来客。

在江面上，有一条横跨两岸连接中朝两国人民的"彩虹"，那就是英雄的鸭绿江大桥。它饱经战争的创伤，亲历战争的残酷，桥身上留下累累弹痕，依然顽强地屹立在那里，向世人充分展示着中朝人民英勇不屈的气概。

丹东是个山秀水美的边境城市，因碧波荡漾的江水似深绿色鸭毛的鸭绿江而闻名，更因抗美援朝著称于世。不过最著名的莫过于毁于战火的鸭绿江断桥了。

断桥原为鸭绿江上第一座桥，始建于 1909 年，长 944.2 米，宽 11 米，十二孔，第四孔为"开闭梁"，可旋转开合，便于船舶航行。1950 年 6 月 25 日，朝鲜爆发内战，美国即派兵入侵朝鲜，并将战火烧到鸭绿江边，中国的安全受到严重威胁。应朝鲜政府的请求，党中央和毛主席做出英明决策：抗美援朝，保家卫国。10 月 19 日，彭德怀临危受命，率领中国人民志愿军跨过鸭绿江，鸭绿江大桥则成了抗美援朝、支援前线的交通大动脉。由于大桥在援朝战争中具有十分重要的战略地位，美方便千方百计对其进行破坏，1950年11月8日，美空军首次派出百余架B-29型轰炸机，对大桥狂轰滥炸，大桥被拦腰炸断，朝方一侧钢梁落入水中。同年11月14日，美军又派出轰炸机三十四架，再次轰炸大桥，朝方三座桥墩被炸塌，至此大桥瘫痪。中方一侧残存四孔保留至今，被人们称为鸭绿江断桥，成为抗美援朝战争的历史见证。

而今我站在鸭绿江畔，望着滔滔的江水，思绪在脑海里跳跃成一朵朵奔腾的浪花：五十年前，受命于危难之时的彭德怀，率领中国人民志愿军奔赴朝鲜，以其高超的战争指挥艺术和雄才大略与装备精良的美帝国主义及其走狗进行了一场殊死的搏斗，最终取得了伟大的胜利。

弹指一挥间，五十年过去了，鸭绿江畔的炮火、硝烟、血腥已经远去，和平的阳光普照大地，大江两岸取而代之的是一片繁忙的建设景象。历史是那样的遥远，又是那样的鲜活，仿佛这一切就发生在昨天……忽然，一阵歌声从江对岸传来，打断我的沉思，眺望远天，凝神谛听，在和平与发展成为当今世界两大主题的今天，我似乎听到了朝鲜半岛对和平统一的深切呼唤。战争与和平，是军人的双栖地，而和平，应是军事活动的目标所在。五十年前的那场战争，只不过是历史长河中的一个小小漩涡，但它带给我们的关于正义与非正义、人道与非人道的启示，却值得永远铭记。

我们静静地走在鸭绿江断桥上，看着被联合国军飞机炸得翻裂扭曲了的钢梁，感受着血与火交融的战争遗迹。但是从我方断桥处放眼望去，却看到朝鲜一方的断桥只剩了光秃秃的桥墩——联合国军并没有摧毁全部桥体，是朝鲜方面在大炼钢铁的运动中拆走了所辖一方的断桥上的全部钢梁。我正惊异于朝鲜方面为了这打不了多少钉的钢梁而毁坏了历史的见证时，却听导游谈起朝鲜已经把中国抗美援朝的历史事实淡化，甚至早就从教科书上删除，只告诉朝鲜后人，那场惨烈的战争是金日成领导的民族解放运动。我不禁为此而感到悲哀，觉得这应了一些人常说的那句话："历史是任人打扮的小姑娘。"也觉得人们常说的一句话千真万确："世上没有永恒的朋友，也没有永恒的敌人。"

当国人因我们的邻居日本修改侵华历史的教科书而愤慨的时候，又有多少人知道我们的另一个邻居朝鲜也修改了教科书，只有滔滔的鸭绿江知道，那片贫瘠的土地上曾洒下过几十万中国志愿军的鲜血！

"断桥，炸不断的历史记忆！"断桥，抗美援朝战争留下的最直观的痕迹！然而战火硝烟已经散尽，毕竟，那终究是一段尘封的历史。未见鸭绿江之前，总是听人提起，只是当初并没有太多的感触。不过，此次丹东之行的所见所闻，却要数从登上鸭绿江断桥的那一刻起体味最深。

当看到对面的朝鲜时，情不自禁地对比着两岸，同时内心也涌动着许多的自豪与叹息……隔江相望，长风拂面的鸭绿江将两个不同的世界一分为二，不远处的朝鲜，一排起伏的山丘下稀稀落落地分布着一些低矮的房屋，江岸上漂浮着破旧的船只，几个活动的身影清晰可见，基本上看不到什么大型建筑物，一派萧条、荒凉的景象。再回眸高层楼群簇拥下的丹东，虽只有一江之隔，水土相连，却让两岸形同天壤，那个曾经与我们并肩战斗的国度，他们的现在，跟我们的过去何其相似。第一次离另一个国家这么近，第一次目睹了在一条若有若无的江岸线分割下两个国家巨大的经济差距。

早在前些年下乡采访时，偶然听过一个加工厂老板讲述他的亲身经历：在一次外地运粮返回途中，意外地发现一个已经饿得要虚脱的七八岁朝鲜小男孩从货车后厢里爬出来，可怜巴巴地看着人们惊诧的目光哀求吃食，看那小孩太可怜，真不忍心扔掉他，最后索性把他带回加工厂吃了几天饱饭。最后没办法还是报告了派出所，之后很快就通过边防联系到了朝鲜方面，朝鲜士兵将小男孩扔上卡车扬长而去……

我们看到了快乐的人们，可是，那并不属于朝鲜……

漫步断桥，见大江东流，我的耳边分明响起那如泣如诉的歌声："九一八，九一八，从那个悲惨的时候……"站在断桥的尽头，看战火撕裂的钢板，一人高的炸弹，光秃秃的桥墩，我眼前又浮现出志愿军战士年轻的身影，"雄赳赳，气昂昂，跨过鸭绿江"……

中国人民早已站起来了。但是要想在世界民族之林站得更直、更稳、更高，依然需要不懈地锻造自己的钢筋铁骨。

月上中天，在宾馆的窗前远眺，鸭绿江对岸的山川景物隐没在浓重的夜色里。断桥上，雪白的灯光勾勒出它那残缺了半个世纪的身影。汹涌的江涛，清晰地回荡着一个凝重的声音："发展才是硬道理！"

太行精神

八路军是民族脊梁，他们用血肉之躯筑成抗日救亡的钢铁长城。他们是人民军队的中坚、共和国的柱石。八年抗战中，八路军浴血奋战在巍巍太行山上，用生命、鲜血和钢铁般的斗志，依托有利地形，特别是依靠广大人民群众的拥护与支持，同侵华日寇展开殊死搏斗。在极其艰难、复杂、曲折、险恶的斗争环境中，培养、锻炼了一大批治党、治国、治军的文武英才，形成了难能可贵的太行精神，为抗日战争和中国革命的胜利奠定了坚实的基础。太行山哺育了中国革命。正是太行山这座革命大熔炉，培养锻炼了八路军，铸就了伟大的中华民族以爱国御敌为核心的太行精神。

太行精神是以爱国主义为核心的民族精神。当中华民族又一次处于亡国灭种的危急关头时，是共产党、八路军发动、组织、武装民众奋起抗击，救亡图存，粉碎了日本帝国主义灭亡中国的野心和阴谋，捍卫了国家主权和民族独立。在卢沟桥事变发生、华北沦陷、民族危难、国民党军队节节溃退的紧急关头，是共产党领导的八路军挺身而出，毅然奔赴山西抗日前线，在太行山上点燃了抗日烽火，建立起华北最大的抗日根据地，并很快通过发动、组织、武装人民群众，将根据地扩展到河北、山东，使华北成为全国抗战的主战场。正是共产党唤醒了民众，引导他们拿起大刀、长矛、锄头同日本侵略者展开殊死搏斗，保家卫国，经过十四年艰苦卓绝的浴血奋战，终于赶走了日本帝国主义。

太行精神是在极端艰难困苦的环境中形成的军民一家、鱼水依存、并肩作战、百折不挠、艰苦朴素的团结精神。太行根据地的创建，八路军是其中的钢骨，当地人民群众是浇铸钢骨的水泥。八路军之所以能在四面受敌、前狼后虎、围攻"扫荡"不断的恶劣环境下生存发展为敌后不可抗拒的力量，最关键的是有广大人民群众的支持和拥护。共产党善于动员群众、组织群众，为了民族生存，不当亡国奴，老年人、青壮年、妇女、儿童都组织起来，成立农救会、青救会、妇救会、儿童团。在根据地，共产党实行了解放妇女、精兵简政、减租减息、发展生产等符合实际的政策和改革措施，把农民引向进步和幸福，因而得到广大农民的拥护。八路军始终和人民同呼吸、共命运，这是根据地立于不败之地的根本原因。

太行精神是在任何时候都把人民放在心中的亲民精神，是人民利益高于一切，为人民不怕一切困难，无私奉献的爱民精神。在八年抗战中，八路军不仅以英勇善战著名，更以爱民言行被称道。八路军走到哪里，就把铁的纪律带到哪里，也把好事做到哪里，《三大纪律八项注意》执行得一丝不苟。在根据地，军民更是一家亲。太行根据地为减轻群众负担，大力发展集市贸易，鼓励发展小商品经济，实行统一累进税、整理村财政、反贪污浪费等，把人民利益真正放在了第一位。共产党和八路军的抗战业绩将彪炳千古！抗日军民用生命和鲜血浇铸成的太行精神将光照万代！在当今，我们应大力继承和弘扬太行精神。牢记昨天的血泪艰辛，珍惜今天的幸福和平，开创更加美好的明天和未来，为中华民族的伟大复兴再铸新的历史辉煌。

巍巍太行，雄踞华北，俯瞰中原，史称"天下脊"。1938年2月，在中华民族生死存亡的关键时刻，中国共产党领导的八路军审时度势，挺进敌后，建立了太行抗日根据地。

此后八年，太行地区成为华北敌后抗日根据地的中心和八路军前方总部及三大主力师所在地，成为我党领导全国人民英勇抗日的主战场之一。八路军和太行人民在艰苦卓绝的抗日战争中孕育的太行精神，是在国家和民族处于生死存亡的关键时刻，中国共产党领导太行儿女展现的不怕牺牲、不畏艰险的革命英雄主义精神，是在极其艰苦的条件下展现的百折不挠、艰苦奋斗的精神，是为民族的解放展现的万众一心、敢于胜利的精神，是为人民利益展现的英勇奋斗、无私奉献的精神。这种精神不仅是中国共产党革命精神的一座历史丰碑，也是展现中华民族崇高精神的一面光辉旗帜。

长治是太行精神的重要发祥地之一，太行精神是长治人民的"传家宝"。太行精神作为革命老区永不枯竭的精神动力，激励着一代又一代长治儿女不断从胜利走向新的胜利。

今天，弘扬太行精神，不是留存在记忆中供人瞻仰，而是要铸就一条坚韧的民族血脉，为前行者提供强大的思想动力。太行精神的形成有着深刻的时代背景和深厚的实践基础。它的形成是历史的必然，它的发展有现实的依据，必定具备强大的生命力。太行精神永远是长治的"魂"，长治的"本"。昨天的历史和今天的事实已经告诉我们明天的答案，太行精神不但不会随着历史的前进而消散，而且必将闪耀出更加璀璨的光芒，引领长治人民踏上建设小康社会的新征途。

今天，弘扬太行精神，就是要不断增强民族自信心和民族自豪感。爱国主义是民族精神的核心，是中华民族不断发展壮大的重要思想基础。艰苦卓绝的抗日战争中，正是在爱国主义的旗帜下，国共两党捐弃前嫌、共赴国难，极大地鼓舞了全国军民的抗战斗志；正是在爱国主义的旗帜下，爱国将士义无反顾、喋血疆场，谱写出一曲曲气壮山河的杀敌壮歌；正是在爱国主义的旗帜下，全国各族人民和海外侨胞万众一心、同仇敌忾，汇聚成了奔腾咆哮的抗日巨流。当前，实现中华民族伟大复兴，必须坚持不懈地抓好爱国主义教育，自觉把拳拳爱国之情转化为爱岗敬业、扎实工作的实际行动。

今天，弘扬太行精神，我们还应省思一个大国为何会为了抵御一个小国的侵略而付出人类历史上空前的代价。十四年抗战之艰苦卓绝，绝非任何偶然性所致。作为庞大的国度而非伶仃小国，中国不自辱，哪国能辱之？如此国耻，成为中国国民的难解心结。简单地仇恨是容易的，但更可贵的是自新和学习，甚至是从曾经的敌人处学习。我们必须理性地承认，战后重回国际体系的日本民族仍有许多值得我们学习的地方。其对本国文化的传承，对他国文化的汲取，尽其努力，即便与今日取得长足发展之中国相比，也仍有值得借鉴之处。中国在路上，眼望前途，须有承认日本优势的胸怀，并有不以为避讳的民族自信。

太行山高，可以呼远。国力与文明的胜利，才是真正的完胜。今天，研究、继承和弘扬太行精神，赋予太行精神新的时代内涵，对建设小康社会、实现长治转型跨越发展具有重要的现实意义和深远的历史意义。可喜的是，我市作者戴玉刚同志经多方走访当年战斗在太行山上的无名英雄，以及他们的战友和子女，历经十载著成《太行山上的秘密战》一书，有利于我们进一步继承革命传统，弘扬太行精神。该书较为系统地反映了新中国成立前太行山地区我党我军隐蔽战线斗争的有关情况，资料翔实，内容丰富，作者在收集、整理、研究太行地区党的隐蔽战线斗争历史方面，做了艰苦细致的工作，为宣传党的隐蔽战线为新民主主义革命胜利做出的贡献和无名英雄的优秀品质做了一件好事！

无名英雄，永垂不朽！

太行精神，光耀千秋！

北大荒，父辈的旗帜

世界上有三块最宝贵的黑土地，一块在美国的北部，一块在加拿大的南部，另一块就是中国东北部的三江平原，人称"北大荒"。这简简单单三个字，迎来了一批又一批的拓荒者，背负了一个又一个感人故事……

给我们做导游的是一位在北大荒生活了四十多年的老知青。

70 年代黑龙江垦区国营农场已经遍地开花。爷爷凭着他的电焊技术，拖家带口从辽宁来到富锦二龙山安了家。住下没多久，听说前进农场急需电焊工人，他就骑着自行车从二龙山到了这儿，后来的很长一段时间他每天都要骑自行车往返于两地。上初二那年我骑着自行车沿着佳抚公路一路骑去，可是才到红旗桥就没了力气，我始终没能理解他那年骑着"28"在颠簸的土路上是怎样就骑了那么远……

当我问他什么时候来农场的，他的眼神定住了，想了好一会儿，然后笑着说，我是 1969 年建场时跟着大家一起来的，时间久了，月份记不得了……他颤颤巍巍地露出了笑容，那笑容里透着一种幸福感，那种幸福感是我怎么用心也不能感同身受的……

带着疑问，我翻开了历史的画卷：

1947 年 6 月，垦区的历史书卷落下了第一笔。50 年代初，十万转业官兵向我们脚下这片亘古荒原发起了"向荒原要粮"的伟大挑战。王震将军随即写下"密虎宝饶，千里沃野变良田；完达山下，英雄建国立家园"的豪壮对联。上世纪50年代后期，王震将军根据毛主席的指示，带领十万官兵来到黑龙江垦荒，以后数十年间，又有十四万复转军人、五万大专院校毕业生、二十万内地支边青年、五十四万城市知青来到黑龙江垦荒。正是这些响应党的号召，富于创业献身精神的人们，承载着党和人民的殷切期望，伴随着共和国艰难前进的脚步，历经几代北大荒人的薪火传承、拓荒风雨，终将昔日的北大荒变成今天的北大仓。在这块神奇的黑土地上，有数不清的中华民族的优秀儿女，把他们的一生奉献给北大荒的垦荒事业。他们在"地窨子火烤胸前暖，马架子风吹背后寒"的环境下毅然决然地拥抱着北大荒，他们承受了常人难以想象的艰难困苦。他们长年住的是马架子、泥草房，吃的是清一色的高粱米、窝窝头、盐水煮黄豆、白菜粉条汤。三年大饥荒时甚至在吃树皮、草根、瓜蔓、辣椒秧……

就是在这样的条件下，这片桀骜不驯的土地终于向他们低了头！他们用激情、青春和汗水把祖国边陲这曾经荒芜凄凉的土地唤醒。在这里，他们奉献他们所有的一切，是他们改写了历史，让北大荒蜕变成了如今的北大仓！

"亿吨粮，千吨汗，百吨泪，十吨歌。"北大荒的开发建设，不仅建成了我国规模最大的国有农场群，实现了北大荒到北大仓的历史性转变，而且创造了中国乃至世界垦殖史上的伟大奇迹，为中国经济社会的发展做出了巨大贡献。如今，中华民族已进入新的发展时期，但我们不会忘记，六十多年来，垦荒大军义无反顾地投身北大荒的拓荒事业。我们不会忘记，六十多年来，英雄的北大荒人在拓荒创业的征程上，洒下了汗水，贡献了青春，甚至牺牲了宝贵的生命。

在这漠漠大荒上建起了一座又一座农场，终于将五万多平方公里的漠漠大荒建成了名闻遐迩、举世瞩目的现代化大农业基地，成为全国耕地面积最大的国营农场群和国家重要的商品粮基地，为国家生产了数百亿斤粮食的黑龙江垦区。

无数北大荒人的努力，汇聚成了"艰苦奋斗、勇于开拓、顾全大局、无私奉献"。这十六个字的北大荒精神，是黑龙江垦区的广大人民群众在六十多年的开发建设中，用青春与汗水、鲜血和生命，在特定的历史条件和极其艰苦的环境下培育和锤炼出来的，是英雄的北大荒人的政治觉悟、精神境界、道德情操、意志品格、行为规范和工作作风的集中体现。这十六个字，字字铿锵有力，催人奋进。北大荒人在创造丰硕的物质文明成果的同时，把北大荒打造成北大仓的同时，更用他们的忠诚与坚韧为后人留下了名传千古的创业精髓。这种精神已在全国产生了广泛而深远的影响，成为全国人民共同拥有的一笔财富，成为推动我国经济发展和社会进步的强大动力，它将永远激励着我们在建设有中国特色社会主义的道路上奋勇前进。

在新时期的征途上，我将带着对北大荒事业的深情依恋，用我的青春和热血，接受岁月的洗礼，青春无悔，生命无悔。我将把自己的一颗忠心交给我钟情的北大荒事业，去实践自己无悔的诺言，让青春的誓言在开创北大荒美好明天的伟大事业中闪烁光芒。

历史的书卷里记载了无数的动人故事，无数的故事却都在讲述着"创业与奉献"。从老一辈到新一代，始终在传递着这面旗帜，生生不息……

合上历史的书卷，我明白了：

让爷爷有着坚强毅力的是"艰苦奋斗、勇于开创、顾全大局、无私奉献"的北大荒精神；

让老党员幸福的是他盼了大半辈子如今就在眼前的"幸福前进、宜居前进、产业前进、文化前进"的美好蓝图；

让我久久不能平静的是因为我是北大荒儿女，是我肩负的使命，是我永远不能放下的父辈的旗帜！

我深深地被这片土地吸引住了。年少的记忆和清晰的意识让我深深感受到这片热土的魅力，更为几代拓荒人所承受的难以想象的艰难、"战天斗地，百折不挠"的精神所感动着。六十多年来，几代北大荒人用自己的汗水、泪水和血水，为确保国家粮食安全，做出了艰苦卓绝的奋斗。如今已把昔日"天苍苍，地茫茫，一片衰草枯苇塘"的北大荒建成了繁荣富庶、欣欣向荣的北大仓。

西柏坡礼赞

一

一脚踏上西柏坡，便掉进了历史的长卷。在湖光山色、青山翠柏间，踏寻那段浩荡不朽的岁月，邂逅的全是民族的精魂。

走进圣地，一个与速度和方向有关的名词，一个在想象和希望中延伸的名词，被我们亲近和重温。看到了很多被岁月碾过的辙印中还留存着的清晰历史印记，听到了很多经过时空磨砺后依然动人的故事。

历史在这里用饱蘸浓墨的巨笔写下了壮丽辉煌的一页，引得一代又一代的后来人到这里拜读，读得人们心潮难平。在革命圣地那博大的怀抱里徜徉，每个人的心里都贮满了爱的琼浆。

二

在中国北方这个普通的山村，丰厚的人民土壤，特别适合革命生长。五个从湘南到陕北辗转而来的农民，在此推敲革命胜利的诗句，演练马列真理的鼓点。一种阳光般的精神，于沟坡林地流淌，光芒于禾穗上闪耀。

一种湘音，亲切坚定而激情。浓浓的音雨，飞出七届二中全会的窗口，穿过云层，润绿了西柏坡的山山岭岭，淋湿了中国无边大地。

沾满泥土与硝烟的巨手，挥成太行山的姿势。脚步响成一串串春雷，带着季节永久的记忆。阳光下的向日葵，绽放一片片坚定赤诚灿烂。革命的小米三年成熟，全中国解放的沉穗，饱满于天安门城楼，粒粒养育众生，聚宝盆一样垛成天下粮仓。

三

新中国从这里走来。领袖们栉风沐雨、吞雷饮电，谱写了一曲曲荡气回肠的英雄史诗。当解放的交响曲演奏到战略决战的乐章，又是这个小小的山村，成了搏动革命的心脏，它强劲的脉搏驱动着历史的车轮滚滚向前。

历史在硝烟、战火、鲜血和汗水中一卷卷地展开。如何排兵布阵，歼敌决胜于千里之外；如何指点江山，笑傲在龙脉束气之谷；巨大的天幕下，一朵祥云静静地飘逸着；霞光里，一个崭新的中国，飞龙在天。

在现实的大拐弯与转折点，被脚步和思想飞针引线，串起一部信仰的历史。沾满泥土与硝烟的巨手，挥成太行山的姿势，成为漫漫长路上的不灭明灯和向上的一级级台阶；被前赴后继的背影、勇往直前的目光，逐一点燃和镀亮，成为茫茫夜空中耀眼的星星和五星红旗广袤的背景。

四

黯淡了刀光剑影，远去了鼓角争鸣。红蓝毛线巧构的地图，闪现三大战役的硝烟迷漫；笔走龙蛇，点化成哲思缕缕，隐约回荡着打土豪分田地后翻身农民的朗朗笑声；"两个务必"的历史叮咛，掷地有声、字字千钧，依然闪耀着警示的光芒。而那个关于一路风尘"进城赶考"的故事，传承的接力棒召唤着我们永远向前。

这是改天换地的起点，这是惊世骇俗的选择。新中国的基石，用一砖一土垒筑起，铸就成坚固的骨骼与诚实的品质。西柏坡用它坚实的臂膀，托起了共和国冉冉升起的太阳。

隔着厚重的历史帷幕，将祖国的荣耀与伤痕，轻轻拂尽。西柏坡一甲子的沧桑，为圣地植入新的精神内核，给我们以更多的情操陶冶、信念的复壮、智能的补充……

石油魂

在中国，有这样一个企业，从它诞生的那天起，就以其特殊的贡献、独特的精神引起了世人的瞩目！五十七年后的今天，当它以其创造的中国石油工业原油产量第一、上缴利税第一、原油采收率第一的骄人业绩再一次震惊世界的时候，全世界不得不由衷地赞叹社会主义的成功，中国共产党的伟大！这个让国人骄傲、让共和国自豪的企业，就是中国石油大庆油田！

金秋时节，我走进硕果累累的大庆油田，破解其走向成功的奥秘。

奥秘之一：无论什么时候，党永远是企业的领导核心

人们不会忘记，60年代石油会战初期，面对极其艰苦的条件，大庆油田党工委果断做出决策，组织会战队伍认真学习毛主席的《实践论》和《矛盾论》，坚持用马克思主义的立场、观点、方法，解决大会战遇到的各种问题，仅用三年多时间就拿下了大油田，甩掉了我国贫油落后的帽子。

人们不会忘记，改革开放后，面对油田含水率逐步上升、产量自然递减的严峻形势，大庆油田党委没有颓废。他们组织干部职工认真学习邓小平理论，把握"解放思想、实事求是"这一马克思主义的精髓，坚持"发展是硬道理"的观点，树立

"科学技术是第一生产力"的思想，向科技要产量、要效益，实现年产原油五千万吨以上连续二十七年高产稳产，创造了世界同类油田开发史上的奇迹。

人们更没有忘记，面对着油田可持续发展的诸多矛盾与挑战，是油田党委高举"三个代表"重要思想和落实科学发展观的伟大旗帜，以科学发展、构建和谐大庆油田为目标，科学决策，制定了《二次创业指导纲要》，确立了"创建百年油田，搞好二次创业"的发展战略，明确了创建百年油田的阶段性目标。在大庆油田，政治方向不离党，发展思路依靠党，重大决策相信党！油田领导班子在精心谋划企业的长远发展的同时，让人们看到了一个个廉洁勤政的领导干部形象，一个开拓创新、引领发展的领导班子，一个在强化改革上敢于攻坚、稳定上敢于负责、管理上敢于碰硬的集体形象！

在大庆油田，靠"两论"起家，坚持用马克思主义理论武装头脑，指导油田实践，是油田各级党委始终如一的传统！有这样一个数据令人惊叹：五十七年间，大庆油田各级党组织始终坚持学习制度没有变；每年至少召开一到两次学习研讨交流会的传统没有丢。他们创造的领导干部述学、评学、督学、考学政治理论学习制度，让理论在每一名领导干部心中真正扎下了根。

在大庆油田，党管干部原则坚决落实。以发展空间吸纳人才、以大庆精神塑造人才、以价值实现激励人才……行政副职公开竞聘、党群副职公开推荐、专业管理岗位公开选拔等竞争上岗机制已经建立；六千多名党性强、作风正，既懂党务、又熟悉生产经营的人才工作在党务工作岗位，就是这些人奠定了油田"大党建"的格局。在油田上下建立起一套高效工作机制。

奥秘之二：无论什么时候，工人阶级永远是企业的主人大庆油田井下作业分公司生产总队一大队吊车司机王庆际，今年五十四岁，他开的那辆吊车从他二十多岁参加工作时就一直陪伴着他。早在二十几年前，这辆吊车就到了使用年限，但是，在王庆际的精心保养下，这辆像他的孩子一样的吊车，至今没发生过任何问题。王庆际说，他就快退休了，他要更精心地对待这辆吊车，力争和它一同退休。为此，这辆吊车的日本生产厂家专程来大庆调研，想找到这辆吊车耐用的原因。王庆际笑了，他说："其实很简单，就是精心加细心。"

大庆油田之所以能够产生一个又一个像王庆际这样爱厂如家的职工，其根本原因还在于平时油田树立的实现职工与企业共同发展的目标，以及大庆精神、铁人精神对职工潜移默化的影响。他们在指导原则上明确了要正确处理好两个"三者关系"：正确处理好国家、企业、职工的三者关系和处理好改革、发展、稳定的关系。中国石油集团副总经理、大庆石油管理局局长兼党委书记曾玉康深有感触地说："职工既是企业利益的享受者，更是企业效益的创造者，只有不断调动职工群众的积极性，企业才有更强的动力和创造力。"为此，大庆油田把以人为本、搞好二次创业的实践和着力维护职工群众的政治利益、经济利益和发展权益有效地结合起来。

大庆油田各级党组织注重从职工群众最关心、最直接、最现实的问题入手，激励在职职工，体贴下岗同志，照顾离退休人员，关心退养家属，帮扶特困家庭，让职工群众共享企业改革发展成果。对在职职工，把工作重心放在改善工作生活条件上，在企业效益稳步增长、职工收入持续增加的同时，向一线职工免费供应午餐、定期体检、带薪休假，为一线小队配备空调、电视、电冰箱和消毒柜，完善图书室、活动室。通过市场化用工、聘用临时合同工和外埠用工等方式，使一大批待业子女找到了就业岗位。对困难群众，开展进万家门、解万家难、暖万家心走访慰问活动，及时帮助排忧解难。

最具特色的是，大庆油田始终强调企业的现代化从人的现代化抓起，坚持把企业对人才的需求同职工自我价值的实现有机结合起来，积极创造条件，促进职工的全面发展。他们主动拓宽职工成才渠道，分别建立了从普通工人技术人员到技术专家、资深专家的六级成长通道，从技术能手、助理技师到技师、高级技师的四级成长通道，完善了学术技术带头人和技师、高级技师的选拔评聘办法，制定了不同的人才评价标准，使职工人人都有成才的机会。只有初中文化的大庆油田采油四厂第二油矿的采油高级技师何登龙，经过多年的痴心学习、苦练本领，成为集团公司采油技能专家，并且编写了一系列岗位技术操作标准，先后培训员工五千多人次，所带的上百名徒弟中，八十多人已成为厂矿管理人员或高级技术人员。回顾自己的成长历程，何登龙感动地对记者说："没有油田为我们细心着想，我一个初中生哪会有这么好的今天？！"

勿忘国耻——"九一八"回眸

七十九年前日本帝国主义为了实现它猖狂的梦想，悍然发动了"九一八"事变，出兵攻占我国的东三省，蒋介石命令东北军"不许抵抗"，致使东三省这个有着丰富矿产资源、物产资源，面积是日本三倍大的美丽而富饶的地方沦为了日本帝国主义的殖民地，三千万同胞沦为了亡国奴。

翻开历史的这一页，当年蒋介石的那句"绝对不许抵抗，缴械则任其缴械，入营房则听其侵入"的话重重地击打着我们中华儿女的心，这是怎样的民族耻辱啊！二十九万中国军队，一万日本军队，本应该是多么悬殊的兵力对比，可是只有三天，日军竟没有废什么枪弹便一举占领了东三省，三千万同胞就这么糊里糊涂地成为了亡国奴。这是怎样的悲哀、怎样的耻辱啊！

七十九年后的今天，阳光依然明媚，微风依旧吹拂着我们的脸庞，可是这莫大的民族耻辱、莫大的冤屈如何去洗刷，这血海深仇如何去偿还？古人说：忘记过去的苦难，可能导致未来的灾祸。作为一名当代青年，我们一定要牢记历史，不忘国耻，以振兴中华为己任。

六十年前，我们在军事法庭上对日本战犯实施宽大处理，不是因为我们懦弱，是因为我们是一个伟大而宽容的民族，我们希望和一个与我们一衣带水的邻邦和睦相处；九一八事变发生后的七十四年，日本竟然明目张胆地霸占钓鱼群岛；九一八事变发生后的七十四年，在中国政府屡次友好的警告下，日本竟开始公然声称："要彻底消除中国的反日情绪，必须先删除中国历史教科书内的抗日战争史！"继而更是叫嚣着要"改善"抗日战争纪念馆的展览方式。

我不是一个极端的民族主义者，国家的长治久安和发展永远是第一位的。我只是想告诉大家，以史为镜，可以知兴替。请记住日本帝国主义的一切，振兴我们的祖国，让我们的祖国不再受任何的欺凌！

历史有时相似得让人心碎。如果没有真实的镜头、详尽的文字、残破的遗迹，我们简直难以相信过去中国近代的一幕幕惨剧！虽然历史已经过去，但不会消逝得无影无踪，历史留下的不仅仅是一堆资料、几块碑刻，数处遗址！留住历史，可以温故而知新。我们总是习惯于牢记胜利、成功和辉煌，往往把失败、伤痕和屈辱遗忘。然而，正是失败伤痕和屈辱，才给了我们重新站立的力量！为什么亚洲四小龙之一的韩国发展态势如此迅猛？就是因为他们的国民牢记了屈辱的历史！在日军侵韩纪念日那天，无论你是多么富有的日本人，在韩国都没有饭吃，没有店住，因为爱国情结深厚的韩国人，拒绝给曾经侵略自己的民族供应任何物资！

一百多年中沉重而痛苦的记忆，给予了人们太多的忧伤、悲愤和思索。中国人不应该不可能更不可以忘记，刻写在中国近代的镜头、侧面或片段，虽然斑斑点点但历历在目：从鸦片战争到中法战争，从八国联军侵华战争直至日本全面侵华战争；从旅顺大屠杀到南京大屠杀；从鸦片走私、掠卖华工到火烧圆明园；从"猪仔""东亚病夫"到"华人与狗不得入内"……

可谓惨不忍睹、闻所未闻！正义与邪恶、文明与野蛮、爱与恨、和平与暴力被定格在这段屈辱的历史上，痛定思痛就是民族复兴的开始，时刻警示着我们每一位中华儿女当勿忘国耻，要振兴中华！

这些年来，一些亲痛仇快的现实，还有"商女不知亡国恨"的悲哀，让人深感"遗忘文化"在一些国人头脑中颇有市场。一些商家不顾历史的伤疤，以"南京大屠杀"作为电脑游戏；把日本军刀、军服作为卖点；一些艺人竟然把日本军旗装穿在身上招摇过市，等等。如果"集体健忘症"过于严重，人们将越来越容易浅薄、轻浮、狂躁、极端和急功近利。

一个民族，若忘记了自己的历史，实际上也就等于失去了民族的记忆功能；失去记忆的民族是可怕的！

历史的灾难无不以历史的巨大进步来补偿。让我们一起来揭露侵略者的罪恶、叩问冷漠者的良知、敲醒愚昧者的心灵。绝不允许无耻者别有用心地扭曲历史，绝不允许屈辱的旧梦再现，绝不允许重蹈践踏人权、亵渎文明和破坏正义的覆辙！

中华民族每位儿女都是祖国的孩子，祖国不够强大，就像是没有能力保护自己子女的父母，不光是家庭的悲哀，更是孩子的不幸！！

时光的流逝也许会磨灭人们心头的许多记忆，但充满着"血与火"的往事历历在目，警示人们要永远引以为戒。《论语》曾告诫："人无远虑，必有近忧。"古希腊哲人说"人不能两次踏进同一条河里"，不就是提醒我们从昔日的经验教训中时刻照看着后视镜缓缓向前跋涉？描述与记录，回忆与解读，是人类永远不会放弃的权利。"以史为鉴，面向未来"，可以说历史是人类前进的行囊，虽可能沉重但旅程必不可少。

历史老人孤零零地守望着岁月的变迁，当年的硝烟弥漫化作了今天的静默无言，他的臂膀依然坚强地背负着飞驶的火车，他的眼眸一直饱含着未干的血泪……

纪念"九一八"是为了不忘国耻，是为了不忘落后就要挨打的历史教训，是为了坚定中华民族伟大复兴的信念。总有一种力量让我们感动，总有一种精神催我们前行。历史老人依旧在前行，我们依旧需要努力，只是为了那段不容忘却的历史……悼念先辈，勿忘国耻，以史为鉴，面向未来。

铁人精神代代传

五十多年前，铁人王进喜一句"宁肯少活二十年，拼命也要拿下大油田"的豪言壮语，感动、激励了几代人。当我们年轻的共和国经济建设急需石油的时候，以王进喜为代表的一批"大庆石油人"凭借着艰苦奋斗、无私奉献的精神开发建设了当时全中国最大的油田，从此大庆油田为国家源源不断地输送着石油，结束了中国人依赖洋油的日子。

改革开放以来，大庆油田持续三十年高产稳产，实现年产原油五千万吨以上。"十五"期间年均油气当量仍然保持在五千万吨水平，创造了世界同类油田开发史上的奇迹。与此同时，大庆油田创造了中国石油乃至整个工业战线的多个第一：原油产量第一，上缴利税第一，原油采收率第一。

辉煌成绩的取得离不开精神力量的支撑。"天当被、地当床"，人拉肩扛搬运钻机，破冰取水保证开钻，不畏艰险用身体搅拌泥浆制服井喷……"爱国、创业、求实、奉献"的大庆精神经过代代传承，已成为一种情愫，流淌在新时期"大庆石油人"的血脉中。

临危不惧，三十名工友同签生死状

火光！五六十米高的火柱冲天而起，百米之外都能感受到灼人的热浪。当放喷闸门开启点火的一刹那，巨大的气压顶得闸门发出嘶嘶尖叫，声音震耳欲聋。这是一个名为"升深2井"的地方，曾因天然气高产而成为大庆人的骄傲。而今它却因多年在高温高压条件下生产，套管腐蚀，产生漏气，就像一颗随时都可能会引爆的"定时炸弹"，威胁着附近居民的生命和财产安全。

附近村镇的居民已经开始疏散和转移。方圆几里都已拉上了警戒线。武警战士封锁了所有通向井区的道路。待命的消防车足足有二十辆。整个井区置身于一片恐怖的氛围中。

大庆油田领导表示，要把人民群众的安全放在第一位，在保证安全的前提下，对这口井进行水泥封堵，消除事故隐患。但由于施工难度大、危险性高，联系了几家国内的施工单位，都不敢尝试。

在这种情况下，修井一大队107队临危受命。队长赵传利在向大家传达完上级的命令后，说："弟兄们，咱们大仗小仗打了不少，从来没熊过；这次是真正考验我们的时候，咱107队绝不能当孬种！大家有没有信心啊？""有！"三十个人发出了同一个声音。在庄严的气氛中，队里的五名党员和干部率先在决心书上写下了自己的名字，全队没有一个人退却。三十个名字，同一个决心："一定要拿下升深2！"

随后，七十多天时间里，他们进行了无数次演练，从抢险、救援，到逃生、疏散。演练过程中，井下总工程师兰中孝的母亲去世了。他跑了几个小时的路，见了母亲最后一面，没等发丧，第二天早上六点就赶回现场。不少工人的孩子生病了，可他们当中没有一个向组织请假回家的。

终于，现场封井开始了。赵传利和几名干部，率先登上井口进行操作。

周围的空气好像凝固了一般，上百双眼睛紧紧盯着最危险的地方，上百人屏住呼吸。拆井口成功，卸井口成功，安井控成功。动作协调，配合默契，四十分钟后，危险解除了，现场一片欢腾。

艰苦奋斗，钻井队海外扬威名

早在 2001 年，GW58 队就作为大庆油田首支海外钻井队来到委内瑞拉。在委内瑞拉遇到的第一件事是设备清关问题。设备是从国内运来的。运到委内瑞拉，需要办理各种手续。项目组负责人一方面积极和海关代理公司配合，另一方面买来相关书籍认真学习。我方人员根据清关的相关规则，在谈判桌上据理力争。最终仅代理费一项，就为公司节约近八万美元，赢得了合作方的尊敬和钦佩。

在委内瑞拉施工，语言、民俗、气候、饮食起居习惯都不同，按规定以 1：9 的比例雇用当地工人，而当地的工人从来都是八小时工作制，下班时间一到不管工作是否完成都立马收拾东西回家。怎样适应新环境，和当地人民友好相处，怎样使外籍雇工更好地融入到队伍中来，把工作干好，面临的困难可想而知。

委内瑞拉地处赤道附近，紫外线照射非常强，人如果长时间待在户外的话就会爆皮。刚到那里时，很多工人对热带高温潮湿的气候不适应，经常是连喝几十瓶水，却排不出一滴尿。

衣服穿在身上汗不干，洗了之后水不干，床单能够拧出水，睡觉侧身不敢翻。

恶劣的环境没有吓倒 GW58 队。凭借着全体职工的齐心协力，GW58 队又一次出色完成了任务。获得了国外客户和专家的高度评价。经过五年的倾力打造，在人才、技术、管理、品牌等方面打造出了自身优势，在委内瑞拉，成功开拓出年总创收能力达到亿元以上的钻井市场。

到 2005 年年底，大庆油田已有二百六十支队伍走出大庆，进行石油工程技术服务，大庆油田的旗帜飘扬在世界二十六个国家和地区的广阔市场。

勇于创新，不循常规克难题

"成就理想、做出贡献，就要将铁人拼命也要拿下大油田的精神，转化为挑大梁、挑重担的工作勇气，牢记责任和使命，对事业倾注满腔热情。"这是王宝江在科研攻关中的切身体会。

王宝江，现任第六采油厂试验大队副大队长、高级工程师。他自 1992 年参加工作以来，始终立足于喇嘛甸油田三次采油攻关试验的最前沿，成功破解污水注聚、凝胶体系检测等世界级技术难题，开展"泡沫复合驱""形变悬浮胶体""两元两相驱"等聚驱后进一步提高采收率的技术研究，为油田可持续发展做出应有贡献。

清水用量大，污水处理难，是聚合物驱油必须解决又很难解决的技术难题。当时，喇嘛甸油田北东块的一个区块，最多时每天要用掉两万方清水，经常因缺水而停注，采出来的大量污水又使环保面临很大压力。王宝江一直有一个想法：能不能把这些污水循环利用呢？1996年，在深入思考的基础上，他大胆地提出用污水替代清水配制聚合物的想法。试想一下，如果成功，就可实现水资源的循环利用，还为那些污水找到了"归宿"，这将创造巨大的经济效益和社会效益。但这在国际上没有先例，聚合物驱油理论也不认可。想法一经提出，四面八方都传来质疑声，其中也包括王宝江非常尊敬的专家。

面对质疑，起初王宝江也犹豫过，但凭几年来学习研究的理论基础，他认为应该试一试，"何况到目前为止还没有一个试验结论能证明这种做法不行"。顶着巨大的压力，王宝江想方设法争取各方面的支持，他的坚定与执着得到了领导的认可与鼓励，王宝江开始专攻这一试验项目。

为了抽出更多的精力投入研究，王宝江把行李搬到了实验室，没日没夜地做实验、搞分析，亲朋好友见他整天不回家，以为夫妻俩闹了别扭，还专门跑到单位来调解。

最让王宝江刻骨铭心的是第一次现场试验，当时由于受聚合物种类、现场工艺、注入方式等条件限制，效果非常不理想，这让他着实捏了把汗，"如果试验不成功，个人吃苦受累是小事，油田为试验投入的大量资金将付诸东流"。压力如山的王宝江在领导的支持和一些老专家中肯的建议下，抓紧完善技术，终于，他取得了第二次试验的成功。

这项与"王宝江"这个名字紧紧相连的技术应用后，仅试验区的44口井就较清水对比区提高采收率4.58个百分点，多创效益3个亿；仅喇嘛甸油田，年利用污水就达700多万吨，成为当今世界规模最大的污水治理示范区。该技术被评为油田公司科技进步一等奖，目前已推广到6个采油厂，被油田公司领导誉为"聚合物驱油的革命性措施"。

"人活着，就是追求一种幸福的感觉。幸福，不在于你吃啥、穿啥、用啥，在于瞬间的感觉，比如，到年底特别忙，最大的幸福就是跟爱人和孩子一起看会儿电视。"这是王宝江给简单生活下的定义。但王宝江并不简单。

　　"天当房地当床，棉衣当被草当墙，野菜包子黄花汤，一杯盐水分外香"，这是大庆会战的生动写照。"宁肯少活二十年，拼命也要拿下大油田！"是铁人王进喜的豪言壮语！"石油工人一声吼，地球也要抖三抖！"是"大庆石油人""为油大干"的精神状态。在新的历史条件下，"大庆石油人"充分贯彻落实科学发展观，确立了"创建百年油田、搞好二次创业"的战略体系。以"爱国、创业、求实、奉献"为企业核心价值观，围绕"谋求企业可持续发展"和"在新形势下继承发扬大庆精神、铁人精神"的工作主线，赋予了大庆精神以新的内涵。大庆精神弘扬了民族精神，凝聚了全民意志，促进企业的科学发展、和谐发展。这一强大的精神动力必将激励着人们克服困难，向着胜利的彼岸前进。

神华援藏情

　　走进那曲市聂荣县，城区街道宽敞，高楼林立，商铺鳞次栉比，当夜幕来临时，聂荣县更是华灯璀璨。老聂荣人都有印象，2005 年前整个县城没有一条柏油马路，没有一盏路灯，没有一栋像样的建筑。而正是神华援藏的十八年，让曾经独居唐古拉山的聂荣县城，变成了如今近十平方公里的大城区，聂荣县这座现代化新城正焕发出耀眼的光彩。

　　神华十八年援藏，真情温暖聂荣。根据中央历次西藏工作座谈会精神，神华集团派出七批援藏干部进驻聂荣县。聂荣不断发展的今天，神华集团不断增加援藏投入，为聂荣县研究并落实一批"造血"项目，提高了当地居民自力更生能力。随着国家援藏政策的不断实施和社会各方的大力援助，聂荣县经济社会走上了全面健康发展的道路。

　　西藏自治区那曲市聂荣县，位于世界屋脊的屋脊——藏北高原的中心、羌塘草原的腹地。聂，在藏语里就是盘羊的意思，荣是山谷，聂荣翻译成汉语就是盘羊聚集的山谷。县城平均海拔 4700 米，面积 2.14 万平方公里，人口只有 3.8 万人，是极具西藏特色的纯牧业县。神华集团对聂荣县开展对口支援十八年来，始终坚持"一个中心、两件大事、三个确保"的新时期西藏工作指导方针不动摇，紧紧围绕"一加强、两促进"

的历史任务，经历了"一个转折点、两个里程碑"的光辉实践，援藏建设取得了辉煌成就。当地社会面貌发生了翻天覆地的变化，实现了由落后走向进步，由贫穷走向富裕，由愚昧走向文明、由封闭走向开放的历史性跨越。

"聂荣县的变化正是那曲全市巨变的缩影。"神华援藏干部刘伟深有感触地说，实施对口支援的十八年，是那曲地区经济社会发展最好的时期、社会局势最稳定的时期、城乡面貌变化最快的时期、群众生活改善最显著的时期。

对于神华集团来说援藏是一项社会责任。援藏工作效果的好与差、进度的快与慢，与援藏工作组成员的素质高或低有直接的关系，因为援藏工作组人员是具体操作者，加之当地的气候条件特殊，选派的干部要有很高的政治素养和良好的身体素质，才能胜任这项工作。

由于援藏工作的特殊性，神华集团领导从一开始就高度重视，党组对此项工作进行过多次专题研究，责成人事部门在干部选派时要求德才兼备，并要求神华集团援藏工程中，实施改善聂荣县农牧民居住条件的安居工程，这是援藏工程的一大亮点。因为此项工程投资大，当地政府采取了"国家投一点、援藏帮助一点、银行贷一点、群众筹一点"的办法，从 2002 年至 2020 年的十八年间，神华集团累计投入援藏资金六亿多元，派出援藏干部和挂职干部七批次共计十一人，实施援藏项目超过二百多个，牧民养殖的牦牛卖上了好价钱，住上了宽敞明亮的藏式小院，幸福的格桑花在草原上遍地盛开。

每一批援藏工作组都能以建设聂荣、发展聂荣、稳定聂荣为己任，"艰苦不降标准、缺氧不缺精神"，继承发扬"老西藏精神"，倡导"特别能开拓、特别能创新、特别能干事、特别能创业、特别能发展"的精神，甘于吃苦，乐于奉献，求真务实，勇挑重担，不遗余力地做好援藏工作，积极衔接援藏项目，树立了神华人在聂荣人民心中亲民爱民的良好形象，赢得了聂荣广大干部群众的好评。

2019年对聂荣县来说，是极不平凡的一年。2月份，聂荣县摘掉了"国家级贫困县"的帽子，消除了延续上千年的绝对贫困。而国家能源集团在这一年进一步加大对口支援工作力度，投入资金达四千六百万元，实施了十八个项目，涵盖了基础设施建设、生态保护、产业发展、教育扶贫、卫生扶贫、爱心扶贫等多个领域。一个个惠民利民工程架起了党和农牧民群众的连心桥，为聂荣县人民脱贫致富奔小康铺就了一条条康庄大道，让老百姓的日子越过越好。

一连串数字的背后，是近几年生活的悄然改变。曾经沙化严重的草原恢复了生机，岌岌可危的老旧房屋焕然一新，孩子们有了新教室，老师们有了新宿舍，它们见证着神华集团在雪域高原上积极践行"两山"理论，奋力打赢脱贫攻坚战的生动实践。

住得安心，幸福才稳固。促巴村小康示范村是继色庆乡二十八村、二村和尼玛乡四村等小康示范村和生态旅游示范村后，国家能源集团援建的第四个村，于2019年列入国家能源集团投资援建项目，总投资4287.5万元，其中2019年落实第一批资金2600万元，对昔日连片集中低矮、阴暗、人畜混杂居住的土坯房以及基础设施薄弱、消防隐患突出的棚户区，按照小康示范村标准建设新房和附属设施，有效解决六十一户家庭共计一百九十五人的居住问题。2019年年底，村民已搬迁入住，整齐划一的钢筋混凝土结构藏式新住宅，圆了促巴村牧民的"新房梦"，后续的绿化和附属设施建设还在加紧实施之中，预计2020年7月完工。

绿水青山就是金山银山。国家能源集团和聂荣县将怒江水系水源点保护项目列入 2019 年度第二批援建项目中，投入八十万元对聂荣县境内怒江水系自然生态屏障和水源点进行保护，重点加装了铁丝网、防护栏和警告牌，有效防止了放牧对水源点可能造成的破坏和污染，不仅保障了聂荣县人民取水安全、用水安全，同时也强化了怒江水系生态平衡基本保障。

　　生态环境需要呵护，牧民生活也亟待改善。除了设立生态管护员之外，国家能源集团对禁牧草场按照国家规定标准每年每亩发放 4.6 元的禁牧补贴；将牛羊迁往适宜放牧的区域，流转草场成立合作社集中养殖，投资建设机井、牲畜暖棚、牧工宿舍、饲草料库等配套设施，大幅提高了牲畜养殖的经济性和安全性。聘用牧民群众为合作社职工，每月还享受稳定的工资收入，既保证并提高了禁牧区群众的养殖经济收入，又改善了他们传统的生产生活方式。

　　教育扶贫是斩断穷根的利器。国家能源集团希望小学是国家能源集团继县完小和幼儿园后援建的又一个重要教育扶贫项目，一期主体项目总投资 4998.73 万元，二期附属设施投资 1466.5 万元。希望小学按照二十四班额、一千二百名学生规模设计建设，校舍保持藏式风格，配备了智慧教室、空中课堂等现代化教学设施，学生宿舍、现代化餐厅和教师周转房为师生提供了良好的教学生活环境，达到内地先进水平。2019 年，国家能源集团协调督促加快项目进度、加强项目管理，确保按期高质量建成。希望小学计划在 2020 年 9 月投运，投运后能够进一步稳定教师队伍，提升教学质量，使更多的牧区孩子在良好的教育环境中茁壮成长。

　　阻断贫困代际传递，教育是关键，办好教育，关键在于构建形成一支强有力的师资队伍。然而聂荣县海拔高、气候条件恶劣、基础设施条件差，师资力量十分薄弱。国家能源集团持续助推教育扶贫，想方设法使优秀年轻教师"进得来""教得好""留得住"。

健康的身体是最重要的财富。"两病救助"是国家能源集团基金会长期开展的爱心项目，主要针对西藏儿童多发的先心病、白血病给予救助。多年来，在国家能源集团的关心和帮助下，越来越多的藏族孩子得到了良好的救助。聂荣县白雄乡建档立卡贫困户促达，家中有一个患有先心病且正在就读高中的孩子，因家庭经济困难、医药费用高昂没办法医治，促达一家哭干了眼泪，一筹莫展。国家能源集团基金会获得信息后，伸出了援助之手，将孩子送去北京海军医院救治并顺利出院，压在全家人心头的大石头终于彻底放下了。

产业扶贫闯出新路子。聂荣县是纯牧业县，畜牧业是经济支柱，但是畜产品的产业化和销路是制约产业发展的瓶颈问题。国家能源集团援藏团队打破传统自产自销模式，努力拓宽区外市场。2019年10月在北京举办了聂荣县聂牌商贸畜产品展销会，县里盛产的优质牦牛肉送进了北京的厨房，卖出了好价钱，为牧民增收找到了新渠道、开拓了大市场。

2019年，国家能源集团还因地制宜精准施策，实施了聂荣县牧场鲜奶收集车、聂荣县人民医院CT设备、电商人才培训和藏区基层干部培训等一系列重要扶贫项目，积极开展消费扶贫、党建扶贫、爱心扶贫、就业扶贫，不断巩固聂荣县脱贫攻坚成果。

格桑花开草原美，藏汉团结一家亲。聂荣县的变化离不开广大援藏干部人才的倾情奉献、共同奋斗，亲如一家的援建情将继续助推民族和睦、宗教和顺、生活和美、社会和谐的社会主义新藏区建设。

草原秘境阿尔山

一

两棵俊秀而修长的白桦树，就那么依偎在山口的路边上。

它们的根部虽然是分开的，但在高处，却彼此倾斜、靠拢，树冠紧紧地拥在一处。这让人想起流传于人类中的"倾心"一词，或某一篇古文里所描述的意境："根交于下，枝错于上。"

看它们相亲相拥的样子，那种难以言说的缱绻与热切，好像它们并不是从小就在那个山口一起长大长高的，而是受命于某种神秘力量的驱使，经过急行，从两个不同地点特地赶到这个山口相会，涉过一重重山、一道道水、数不清的季节和岁月，在这个宿命的山口为经过它们的人倾诉一段奇特的情缘。

它们头顶正是如洗的蓝天和锦绣的白云，它们脚下则是阿尔山的 7 月和 7 月里红灿灿的花。其实，它们只是一个故事的开头、一部影片的序幕，对于风情万种的阿尔山来说，它们只是一个有一点象征意味的表情。

于是，田野里、草原上的各色花朵，便不顾一切地纷纷打开花蕊。那是一片色彩的海洋，那是一场浩大的爱情叙事，那是一个芬芳而绚烂的梦境。红的如燃烧的火，白的如绵延的茶，紫的如落在地上的云彩，黄的如一片片化不掉的阳光……

整个时段，整个区域，连在草地上跑来跑去的风都带着拂不去的香，空气里到处飘荡着甜香而又暧昧的气息。

阿尔山并不是一座山，它只是植物们用来生长、开花，人们用来寄托情感与情绪的一个地点。按地理说，它本是一片地地道道的草原。在蒙古语中，arshaan（阿尔山）的意思是"热的圣水"，是一处水泽丰盈的草原秘境。

二

这是一个从来都与花儿和爱情有着不解之缘的地方。

《蒙古秘史》里所记载的弘吉剌部，核心领地就在阿尔山。

弘吉剌，既是一个部落的名字，也是一种花的名字。每年的5月，冰雪刚刚消融，草原上的草、山上的树木还没有泛青，弘吉剌花就在山冈或水边灿然开放了。如果把草原的花季比作一支动人的乐曲，那么5月里弘吉剌花的开放，则是一段绚丽的前奏，而到了7月则是乐曲中的高潮。我没有在5月里去过阿尔山，想象不出弘吉剌花四处开放时是一种怎样的景象，但一个强大的蒙古部落能够以一种花的名字来为自己命名，足可以从另一个侧面确认弘吉剌的魅力以及它灿然开放时对人们视觉及心灵的冲击和感染。

弘吉剌，就是我们平常所说的杜鹃花，因为地域和民族的不同，它们就拥有了不同的名字，映山红、金达莱、达达香等。其实一种花儿叫什么，开在哪里并不是很重要，重要的是它们在人们心中所引发的感触和所营造的自然氛围。一样的野杜鹃，到了阿尔山，就是弘吉剌了。这不仅仅是一个称谓的问题，更是一个文化视角和心灵感应的问题。平常被掩埋在深山密林里的一种小灌木，一旦到了草原，到了四岸无遮的平湖之滨，就一下子幻化为临风摇曳、凌波傲物的仙子。草原就是它的道场，只有在草原上，它的姿态、它的品质才真正凸显出来，它热烈、灿烂的情感才能得到草原上人们的认同、理解和呼应。所以在草原上，弘吉剌花儿就很受人们的喜爱和崇敬，那些能够给无边无际的平以及无边无际的绿增添生机和色彩的各类花儿也备受人们的喜爱和崇敬。

我一直坚信万物有灵，相互感应，生活在同一个环境下的植物、动物和人类的性格、情绪、情感总是能够相互感染、相互影响、相互激发的，所以我也一直坚信只有这样宽阔的草原才能盛得下如此狂热的花开；只有这花一样美丽的地方才能盛得下如花的美人；也只有这美人和鲜花交相辉映的地方才能盛得下那么多或凄美或热烈或沉静或粗暴的爱情。

三

想当年，成吉思汗之父蒙古乞颜部首领也速该抢诃额伦夫人做自己新娘的时候，应该也是一个春暖花开的季节吧？最起码不应该是金风萧瑟的深秋或大雪纷飞的严冬。在那样的季节里，别说不会有哪一个如花似玉的美女出聘远方，就算有，那样的光景和时节也不能让一个美人在苍凉的旷野尽展风姿。于是，也就不可能让一个志在千里的英雄大动春心，冒着酿下血腥和仇恨的风险去抢一个蒙头盖脸的陌生女人为妻。

是的，那一定是一个风和日丽、鲜花怒放、蝶舞蜂飞、胯下马躁动得直打响鼻儿的时节。只有那样的季节，自然中的一切才能够对置身其间的人构成某种情感上的传染和情绪上的鼓动。也只有那样的时节，诃额伦夫人才肯像开放的花儿一样露出她如水如月的姿容。于是也速该首领才能够看清"她的肌肤像牛奶一样细腻白嫩，她的脸庞像杜鹃花一样粉红娇艳，她的身段像白桦树一样婀娜挺拔"。于是，他也才会将一切置之度外，与兄弟们纵马抢亲，抱得美人归，纵使身后注定要留下连年的争战与杀戮。

这段故事常常让我联想起荷马史诗《伊利亚特》中记录的那场长达十年之久的特洛伊之战。不一样的时代，不一样的人文背景，却有着同样的故事情节，其战争之火的源头都是一个美人，都是一段爱情。在那场旷日持久的争战中，有数不清的战士惨死在疆场，很多伟大的勇士、威名远播的英雄被掩埋在黄沙之下。有时我就会感到疑惑，并且我相信很多人也会和我一样感到疑惑，因为那样的缘由，引发了那样的一场战争，值得吗？人类有时是不是真的很疯狂？但如果你去了阿尔山，到了花儿如火怒放的草原，你就会放下自己的这些疑惑，一点点理解和接受那些热烈得近于疯狂的事物和情绪。

假如我们是一棵会开花的草，我们会因为可能面对采摘的手指、暴烈的风雨、践踏的马蹄、屠戮的刀镰等等各种危险和不测就拒绝开放吗？

作为草，生命的一个轮回就那么短短的几个月，有多少时间可供犹豫，有多少岁月可供蹉跎？不开放就可以免于一切伤害和灾难吗？就算是避开了刀斧暴力之灾，又怎能避开时光那无情的掩杀？与其在犹豫和盘算中一步步走向无声的寂灭，莫不如拼出生命里的全部能量，绽放一回，绚烂一回，哪怕随即而来的便是毁灭！由此，对于从来没有投身过任何一场战争的人们来说，似乎也可推理出一个战士的内心渴望和选择。如果不战也难逃战争的劫难，且必定无名或遭人唾弃，还不如拼却一腔热血，勇往直前，成则英雄，殉则烈士。从某种意义上讲，光荣地死，或许正是实现永生的一条有效途径。

当铁木真也就是后来的成吉思汗长到九岁时，他的父亲也速该带着他沿克鲁伦河向东，日夜兼程，绕过呼伦湖北岸，渡海拉尔河，在额尔古纳河畔的扎克彻儿一带，遇见了他的舅舅弘吉剌部的德薛禅并订娶了他的女儿孛儿帖为妻。

一个人文链条就这样在历史的流程里得以焊接和有效延伸。弘吉剌，从此便有意无意地成为了蒙古皇室的重要美女供给地。自孛儿帖成为成吉思汗的正妻皇后之后，至元朝末，弘吉剌氏的女子作为正宫皇后的共有十一人，被称为皇后与追尊为皇后的又有九人。其间有多少风花雪月的往事，有多少柔肠百转的爱情，又有多少悲欢离合的演绎自不必一一考证，但这一方水土、这一方人便在幽暗的历史中隐隐透出了白亮而神秘的光泽。

阿尔山，史上的弘吉剌部，就这样理所当然地成为一个能够激发人们无限想象和向往的芳艳之地，从历史的深处向古今所有知道它的人们发出诱惑和召唤的信息。

四

阿尔山的 7 月，油菜花正在盛开，麦子也接近黄熟。

偌大的草原，仿佛一块绿底杂花的地毯，其上凭空就多了一块块亮艳的明黄和土黄。明黄色的是油菜，土黄色的是麦子。

这是一幅人与神共同参与创作的油画。起初上帝为了让自己或他所造的人类赏心悦目，便在这一方土地上慷慨地铺展开一方草原并在其上点缀了各种花朵和树木，但人们仍然觉得不够满意，于是便自己动起手来，在上帝的原创作品上横七竖八地施展起涂鸦之技。

其实，这并不是一项游戏。人们用这些颜色涂抹大地的最初动机并不是为了装点草原使其更加美丽，而是为了满足自身的物质需求，让那些具有同一种性质、同一种颜色的植物集中在一处，一同开花一同结籽，一同奉献出生命的果实。这种事情，恐怕只有组织性、纪律性极强的人类能够想得出来，做得出来。很显然，这并非上帝的本意。

然而，那些迫使某种生命为了满足一己需要而被动生存的做法，尽管是残酷、生硬、不和谐的，但生命本身的美丽却产生了足够的力量，去消解上帝的嗔怒。于是，人与神在这片草原上很快便达成了某种和解，虽然人类出于功利，上帝出于悲悯，二者的目的并不在一个层面上，但让那些花儿在有限时间里尽情开放，却成了天上人间的共同意愿。

麦子的花期早已经过去，并且它们所开的花在人们的眼里也不能算花。但麦子临近成熟或成熟之后，却意外地获得了一身迷人的颜色。如果在麦子青黄转换的时节，逆着阳光看麦芒，它的每一个锋芒都闪动着太阳的光芒，那时的麦子就仿佛是太阳家族的成员，也能自己发出光来。当麦子成熟时，它们浑身上下完全一致的黄，则常常让人想到一种贵金属的颜色，那种贵气不仅来自它的实用性，同时也来自它的高尚性。

在麦田与油菜田之间穿插的那些紫色，应该是这个地区并不多见的薰衣草。由于那些珍贵的植物常常被种植在离我们所行道路较远的地方，路过的人便无法对它们有很细、很深、很清楚的了解，所以，去过阿尔山的人过后总是很少提及它们。但不论如何，在阿尔山的色谱里，少了那几抹深深浅浅的紫，便在丰富性上打了一个不大不小的折扣。

7月，正是阿尔山的雨季，如果突然有阵雨降落，往往是一件值得庆幸的事情。因为短暂的雨水过后，天空里每每就会现出一道，甚至两道彩虹。赤橙黄绿青蓝紫七色俱全的一个巨大拱门就那么举足可入地立在面前，会让很多人产生一种身在天堂的幻觉。那些短暂的事物，虽然转瞬即逝，却往往给人们留下终生难忘的愉快记忆。那是阿尔山不需要承诺却能够经常给予的一份附加厚礼。

五

在地理位置上，阿尔山正好处于四大草原的交会处。它的东边是闻名遐迩的呼伦贝尔大草原，南边是以骑士命名的科尔沁大草原，西边是广袤的锡林郭勒大草原，北边是已经划出中国版图的蒙古大草原。

这样的格局，注定了从阿尔山往任何一个方向走都会遇上和进入草原。这是一个令人兴奋的信息，同时也是一个令人沮丧的信息。因为只有真正进入草原的人，才能体会到草原的个性与禀赋。宽阔平展的大草原对于人来说，正是一匹难以驾驭的烈马，而烈马只能给最好的驭手带来激情和愉悦。

如果不是在草原长大或生活过的人，并不容易在短时间内对草原有太多的理解和喜爱，更不要说迷恋。尽管草原上有风，有云，有鲜花，但它表象上的平阔与单调往往会让一些人在很短的时间里就失去兴趣，因为他们无法知道那空旷得如天空一样的草原是已经容纳了一切之后显出的空旷，是万有的无，是富饶的空。

他们不知道这蓝天之下，绿草之上，曾有流云飘过如一拨拨吃饱了牧草的羊群，如今都歇息在它某个深远的角落；曾有长风一样的牧歌起伏飘荡，如今也传向了目光无法抵达的远方；曾有无数美好的年华和岁月在其间如花开放，如今也沉隐于记忆之中。他们不知道草原上每一棵树木、每一丛花草、每一只蜂蝶都能够为他们讲述一个完美的故事……他们也无法体会，把一个人的胸怀和想象放牧在那空旷得如天空一样的草原是一种怎样的感觉。

草原，永远是为相知者预备的草原。

六

一夜的遐想与美梦之后，从以阿尔山命名的小镇出发，再向北，就到了草原上醒着的梦境七仙湖了。

那里是呼伦贝尔大草原的腹地。在那里，七个明镜一样的水泊错落排开，一下子就把呼伦贝尔衬托得像一个生着水汪汪大眼的女子般妩媚可人。于是草原上的人便按捺不住内心的冲动，为它编织了一个爱情故事。

相传，因为阿尔山一带的草原草美花艳风光无限，惹得天上的七仙女每年都要下凡来这里玩耍，并且一玩就忘情而沉迷，以至流连忘返。后来，年龄最小的小七做了个大胆的决定，干脆就留在草原上不回天庭去了。刚好，一个年轻的牧羊人来到这里，悠扬的马头琴声吸引了小七，他们一见钟情，相互爱慕，海誓山盟，幸福生活就此开始！时光如流水，十一年以后，他们生了十一个聪明勇敢的孩子。这十一个孩子就是新巴尔虎旗的祖先……这故事听起来很像一个老调重弹、毫无新意的杜撰，但却如天下所有的爱情故事一样，被沉浸其中的人深信不疑，津津乐道。对此，我们不能怪草原人只有如火的目光，只有如云絮一样的柔情而没有明澈如镜的心智和如花一样的文采。因为天下所有的爱情，都是来无影去无踪，无依无凭的；天下所有的爱情都是只有爱着的人自己知道并且只供自己享用的。如果不是悲剧，管你是什么样的爱情，管你是什么样的故事，基本上都很难得到大众的认同和赞美，也不会有真诚的分享。感动不感动，信不信由你自己。

关于爱情，有什么更多可说的呢？存在的或杜撰的、真切的或虚假的、轻松的或艰辛的、庄严的或游戏的、短暂的或永远的，除了爱着的人，除了那两颗心，大约也只有七仙湖——神仙所幻化出的存在可以见证。真正的爱情本来就是一个奇迹，本来就是一个不太让人相信的神话。

七

两只彩蝶在天空下交错飞舞，从一个花朵到另一个花朵，像一个美丽的想法或主意，在草原蓝色的意识里交替演进。

一份完美的计划成形之前或一个决心下定之前，也许必须要经过这样不停的思考与选择。飞起又降落的蝶，如草原的情感和意愿一样，在空中和追视者的意念中留下了芳香的轨迹。这是一条抽象的线索，能不能读懂这条线索，便成了能不能读懂和正确感知这片草原的一个关键。

象征着爱情的彩蝶和爱情本身一样轻盈。

从古到今，它们每一次翅膀的翕张和触须的颤动都被人们理解为浪漫，但是没有人了解它们曾经的沉重与疼痛。没有人相信它们翅膀上每一条花纹都是为挣脱茧的束缚所形成的伤痕；也没有人相信它们翅膀上每一粒闪光的银粉都是在漫长的化蝶途中用纯然的黑暗煅成。蝶是天生的一段悲剧，为了美，为了爱，只能把一切肉体和精神的苦难藏于生命的底部和深深的夜，如今它们在阳光下展开彩衣，成为飞舞的花朵、爱情的意象、有形的灵魂，向人们、向世界公然阐释什么是草原最浪漫的情怀。

蝴蝶短暂而美丽的一生，似乎只有一种使命，那就是为天下的一切爱情提供一个鲜活的注解。那些白的花、黄的花和粉的花，不过是它们暂时落脚的驿站，或一个个临时舞台，仅供它们一节节演绎着爱的种种情态与境界。

它们就那样不知疲倦地飞舞着，以轻盈阐释来来去去的奔忙，以甜蜜阐释命中的苦涩，以爱情阐释爱情，以快乐阐释忧伤——

当两只蝴蝶在一朵花上相聚，世界上就再也没有离散和思念；当它们扇动快乐的翅膀双双在空中舞蹈，世界上就再也没有寂寞与孤单；当它们触须相抵卿卿我我时，世界上就再也没有能够阻隔两颗挚爱之心的时间和空间……

所有的乌云，都因为那片刻的阳光而无影无踪；所有的阴郁，都因为一朵花儿的微笑而烟消云散。这是阿尔山的 7 月，阳光的 7 月，快乐的 7 月，开满了各色鲜花的 7 月，不提及任何怅惘与忧伤的 7 月。

一阵轻风拂过，两只蝴蝶像是得到了一个神秘的指令或有了一个什么美妙的想法儿，兴冲冲从一丛粉红色的花穗上因风而起，彩翅相摩，并肩而飞，向着空中，向着更高更远的北方——

北方，从阿尔山再向北，便将靠近更加辽阔的蒙古草原，那是更深、更远、更触不到边际的草原深处。

梦幻青海湖

　　人在一生当中，不知要做多少个五彩的梦：蓝色的、红色的、粉色的、灰色的，或许还会间杂着许多个黑色的梦。这些虚无缥缈、亦真亦幻的梦，大都像儿时吹过的肥皂泡泡一样，在第二天早晨阳光升起的时候即化为乌有，留下的是莫名的惆怅和无尽的遐想……

　　无独有偶，自从上次游览过青海湖以后，我总是连续重复着同一个由蓝色、白色、绿色和黄色交织在一起的梦。这个梦，在我的睡眠里是越来越频繁、越来越清晰了，每每醒来之后就会把我的灵魂带回到那令人眩晕的五彩梦幻之地，带着我回到了那个牵肠挂肚、魂牵梦萦的青海湖畔……

　　忘不了！我忘不了一曲哀婉缠绵的《在那遥远的地方》，唱出了我牵魂动魄、刻骨铭心的思念和牵挂。我无数次地站在旷野中如狼似的大声呼号着："在那遥远的地方有位好姑娘，她那美丽动人的眼睛好像晚上明媚的月亮……"

　　忘不了！忘不了那年来到青海湖畔，在那茫茫的绿色原野上曾经飘荡过的缠绵、凄美的哀怨：

　　　　白纸上写一颗黑字来，黄表上拓一个印来；
　　　　有钱了买一匹绸子来，没钱了带一匹布来；

有心了看一回尕妹来，没心了辞一回路来；

活着哩捎一封书信来，死了是托一个梦来……

忘不了！忘不了在那美丽的青海湖畔一路欢歌、笑语连绵的欢愉和开怀。湛蓝的天空飘逸着洁白的云朵，碧绿的湖水荡漾着粼粼的波光，一片片黄色的油菜花在阳光下金黄灿烂、格外耀眼，辽阔的草地上铺满了艳紫的野花，上下翻飞的白鸥围绕着人们嬉戏觅食，情趣盎然。五彩的青海湖啊！你为我编织了一个五彩斑斓的梦，给我心的深处刻下了凿不掉、抹不去的印记，留下了挥不去、抚不平的伤痛……

今天，我又驾驭着天使赐予的翅膀，在虚影缥缈的梦幻世界里、翻山涉水、千里迢迢地回到了渴盼已久的青海湖畔，回到了你的身旁！景色依然是那么美丽如画，湖水仍旧是那样波光粼粼，我的心啊还是那样充满期待、怦跳不已！

阳光依然明媚，鲜花仍旧艳丽，可是站在这里的却是孑然独影、漂泊孤身的一叶野魂。此时，阳光照射在我的身上，让我感到浑身的燥热和烦闷。举目四顾，满地的鲜花犹如凌乱刺眼的玻璃碎片，让我头晕目眩、神智昏然；天空洁白的云朵也仿佛转瞬变成了漫天的乌云，重重地压在了我的头顶，让我感到胸口憋闷得喘不过气来；湛蓝的湖水也似乎变得黝黑深邃，叫人莫测深浅……

当我在梦中重返，想不到竟然物是人非、天壤今昔啊！

青海湖啊，见不到你的日子，我日夜都在揣摩你的模样；没有了你的日子，我的心中便再也没有了真爱的激情。看见大山我以为是堆积的愁霾，看见流水我以为是聚集的眼泪；看见天边的白云我以为是远方飘来的明信片，看见遍地的黄花我以为是你灿烂的笑脸……

"日色欲尽花含烟，月明如素愁不眠。""天长路远魂飞苦，梦魂不到关山难。"

古人尚且如此，况我山野村夫乎？抛不下、舍不去的青海梦啊，梦中我又回到了你的身边！风光依旧，景色依然，蓝天还是蓝天，白云仍是白云，湖水依旧泛着粼粼波光，青草依然彰显郁郁葱葱。可是我却感受不到了往日的欢乐和激情，那是因为我再也看不到你应有的高贵和清纯。站在茫茫的草原上，眺望宽阔的湖面，我似乎深深地感受到了你内心的那种疑惑和忧郁，领略到了你那嗔恼的责怪和鄙夷的目光。

青海湖啊，寒来暑往，日月更替，几十年过去了，尽管无情的岁月在我的脸上刻下了沧桑的印迹，苦难的生活在我的心灵烙上了清晰的疤痕，可是你知道吗？那颗爱你、恋你、想你的心依然是那么真、那么纯、那么时时刻刻恪守忠诚、刻骨铭心！

或许，在那山花烂漫、"花儿"漫天的某个夏日里，我会再次站在美丽的青海湖畔，张开双臂热烈地拥抱你，放开歌喉为你再唱一曲："我愿做一只小羊跟在她身旁，我愿她拿着细细的皮鞭不断轻轻打在我身上……"

坐上火车进西藏

这是久违的绿皮车，我的老伴儿坐在邻铺不停地哼唱着《坐上火车去拉萨》，那催动人心的节奏就似擂在心房的鼓点，叫人心潮澎湃不已，不时拉上了眼帘。

列车播音员总是在提醒大家别错过青藏铁路的一路风光："瞧，金银滩！"窗外闪过远近高低错落有致的金色油菜花后，驶入一片一望无际的草原，零零星星的红色黄色紫色的不知名小花溢满了车窗，漫进我的心底，车厢里有人唱起了"在那遥远的地方，有位好姑娘"，我仿佛看到辽阔的草原上，西部歌王王洛宾与美丽的草原姑娘共骑白马飞驰而来，看那姑娘轻举着细细的皮鞭不断地抽打在他的身上，缠绵在他幸福快乐的旅途上，流淌在歌王的音符里，也从此烙印在流行音乐的经典史册中。

选择以平缓的速度接近西藏，是为了更好地适应高原和欣赏沿途的风光。向西旅行多少带有些神秘的色彩，想象西路的边缘堆满黄土，似有与天决绝的苍凉，那该是西天的尽头，草木已无须展示四季的色调，站立在那里，一定只听见自己的心跳和血液的流动，那会是怎样的感动？

在青藏铁路上，高原的地貌神奇地来到了我们的视线中。因为出游的时间正值铁路两旁金黄色的油菜花一路盛开，这使旅程变得让人兴奋和愉快，这样的景致是不会使我们像以往的许多旅程一样在寂寞中睡着了的。

大片大片的金黄色油菜花，大片大片翠绿的青稞，如无边无际的重彩油墨，把高原装点得美丽极了！蓝的天、白的云，我们前进着，永远向前延伸的路一路向上，仿佛去向天的尽头。我不由得斗志昂扬起来，用所有的感官近似贪婪地尽情地看着、欣赏着、陶醉着，而老伴儿则按动相机的快门留下了无数个美丽的镜头。

记得有一首歌这样唱着："我愿做一只小羊跟在她身旁，我愿她拿着细细的皮鞭不断打在我身上。"此时，我也想做一只羊，在这样的天地间，在这样浩瀚无疆的绿色和金黄中，我很羡慕生长于此的羊群，我愿意是它们中的一员。我想，当天地豁然开阔，生命存在的形式如何就不再重要，只要是生着，就可以平等地感怀、感知，并升华、超脱。有人说青藏铁路是一条血路，是建设者们用鲜血铺就的一条天路，行进在这样的一条路上，看一路的生机盎然，很容易让人懂得生命存在的神奇和力量。

"在那遥远的地方"歌声还未落下，列车左前方发现湛蓝的天空突然跌落一大块在草原上，那是"措温布，青色的海"。蓝色在扩展，在无限地伸向天空，已分不清哪是海哪是蓝天，只有几朵白云在牧着洁白的羊群，近前悠闲的牦牛急速地闪过车窗，我的目光已拴不住过往，1706 年坠落的圣光化作蓝天下的一片诗海，在透亮的空气中蘸上蓝色的海水书写着几百年的心思。

孕海湖是进入德令哈前的蓝色小憩，是七仙女遗落人间的一块翡翠，湖边的湿地开满各色各样的无名花，成群结伴的候鸟盘旋在湖面上，三三两两的牦牛在湖畔饮水。车出德令哈，车头似乎直往湖中驶去，南北夹着铁轨的是克鲁克湖和托素湖，只见夕阳已落在清澈的湖水里，双双拼命向前奔跑起来，一朵云被列车牵过来，慢慢掩上落日，不想被太阳点燃，只有几匹野马还在畅饮那热烈的湖水，吮吸着夕阳的余晖。

列车播音员又发出声音："离我们不远处就是金银滩和日月山。那里是文成公主走过的路，当年的驼队、马队浩浩荡荡从中原大地出发行进西藏途经这里……"

金银滩是广袤的高山草甸草原，是绿色的海洋，草原上开着银色的小花朵，柔弱的外观却有着不屈的性格，草原上的人们都很珍爱这些小花，它们为草原增添了柔情和温暖。

登上日月山，那是文成公主回望家乡的地方。摔碎铜镜，换上藏袍，把公主的嫁衣埋入公主冢。遥望长长的天路，那是怎样的心灵考验！累死多少匹马，走死多少峰骆驼，才可以到达天路的尽头？

我不知道文成公主是否脆弱地哭过、抱怨过、无望过，我忽然理解了人们为什么这样敬重文成公主。那是对一种精神的唱颂，是对生命的礼赞。

一夜醒来，列车显示海拔高度 4000—5000 米。我们已经来到了唐古拉山脉，可可西里无人区。昨天的金黄和翠绿已成为过去，满眼都是荒凉的盐碱地。

同行的人高举着望远镜搜寻传说中藏羚羊的足迹，显得有些疲惫。青藏线的两侧都留着动物的通道，是为了免除破坏生态之虞。播音员说："看！雪山！冰川！"真的，白色的雪线在远处浮现，渐渐地越来越亮，越来越长，越来越宽，阳光下，它们就如钻石一般光芒四射。

连绵不断的雪山、冰川，洗涤了我们的眼睛，也洗涤着我们的心灵。这里高原的山没有绿，只有岁月风化的痕迹。这样的山脉让我懂得什么是永恒，什么是天长地久。如果人类的誓言能够和唐古拉山脉一样坚定，就没有诚信的疑问和背信弃义的憾事了。

在这样的海拔高度，青藏线让我们安逸地走过艰难险阻的路途，我们在享受着现代至高的文明，在这条线上牺牲过很多的生命，我想这些生命的价值已经展现至尽，他们生命的热量温暖着每一个来到西藏的人，而他们展现的智慧更如奇迹一般，令人们叹为观止。

在西藏，我们看不到生命，却看到了生命的含义、生命的分量。

天津风情

　　"人生至少要有两次冲动—— 一次奋不顾身的爱情，一次说走就走的旅行。"而我的这次旅行游览了天津的几处景点。

　　到了天津就相当于到了欧洲，这句话起源于天津意式风情街。20 世纪初的天津，曾经有八个国家在此设立了租界。洋人们在这里建造了不少欧式风格的建筑，供自己办公和居住。其中意大利租界的地点就位于今天的北安桥和天津火车站之间。意大利租界是天津九国租界中面积较小的一个租界，却是意大利在海外的唯一一处租界。留下的意大利建筑风格的一百三十七栋小洋房，始建于 1902 年，止于意大利在二战后投降的 1943 年。2009 年，这一意大利在亚洲保存最大最完好的风貌建筑群落经过改造和修理后，成了一条极富特色的步行街，正式街名为"新意街"，并已成为海河风景区的重要景点和游览休闲区。老百姓还是称其为"意大利风情街"。天津的意式风情街是意大利政府在天津的租界的产物，应该说是民族的耻辱的产物。

　　瓷房子，是天津市内一座用多件古董装修而成的法式洋楼。瓷房子系主人兼设计者张连志用自己收藏和搜集的四千多件古瓷器、四百多件汉白玉石雕、四十多吨水晶石与玛瑙等，以及七亿多片古瓷片装饰而成，如今，这座房子身价已高达九十八亿元。

五大道在天津中心市区的南部，东、西向并列着以中国西南名城重庆、常德、大理、睦南及马场为名的五条街道。这里汇聚着英、法、意、德、西班牙等国各式风貌建筑二百三十多幢，名人名宅五十余座。这些风貌建筑在建筑形式上以中西合璧式等，构成了一种凝固的艺术。天津人把它称作"五大道"。这里的每一座小楼都有一段不平凡的故事，每一座小楼都是一部历史，每一座小楼又是一部人生的经典，这里演绎着令人回味的交响曲，这里又是令国人耻辱的纪念碑。人们来到这里一方面欣赏这里的建筑，同时也是一次爱国主义的教育，曾经我们是多么怯弱，任人宰割。这些虽然已成过去，但我们不可忘记……

在天津，以天后宫为中心的文化古街，总是因为其独特的味道被四方宾客赞誉。南口的牌楼上，"津门故里"四个大字高高悬起，这个小小的牌子却道出了八百年的玄机。著名的"狗不理"，更会让你驻足。天津古文化街总长 687 米，在这市井相连的古文化街，有着来自五湖四海的工艺品，既有浓厚天津特色的杨柳青年画，又有享誉世界的巧匠"泥人张"，与此齐头并进的，当然是"风筝魏"这位能工巧匠。天津古文化街的清代风格建筑被巧妙地演绎着，青砖砌体，磨墙对缝，坡顶阁楼随处可见。鼓楼商业街上的雕塑，更带着浓浓的老天津味道。在天津古文化街，总有看不完的景观、抒不尽的感慨，敲一敲民间的大鼓，听一听民间的乐器，看一看耸入云端的高跷，总有一种时间倒流的真实体验。

解放桥为天津租界时期留存下来的重要建筑之一，是天津的标志性建筑物之一，沟通天津站地区的枢纽桥梁。解放桥又叫万国桥，是目前海河跨桥中仅剩的一座全钢结构可开启的桥，合则走车，开则过船，这也就有了曾经的海河一景——"万国桥下过大船"。

记得，毛泽东曾数次夸赞"北京的四合院，天津的小洋楼"之美妙，其实那时的"被夸赞者"早已蒙尘。如今，历半个多世纪的岁月沧桑，在迎回天津发展新辉煌的同时，无疑也给那些曾在历史上争奇斗艳的小洋楼带来新生，无论是梁启超、张学良的，还是冯国璋的……如今它们都重新回到人们的视野中，宛若伴着历史穿越之感，它们正悄悄地连接起昨天、今天和明天……

大约半个小时过去了，车子停靠在了意式风情街。这是曾经意大利的租界地，位于市中心，濒临海河。风情街内的房屋建筑多为二至三层的意式洋楼，别有一番置身意大利小镇的甜美。街区遍布洋溢着幸福的花儿，不同风格的洋楼让人不禁眼前一亮。地处中央的喷泉，雕刻细腻独到，我姑且冒充一下艺术欣赏者。在这里，我们看到了一件件动感的马赛克作品，一件件意式的饰品、木雕、面具，都具有意大利艺术的时尚内涵元素。

紧邻意式风情街，我们步行到了梁启超的书斋"饮冰室"和他的故居。充满简欧风格的两栋白色洋房是他的居所。院子中央有其塑像一尊，那倔强的性格、一丝不苟的表情，通过雕像和居所足以表现。

已近晌午，我们来到了正宗的天津狗不理大酒店，这里的店面不算很大，但却可以一饱口福。天津狗不理包子有一段传说：从前，有一个叫狗子的男青年卖包子，由于包子皮薄而汤汁多，便招来好多人买包子，如此下来，日日客盈门，他忙得焦头烂额，人们说狗子忙得不理人，渐渐化成了"狗不理"。一个小巧的包子，剔透得隐约可以看到馅，轻咬一小口，吸吮干汤包的汁水，便满口生津，回味绵长。包子馅与皮分开，但却蒸得入味，吃着无一丝腥味。

享受完美味，继而来到了著名的南开大学，这里的理学科可谓中国前沿。走进校园，风透过一片片卷叶送来银铃般的问候，悠久的校园历史与现代化的建筑相匹配，展示出交相辉映之感。周恩来总理曾在此校就读四个月，他说："我是爱南开的"，冯友兰大师也是此校的学子。"允公允能，日新月异"的校训激励着一代代南开人。

到了下午，我们来到横贯天津的海河。这条河汇华北众河于己，流入渤海，因此水量丰富。河上方有建筑造型奇特的解放桥，岸边有意租界，天津第一高楼和世纪钟守护着这条河，这条河是天津的血脉，是天津的骄傲。

夜晚，河边的建筑都亮起了灯，为海河披上了一件华丽的纱装。在微风中，我们向这个美丽的城市挥手说再见，回望着这颗渤海湾璀璨耀眼的明珠。

壬辰公祭黄帝陵

2012 年 4 月 4 日，壬辰年清明节，我参加了公祭轩辕黄帝典礼。

桥山含翠，沮水潺潺。上午九时五十分，祭祀典礼在陕西省黄陵县黄帝陵前隆重举行。一万多名海内外中华儿女共同缅怀中华民族的人文始祖——轩辕黄帝。

全国政协副主席陈宗兴、台湾新党主席郁慕明、中共陕西省委书记赵乐际等，与海内外华人华侨、港澳台同胞代表参加了公祭典礼。

现场击鼓三十四通，代表三十四个省、自治区、直辖市、特别行政区崇敬先祖的共同心声。

陕西省领导恭读祭文，陈宗兴等分批敬献花篮。随后，在场全体人员向轩辕黄帝像静默，并行三鞠躬礼。八十名儿童代表在轩辕殿前齐声咏诵《黄帝谣》，清脆的童声在殿前久久回响。舒缓的乐舞告祭后，人们分批有序瞻仰轩辕殿，步行到桥山之巅拜谒黄帝。

第一次参加清明公祭轩辕黄帝典礼，使我沉浸在了对轩辕黄帝的无限敬仰之中。

首先在大殿的院子门口看到的是传说中黄帝亲自种植的一棵巨大的柏树，根据上面的记载，可以了解这棵柏树的来历。

在陕西流传着这样的说法，就是黄帝手植柏是天下最粗壮的柏树，传说它的圆周长度是"七搂八拃半"，什么意思呢？就是七个成年人，手接着手，合围起来，还抱不过来，还要用手指量八拃半。总之是夸耀黄帝手植柏的高大雄壮、富有生命活力，是一种代表神圣意志的神树。初看纪念黄帝的金殿，恢弘壮丽，气势威武，浩气冲天，金碧辉煌，光辉灿烂。门额上有当年国民党元老程潜用隶书题写的四个大字：人文初祖。进入大殿，则是中华民族世世代代崇敬的黄帝金身塑像。这里一年到头，仙乐飘飘，香烟缭绕，所有的游人都心静如洗，迈着稳健的步伐，怀着敬畏的心情，忘却所有的杂念，祈祷最真诚的幸福。随着向导的精彩介绍，还可以了解许许多多关于黄帝当年战蚩尤、斩恶龙、征蛮夷、拓疆土、种庄稼、治百病的历史故事与传说。

让我记忆最为深刻的是篆刻着蒋介石当年题写的"黄帝陵"三个楷书大字的巨大石碑，我内心非常感激当年那些文物工作者经历"文化大革命"之后还把这珍贵的历史文物保存了下来，真是值得庆幸。毛泽东在抗日战争期间题写的纪念黄帝的碑文，不仅饱含奋斗激情，而且富有凝聚活力，蕴含团结精神。还有郭沫若那洒脱狂放的书法题写的石碑"黄帝陵"，不仅苍劲有力，而且古朴典雅，堪称墨宝珍品。

黄帝陵位于陕西黄陵县的桥山之上，传说黄帝就是在这里升天而去的。由于黄帝是乘龙飞翔升天，所以桥山之墓实际上是黄帝的衣冠冢。沿着蜿蜒的盘山公路蜿蜒而上，映入眼帘的是高耸入云的苍松翠柏。站在桥山之巅，四面远望，整个黄帝陵不仅暗含王气，而且极为神秘庄严，不仅生机勃勃，而且蔚为壮观，每一棵古树都高耸入云，每一棵大树笔直向上，既体现了华夏文明的生生不息，而且象征着中华民族的勤劳善良勇敢正直。桥山两边，东边是一条碧波荡漾的河流，日夜奔流不息；西边也是一条源源不断的河流，浪花朵朵，流向远方。两条河流仿佛是两条玉龙，环绕着庄严肃穆的黄帝陵，从远古到今日，从今天到永远。

我曾经非常喜欢张明敏演唱的那首家喻户晓的歌曲《我的中国心》，也非常欣赏毛阿敏演唱的那首令人难忘的歌曲《绿叶对根的情意》，又十分钟情齐豫演绎、三毛作词的那首《橄榄树》，因为在这些歌曲里，其实隐含着深深的对祖国的眷恋、对母亲的依恋以及对根的神往与敬意。无论何时，无论何地，我们华夏民族炎黄子孙，骨子里始终激荡的是中国的精神，血液里流淌的是中华民族的血液。所以不管走到哪里，无论你身份高低，都不要忘记：我是中国人，我爱我的祖国。为了寻根，海外游子不远万里，漂洋过海，回归故里，祭祀祖先；为了传承文化，我们的长辈总是在重大节日要举行隆重的仪式，纪念祖先，祭祀祖宗。特别是到了清明节，更是十二分的虔诚，从长辈到晚辈，从老人到顽童，从男人到妇女，无一例外，都要到供奉祖先的祠堂里或者祖先的坟上烧一炷香，磕几个头，以示对祖先的尊重和感恩。随着时代的变迁，许许多多的人因为生计的关系，已经不能在祖先的墓地或者祠堂里祭祀祖先了，但他们的内心深处，他们的梦魂之中，仍然忘不了自己的祖先，忘不了自己的故里，忘不了自己的根。所以很多很多的人，魂牵梦萦，牵肠挂肚，日思夜想，念念不忘，不辞千难万险，跨越万水千山，仍然要到我们中华民族的人文初祖黄帝陵，去祭祀，去跪拜，去许愿还愿，去延续香火，去汲取传统文化，去吸收修养和力量。

今年的祭黄帝文是向全国征集优选的。祭文既描述了轩辕黄帝的丰功伟绩，也表达了中华儿女前赴后继，鼎革图强的壮志豪情。全文如下：

　　惟公元二〇一二年四月四日，壬辰龙年，清明佳节。中华儿女，谨以敦诚敦敬之礼，恭祭我人文初祖轩辕黄帝曰：

　　吾祖轩辕，厚德无量。初创文明，靖康八荒。修文六合，天下安祥。鸿勋远祚千古，懿德永垂万方。后昆前仆后继，人间正道沧桑；民族同心同德，华夏声威远扬。

　　今逢盛世，修德振邦。大国崛起，鼎革图强。人本为策，"十二五"续写盛世华章；科学发展，"十八大"再绘民富国强。社会和谐，民生大昌。一国两制，紫荆莲花并芳。两岸同根，携手复兴康庄。五十六族永和，十三亿人共襄。神州安定，寰宇瞩望。锦绣中华，龙凤呈祥！

　　桥山沮水，华胄共仰。昭告我祖，佑我家邦。祭礼大成，伏惟尚飨！

在祭奠仪式上，由八十名少年儿童吟诵的《黄帝谣》是这样写的：

　　天浩瀚，地苍茫，大中华，国运昌。岁壬辰，金龙翔，桥山春，古柏苍。颂轩辕，献心香。

　　轩辕黄帝，伟业煌煌。肇启文明，光耀家邦。慎终追远，万古流芳。

　　教稼穑，五谷长，筑宫室，居有房。造司南，辨八方，制舟车，行通畅。衣食足，民安康，沧海平，天地祥。

吾祖轩辕，惠泽八方，悠悠华夏，民族隆昌。浩浩九州，邦国盛强。

刻契兴，文字倡，观天象，创历法。举贤能，整纲纪，定法度，序伦常。龙族兴，国力强，江河永，日月长。

中华文明，源远流长，海峡两岸，骨肉情长。同祖同宗，共荣共襄。血浓于水，再写华章，民族复兴，我辈担当。光耀先祖，雄风远扬。

在参加了清明公祭黄帝陵全部盛典后，我思绪万千。我想，路走得再远，不要忘了祖国；官做得再大，不要忘了父母；树长得再高，也不要忘了根基。虽然我们身上的衣服可以五颜六色，头发可以变黄变红，眼睛可以变蓝变绿，但无论何时何地，都不要忘了这么两句话：我是中国人，我是炎黄子孙；我爱我的祖国，我有一颗中国心！

故宫，那一扇扇紧闭的门扉

周一的早晨，故宫仍然游人如织，和颐和园不同的是，这里的游客大多是中老年人和外国的游客。看看皇帝的生活，是多少中国老百姓的梦想，这也是为什么近年来帝王题材电视剧热播的一个原因吧。中国的老百姓太苦了，几千年的农耕生活，封闭的生活方式和严格繁复的礼仪，阻隔了帝王将相和老百姓之间的联系，皇帝成了高高在上的神，高高在上，只能仰视，不，仰视也是不能的。"天子之怒，伏尸百万，流血千里"。遇见一个勤政开明的皇帝还罢了，可以过几年安生日子，遇见万历朱翊钧那样几十年不上朝的皇帝，哭都没处哭。

故宫也称"紫禁城"，是我国现存最完整最宏大的宫殿建筑群，也是世界上最大规模的宫殿建筑群。它是从侄子手里抢夺江山的燕王朱棣所建，动用民工三十万，历时十四年完工。分前后两部分，前半部分为外廷，是皇帝处理朝政场所，建筑庄严宏伟，以太和殿、中和殿、保和殿为主；后半部分为内廷，以乾清宫、交泰殿、坤宁宫为中心，东西两翼有东六宫和西六宫，是皇帝平日办事和他的后妃居住生活的地方。后半部在建筑风格上不同于前半部。前半部建筑形象是严肃、庄严、壮丽、雄伟，以象征皇帝的至高无上，后半部内廷则富有生活气息，建筑多是自成院落，有花园、书斋、馆榭、山石等。

漫步那曾经紧闭的一扇扇门扉，浏览那些曾经传递于帝王嫔妃手中的价值连城的珍贵文物，想象那些被历史的烟尘湮没的昔日辉煌，没有欣喜与激动。那些曾经不可一世的、文治武功的、殚精竭虑的、荒淫无耻的皇帝已经随着历史的过眼云烟消失在岁月的长河之中，那些曾经那么巍峨壮观、气势庄严的殿堂，现在成了普通老百姓驻足休闲的场所。

　　历史总会创造新的东西来遗忘岁月走过的痕迹，金戈铁马也罢，雷霆震怒也罢，风花雪月也罢，都已经成为历史。历史之所以厚重，之所以让人不敢翻阅，那是因为历史总是沉重的，翻开历史，我们看到的大多是历史的丑恶和惊人的相似。我们几千年的历史，其实大多在自己的红门里徘徊，那一扇扇厚重的大门，沉闷而笨重，阻隔了帝王和普通民众的目光，也阻隔了我们走出去的脚步。今天，那一扇扇曾经紧闭的大门打开了，风从外面的世界吹进来，张扬而流畅，我们通过风感受到了外面的世界，嗅到了时代走过留下的新鲜空气，希望那一扇扇沉重的大门不再沉重，希望那一扇扇曾经紧闭的大门永不关合。

　　从午门那有点阴暗的大门走出，跃入眼帘的是高大巍峨的天安门城楼，我心目中的祖国的象征，依稀听见了那个巨人浓重的乡音，那个让中国人为之自豪，让全世界为之震撼的声音，悠远地传来！

　　远处是高高矗立的人民英雄纪念碑，猎猎飘动的五星红旗！

　　更远处，是祖国！

伊宁的诱惑

　　每个城市都有它独特的精神气质和文化品位，它随着历史的沉淀和岁月的磨蚀愈加耀人眼目。比如北京人的健谈与建筑的大气融为一体，武汉人的直爽与白云黄鹤的胸襟让人荡气回肠，长安城堞的古朴与厚重依稀着帝王将相的身影，杭州西湖断桥的浪漫与醉人飘摇着花情月意。成都的悠闲、厦门的温馨，洛阳的牡丹、北京的红叶、苏州的园林、桂林的山水，景德镇的瓷器、贵州的茅台，新疆吐鲁番的葡萄、哈密的瓜、喀什的小刀、和田的玉……每个城市，无论大小，都以它独特的魅力招引着天下人的目光。

　　而西域明珠伊宁市的独特魅力，我想，就体现在它的丰富多样上。

　　登上高处极目远眺，绿荫碧海掩映着庙宇塔寺的金碧辉煌，稻田麦浪果园环绕的村庄昭示着不息的生机，明净的湖泊、浩荡的河流依城傍村恬美怡人，辽阔的草原牛羊如云闲适静谧，皑皑雪山连绵横亘圣洁神秘，让伊宁市沐浴在南方小城山清水秀北方城市大气磅礴交织的氛围之中，即使长安那样的与田园交织在一起的城市景观也无法与之相媲美！

　　有人说，伊宁市是掩映在白杨树林里的城市。那是因为街道、小巷、校园、庭院有数不清的白杨、青杨、新疆杨和加拿大杨。

有人说，伊宁市是弥漫在清新果香里的城市，那是因为它周围有许许多多的果园。乡乡村村、家家户户、大小单位、学校幼儿园，都种着品种繁多的果树。街道两侧的苹果摊可以从市郊一直延伸到市中心花园，然后随着街道的走向四面八方辐射开来。

有人说，伊宁市是鲜花环拱的西域花城。那是因为街心花坛、广场商店、楼门台阶、家家户户的阳台上都摆满了鲜花。

伊宁有古老的庙宇塔寺点缀在绿荫丛中，伊宁有清澈的溪水穿城而过，伊宁有各民族优美的舞姿相伴相随，伊宁有动听的民歌荡漾街头。

俄罗斯礼帽、巴基斯坦纱巾、土耳其长筒袜……中亚各国、国内各地的传统服装新潮服饰，在伊宁市的大街小巷都可以看到，真是琳琅满目色彩斑斓。

当夜幕降临，人们聚集在街旁的白杨林里、古朴庭院葡萄架下，秦腔雄吼的横刀立马、越剧温婉典雅的红楼观园、康定情歌的热烈情长、信天游的生命张扬，广东小调、湘西情歌以及各地新潮歌曲，加之维吾尔民歌的轻松诙谐、哈萨克民歌的热烈奔放、蒙古族民歌的悠远绵长，几乎全国各地的音乐风格在这里都可以欣赏到，真是异彩纷呈，丰富多样。

因为，伊宁有二十八个民族汇集于此。

17世纪，准噶尔部兴建起金碧辉煌的金顶寺（固勒扎都纲），成为了伊犁的政治、宗教中心。于是，远道而来的信男信女、虔诚伏地的大小喇嘛、求佛保佑的农村民众、巧抓商机而来的商人小贩汇集于此，伊宁的前身——宁远便应运而生。17世纪末，辽代契丹部落的后代达翰人从黑龙江迁至伊犁；18世纪，南疆大批维吾尔族人迁至此地；闻名于世的西迁民族锡伯五千余人，从沈阳万里迢迢、风餐露宿，牛车颠簸、烟尘蔽日，历时数年，抵达伊犁屯垦戍边；19世纪和十月革命前后，不少俄罗斯人也迁至此地；清代平定阿睦尔撒纳叛乱后，陕甘宁、长江流域的不少商人也来到了伊犁；20世纪50年代，中国人民解放军解放新疆屯垦戍边，山东、湖南、四川、河南等地大批姑娘报名参军，将青春献给边疆建设；20世纪60年代，北京、天津、上海知青满怀理想来到新疆来到伊犁；改革开放，全国各地各民族的从商务农的人群大量聚集于伊宁。

不同的民族，节日的礼节，生活饮食、服饰色彩、婚葬禁忌，因地域不同而迥异，又共存于这丰富多彩的文化复杂的空间，在交流中理解，在理解中发展，在发展中丰富。

美丽的伊宁以它开阔包容的精神气质和五彩缤纷的文化品位，招引着天下人的目光。

别样成都

　　琴台路、锦里古街、宽窄巷、玉林路小酒馆……在去成都之前，我就在旅游攻略上记下了这些地名。峨眉山可以不爬，都江堰可以不看，但这几个地方一定要去，因为我一直以为，真正的成都，只在这里。

　　成都本就多雨，去的时候，又恰逢它的雷雨季节。在机场整整滞留了五个小时，等终于降落到成都双流机场，已经是第二日清晨了。而成都的雨，才刚刚是个开始。

　　放下行李，没有片刻的休息，迎着漫天的雨，第一站到达的，便是锦里古街。穿梭在熙熙攘攘的人流中，如瀑般的雨水滑过琉璃的飞檐，落在行人的雨伞上，再飞珠般地喷溅开去。于是，便只闻叮咚的水声，在飞檐上流泻着，在伞尖上飞溅着，在小桥下流淌着，在沿街的窗棂后，成都姑娘斟着的盖碗茶里温润着。然后，听见斟茶的妹子用温软的川南蛮语招呼道："来嘛，来喝正宗的成都盖碗茶……"

　　你正犹豫着要不要拒绝川妹子的邀约，一旁的红脸关公突然提着青龙偃月刀亮声喝道："看戏的楼上请，川剧变脸，拍照的请过来排队，微信扫码付款……"然后，你赫然发现，锦里的街是穿越的，从三国的蜀汉到五代的后蜀，从张飞牛肉到夫妻肺片，从川剧到民谣，都可以如此鲜活地吆喝起来。

"相如琴台古，人去台亦空。""酒肆人间世，琴台日暮云。"去琴台路，则纯粹是为了寻找卓文君与司马相如的爱情，听说当年，这里便是相如为文君抚琴的地方。可是谁知道呢，因为现在的文君楼，早已变成了一家旅馆，只有脚下这十六万块天然青石砖，还在固执地讲述着那个西汉时的爱情故事。

穿过高高的写着"琴台故往"字样的门楼，再拐过一条十字街，便是宽窄巷子。

去宽窄巷时，已是华灯初上，同行的人说，晚上的宽窄巷，才更有成都的味道。怎样才是成都的味道呢？我曾经以为是那盆漂着厚厚一层红辣椒的火锅，或者是拌着一层红麻油的龙抄手，可是到了宽窄巷后你才发现，成都，就是一首慢慢流淌的民谣。

你看着她给你吹一个糖人，再看着她给你煮一碗糯糯的赖汤圆。挖耳朵的匠人把躺椅在街角一溜排开，待你走过，才慵懒地问上一句："挖耳朵吗？"昏黄的灯光下，唱民谣的小伙子在售卖他们的黑胶唱片。他并不抬头去看任何人，只是专心地打着手鼓，和着音乐低声而深情地唱道："和我在成都的街头走一走，直到所有的灯都熄灭了也不停留，你会挽着我的衣袖，我会把手揣进裤兜，走到玉林路的尽头，坐在小酒馆的门口……"

一首《成都》，唱红了赵雷，也唱红了玉林路的这个小酒馆。从宽窄巷出来转道去玉林路的时候，已经是午夜时分了，以为会因为去得太晚错过了小酒馆的营业时间，可到那儿一看，小酒馆外密密麻麻站满了排队等候的人，那阵仗，估计等到天亮也喝不上一杯酒了。不禁哑然一笑，心里问自己：你到底是想来喝酒，还是只想来喝小酒馆的酒？小酒馆真的很小，在老式居民楼的底层，一个非常不起眼的地方。不知当年的赵雷是在怎样的际遇下来到了这个小酒馆，那个陪他一起在这里喝酒的人，如今还在不在身旁？

离开成都的那天，下了足足六天的雨才终于停了下来。透过车窗望出去，满街满城被雨水洗过的榕树，绿得逼你的眼。榕树下，三五成群地坐着聊天的老人家，一把芭蕉扇，一张小竹椅，一杯盖碗茶，慢悠悠地摇着，慢悠悠地品着，慢悠悠地聊着……

你一定会突然间恋上这样的闲散和慵懒，因为在别处，你再也看不到这么"巴适"的成都。

静听泰山

泰山是需要静听的。静静地听，细细地品，方得其中味。

多年以来，有个爱好一直未曾改变。只要出差路过泰安，就喜欢走进泰山，轻轻拾起那一草一木、一山一水的情怀。

似乎总是在找寻着什么，而究竟是在寻觅什么却又说不出来，也许只是一种感觉、一种情愫，无声无息地，影响我的思绪、心态，还有视野。

泰山是一部大书。这座伴我成长了十多个年头的泰山，有着二十五亿年的沧桑年轮。然而，在历史岁月的枯荣交替中，他依然生机勃勃、意气风发，没有丝毫的老态。他身上的神秘、宏阔、包容、温和的气质，无时无刻不吸引着我，激励着我，赋予我力量、信念和勇气，让我感受到充盈、欣喜和宁静。

泰山是神奇的，他的神奇在于变幻多姿的自然风貌和璀璨瑰丽的人文内涵。

泰山的白天和夜晚是不一样的。白天的泰山，青葱苍翠，清朗明快；夜晚，沉睡的泰山则向世人展示出他沉静、神秘、温和的一面。夏季的泰城人喜欢早早吃完晚饭，携家带口来到黑龙潭下乘凉，我也不例外。夏日雨水充沛，哗哗的瀑布从高处倾泻而下，溅入潭底，如飞龙跌落。黑龙潭周边的山林，山石遍布，溪流在石头空隙中淙淙而过，如鸣佩环。山内空气清凉，万籁俱寂，只有埋伏在草丛中的小虫们在低吟浅唱，把玩着自己的节奏。

月光从松针的缝隙中筛落下来，斑驳地洒在干净光滑的石头上。微风拂过，夹杂着松林中特有的自然气息。突然，身下不觉一阵湿凉，茫然起身，这才发现，一汪浅流的泉水悄无声息地漫过我斜躺的山石。当下便想到王维"明月松间照，清泉石上流"的诗句，却原来是这般情境！不入此景，怎得此意？

清风阵阵入怀，溪水淙淙入心。此情此景，又让人想到"诗仙"。李白在遭遇仕途"寒流"后，寄情山水，放逐山林，如游仙一般肆意挥洒诗情。唐开元二十五年（737），李白来到泰山，泰山雄伟逶迤的美景让惯于浪迹天涯、游走江湖的诗仙"身在云水间，沉醉不知还"。登上南天门，他发出了"天门一长啸，万里清风来"的由衷赞叹，泰山给了他灵魂的慰藉，使他从"安能摧眉折腰事权贵"的苦闷中解脱出来，绽放出难得的"开心颜"。在此期间，李白与孔巢父、韩准、裴政、张叔明、陶沔在泰山南侧的徂徕山竹溪隐居，他们举杯邀月，啸傲泉石，酣歌纵酒，人称"竹溪六逸"。今天看来，他们表达的无非是一种悠然自在的文化态度，一种理想浪漫的生存方式。

双脚无数次起起落落，踏响一个又一个石阶，重叠在前人的脚印上。静听泰山，不能走得太过急促，就这样走走停停，可近可远，让思绪和内心追赶上脚步。累了，倚一棵老松歇上一程。闭上眼，便是又一个乾坤。听着鸟儿时缓时紧、清越婉转的调子，仿佛看到了这些小精灵们顾盼流转的顽皮。阵阵松风排闼而来，带着一股久违的辽远而空灵的气息，触动着生命中那根早已不再敏感的心弦。一种张力在体内涌动、伸展。也许，这就是人的生命与大自然相融合才会产生的奇妙共鸣吧！

我们常常忙碌得晕头转向，到头来却忘记了忙碌的初衷，在来路上迷途。不如慢下来静一静，放空内心，路才能走得更远。走着走着，有些迷惑的事也许就明朗了，有些郁闷的情绪就透彻了；走着走着，也许就到了南天门，或许还能看到日出、云海，收获意外的惊喜。

迈上最后一级台阶，回望来路，看那曲折盘旋的漫长台阶，真的感慨，自己竟然就是这么一步步走了上来。

泰山极顶，群山匍匐，天地苍茫，蓝天触手可及。此时此刻，一股浩然之气油然而生。在亘古未老的山川云气之上，你能感受到宇宙的应和，从而让整个生命从"小我"的狭小中抽离出来，将视野投向广袤的天际，倾听到来自时光深处的回响。

雄霸天下、封禅泰山的秦始皇，站在极顶，南望"少昊之虚"，向东远眺伯翳封国，缅怀先祖；

长袖善舞、衣袂飘飘的武则天，身着盛装华服，与唐高宗李治一同前来封天禅地，喻天地同治，泰山见证了这位女皇隐喻的心志；

笛声中，身形羸弱、手拈长须的诗人杜甫，在云中高声吟诵着"岱宗夫如何？齐鲁青未了"……

这一个个变幻交错的影像如白驹过隙，次第飞过泰山历史的天空，只留下或淡或浓的点点印记。

有人说，泰山是"文化山""政治山""宗教山"，对我来说，它更是一座"心灵之山"。它雄伟挺拔的外表之形，与它包容厚重、呼吸宇宙的内里之魂，需要作为个体的人亲自去感悟和找寻。如此，泰山的精神给养才会汩汩如流水，给你注入鲜活的力量和勇气。

有一位朋友，自号"山里人"，对泰山痴迷多年，初衷不改。一有空就到山里转，他拍摄了许多泰山的照片，每张都展示出泰山别样风姿；写了许多零散的文章，每篇都视觉独到，感悟深刻。我想，他应该是一位好的泰山倾听者。

泰山是有生命、有温度、有情感的。你必须先卸下铠甲，真实面对，它才会敞开胸怀接纳你，给予你想要的。

跨千山，涉万水。我们找寻的，无非是那些能够照亮内心的东西。

说到底，登山，也不过是心的旅行罢了。而旅行又不过是为了在山水间找寻一份莫名的相知，一份似曾相识的默契与感动。

静听泰山，就是倾听那个最本真的世界和自己。

行走在青海

旅行的目的不在于目的地，而在于旅行的过程。

总有一种眷恋令我们挥之不去，总有一种感动令我们泪流满面，总有一种力量支撑着我们前行的脚步。

行走在这辽阔的大地上，一种神圣而激荡的浩然正气在天地之间腾然升起，一切浅斟低酌、羞赧脆弱都是那么的不合时宜。这里是英雄的故乡，是演绎柔情侠骨的地方，在这里只有举酒击节高歌的豪放，策马驰骋的奔放，就像在群山之间奔腾不息的黄河之水，像那在云层上仰起头颅的唐古拉山！成群的牛羊，如珍珠一样散落在玉盘里，和着藏袍藏歌，粗犷而奔放。翻飞的经幡在风中猎猎作响，玛尼堆，那刻在石头上的追求、理想、情感和希望，是藏族人不朽的梦想，伴随着历史一路走来，在虔诚中升起了祈福的风马。青海，三江的发源地，孕育了神奇，见证了奇迹。群山绵亘，高耸入云，从昆仑到巴颜喀拉山，再到唐古拉山，巍峨庄严地守护在青海高原；那顶礼膜拜的朝圣者，在渺茫的梵音中，用执着的身体诠释着心灵的至纯至洁；这一世转山转水不为别的，只为求得来世的相见；为"在那遥远的地方"所吸引、所感动着，不辞万里。

常想念远方，如今我靠近了它的胸膛。青海湖，以她特有的内涵和气质在高原上散发着迷人的魅力。

沙岛，青海湖的重要组成部分，正以它独有的形式欢迎着我们这些远道而来的客人。金沙湾和银沙湾，如盛装的藏族姑娘举着青稞酒向我们款款而来。连绵起伏的沙丘，层层叠叠，就像海浪一样，一个浪潮接着一个浪潮，如大海般波澜壮阔，虽然我们去的时候，下起了雨，但是那一望无边、云沙相接的气势还是深深地触动了我。金沙湾和银沙湾两相呼应，就像两队出征的大漠英雄，浩浩荡荡。虽然沙岛不是浩瀚的大沙漠，但它也足以让我们震撼，在这里，你可以尽情地观赏，滑沙、滑翔，也可以沙地健身、沙雕等。

日月山和倒流河在沙岛的东边相连接。日月山是进入西藏的必经之路。在山口的南北山头各有一个乳峰，似太阳和月亮，在其山脚下就是倒流河，相传文成公主和亲嫁入西藏，在日月山换轿乘马，公主遥望长安，思乡之情油然而生，想到也许以后再也不能回长安了，不觉得泪流成河，就是现在的倒流河，一直向西，流入青海湖。这个美丽的故事为日月山和倒流河增添了不少神秘的色彩，经过历史的沉淀，更多了一份缅怀。日月山上修有日月碑和日月亭，分别彩绘了文成公主的故事。倒流河，河水清澈透明，犹如草原上的一条亮丽的绸缎，给草原带来无限的生机。

青海湖，那片蔚蓝色的湖水，磅礴而端庄、俊秀，那一抹惊艳闪亮了我的眼睛，就像我的前生和今世都曾被她弥漫过，那就是青海高原上升起的灿烂明珠，是青海人的骄傲！湖面宛若一面镜子，在蓝天下绚烂，又宛若圣女般光洁、耀目。湖四周青山环绕，直插云霄。青山、碧水、沙漠、草原、悠闲的羊儿马儿、蓝天白云相互交织，相互映衬成一幅壮观绝美的画面，在这绝美的背后蕴藏着天地造物的伟大力量。在这里，你可以看到黄花满地，彩云间，芳草碧连天的炫目；在这里，你可以跨上骏马，纵横驰骋，去感受草原的豪放与浪漫，你还可以骑上沙地车，或者带着她，在沙漠、在草原自由地奔驰去领略不同的风光；在这里你可以坐上游艇感受湖泊的浩瀚，还有专门的小型飞机在时刻待命，让你俯瞰青海湖的全景，那种"天高任鸟飞，海阔凭鱼跃"的豪情壮志油然而生；在这里，你可以看到来自全国各地的旅游爱好者，穿着专业的服装，徒步或者骑游青海湖。络绎不绝的游客，为青海湖增添了一道美丽的风景线。晚上临湖而搭的帐篷宛若莲花盛开在湖畔，篝火燃烧起来，康巴人的狂歌热舞感染着每一个人，即使你不会喝酒，也会忍不住咕咚咕咚地喝上两口，丢下腼腆纵情地歌唱！

离开青海湖，仓央嘉措的圣像站在路边遥遥相望。这位藏族的诗人，万人朝拜的圣人、活佛，一生历经多少坎坷劫难，却留下了让人心醉心碎心怜的情歌，也许当时不为谁所懂，但是今天却让所有的灵魂震撼，懂得他的那一片痴，那一片情……

那一日，我闭目在经殿的香雾中，蓦然听见你诵经中的真言；

那一月，摇动那所有的经筒，不为超度，只为触摸你的指尖；

那一年，磕长头匍匐在山路，不为觐见，只为贴着你的温暖；

那一世，转山转水转佛塔，不为来世，只为途中与你相见；

那一夜，我听了一宿梵唱，不为参悟，只为寻你一丝气息；

那一刻，我升起风马，不为祈福，只为守候你的到来；

那一瞬，我飞升成仙，不为长生，只为佑你平安喜乐。

只是，就在那一夜，我忘却了所有，抛却了信仰，舍弃了轮回，只为，那曾在佛前哭泣的玫瑰，早已失去旧日的光泽。

追问大漠里的孤独帝国

一望无垠的孤烟大漠托起一座座高大宏伟的黄土金字塔形建筑，在广袤的西部天空下显得格外雄壮。逝去的岁月，埋藏着帝国多少的恢宏与辛酸；失落的文明，涵盖了党项民族多少的永恒和更变。一股充满着神奇的力量，庇护着这方乐土，神秘的面纱能否被拨开重现人间？屏住呼吸，让时光倒流，带着你的疑惑，和我们一起穿越到西夏王国的时空，去探寻千年前的美好宏愿。

王陵全景

在宁夏回族自治区首府银川以西约二十公里的贺兰山南麓平原上，西夏王朝九代帝王安息之所款款坐落于此。沉睡九百多年，依然巍然挺立。西夏王朝是党项族首领在公元1038年建立起来的封建政权。因其具有严密的政治制度和比较完善的法律，以及独树一帜的西夏文字，在中国文化史上散发着熠熠夺目的光彩。

西夏王陵东西绵延四公里，南北纵横八公里，范围扩及四十多平方公里的陵园内，有八座王陵及附属陪葬墓七十多座。最令人惊诧的是，每座王陵占地约十万平方米，竟舍弃贺兰山石头不用，全以夯土筑成。相比古埃及法老金字塔陵墓，从质料和构架上来看，两者大相径庭，但从美学角度来讲却又有异曲同工之妙，故而西夏王陵又被人们称之为"中国金字塔群"。凡是参观过王陵的游客，除了充分领略贺兰山雄浑悲怆的气魄外，更多会被西夏王陵的历史沧桑所感染。正如《金字塔铭文》所讲"天空把自己的光芒伸向你，以便你可以去到天上，犹如拉的眼睛一样"，当我初次踏入这一片历经风雨的古老陵园时，总有一股难以说清、难以道明的情愫在脑海中激荡，许久难以平息。

王陵近景

自古以来，西夏王在为自己修建陵墓的时候，首选贺兰山作为王陵的一道天然屏障。在中国早有三大龙脉之说，夏国王选在贺兰山麓，肯定寄寓了对西夏王国辉煌的美好宏愿。王陵和附属建筑都在贺兰山的屏障之下，为什么失去附属建筑的依靠陪衬，依然默默矗立在风雨之中呢？这神秘的王陵背后又隐含着多少关于西夏王朝的神秘踪迹，西夏王朝的坚守又预示着什么？这些都给后代人留下一个又一个的悬念。

追问：王陵为什么没有被损坏？

壮观的九座王陵，在阳光的照映下，显得金光富丽。这里最早的一座王陵距今有九百多年历史，如此漫长的岁月，许多附属建筑如阙门、碑亭、月城、内城、献殿、内外神殿、角楼早已被风雨侵蚀而毁坏坍塌。但为什么以夯土筑成的九座王陵主体却依然挺拔独存，这原因究竟何在，一直是考古学家探寻的答案之一。按照中国传统的南北中线为轴、左右对称的排列形式，西夏王陵的平面总体呈纵向长方形布局，主要是夯土实心砖木混合密檐结构，这也显示出党项民族在中国建筑史上史无前例的创造和突破。西夏王陵也正是通过这种夯土方法和砖木混合密檐结构相结合，创造出我国陵园建筑中别具一格的形式，坚固实用，这也就是王陵主体依旧巍然耸立的原因之一。

追问：王陵上为什么不长草？

生活在贺兰山麓的党项民族以原始部落游牧生活方式为主，而且西夏王陵周围也多是牧民放羊牧牛的好地方，可是为什么唯独这王陵寸草不生呢？有人说陵墓是夯土筑成没有草籽驻留生根的缝隙，在其坚硬且光滑的表面，没有草籽生存的条件，可是泥土能比石头坚硬吗？众所周知，石头稍微有裂缝，落下草籽，便可长出草来。陵墓的夯土也不可能一点缝隙没有。这很显然是一种牵强的说法。也有考古学家提出一种猜想，可能当年建筑陵墓时，通过熏蒸泥土除去草籽生长的养分，所以长不出草来也不是没有可能。但又一个令人懊恼的问题油然而生：熏蒸的作用真能持续近千年？即使真是这样，陵墓难免落上随风刮来带有草籽的泥土，这些浮土不是经过熏蒸的，草籽难道不能在此生根发芽吗？中国人总有一些"不怕一万只怕万一"的习惯性思维，这样的答案很显然难以让人信服。王陵不长草的原因在哪？在王陵的修建过程中又有哪些不被人知的秘密，又不禁勾起我的无限遐想。

追问：王陵上为什么不落鸟？

西夏王陵的各个帝陵一般都有封闭式、马蹄式、附属瓮城的外城。墓室一般为三室土洞式结构，墓室四壁有护墙板，墓里有棺材。从整个群体来看，阙台犹如帝陵的门卫；往后是碑亭，碑亭是用汉文和西夏文刻制歌颂帝王功绩的。每想起李元吴那句"英雄的一生，应该成就霸业"的话语，不禁让人感慨万分。月城是置放文官武将石刻雕像的地方，用黄土垫实作为石基；内城是分层的八角形塔式建筑。在中国古代传统陵园建筑的陵台，通常为土冢，起封土作用，位于墓室下面；顾名思义，献殿是用于供奉献物和祭祀的场所。

站在苍凉的贺兰山麓远望西夏王陵的身影，每每想到西夏王陵在此静卧千年之久，一种万千变化、世事沉浮的凄楚感便在心中慢慢衍生出来，群群乌鸦和麻雀时不时落在光秃秃的石头和枯树枝上，却从不见有鸟兽在王陵上歇脚，这个疑问顿时将我从沉重的心灵深渊解脱出来。在人烟稀疏的西北地区，鸟兽在人烟稀少的地方聚集较多，尤其是鸦雀遍地都是。乌鸦可以肆无忌惮地落在牛羊背上，麻雀更是集聚在一棵棵枯树上，密密麻麻，可是为什么鸦雀不落在王陵上？有人说光秃的王陵没有鸦雀可以觅食的草籽，可是光秃秃的石头和虬枝上也不见得会有许多食物，为什么鸦雀总是把石头和树枝作为"集散地"，而从不在王陵上造次？莫非鸦雀也知道封建帝王的权威不容冒犯？这真让人感到匪夷所思。

追问：王陵为什么是八卦北斗布局？

西夏王陵的布局有些令人费解。西夏王陵不仅吸收秦汉唐宋皇陵之所长，还把佛教建筑元素纳入其中。把汉文化、佛教文化和党项族文化融合起来，形成独具魅力又有突破的建筑风格。在中国陵墓文化中，一般王陵都是按照时间的顺序或者帝王辈分由南向北排列，西夏王陵也不例外。但是西夏王陵的布局特别怪异，每座王陵的具体位置的安排似乎体现着一种事先设计好的规划。从高空俯视九座王陵的分布，好像与北斗七星图相似。但是单独看其中八座王陵的分布，又与八卦图形相近似。有学者猜测，可能是根据风水文化来定位安排的，于是疑问由此而发：西夏王国共经历九代，时间相差近二百年，谁又能事先预测到西夏王国会传九代王位？再说党项族是古羌族的一分支，在其文化渊源里，并没有一些明显的实际例子证明，西夏王国有崇拜八卦和相信风水的特征。不管是考古专家还是历史学者，都难以解释王陵的格局呈八卦图形的缘由，这其中蕴含哪些玄机，一直都是今人未能识破的秘密。

西夏王朝历代皇帝的寝陵，外形虽毁，但骨架尚存，宏伟的规模、严谨的布局、残留的陵丘，仍可显示出西夏王朝特有的时代气息和风貌。裕陵陵主是西夏开国皇帝李元昊的祖父李继迁，这位党项族平夏部落首领曾对立抗击宋朝廷，后又遣使节和好，为西夏王朝的建立奠定基础。嘉陵陵主李德明被辽国封为夏国王，又接受宋朝政权封为夏王，通过各方征讨，成为西夏王朝版图的奠定者。泰陵是整个陵区中规模最大的帝王陵墓，当然非李元昊本人莫属，由他建立起"东尽黄河，西界玉门，南接萧关，北控大漠"的兴盛帝国，意气之盛，可见一斑。但令人汗颜的是一代英豪因强夺儿媳为妻，被皇太子宁令哥刺死，只在位十七年，便草草收场，实在是令人扼腕叹息。稍有变动的是，安陵里埋葬的并不是刺死元昊取而代之的皇太子宁令哥，而是在国相舅舅和太后母亲扶持下登基的谅祚帝，其本人喜欢钻研佛法，与宋朝通商互市，还仿宋朝官制，起用汉人。也正是由于西夏统治者的亲宋政策，使得汉文化、佛教文化传入西夏，与本土党项族文化亲密拥抱，为促进文化交流起到了无可替代的作用。以后的献陵、显陵、寿陵、庄陵、康陵的主人都还是沿袭祖宗家训，政治毫无建树，加上内部集团矛盾重重，国力日趋衰竭。公元 1227 年，经历一百八十九年的西夏王朝在蒙古成吉思汗的铮铮铁蹄下急速灭亡，从此党项族在中国历史文化中消失了身影。

吐鲁番纪行

吐鲁番是一个符号，耀眼、灼亮；

吐鲁番是一枚玛瑙，绯红、剔透；

吐鲁番是一粒果实，饱满、晶莹；

吐鲁番是一颗心脏，火热、滚烫。

从乌鲁木齐往东的高速路，犹如一根粗硕的血管，通向这颗勃勃跳动的心脏。途中，会经过亚洲最大的风力发电站，经过王洛宾歌中唱到的达坂城，经过吴承恩笔下的火焰山，可它们的光芒都不足以淹没小小的吐鲁番。

吐鲁番，在新疆之行的最末端。这个年均降水量仅十六毫米的小城，却一直以超常的热力、奇异的果香吸引着我们。它是一个抱得紧紧的、火热的谜团！常年缺少水分的滋润，它的力气自哪里诞生？它的能量自何处积聚？还有那些顺着树藤爬蔓、汁水饱盈的瓜果，它们在生长的过程中，如何悄悄地攫取了惊人的水分和甘甜？这是一个个谜，揣在吐鲁番的深处。

吐鲁番的街巷是坦白的，简单的脉络、无奇的景象，仿佛没有承担任何的谜底，可我总觉得，有许多的秘密就藏在随处可见、窗格镂空的晾干房里，藏在满地满眼褐红、土黄的泥土里，藏在一扇扇描画有绚烂花饰的木门背后，藏在一间间低檐、带露台的土砖房中，藏在维吾尔少女扑闪扑闪的大眼睛和妩媚的手势里，藏在一只只西瓜、一颗颗葡萄和一个个哈密瓜的果核里。

从外面看，葡萄沟的葡萄藤架遮天蔽日，就像巨大的一席碧毯，红砖房只是点缀其间的朵朵花饰。走进去，阳光洒下点点光斑。那光斑经由藤叶的过滤，串串葡萄的折射，变得婉约、迷离。长长的廊街披上了明黄与翠绿相间的轻纱，在阳光下飞扬。人行其间，飘着飘着，就升至了一个欢乐、丰饶、无忧的梦境。入梦一般啖着清甜入心的葡萄，白的、绿的、红的、紫的；入梦一般伸长手臂，触摸参差悬垂的葡萄叶子，深的、浅的、薄的、厚的；入梦一般将晶莹欲滴的阳光，当了晶莹欲滴的葡萄，手伸至半空，又羞怯地收回来。在这个梦里，葡萄像阳光一样闪闪发光，阳光像葡萄一样翠绿清甜，填了满眼、满心。

从吐鲁番回乌鲁木齐，已是夕阳西沉时分。

刚刚还晴朗的天空倏忽阴沉下来。乌云先是凝在天山山脉的一座山峰上，墨黑如枣的一团，越凝越大，渐渐铺漫过来。很快，头顶上的天空就被一件蓬大的灰衣覆盖了。不远处的博格达峰仿佛大地伸出的一根手指，撑住了灰衣的边缘。乌云初起的地方，已看得见粗硕的雨线，一根挨一根，密密地斜砸下来。灰衣越来越沉重，前方的乌鲁木齐市也被笼罩了进来，零星的雨珠开始敲打车窗，一下比一下急促。转眼工夫，窗玻璃上挂满了曲曲弯弯奔腾而下的雨线。

不用回头，我也知道，无论那些雨点多么粗硕、强壮，身后的吐鲁番还是会干爽依旧，不染纤毫。所有的雨点，将消失在奔向吐鲁番的路途上，无法抵达。吐鲁番火热的阳光，迫不及待地，将它们收回了天空。

那些水，雨水、雪水、地下之水，将经由一个秘密的通道抵达吐鲁番。它们在吐鲁番的皮肤下，沿着一条条隐秘的渠道流淌，在适当的地方透透气，见见天光。那时，清澈的水面，会映出蓝乎乎的天、白乎乎的云，斜插进来的树影，还有吐鲁番人的笑脸。

走进丽江

　　怀悠闲之心，跟着自己的感觉，信步走进丽江古城，便置身于古建筑画卷、古文明的大观园之中。走上光硬的五花石板街道，一如茶马古道的赶马过客，在市井如潮的四方街抖落疲惫，抖落风尘，再把茶文化带到山外的世界。古城依山势就水流布置街道，或平缓顺直，或陡峻迂回，空间时而开放，时而封闭，形成疏密有致、曲径通幽的开放式格局。漫步丽江古城，水的流向便是你的向导，清碧的流水会带你进入深深的"过洛"（纳西语：巷子）和古朴雅致的庭院，让你在悠扬的葫芦丝乐声中，渐渐入画，渐渐入迷；水流的方向还会把你带回起点，让你身在古建筑迷宫中却不会迷路。

　　在玉龙桥上和舞动的水车留影，之后便追随河流入城，河岸杨柳垂荫，绿树红花相映成趣。临街店铺，光滑闪亮的五花石板街道，融成悠悠古韵、深深市井。店铺以青瓦盖顶，飞檐翘角，或青或白，或新或旧，越过参差房顶，偶尔可见旧楼斑驳的墙面，于繁华中透出几许沧桑。在古城，或可从这个店铺到那个店铺，挑选民族艺术精品；或可在碧波蜿蜒的河边，静坐一旁，放飞心情，细细品味一河、一街、一桥、一屋，或登万古楼远眺，人字屋顶或宽或窄、或高或低，交错成趣，铺满你的视线。

在古城的热闹中，我抑制不住好奇，于是在四方街的圆舞中，我也随着舞动的人群，踩出了纳西人的古典舞步，我虽不谙节拍，但仍可契合舞者的心境，在周围赞许的目光中，我俨然一纳西女子，翩跹而轻盈，在这灵动的旋律中沉醉。我走出了舞池，走进了纳西民居的古建筑群中，我的思绪在这些清雅的民居中凝结。我的画笔扶摇不定，目光所至，远处始终是更美的一处。

古城纳西民居大多随河流走势定位，承袭明清时期特色，融合了北京四合院韵味和江南水乡情趣。院落多坐北朝南或坐西朝东，以利采光、挡风和避寒暑。因丽江地处地震中心带，房屋以木架承重，土坯砌墙，采用先搭木架再筑墙的方法搭建，墙面由红色黏土敲打而成，先用黏土和水敲打成第一层墙面，待其风干后，再往上叠加第二层，如此层层叠加的墙面略有弹性，有很好的抗震功能。墙面有男子的徒手画，颜色或素雅或鲜艳，隐射屋主的经济情况，素雅代表清贫，鲜艳代表富有；有些墙面还写有文字以表述屋主所从事职业，如"风花雪月"表示屋主是渔夫，"百忍世家"表示是石匠，"紫气东来"表示是商人。纳西族是能歌善舞的民族，因而自家庭院也是他们舞蹈的好场所，大的庭院可容纳近三十人牵手舞蹈。

临渠的民居，户户门前都有一小木桥横跨河流之上与街道连通，而桥也就成了古城独具特色的一大景观。古城桥梁密度居我国之首，造型各异的桥多达三百五十余座，大多建于明清时期，风格各异，无法一一陈述，但有一桥梁建筑特色却不得不提，即平坡桥。在古城你仍然能看到许多桥面平坡无台阶的桥梁，据说是古时候为方便马帮行走而设计的，而今这些源自"古丝绸之路"和"茶马古道"的古桥，已完成了连通商贸的历史使命，成为现代人争相拍照的胜景，也是风雅之士吟诵唱和的好去处。

　　我的画笔依然画不尽古城的美，哪怕一河、一桥、一屋，我深深陶醉，进而深深眷念，也正是古城的独特魅力让我依依惜别，还想再来。那就不妨让心灵穿越，如西域使者，踏马而来，再满戴星辉，扬鞭而去……

普陀山抒怀

多少个夜晚，我一个人伫立在窗前，举头凝望着空中那个飞瀑云外、垂帘户前的浩浩天河，思绪像汪洋中的小船随波荡漾，越去越远，巡遍万里河山。

因我曾受到佛的庇护而免于杀身之祸，一直以来，我对四大佛教名山有着强烈的向往。随着时光的流逝，这种向往与日俱增，它时时撞击着我的心房，在我的心里掀起层层波澜，成了我人生旅途中一抹挥之不去的念想，这也许就是人们常说的缘分吧。

机会终于来了。2010 年 8 月我去杭州办事，一切安排妥当之后，杭州的朋友把我们接到宁波，由宁波登上快船，向大海驶去。我仰望着悠远旷邈的苍穹，凝视着烟波浩渺的大海，忽然有了一种超凡脱俗的感觉，自己的灵魂仿佛也随着海天相连的蒸蒸雾霭升上了太空，从漫无际涯的天上俯瞰沸沸扬扬的人世间。天苍苍、水茫茫、心悠悠，天地是那么的博大，人与浩瀚的天穹相比，是那么的渺小。在悠远的历史长河中，人生之旅是那么的短暂，如同过眼的烟云一样瞬间就消失了。在这个看似电光石火的生命过程里，人类怎样才能把有限的弱小生命扩展成无限的高远境界，使自己摆脱狭隘思想的束缚，克服时间空间的障碍，做到思接千载，意游万方，让摧枯拉朽的地球神光照亮瀚海星空，让人类文明成果万古不灭，永放光芒，这应该是现代科学发展到极致的最终目标吧。

快船在辽阔的海面上急速地向前行驶，一个个不知名的绿色岛屿从眼前掠过，像高速路上从汽车窗子里闪过的小花坛一样，给人耳目一新的感觉。"那里的景色一定很美吧，小小的绿岛四面都是海水，我要能变成一只海鸥该多好，飞到小岛上去玩几天，那才叫过瘾呢。"听着身边的小学生跟他的家人窃窃私语，我也心有所动。是啊，在这海天一色的辽阔世界里，那几处小小的绿洲真的非常吸引人，小孩子想上去，我们这些大人们又何尝不是如此呢？

夏日的骄阳泻下烈烈的灼光，照射在微波荡漾的水面上，反射出五彩缤纷的光华，整个大海好像被碎金铺就一般，极尽艳丽之能事。多次到过普陀山的李总对我说："现在浪头小，海水比较平静，上次赶上涨潮，巨浪滔天，非常壮观，就像万朵莲花盛开，如盖如盘，太阳光一照，这些水花花瓣五光十色，瑞彩纷呈，真是白如雪、红似火、粉如玉，确实让人感觉到了大海的神奇诡秘。"大家手扶护栏一边窃窃私语，一边观赏着艳丽异常的美景，内心充满了好奇和兴奋。啊！金色的大海，你胸怀坦荡、一尘不染，在你的怀抱里，我多么自豪，多么欢愉呀！

一小时后，正前方隐隐约约显出了一个岛屿的轮廓，我睁大了双眼，惊喜地注视着这个越来越近、越来越清晰的绿洲，刚才那个小孩的家人用手指着前方的小岛，告诉小孩说："那就是普陀山。"人群开始有些骚动，我的心跳加速了，感觉周身的热血也在奔涌，我多少次梦里神游过的仙境，多少年牵动情丝的地方啊，今天，我终于投入了你的怀抱，梦寐以求的愿望可以实现了。

啊，普陀山，俊美而又神秘的海天佛国，你置身茫茫的大海之中，吸吮着滚滚波涛的无限能量，你独自在惊涛骇浪里傲然挺立，沐浴着天边日月的灿烂光辉，你是那么飘逸，那么圣洁，那么无私无畏、超凡脱俗，人们站在你面前，会有佛光照心、禅理入骨的神奇感觉。这段千载修来的缘分将化作恒久不变的缭绕香气，变成洗涤尘埃的玉液琼浆，通江河而环沧海，浴日月而浸乾坤，不知不觉中就把你我包融其中，使我们变得心胸开阔、神清气爽，返璞归真。幡然醒悟，忘掉一切痛苦和烦恼，摒弃相互厮杀和争斗，让心灵得到一次完善，一次升华。

　　一踏上这块美若仙境的岛屿，我的心便陶醉了！只见整座山佳木扶疏，洞壑深邃，碑刻精良，香烟缭绕，寺院宝塔掩映于苍松绿树之中，翠峰仙佛挺立在蓝天碧水之间，金色的沙滩和青青的海岛紧密相连，暮鼓晨钟讲述着跨越千载的故事，这些斑斓绚丽的壮阔画面形成了人见人爱的自然景观。历代的帝王将相、官宦商贾、文人墨客、平民百姓，纷至沓来，佛道各派更是蜂拥而至，给这座千载名山平添了许多神奇的色彩。

　　沿着古色苍碧的山路登上一个小山坡，转过一排粉墙，一座淡雅清绝的小门楼展现在眼前。门楣上用遒劲的隶书写着"观音古洞"四个字。进到院里，第一眼看到了广角香炉内的烟火正袅袅娜娜直入太空，佛门圣地果然名不虚传，刹那间，一种超凡脱俗的情愫像轻烟一样随风飘荡，脑子如同被清水洗过了一般，空空翠翠，一片大明，"佛国"的神奇序幕被拉开了。

　　观音洞是一个大石穴，周围野树丛生，花草丰茂，景色非常优美。迎着馨香馥郁的香烟进入洞内，焚起三炷香，恭恭敬敬向观音菩萨磕上三个头，默默祈祷健康如松立，生活步步高。出了洞直奔雄浑壮观的"圆通宝殿"而去。好一座珠泽晨摇、银钉夕映的大殿，脊拱和墙壁的新旧搭配格局，显示出它贯通古今的特殊魅力。殿内布置果然非同寻常，二十五尊造型优美、形态各异的菩萨塑像，恰如一道亮丽的风景，有的剽悍威猛，有的飘逸洒脱，有的豪放不羁，有的纤弱多情，在经历了无数次辉煌灿烂、无数次艰苦磨难之后，他们带着山的伟岸、水的苍茫、天的渺远、地的博大，依然以一种安详、自然的神态注视着大千世界、芸芸众生，给我们带来强烈的精神震撼。正中间位置的观世音菩萨像身披璎珞，色泽艳丽，袒胸跣足，面容慈祥，右手执笏板，左手托净瓶，丰腴而不肥胖，秀丽而不羸弱。古往今来，多少香客睹此大慈大悲的菩萨像，无不感觉心潮澎湃，逸兴湍飞，她那种不以物喜、不以己悲，淡泊明净、宽宏大量的气度，是对生命真谛的大彻大悟，是生命最高境界的圆满通达，确实值得我们好好学习。在真诚参拜他们的时候，谁不生出"时于此洞得圆满，更向何处问真源"的感慨！

　　出观音洞不远，就看到一方光滑平整的石坪，上面很多人正顶着炎炎的烈日拍照呢。走近一瞧，原来这块斜坡石坪的中心刻着一个硕大的"心"字，众人三五成群轮换着站到"心"字中央去，下方的人不停地按动快门，留下一幅幅人心佛"心"心心相印的纪念照，以此表达出人们潜心向佛的美好意愿。

　　向西转过一个小弯就看见了杏黄色的梅福禅院，走在前面的老人告诉大家说："五百年以前这座山上到处都是梅树，佛家讲究清净，梅是一种至清至洁的植物，僧尼们都喜欢它。梅福庵更以梅树多著称，据说每当东风迎暖、春回大地之时，满山遍野花枝招展，清香浓郁，蔚为壮观。"

　　是的，清纯至极的梅，它衬绿竹而绚彩，映紫松而断魂，将人们的精神世界提升到至高无上的境界，难怪乎各朝代都有许多饱学诗书的智者选择到此地修身养性，陶冶情操，他们是醉翁之意不在酒，在乎山水之乐呀。

梅福庵旁边是名气颇大的磐陀石。乍一见到此石，有一种似曾相识的感觉，到底在哪里见过，又说不上来。这块巨石确有独到之处，上面的巨石似乎倒立在下面的巨石之上，它上下大，中间小，如同两个顶尖对立的陀螺，彼此似接非接、似粘非粘、如胶似漆、若即若离，据说它们中间是有缝隙的，拉紧的细绳能够横扫过去，看来真是两块石头浑然天成的产物了。虽经千百年的风吹雨打，日月剥蚀，仍然安如磐石，稳如泰山，令人啧啧称奇。领略这块千古奇观磐陀石，使人浮想联翩，在佛的国界里，实在不能以凡人的眼光来看问题，佛可变不能为可能，化稀奇为普通，这不是因为佛能超越自然，而是因为人的思想认识存在局限性的缘故。

从梅福院出来走不太远，就到了第一大寺普济寺。相传这里是观音修炼成佛的地方。普济寺地处半山腰，周围青松凝碧，万花吐丹，鸟语啁啾，环境幽静，漫步其中，确有踏入仙源之感。在参天古木的遮掩下，庞大的庙宇群如天上云雾缥缈中的宫阙一般隐隐约约，遮遮掩掩，展露诱人之魅力。寺前整齐摆放着四个大水池，称为放生池，池水为纯正的山泉汇集所致，清澈明净，潜翠霏三面，晴波漾一湾。池中一簇簇莲叶上，数朵荷花临风照水，艳艳盛开，萍浮添嫩绿，花发浣新红，既显示出佛门清净无为的独特品质，又体现了佛家慈悲为怀、普度众生的神圣宗旨，叫人回味无穷。

放生池上筑了三座石桥，古朴典雅，纤巧空灵，如苍虹卧波，云横道盘，令人心旷神怡。一位当地人介绍说：第一座桥叫长寿桥，第二座叫平安桥，第三座叫逍遥桥，这不正是众人苦苦追求的理想境界吗？既然在桥上走一遭就能实现这些理想，那又何乐而不为呢？

来到普济寺门前，大门紧闭，身边的一位同行者解释说："普济寺的正门很少开，只因当年乾隆皇帝微服到此，想从正门进寺去，被住持拒绝，于是怀恨在心，特别降旨永闭此门，才带来今天的不便。"从这个中国五千年历史上最腐朽最没落朝代的皇帝身上体现出了霸道、无知的人性特点。我们只好从边门进入寺院，但见中轴线上庙貌巍巍、殿宇辉煌，排列着许多古老的建筑，正中间是雄浑壮观的大圆通宝殿，它庑殿歇山式盖顶，斗拱飞翘，一对雄狮傲立于底座石鼓之上，彩绘的梁柱上刻着丹凤朝阳、二龙戏珠、群鹤闹莲、天马行空等祥禽瑞兽，在森森松柏掩映下，大殿显得气势威严、峻极辉煌。大殿里供奉着几十尊栩栩如生的菩萨，正中间的观世音菩萨端坐于八角形束腰莲花座上，身材微丰，披通肩大衣，衣纹流畅，形象逼真动人。两壁上塑造的菩萨更是千姿百态，惟妙惟肖，充满了浓郁的生活气息，令人感到亲切而不神秘。导游介绍说，这些塑像都是观音，是观音在不同情况下的化身，意味着观音能适应不同的场合，称为"应身"。对待真善美她以慈爱的形象显身，对待假恶丑她用威严的面目出现，这些"应身"将观世音的"神通广大"和"无边法力"展示得清清楚楚、分毫不差。

出了普济寺，沿着古树垂荫的山径进入了紫竹林。首先映入眼帘的是绿油油的竹叶与紫微微的竹干浑然天成的林海，在夕阳的余晖里疏影婆娑、婀娜多姿，任凭风吹雨打、霜雪侵骨，依然蔚秀挺拔、宁折不弯，以自己飘逸的身姿、高雅的情怀，扎根于山石的缝隙中，日日夜夜守护着这方圣洁的宝地。虽然在外观上看起来她是那么的纤柔娇弱、玉质娉婷，似乎经不住一丝风、一阵雨，但在狂风暴雨面前，在寒流入侵之时，她风韵不减，四时常新，因为她有着铮铮铁骨、凌云志向。相传，当年日本僧侣从佛源圣地五台山请观世音到普陀山，准备带回日本去，安静慈祥的观世音发出了撼天动地的怒吼，这吼声震荡环宇，使大海狂飙、苍天变色，莲花洋的花瓣坚硬如铁，阻遏了渡船的去路。

借着落日的余晖，在一片开阔的视野中，一尊高大壮丽、气势威严，通体闪耀着金光的观音佛像呈现在面前。她置身天地之间，立足山水之上，面对峻极的山峰、辽阔的海域、如蚁的人群、浩瀚的苍穹，静观浊浪起处野马排云，狂风袭来飞沙扑面，这巨人挺直了腰身，敞开了胸怀，体味着上苍无边无际的壮阔，感受着人间无穷无尽的滋味，她终于修成了正果。人们在她身上看到了柔美、慈善、俊秀、沉稳，也看到了豪爽、刚毅、敏锐和坚强，她是那样博大高深，无私无畏。我默默地站在她的脚下，感到自己是那么的贫乏和渺小，于是我闭上双眼，打开胸襟，呼吸着莲花洋中飘来的诱人海香，聆听着震耳欲聋的涛声，进入了物我两忘的神秘境界。我感到自己的躯体在迅速扩张，须臾间便脚抵黄沙，顶接流云，与巨大的观音重合在一起，与天地连成了一片。生活中的点点滴滴，从脑海中飒飒掠过，这些充盈着酸甜苦辣的生命历程，有的辉煌灿烂，有的哀婉神伤，有的催人奋进，有的叫人迷茫。突然，脑际里金光一闪，随之一曲美妙绝伦的天籁之音从遥远的宇宙太空悠悠传来，刹那间，我感受到了一种圣洁无比的灵气，如奔流不息的海水涌入了我的体内，它荡去了悠悠岁月积下的沉淀，还原了大千世界的清纯本质，唤醒了四隅八方的自然生态，揭示了佛理永恒的深刻奥秘。此刻的我，心出奇的宁静，好像过去的岁月不曾拥有过，任何往事都不曾发生过一样。

当我们快要离开普陀山的时候，抬眼再次看着佛像，我真有些恋恋不舍。啊！神秘的东海观音，你的音容笑貌定格在了我的心里，我会把你永久长记。

古来塞北说甘肃

"雁来雁去空塞北，花开花落自江南。""江南有桂枝，塞北无萱草。"

塞北，在古代，指长城以北，亦泛指我国北方地区。现代塞北大概指的是今山西西北部，内蒙古大部，宁夏、甘肃、陕西等部分地区。但是真正意义上的塞北非甘肃莫属，古之关山，在今天甘肃天水张家川回族自治县。关山是历史上有名的难越之山，是汉唐等朝代西出长安的必经之地，古人到此，多有哀叹，王维《陇头吟》："陇头明月迥临关，陇上行人夜吹笛。"杜甫叹："满目悲生事，因人作远游。迟回度陇怯，浩荡及关愁。水落鱼龙夜，山空鸟鼠秋。……"自周秦至汉唐直至明代海运未开通以前，在长达两千多年的历史岁月中，关陇古道一直是我国连接亚欧的重要通道。

关山既是一座历史名山，更是一座文化名山。俗语说，山因人增色，人因山传名。中国最伟大的边塞诗人岑参过关山有"上马带吴钩，翩翩度陇头"的潇洒，唐代最负盛名的李太白有"肠断非关陇头水，泪下不为雍门琴"，诗魔白居易感叹"峡猿亦何意，陇水复何情。为入愁人耳，皆为肠断声"，文人陆游有"陇头十月天雨霜，壮士夜挽绿沉枪"的寄托豪情，陈子龙有"陇坂迢遥天咫尺，陇树微茫映沙石"的描述，初唐才子王勃有"关山难越，谁悲失路之人"的意境。无数的诗情画意交织，无不诉说着甘肃塞北关山的沧桑与雄浑。

相比江南妩媚袅娜的舞姿与娓娓歌声，塞北似乎相形见绌，显得苍白，成了让现代"时尚"人数落的弃儿。殊不知，塞北是有着历史印记的沧桑的老者。他执着，他大气，他谦虚，他有内涵。"笑语江南客，无声塞北人"，这副对联不光描写了江南人的健谈、乐观，也衬托出了塞北人的内敛与憨厚。但当人们穿梭在物欲横流的繁华都市，身在霓虹闪烁、花天酒地中，心情却被寂寞孤独占据吞噬着，想要痛快地逃离，却苦苦找不到出口；住进了繁华，习惯不了孤独，心在浮躁地飘荡，偶尔想学行者远去西藏壮游洗涤心灵，归之，依然孤独。实心态被金钱束缚耳。领悟不到另一种孤独凄凉的美，那就是塞北的荒芜粗犷的大气与雄浑。

融入大自然，不是心情，而是人生观。"行到水穷处，坐看云起时"，"采菊东篱下，悠然现南山"。此时"江左沉酣求名者，岂识浊醪妙理"？走进大自然，就会走出平凡的生活，才能理解平凡的世界就是最美丽的世界。这个路遥在《平凡的世界》中有讲，我便不再赘述。"大漠孤烟直，长河落日圆。""千里黄云白日曛，北风吹雁雪纷纷。"这种孤独的美，恰似雁去留声，人去楼空，陡然让人生出诸多感慨。也只能冰心托与玉壶矣！恰如我无知的落寞，蓦然回首，那种落寞成了我释然的理由。神奇的塞外飞驼、大漠神鹰、留云白驼山，只若隐若现地出现在我的脑海中，戚戚微微。随着岁月恣意流逝，任它残影依稀。

每当聆听费玉清那首令人魂牵梦萦的《梦驼铃》，委婉诗意饱满的天籁之音，总把我们带到很远很远的地方，反正云里雾里的，我很喜欢这种感觉。我说犹如天籁，盖追庄子《齐物论》之述也。

　　大自然给了我们太多的风景，只是我们走得太匆匆，没有来得及驻足观望而已。人世间给了我们太多快乐的理由，只是我们庸人自扰，没有体会人生本来就是酸甜苦辣咸。计较的太多，失去的就越多。气量有大小，境界有高低。道法自然，上善若水，理解、实践，知行合一。"上善若水，水利万物而不争；天行健，君子以厚德载物。"我敢说只要我们做到万分之一，我们就会过得快乐。好多人没有理解透彻，何来实践？所以说，文明始于心，美德践于行矣。

　　塞北的美，是一种高风的美、雄浑的美，是豪放的美，是古典的美，是诗意朦胧的美，我赞美她，我欣赏她，感恩于她，欣赏塞北的美，需要高度的审美情趣。"云黄知塞近，草白见边秋。"边塞诗人岑参有"北风卷地百草折，胡天八月即飞雪"，范仲淹曾经戍守甘肃宁夏一带，留下了"塞下秋来风景异，衡阳雁去无留意"的千古名句，我们不难发现，塞北的美，是秋冬的美，是大地苍凉的美，是黄云渲染的壮阔浩大之美，明朗之美。

　　"春风不度玉门关""不破楼兰终不还""醉卧沙场君莫笑""西出阳关无故人""收取关山五十州""残星几点雁横塞"，这些千遍万遍的唐诗宋词诉说着历史的沧桑，诉说着美丽的塞北，述说着多情的甘肃。来到甘肃，对塞北有着不可割舍的情愫，塞北风情在这里氤氲馥郁，而不是抹不去不起眼的苦楚。因为不起眼的沙漠中，有莫高窟的惊艳，有鸣沙山月牙泉的绝伦。在干涸的记忆中黄河依旧在陇原大地奔腾，在文化瓶颈中就近有伏羲女娲咫尺鼓励。只一窟一河一始祖，何尝没有自豪的理由？

　　许嵩在《断桥残雪》中唱道："江南夜色下的小桥屋檐，

读不懂塞北的荒野。"小桥不懂可以原谅，但是人们不可仿效矣。

自从王昭君出塞，琵琶千载曲中论。江南美，美就美在江南水。塞北雄，雄就雄在塞北云。塞北云，塞北秋，塞北雁，塞北草……是悲秋，不是悲伤；是凉州，但不凄凉。心境到达时，处处即是美景。让心灵去旅行，踏上征程。

既然选择了远方，便只顾风雨兼程。习惯了孤独，便不再害怕繁华。

西藏，祖国最唯美的瑶台

西藏，祖国最唯美的瑶台，她从远方来，素若西方神女，氤氲着璀璨悠久的文明。

当尘世不再寂寞，当往事不堪回眸，当繁华伪装着世态炎凉，她静若处子，默守原本不该的寂寥。

岁月长河，淘尽千古流沙，原野古松，愁舞枝杪，摇曳着天然的浪漫。

雅鲁藏布江水蜿蜒盘旋，静静地流淌着她的挚爱，远远望去，那碧绿的束装宛如西方神女的彩带，飘扬着无尽的幸福。

如果说，信仰是最真实的虔诚，如果说，一切努力只为来世，那么为何布达拉宫的圣洁只为贫困而颐养修心？

多少年过去了，有谁还记起，那一段不老的传说！

"世间安得双全法，不负如来不负卿。"

为了与你见上一面，一切都可以放弃。

西藏美，美得闭月羞花，美得沉鱼落雁。

当朗朗的寂夜静静地倾诉她的无助，当柔柔的月光轻轻触动爱的指间，你是否会发现，原来"野旷天低树，江清月近人"是这样的无奈。

原来，诗人的灵感是错觉与定力的和谐，而不是人间的吟唱。

游拉萨，读西藏，看博大的情怀，赏如来的神秘，欲淫山川之美景，享绝音之巨献，乘风欲览，旷古悠长。

乘上去阿里的班机，西藏的美景才能尽收眼底，你的行程才刚刚开始。

像博览红尘之神鹰，静脱凡俗。

羊卓雍措的魅力，美得让人屏住呼吸；蓝色覆盖的圣湖，清澈而透明，洋溢着千湖之湖不老的传说。

都说西湖美，西湖浪漫，而羊卓雍措的优雅却不被俗人所知，她岛岛相连，湖湖相依，宛若沉睡中的女子。当柔和的晨曦初照，湖水倒映着雪山，像是一块被大自然对折的玉屏，你分不清孰真孰假，只因你已沉醉其中，而不屑顾及。为此，人人皆说，她是人间仙境，是圣洁与纯真的融合。

不经意间，视线悄悄进入日喀则，低头看见历史流过的沧桑，洗也洗不掉她的豁达，山势蜿蜒盘旋，低迷而不张扬，扎什伦布寺镶嵌其里，两条清流蜿蜒而去，静静流逝，流着眼泪，流着历史，流着生生不息的传说。

远远望去，喜马拉雅山脉壮美巍峨，横在眼前，汹涌澎湃的流云飞流直下，横挂在珠穆朗玛峰的腰间，像一个巨人蹚过天河，脚下还时不时盘几个云窝，雄浑而不骄恣。

可是，那是天河吗？不，那是潮流，是春风，任何力量都阻挡不了她的前进。

有人说，站在巨人的肩膀看世界，一切皆斐然，从青天看凡尘，从苍穹望大地，才发现，原来世界竟然这么小，我们也只是其中的一颗沙粒，不为谁生，不为谁存。

地球缓缓转动，透过云霄，能清晰地看见她的轮廓，像一轮脱水而出的珍珠，系着薄薄的云裳，笼罩着你的贪婪。

过了日喀则，飞机飞到阿里，从上往下看，白茫茫一片，连绵不断的雪山紧锣密鼓地排列着，像是沉睡中的美女在挺着她们坚实的胸膛。

雪山谷底，陈列着块块湖泊，湖面布满了丝丝纹路，远远望去，像是一块块碧绿的翡翠，静静地排列着，守护着她的珍贵。

湖边清晰看见流水淌过的蛛迹，密密麻麻错乱交织，像一条条鲜活的静脉，在跳动着生命的律章。

有谁还记得，西藏解放前夕，先遣连就从这里入藏，解放了阿里上万农奴，鲜美的雪莲花由此伴着五星红旗，格外亮丽。从此，英雄的遗容就地长眠。

阿里，世界屋脊的屋脊，由于缺氧，踏入这里，你不得不重新练习走路，她会告诉你，人的一生总有许多开始。

踏入阿里，你会倾听这里古老的传说，当象雄王国的鼎盛还被老人们常常忆起，历史的车轮已碾过千年的沧桑。

不容错过，冈仁波齐巍峨屹立眼前，银白色的"金字塔"散发缕缕佛光，足以震撼千古灵魂，这就是神山。

一切文明从这里流出，生生不息，历历在目。

古格王朝的遗容，不得不停住匆忙的跫音，似乎古象雄的神话还在耳边喃喃细语不曾消散。

追踪佛法至如来，穷溯河源到雪山。

当年玄奘大师西天取经曾经流连忘返，给这个美丽的玛旁雍措取名为西方瑶池。

红楼梦里还泪女，诉尽多少殇，孔雀河岸边的绛珠草依然青翠欲滴。

走到岸河边，取一瓢弱水，痛饮前尘。

坐忘庭前事，饱览西藏美，休谈前世今生。

神秘的秦始皇陵

　　穿越历史的尘埃，定格在两千多年前，十三岁的他继承王位，并开始为自己修建陵墓。十年统一天下，平定六国。修长城、挖灵渠、盖阿房宫、建骊山陵、残忍的焚书坑儒、壮观的兵马俑，这个被称作"千古一帝"的人，留给人们太多的震撼与谜团。

　　这个毕生都在寻找灵丹妙药、追求长生不老的皇帝，死前既没有立皇后，也没有立太子，他是不愿相信也不想承认自己会死去的，但就是这个信奉长生不老的人，却为自己修建了前无古人后无来者的豪华的陵墓——秦始皇陵。

　　秦始皇陵建造了近四十年，直至秦始皇去世时仍未建成竣工，他的儿子秦二世又建了一年多才算完工。秦王朝及秦始皇的历史，并没有全部记录在史书里，关于秦陵的记载不详，更显扑朔迷离。有许多事实深藏在神秘的秦陵地宫里，等待人们去探寻。

　　记得看过一段新闻，中国首次将考古工作纳入国家863计划的秦始皇陵地宫探测技术课题于2002年下旬正式展开。谜底揭开之时指日可待，但这之前更多的，是各种各样的猜想。

　　史书记载："秦始皇陵地宫以水银为百川、江河、大海。"记得电影《神话》中猜想秦始皇陵利用水银、陨石等营造出一个无重力的世界。实地探测秦始皇陵地区土壤中汞含量异常，地宫里究竟是什么样的景致，十分期待。

司马迁记："奇器珍怪徙藏满之"。刘向记："自古至今，葬未有如始皇者也"。那么，秦陵地宫中究竟珍藏了多少珍宝呢？地宫外侧曾出土了大型彩绘铜车马、百戏俑等精美的随葬品，那么地宫内随葬品之丰富、精致也就可想而知了。

《史记》记载，秦陵地宫"令匠作机弩矢，有所穿进者辄射之"，指秦陵地宫中安装着一套自动发射的暗弩。经科学检测，秦俑的青铜兵器表面有一层含铬化合物的氧化层，起着良好的防锈作用。据说，20世纪30年代，西方国家才出现这项防锈技术的专利。由此证明，秦陵地宫里设置的"弓弩"历经千年依然会发射伤人，万一盗墓者闯入，必将死于非命。

秦朝，这个短暂而辉煌的王朝，嬴政，这个功过难定的帝王，均以其独特的魅力，吸引着后代人不懈地探索。

第六辑

随手笔录

在高中读书的时候，有写豆腐块文章的习惯，类似于杂文日记，当时每天都会坚持去写几百字，不只是流水账，而是在流水账里添加一些有意义的内容。那时不管是刮风下雨，还是熬夜加班，都未曾间断过，好像刮风下雨跟躲在房间里写文章没有关系，当时还信誓旦旦地说会坚持很久很久，可只坚持了三个月而已。

　　为什么没有继续写下去？第一因为写作需要大量的材料，而我当时知识有限，把十几年来的所见所闻都给掏空了，再写也就那点屁事了。第二还是因为懒，因为如果真的喜欢写作的话，甭管有多困难，肯定会想尽一切办法去学习知识，去接触新鲜事物，从而使自己可以不为写作的材料而发愁。现在为什么又决定开始重新写作了呢？因为现在身边的很多朋友不理解我了，觉得我变了。说实话我确实变了，所以我想通过去写一些文字来讲述我的经历和变化，还有就是想给自己找点事做，因为人一闲就会容易得病，一得病就会容易堕落。不知道这次我会坚持到什么时候，很多人都会说万事开头难，只要开始做了，那么最困难的部分已经解决了，可其实等你开头了之后，才发现继续坚持下来会更难。不过福祸相依，因为更难，所以坚持下来的才能有所收获！

　　那时候写的文章，都会反反复复地修改好几次，尽量避免出现错别字，尽量语言通顺，虽然没有华丽的词句，但是通俗易懂，比起一些不能理解的华丽词句和一些通俗易懂的简单句子，你会选哪个？所以说有时候能做到极致的简单反而是不简单的！那时候写是这样，现在写也会是这样，因为自己写的文章就像是自己孕育的一个小生命，可能你觉得说是小生命有些言重或是有些可笑了，那是因为你没有去写，就算你去写了，也是因为你没有认真去写。说真的，每天认真地去写每一篇短文，真是这样的感觉。也可以说每一天的每一篇文章都是自己用亿万个脑细胞换来的杰作，所以说它们是小生命真的是一点都不过分。

　　子在川上曰：逝者如斯夫。我们无法决定生命的长度，但我们可以把握生命的厚度。人生最大的精彩莫过于：在有限的生命时光里，用正确的方法做正确的事。

歌颂您，伟大的党
——写在建党一百周年

　　时光飞逝，岁月如梭，弹指一挥间，我们伟大的中国共产党迎来一百周年华诞。此时此刻，仰望着鲜红的党旗，勾起了我对中国历史的回忆，激起了我的万缕情思。

　　回眸历史，从嘉兴南湖的烟雨迷蒙到南昌夜空的起义枪响，从遵义会议的力挽狂澜到延安窑洞的运筹帷幄，从新中国成立的举国欢庆到改革开放的春雷滚滚，无处不闪耀着您响亮的名字——中国共产党！

　　从浴血奋战的抗日战场到抢险救灾的战斗前线，从抗美援朝的保家卫国到和平统一的逐步实现，从社会主义坚定信念到小康社会目标的实现，无处不闪耀着您光辉的身影——中国共产党！

　　正是您，伟大的中国共产党，挑起了拯救中华民族于水深火热的重任，没有共产党就没有新中国，这是千真万确的真理。

　　一百年风雨兼程，您气吞山河，让中国这个五千年文明国度，重新挺起了不屈的脊梁；一百年寒来暑往，您指点江山，让中国这条沉睡百年的东方巨龙，昂首屹立在世界民族之林。您就像燎原的星火，在平凡中演绎神奇，在奋进中创造奇迹：

改革开放普惠民生，"一国两制"港澳回归；北京奥运成功举办，上海世博享誉世界；神舟飞船载人上天，"嫦娥奔月"梦想成真，蛟龙下海走向世界；"一带一路"建设彰显中国经济科技实力，让中国复兴的丝绸之路惠及全球贸易；改革浪潮风起云涌，结构调整取得明显成效，作风建设激浊扬清，立规执纪从严治党，"两学一做"学习教育，强调提高党性，激发信仰力量，为各项事业发展提供了强大支撑；深化改革惠及民生，农业生产连年丰收，科技领域硕果累累，人民生活水平不断提高，新农村建设如火如荼，脱贫攻坚建成小康，"十四五"宏图大展……精彩还在延续，感动无处不在。

一百年峥嵘岁月，一百年光辉历程。党啊，我亲爱的妈妈！今天，十四亿华夏儿女共同迎来您的又一华诞。一百年，是您带领我们历尽风险夺取胜利；一百年，是您带领我们艰苦奋斗，建设家园奔向小康。一百年，中华民族振兴彪炳千秋。万语千言，我们要把心中的颂歌献给您——伟大的中国共产党！

今天，作为您的强大队伍中的一员，仰望着鲜红的党旗，我们宣誓：与时俱进，团结拼搏，在建设现代化国家的新征程上奋斗终生！

读书向未来

我出生在农村，读完高中是 1974 年夏天。由于国家一律不准应届高中毕业生参加高考，我只能回乡务农，成了一名回乡知识青年。

回乡知青也有用武之地。我毕业回乡，是村里唯一有高中文化水平的人，1975 年春，就当上了生产大队党支部书记。

高中毕业的农村青年，大多数回乡后结婚成家。我们一起读过高中的女同学，有的嫁给军人、干部，有的嫁给工人，有的嫁给当地农民。那个时候上高中读书的男女青年并不多，读过书的男孩子，待在乡下，择偶没有很大的选择权，只要女方爱劳动、身体好、有一点姿色就可以，有没有文化无关紧要。

而我一直在为自己的未来思考着。

1977 年全国恢复高考，我的几个高中同学中有的考上了中专，有的考上了大学。而我也参加考试了，但由于考试成绩不及格，与大学梦失之交臂。

1978 年我又参加第二届高考，在一个文科考场。我和另一个女同学同在一个考场。那一次考试，我们都没考好。高中毕业四年的我，学的知识忘记了许多，自己觉得自己不是一个天才，只能安心农村，加强自学，认真把村里的事办好。

1981 年正月初八，新庙学校教办主任张昀突然来到我家。

那天我正好在家陪人喝酒。张主任入座后，就直截了当对我说：永智，上学期，一个带数学课的老师被学生打了，不能上班，现在马上就要开学了，想请你带一个学期的初中数学课好不好？我当时根本不敢答应这个差事。因为在村里工作几年，高中阶段那点基础知识基本忘光了，一旦给人家教不好，不是误人子弟吗？张主任走后，我暗自下了决心，要想考上大学，通过学校这个教书机会，不是可以静下心来复习吗？又过了半个月，张主任捎话问我行不行，我就答应了。从此当上一名临时代课教师，这也是我走上工作岗位的最重要的一次机遇。

如今二十二年过去了，我的老家变化很大。包头到府谷的一级公路从门前通过，我们村成了旗级经济开发区，全村的土地和房屋都被煤矿开采征用了，村民们搬进了由煤矿开发商投资兴建的移民住宅小区。有的村民为了孩子上学方便，选择了在城里买移民商品房，成为城市居民。学习好的青年飞向四面八方，有在北京安家的，有在深圳安家的，有在呼市安家的，有在东胜安家的，有在包头安家的，还有去国外定居的，可见，我们村的孩子大有出息！

一代人一个机遇。我虽然出生在50年代，家里穷也让我上学读书，改变了我一生的命运。改革开放后，确实是国家给年青一代带来了福音，进入21世纪，村里人家的孩子都上了高中、中专、大学，没有读不起书的，这就是现代农民切身感受到的最大变化！

乡下老百姓都知道，要儿女们走出家乡，或者改变落后的家乡面貌，就要从娃娃教育抓起，通过读书改变自己的命运，走进繁华的都市，走向新的生活。

回乡知青断想

人的有些经历和岁月，是不以人的意志为转移的，你想或不想，它们都在那地方守候并等着你，我的回乡知青经历就是如此。

有文章形象地描述知青运动说，如果"文革"是条藤，它就是这藤上结的瓜之一。我不想说知青，我只想说说我自己——一个当年的回乡知青。

同光彩夺目的一大批上山下乡知青相比，我们这些回乡知青，那时的真实感受是一穷二白。尽管他们也是两腿泥，他们也是在修理地球，但相形之下，好处总是向他们这些天之骄子倾斜，他们有组织管，有群体优势，尽管他们也受了许多苦，有许多不公平。当然我们也有天时地利人和的优势，我们更有扎根农村一辈子的诸多铁定的理由。

"上山下乡"四个字有多荣耀，恐怕只有回乡的知青才能体会到。如果真的事关公平，谁能有离开农村的机会和运气，这个标准的执行细则是怎么样的，很难不引起人们的猜想。中央有中央的规定，各级政府有各级政府的规定。可事实是，当下乡知青们浩浩荡荡地开始回城的时候，我们却只能在边上看着他们，当他们一一上班以后，我们却不得不为自己的前途担心。那些祖祖辈辈耕种的土地，成了我们安全的天然屏障，护佑着我对土地的忠诚。理论上说，我们是生于斯长于斯的农家子弟，你能不时时懂得感恩土地？在那些"扎根农村一辈子"的口号后面，还跟着一大堆口号和论述，所有那些口号和论述的调门都很相似。多么闪光的理论和考验，这时候来自偏远贫困家庭的农村回乡知青，再一次懂得什么是负资源，他们的父母无力出手相助，就只有知天命，安于土地。

现在看来，我们同命运的抗争，尽管付出了许多，最主要当然得感谢党和国家改革开放的大政方针。尽管看着那些离开农村回到城里的知青的背影，我会悄悄地流泪，但能感觉到个体的脆弱和现实的无奈与坚硬。把人分成城市人和乡下人，也许才是中国社会一直以来最大的不公平的源头。农民不能自由迁徙，生在那片土地上就必须世代在那儿做农民。比这个更形象也更为严重的是，当时如果你说话写字不合拍，就有可能成了挨整对象，受到的最严厉的处罚就是剥夺你城市人的资格，下放农村劳动……

农村，成了下等人的生活之地。

我用手攥紧了我的锄头和镰刀，用脚踏实地踩着被城里人看得若有若无的大地，坚持面朝黄土背朝天，日出而作日落而息的生活。自己仿佛田野里的空气。夜里，则在狗吠和蚊虫的陪伴声中进入梦乡。我仿佛在梦中感觉到我离开了农村的土地，拿起了笔，在浩若太空、经久不息的城市里作息。可当我从美梦中醒来时，我依然睡在土地上，看满天的星星，此时此刻我便想起小时候大人们告诉过我的话语，不要企图去想象和奢望土地以外的庄稼和大米，你不要欺骗土地，否则土地将会让你饿肚皮……

我一直弄不明白，农村为什么会有那么多不足，农村为什么有那么多落后和贫困……那么多年，那么多勤劳纯朴的农民，世世代代，为什么就治不了自己的这个落后贫困的病，难道这是种宿命？

每每此时，扪心而问，即使今天，我也会身不由己地想起我那段回乡知青的苦涩生活和蹉跎岁月，会想起我那些在世和不在世的农民伙伴。我想，我的根始终还在那里，在那些早已经被污染了表层的黄沙土地的深处……

乡村的日子（外三章）

土坯、椽檩建造的土屋的炊烟拉开了一天的序幕。

雄鸡的高歌让乡村多了一些生活色彩。锄头伴着汗水，把农民的希望种下。

日子就像头顶上的云彩，飘过来无声，飘过去无息。

钟表的嘀嗒声，把墙上的日历牌一张张地撕下。水井的辘轳，把太阳从东边的山顶摇到西边的山后。

乡村的日子在播种时、在除草时、在收割时。

乡村的日子在雨水的期盼中，在雨水的欢乐中，在天气的风调雨顺中。

农家的耕牛

农家的汉子牵出那头耕牛，结束了冬闲的美梦。

一副犁杖唤醒了沉睡的土地。春的声音瞬间传遍了大地。

耕牛的蹄掌下长出了嫩绿的小草，开出了鲜艳的小花。耕牛让荒乱的土地有了条理。

牛就是牛，它拉着犁不停地走，却不说一声累，喊累的却是跟在后面扶着犁杖的人。

牛就是牛，它顶着烈日耕作，却从不说一声热，戴着草帽还喊热的是被牛牵着走的人。

一辆水车在乡间小路上唱着山歌，水箱里的水在颠簸中不时地溢出，拉车的牛的汗水也不时地滴在地上。

耕牛拉回了一车又一车秋的收获，而它吃下的仍旧是那淡然无味的草。

田间的青蛙

即使找不到妈妈，也长成了妈妈的模样。即使没有妈妈的教导，也知道自己神圣的职责。

娱乐场的欢乐它不留恋，游泳馆的温床它不喜爱。池塘是它临时的住所，田间是它坚守的岗位。

跳跃间，消灭了一个又一个敌人，也与庄稼结成了要好的朋友。劳累了一天，也会呱呱地互诉衷肠，互道平安。

吃掉了害虫，保护了庄稼，面对张张笑脸，声声感谢，却从不居功自傲。池塘边、田地间，仍在不知疲倦地跳跃着。

秋收时节，也会高兴地向沉甸甸的谷穗祝福，向黄澄澄的玉米告别。

农民的笑脸

深深的皱纹刻写着沧桑的年轮。厚厚的老茧磨炼不屈的性格。

门前那片越冬的葱长出了绿芽，房后那棵老榆树绽放了芽蕾。无限的田野培育着无尽的希望，深邃的目光规划着从播种到秋收的构想。

农民的笑脸是破土的嫩芽，是绿油油的秧苗，是金黄色的果实。绽开的皱纹是满心的欢愉，是希望的花朵，是收获的喜悦。

一穗穗金黄的谷穗，堆满了秋收的打谷场，一颗颗紫色的土豆，珍珠般地镶嵌在那间低矮的宅院。

这时的农民才能长长地出一口气，才能坐在热炕头上喝上一杯二锅头。

家乡的绿色变迁

　　1974 年，我高中毕业了，看着村里的年轻人还都在务农，而家乡却依然落后，我心想：赶紧走，到遍地是黄金的沿海去，据说在那里，不少人都赚到了大钱。

　　然而，就在要离家的前夜，村支书王老汉穿着山羊皮袄来到了我家，他说："永智，我老了，看着咱们村子还是这样贫穷落后，实在于心不忍。为什么我们村不发展？说到底一是没钱二是没有人才。没钱我们不能怪别人，要自己想办法，但是没有人来掌管这个摊子是关键。咱们村马上要换届了，我想推荐你来担当村支书这个重任，希望在你的带领下，把咱们村发展得更好些。"

　　村支书的一席话让我最终打消了去外地淘金的念头。是啊，中国人讲究落叶归根，在外打一辈子工，最后还是得回到家乡，如此，何不把自己的家乡建设得更好一些？何况，农业学大寨的热潮中也有不少年轻"村官"干出了成绩，我为何不好好利用自己所学的知识为家乡做点贡献呢？

　　时隔不久，村里就开始了换届工作。在老支书的力荐之下，我成功当选新一届的村支书。在就职演讲时，我简单分析了我们村落后和人才凋零的原因，然后拿出具体解决方案，并郑重承诺，用三到五年时间，让旱田变水田，让荒山变绿洲，让村民收入翻一番，让老有所依……我的演讲获得了大家的赞同和支持。

当"村官"，不能光说不练，实践时的艰辛和演讲时的慷慨激昂根本就不是一回事。上任伊始，我走访了全村每家每户，说服村民因地制宜发展种养殖业，在自家林地种植桃树、杏树等经济林木。为了弥补这些果树挂果期较长这一缺陷，我和村委会班子成员发动村民在林果树下套种西瓜、香瓜、葡萄等可在短期内有收效的藤类瓜果，确保每个季节都有收入。

最初的两年，村民的收入并不可观，到了第三年，当初种下的果树开始挂果了，情况有了明显好转，特别是第四年之后，村民喜获丰收。因为水果品质和卖相不错，因而深受城里人青睐，每到陶亥召、准格尔召庙会的时候，半个月时间就把全村的水果销售一空。

70年代，我们村的植被覆盖率不到百分之十，地貌以沙丘沙梁为主；每年春天，大概有九十多天看不到天空的颜色，沙尘暴笼罩着整个乡村。有一年与我一同步行到伊旗的一个下乡干部跟我调侃说："你们这里才是'人间仙境'。"作为土生土长的本地人，我只能无奈地摇摇头。

这样的日子，我们的父辈在这里过了几十年，村里人终于意识到不能再让风沙肆虐下去，要通过植树造林改善自然环境，建造适宜生活的优美家园。

于是我带领大家开始了绿化美化，植被覆盖率提高了百分之三十左右。生态环境好了，人们的生活水平也相对提高很多，在我离任村支书时，人均年收入从此前的七十多元提高到一百六十元以上。

转眼几十年过去了，回首当"村官"的四年时间，我们村的变化真大，而我也多次被旗乡两级党委评为优秀村党支部书记。这几年，撤乡并镇的战略规划为提升公民素质和经济社会全面发展打下了基础，旗里出台了一系列行动计划。我相信，在全旗大力推进城乡环境综合整治的形势下，我们村的生态环境会更好，我们的城乡一定会成为安居的乐园。

化作春泥更护花

  九月金秋，一年一度的教师节就要到了，中国有着尊师重教的优良传统。每年这个季节，人们总是将最感激的语言、最美丽的文字献给教师。教师，用人类最崇高的感情——爱，播种春天，播种理想，播种力量……用语言播种，用粉笔耕耘，用汗水浇灌，用心血滋润，这就是我们敬爱的教师们崇高的劳动。教师给我们一杆生活的尺，让我们自己天天去丈量；教师给我们一面模范行为的镜子，让我们处处有学习的榜样。教师工作在今朝，却建设着祖国的未来；教师教学在课堂，成就却在中国的四面八方。

  有人把教师比作园丁，有人把教师比作春蚕，有人则将教师比作蜡炬。用"春蚕到死丝方尽，蜡炬成灰泪始干"的诗句来赞美教师，说教师燃烧了自己，照亮了别人，无私奉献，即使最后化作春泥也更护花，但让人有些伤感。

  我认为教师是人类灵魂的工程师更确切。十年树木，百年树人，一个孩子，从懵懂无知到成为可用之材，教师的奉献居功至伟，老师不仅教与我们知识，而且告诉我们怎样做人。我们所有的诸如诚实、善良、勤奋、爱心、奉献等良好的品性，多是老师传授的。而我们已沾染的说谎、偷懒、自私等不好的品性，老师都帮我们一一克服掉。教师的教育和爱，比父爱更严峻，比母爱更细腻，比友爱更纯洁。教师的教育如严父，一丝不苟，教育我们不得纵容自己；教师似慈母，春风化雨，让我们在不知不觉中茁壮成长。看中国遍地怒放的鲜花，哪一朵上没有您的心血，哪一朵上没有您的笑影！

教育教学和弘扬师德是中国社会文明发展的根本，教师是实现强国梦的脊梁。国家要富强，民族要昌盛，就要为教师大唱颂歌，弘扬师德。在教师节来临之际，假如我是诗人，我将以满腔的热情写下诗篇，把老师比作大海，赞美知识和文明之海的辽阔和深远，并把它献给您——胸怀博大、知识精深的老师。

我的老师薛尚斌

　　有的人把老师比喻成灯塔，把学生比喻成航船。随着年龄的增长，我觉得这个比喻很恰当。我们就如航船，在生活的海洋上，当狂风恶浪袭来时，灯塔会给我们指引前进的方向。

　　转眼间，离开伊盟师范学校已经二十多年了，总是想起在校时的班主任老师薛尚斌，总是觉得自己还在上师范，薛老师仍然在讲台上给我们声若洪钟地讲课。

　　记得那时候薛老师四十多岁。他身体瘦弱，半头白发，戴一副近视镜。他是"文革"前的大学生，给我们讲物理课。他经常穿一件灰色的中山装，看上去沉稳，很有精神。我们透过教室的玻璃窗，看到他左腋挟着课本走了过来，顿时停止了喧闹，开始预习新的章节。他伴着悠扬的电铃声走进了教室。他总是那么准时，脚步好像是钟表上的指针。

　　他走上讲台，转身在黑板上迅速写了课题，然后目光横扫整个教室。由于班上学生坐得满满的，而且开学时间不长，他不能记住每个同学的名字，班上的每个同学都有一个座位号，便随口说某排某号。当同学们的眼睛像聚光灯似的瞄准我的时候，我才恍然明白，也被薛老师点中座位了。我慌慌忙忙站起来走上讲台，由于课下没有预习，面对着黑板，手上捏着粉笔，茫然失措地站在讲台上。旁边的一个同学下笔敏捷，居然三下五除二写出了习题的运算式。他将粉笔扔在讲桌上，器宇轩昂地走下了讲台。最后只剩下我一个人孤零零地站在黑板前，捏着粉笔不知道怎么写。我心急火燎，脸颊和脖颈发烫涨红。薛老师瞅了我一眼，见我表情愣怔，就说："我昨天讲过，你没有好好听讲，不预习，怎么做得出来？！你先站在旁边听我讲。"他说着，拿起粉笔边说边讲，讲完之后，让我重新写一遍那道练习题的运算式。在众目睽睽之下，我摸索着根据刚才老师的讲解写出式子，然后低着头、红着脸走下了讲台。

薛老师望着黑板，看我写的物理练习题，微笑着点了点头说："谁比谁聪明，谁又比谁笨！关键是认真听讲，不忘预习。我们只要用心去做一件事情总会成功，否则，将一事无成。"

三十多年的光阴，在岁月的长河里，似乎只是微风吹过的一丝涟漪，轻轻闪动一下便没了踪影，但薛老师的教诲却深刻心底。

圣洁的心灵

今天是第九十四个国际护士节，怀着对护士工作的一种深深的敬意，站在护士最神圣的节日面前我要赞美护士。

当繁花盛开的春天，也许有人去赞美花的美丽、枝干的挺拔，谁又会想到那一片片默默无闻的绿叶呢？如果把医院比作生命之树，护士就是那枝头上一片最小的绿叶。

我赞美护士，她们有着纯洁的心灵，高尚的情操，走近每一位患者总带着一份自然的微笑，不求回报只求奉献成了她们心中的骄傲。黑夜的恐怖加上生物钟的颠倒，超负荷的工作连着疲惫的身心，她们想着的还是患者的需要。在情感的沼泽地面前，她们带给患者的是摆脱病魔的勇气和一份生存的基本需要，用心理学知识抚慰心灵空寂的患者，让其轻松地进入梦乡，用医学知识为患者补充疾病康复的健康指导。

我赞美护士，她们有着无私的爱，面对各种性格的患者，她们奉献的是海一样博大的情怀；面对刁难者，纵使自己受了天大的委屈，她们对病人讲的也是医德和表率。

我赞美护士，她们用柔弱的肩膀挑起一份女儿、妻子、母亲的重担。面对生命垂危需要救助的患者，她们只知道挺身而出，面对身患绝症心理失常的患者，沟通与交流成了她们最拿手的绝招。她们如春天的雨露能滋润患者久旱的心田，如夏日清爽的微风能带走患者心灵的烦躁，如秋夜的明月能照亮患者通往健康的心灵彼岸，如冬天的阳光能温暖患者一颗失常的心。

我赞美护士，她们奉献的是丝丝温情，暖暖关爱，滴滴汗水，份份真情。她们奉献的是最宝贵的青春，换来的是千家万户的幸福和健康拥有者的一份安详。南丁格尔精神永不灭。

我赞美护士造福人民，情洒病房，爱洒人间。

煤的赞歌

　　每当我看到那形状不一、乌黑而闪光的煤块时，一股难以言状的情绪立刻从心头荡起。

　　早在远古时代，我们的祖先就发现并利用了煤炭，把它用于照明和炊事，作为生活的燃料。到了汉代以后，人们用煤炼铁已初具规模，同时还用以烧制建筑材料。追溯煤的发展史，也使我想起了一些有关煤的神话传说，相传女娲氏在一座山上设灶炼石，用以补天。对此，明末清初著名学者顾炎武认为：“此即后世燃煤之始。”此外，还有燧人氏得火于“其火常燃”的“火山国”等传说，从中可以看出我国劳动人民是最早发现和利用煤炭的民族。

　　煤炭资源在当今对人类的贡献之大、用途之广，是其他能源无法相比的。在日常生活中，生火取暖、发电照明、饮水用餐，这一切都离不开煤；在其他行业中，煤加速了社会前进的步伐——火车、轮船的运行，钢铁和其他金属的冶炼，许多重要化工产品的问世及国防科技事业的进步等方面，煤炭资源都占据着十分重要的地位。

　　煤，她相不出众、貌不惊人。她的形状不像砖瓦那样规格，色彩也比不上玉石那样美观。她年深月久深藏在地下，不露声色，默默无闻。然而，一旦她破土而出，便毫不顾及自己的一切——身影现东西，足迹遍南北，终日忙忙碌碌，不辞劳苦造福于人类；纵然你把她投入烈火熊熊的炉膛里焚烧，她都无所畏惧、埋头苦干，有一分热，发一分光，为了人们的需要，赴汤蹈火，在所不辞！

煤，经历了峥嵘岁月的磨炼和漫长道路的坎坷——她在暗无天日的环境中孕育，在同风险与邪恶的搏击中成长。"煤"的历史正是我国煤矿工人的一部奋斗史、光荣史。早在新民主主义革命时期，受尽欺凌的矿工们在中国共产党的领导下，为推翻压在自己头上的帝国主义、封建主义、官僚资本主义三座大山，与邪恶势力进行了不屈不挠的斗争。新中国成立后，煤矿工人的生产条件和政治地位不断提高，使昔日的"煤黑子""窑花子"变成了矿山的主人。

朋友，当你在华灯初放的傍晚漫步在街头巷尾时，当你坐在疾速奔驰的列车上探亲访友时，当你置身于繁华的百货商场选购琳琅满目的商品时……你定然会产生一种温暖、幸福之感。此时此刻，你是否想到过，是什么给你带来了这许多方便？每当我想起这些时，对煤的一种感激和崇敬之情便油然而生。

煤，你是我们东方古国的历史与文化的标记和见证，你是那些勤劳、智慧、勇于进取的煤矿工人的化身，你是我们中华民族的骄傲！

煤所富有的坦荡无私的胸怀诚是难能可贵的，在她寻求与探索的道路上，留下了一串串坚实而明亮的脚印，她的一生闪烁着永不熄灭的壮丽光辉！

啊，煤！你的形象多么崇高伟大，我要谱写一曲煤的赞歌！

煤是不平凡的，煤的精神永存！

我爱乌兰木伦河

一

我的第二故乡在乌兰木伦镇，那里有一条由北向南穿城而过的乌兰木伦河。我爱它，因为它给我留下了许多美好的回忆。

春天，柳树发芽了，小草从土里探出小脑袋，花儿也开了，河面上的冰渐渐融化，鸭妈妈带着小鸭子下水游泳，时不时还把头伸到水底捉一条小鱼。河边上的茶座又热闹起来，人们喝茶的喝茶，打牌的打牌，一片生机勃勃的景象。

夏天，太阳毒辣地烤着大地，似乎要把一切都烧毁，人们热得躲在家里吹空调，只有河边的烧烤摊还有几个伙计在支烧烤架，树木无精打采地耷拉着叶子，知了在树上大叫着："热死了——热死了——"到了傍晚，正是乘凉的好时机，河边热闹了起来，烧烤摊人全满了，有些大人就在河里游泳，小孩就在河边玩水，老人们就在河的北面钓鱼。真热闹啊！

秋天，因为天气变凉的原因，河边冷冷清清的，几乎没人在河边玩耍了，只有几个冬泳队员在河里游泳。虽然河边没几个人，但环卫工人依然认认真真地清扫着树上不断飘下的落叶。

冬天来临了，寒风刮过树枝，想要把树折断似的，大雪在天上飘着，河边连个人影都见不着，只有桥上偶尔经过的车辆，连冬泳队都不敢来河里游泳了，一片死气沉沉的景象。虽然现在死气沉沉，但在不久后，当春风刮过河面时，乌兰木伦河又会呈现出一片热闹的景象。

二

我工作在这里已有二十多个春秋。我爱这座小小的城镇——乌兰木伦镇，我爱它，我魂牵梦萦的第二故乡。

在蒙蒙烟雨中，砖墙黛顶的小高楼，上面刻着时光老人匆匆流逝的痕迹，在小区里冒出的新绿是那样的嫩。一座座开发建设初期建成的小高层现已像摇曳在风中的灯火，虽看着摇摇欲坠，但始终没有倒下。这是多少神东人的回忆，总能娓娓道来的初来乍到的记忆，不是以这样的房子做起点的吗？

我看着这一座座小高楼，走在小巷蜿蜒的水泥路上。细雨蒙蒙，打湿丁香，撑一把小雨伞，沿着雨巷翩跹而过，"一抹烟林屏样展，轻花岸柳无边"，余香袅袅如珠帘，清影如梦……这条路承载着多少数不尽的情愫啊！心中感慨万千，却无法用文字表达，只能用心细细地感受，品着心中苦涩与甜蜜的各不相同的味道。苦涩的是时间过得太快，甜蜜的是能再次看看这些老房子吗？我不知道，但仍然……我走着走着，便从小巷来到了乌兰木伦河岸边。

如今的乌兰木伦河，神东人筑起了橡胶坝，宽阔的河道变成了湖面。杨柳依依，春风拂面，走在湖畔边，阵阵微风夹杂着雨的清新，花的淡淡清香，泥土清新的芳香，顿时如云开雾散，令我心旷神怡。漫步着，看那"千树万树梨花开"与那柔软嫩粉的桃花，再看地上冒出的一丛又一簇的青草。

这是神东。清风微醺，阳光微暖，杏花梨雨萧萧然。风景旧曾谙。

乌兰木伦河，就是一卷幽远而又渺茫的水墨画。水墨乌兰木伦，百媚种种道不完，千色点点画不尽。希望时光永驻，让我细品乌兰木伦河娇美的容颜。

神东的春夏秋冬

  我的工作在神东矿区，它的四周是黄土丘陵和毛乌素沙漠，中间有一条弯弯曲曲的乌兰木伦河日夜不息地流淌，滋养着生活在这块黄土沙漠地带不懈奋斗的神东人。

  春天，遍野吐绿，百花争春。神东人用自己的双手植起的一树树茂密的叶儿绿得发亮，小鸟成群结队，争占枝头，声声清脆，鸣叫不停。无论是乌兰木伦河两岸东西山坡，还是曾经裸露的沙地，一片片松树，一片片沙棘，一片片沙柳……千朵万朵金黄的柠条花迎着轻柔的春风，摇曳不停，好一道矿山亮丽的风景。这些花草树木用热情的笑脸向神东人发出亲切的问候。那些悠闲的矿山男女目睹如此迷人的春景，一边吃着零食，一边细细赏玩，流连忘返于处处透露着春的气息的山间田野。

  夏日傍晚，夕阳西垂，金色的余晖染亮了矿区四周的沙丘山峦、波光粼粼的河流、矿区的大街小巷。矿区宽阔笔直的道路上，曲曲折折的悠长小径里，碧绿清凉的小河边，都有散步的、乘凉的，三五成群，舒舒畅畅地说，嘻嘻哈哈地笑，把他们一天的辛苦、一天的愁闷，彻彻底底，尽情释放。夜色渐渐降临，高远、宽广的天幕上，挂起一弯亮亮的月牙，缀满了一颗颗星星。那银白清凉的月光，也笼罩着整个矿区。而此时矿区也次第亮起了灯火，一座座高楼、一扇扇窗口都闪烁着明亮的灯光，与天上星月之光，河流里的灯光月影互相辉映，煞是好看。夜色渐浓，喧嚣了一天的矿区渐渐静了下来。但是，你从矿区高楼边经过，不时会听见楼房里传来一阵阵噼噼啪啪的麻将声、嘻嘻哈哈的说笑声，有时也有阵阵悠扬悦耳的乐曲声，这些声音忽大忽小，缥缥缈缈，都融进这宁静的矿区夜色中。

暑气渐消，秋风渐起，东山西山树林的落叶纷飞，枯叶满地，夏日里的绿色，一转眼都换上了金黄的衣裳。矿区公路旁，一排排国槐树，不时飘下片片黄叶，行人踏过，簌簌地响。河边一株株杨柳树，树皮变得枯黄、暗淡，一片片地脱落，而昔日嫩嫩的柔枝、绿绿的叶儿，如今枝条枯灰光秃。矿区的人们也穿起了秋衣，任清凉的秋风轻轻吹在他们身上。那些喜欢秋游的神东人，和亲人朋友，结伴行走在秋叶飘飞的秋色里。整个矿区落叶纷纷，松针在萧萧秋风中簌簌坠落，飞过树林上空的雁群传来阵阵唳鸣。这时的神东矿区显得那么秋意浓浓，一片清寂。

秋天急速地消逝，寒冬很快逼临这热闹和富有情调的矿区。在那寒霜降临的早晨，草坪里、树叶上、路边花池里都积满了白花花的霜。矿区男男女女、老老少少，都穿上了一件件厚厚的衣服，系上了暖暖的围巾，抵挡这冰冷刺骨的寒气。然而也有不畏寒冷的神东人，他们身着单衣，在刺骨的寒风中进行晨跑，他们脸上掉下了一颗颗温热的汗珠，引来路人一声声啧啧的赞叹。

在冰冷的日子里，人们终于盼来了喜气洋洋、热热闹闹的春节。矿区月牙广场上系着一条条绳索，绳索上彩带飘飘，灯笼盏盏，好不喜气！而矿区大街小巷的两边也挂着一盏盏红红的灯笼，到处也是彩带飘飘。夜晚，一个个灯笼发出朱红色的亮光，照得矿区大街小巷一片绯红，到处都透出浓浓的节日气氛。

最热闹要算正月十五晚上，矿区四周被数千观众围得水泄不通。广场上两条长长的金龙，伴随着密集雄劲的锣鼓声、清脆响亮的喇叭声，飞舞不息、翻腾不止，不时赢得一片片喝彩声。表演到精彩处，神东人都进入了一个喜气万分、幸福无比、欢心舒畅的美丽世界。

神东的绿色转变

在内蒙古伊金霍洛旗东南部，坐落着全国闻名的神东矿区。在这一方热土上，黑色的露天采坑区乌金涌流，绿色的复垦区春意盎然，到处脉动着开发建设的交响，黑与绿的变奏诠释了再造秀美山川的雄浑乐章。如果说神东煤炭公司用现代化的设备及先进的管理为中国第一大煤田树立了一面旗帜，那么，神东人对绿色的营造则为子孙后代铸造了一座丰碑。矿山治理，使矿业开采遭到破坏的土地得以修复，不同程度恶化的环境得到美化，一百多平方公里的矿区被打造成松柏蓊郁、林丰草盛的秀美家园。神东矿区作为开发建设项目水土保持样板工程的华丽转身，亦凝聚了几代神东人的心血。

党的十八大以来，党中央把生态文明建设纳入"五位一体"总体布局，"绿色发展"成为新的发展理念。习近平总书记指出，绿水青山就是金山银山，保护生态环境就是保护生产力，改善生态环境就是发展生产力。

三十多年的执着追求，三十多年的复垦绿化，这里的天蓝了、地绿了、水清了，神东人实现了梦想，收获了希望。截至2016年年底，神华神东矿区累计投入环保绿化资金30亿元，生态治理面积达到265平方公里，是开发面积的1.4倍；植被覆盖率由建矿初不足10%提高到70%以上；微生物种群和动物种群大幅增加，植物种类由原来的 16 种增加到 100 多种，生态自然恢复能力明显增强；资源回收率、植被覆盖率和水资源利用率等主要指标达到国际先进水平，实现了资源开采与环境保护协调发展。

沙漠、绿洲，沧桑巨变，凡到过这里的人们都为之感叹。中华环保基金理事会理事长、被誉为"中国环保之父"的曲格平说："神华集团公司的煤矿创造了两个奇迹：一是创造了世界一流的现代化企业，进行了现代化管理；二是在煤田开发建设的同时，改善生态环境，把沙漠变成了绿洲。他们不仅在矿业建设上树立了一个样板，而且在环境保护上也树立起一面旗帜。"

蓝天、绿地，交相辉映，长期生活在这里的人们为之点赞。

一位建矿初期的老员工深有感触地说："刚来矿区的时候，放眼望去一片沙漠，光秃秃啥都没有，晚上来一场风，沙子堆起来门都开不了；现在的矿山、工业广场、生活小区里都是绿油油的，风也没有那么多那么大了，即使刮风了也没什么沙子了。尤其在生活小区里，到了春夏秋季五颜六色的十分好看。"

同样土生土长在这里的农民工说："我从小生活在这片土地上，以前这儿能长的植物很少，只有稀稀疏疏的沙蒿、沙柳，现在漫山遍野都是沙棘、杏树、桃树，出去散步经常能看到刺猬、野兔、野鸡出没，生态环境真的变好了。"

乌兰木伦河，是神东矿区的生命河，如今，面貌一新的四道人工橡胶坝水面成为矿区亮丽的风景线，成为矿区人民安居乐业的"守护神"；岁岁安澜的乌兰木伦河卷起千层浪花，两岸菊花飘香，一幅幅亮丽的美景铺就了神东矿区的精彩画卷。

实现神东人幸福安康，是历代神东人的期盼，这一梦想召唤着神东人不断前行，坚持以矿为家、促进人与自然和谐，推动神东各项事业全面协调发展。

电瓶车上看神东

　　推开窗门，满目青翠，走出家门，花红树绿……自神东煤炭集团公司开展创建全国绿色矿山活动以来，神东人深深地感受到身边这些看得见、摸得着的变化。人们祈盼已久的绿色梦想正在矿区园林绿化建设的凯歌中逐步变为现实，作为一名神东的老员工，我深深地感受到了这可喜的变化。

　　日初出时，迎着早晨温暖的艳阳，我浏览了乌兰木伦河两岸的绿装。伴随着凉爽的秋风，我坐在绿地毯似的草地上，感受那与大自然亲密接触的情怀，眺望碧波荡漾的水面，一阵秋风吹过，水面上荡起的涟漪仿佛惊动了那绿树的倒影，就像画家正用绿颜色来点缀那泛起的微波，把一幅诗情画意的景观呈现在了人们的面前，令人又重拾了"绿树村边合"的感觉，滨河公园今非昔比的变化更加反映出了神东建设绿色矿区的决心。

　　电瓶车带我们来到了这水天相连似的橡胶坝长廊。镶嵌在河边的绿化小区就像一块碧绿的翡翠。漫步在草地上，河风拂面，送来了一丝丝花和草在空气中酿造而成的自然气息。每当夕阳的余晖洒在河面上，水面波光粼粼，泛起了金黄色的涟漪，令人不禁想起了"夕阳无限好"的诗句，朝乌兰木伦河两岸望去，休憩的矿工带着爱人和小孩照相，留下那美好的一刻……

太阳已悬挂在半空中，阳光还是那么的和煦，我坐在旅游观光的电瓶车上，马路两旁的灯柱笔直地矗立着。车行得不快，但足以让车内的旅客感受到这些灯柱就像一个个张开手臂的人，在绿绸子上奔跑，好像示意着要把这绿色带到更远的地方。

经过公司办公楼门前再跨过虹桥，电瓶车把我们带到了令人赏心悦目的大柳塔北区的月牙广场。向车窗外望去，那绿色开始有了层次感，草地四周茂盛的樟子松是黄绿的，而开花乔木却是浅绿的，再加上一簇簇鸡冠花、牵牛花、菊花的点缀，构成了一幅以绿为主的美工画，体现出了神东人对绿色的情有独钟。

一轮红日当空，阳光变得越来越灿烂了。我乘坐的电瓶车终于停了下来，窗外的景物更是焕然一新，换掉了那单纯的绿，呈现在我面前的是充满着浓浓的秋季气息的上湾山顶公园。漫步在林荫小道上，在金黄色树叶子的衬托下，黄绿相间的山顶公园更展现出了她在秋风的熏陶中那动人的风姿。她带动着绿的波浪，牵引着黄丝带，包围了整个工业广场和住宅区。在微风中，小草也戴上了她的小黄帽，迎风起舞，叶子也随即发出了沙沙声，好像在为神东的绿色矿山建设拍手叫好。看着这越变越美的街景公园，许多乘客都不禁在此拍照留念，有的还深情地感慨道："神东矿区真的变得越来越美了！"

展望未来，神东将会成为一座山清水秀、姹紫嫣红的园林矿区，处处呈现出绿色矿山的亮丽风光，散发出现代化煤城的独特魅力。

亿吨随想

　　到过神东矿区的人，一定会被她美丽的景色所吸引。这里山清水秀，鸟语花香，漫步其中让人神清气爽，心情舒畅。如果不是大楼顶端闪着金光的"神东煤炭集团"六个大字的标识，很难让人将这里与煤矿联系在一起。然而，这里就是美丽的神东矿区，我们每天工作和生活的地方。

　　一进矿区便可看到，一尊写有"平安"二字的巨型龙鼎一动不动地矗立在矿区 Y 形公路正中央。它象征着生命的威严，彰显着安全在煤矿中的核心地位。宽阔的公路，整洁的广场，怡人的绿化，紧张的工地，你能看到的一切无不昭示着神东煤矿明天的希望。可是在 1997 年，神东矿区还是一个年产只有七百多万吨的小企业。低矮的瓦房、铺满煤灰的道路、落后的技术装备，工作环境十分艰苦。工人的生产安全没有保障，劳动强度可想而知。在这样的条件下，从内蒙古、陕西支援矿区建设的先遣队带领一批职工，锐意进取、攻坚克难，经过不懈努力，终于使神东矿区变了样。经过二十多年的建设，神东风雨兼程、不断发展壮大，终于迈入年产一亿吨的世界领先的现代化矿区行列。

　　如今，随着各项事业的不断发展，神东的企业文化建设也在蒸蒸日上。公司经常邀请业界专家学者进行各类专业讲座。

一场场精彩的讲座，在潜移默化地提升职工综合文化素质的同时，也使广大职工开阔了视野，领略了各界优秀专家学者们的大家魅力。工会组织开展的"真情送一线，女工助安全"活动，为炎炎夏日里的职工朋友们送去了丝丝清凉，送去了温暖关怀。女工们把亲手缝制的一双双鞋垫送到一线职工朋友的手中，真切地祝福他们：平安始于脚下。星级员工的评比，在推进区队班组建设的同时，更激发了生产系统所有人员工作的积极性和主动性，再次掀起了"比、学、赶、帮、超"的热潮。各种文艺活动的不断开展，一台台高质量晚会的成功举办，在丰富职工文化生活的同时，也为神东在社会中建立了良好的企业形象。这些工作无不彰显出今日神东浓厚多样的文化底蕴。

2005年9月23日，神东煤炭产量一举突破一亿吨，成为世界上第一个亿吨级现代化矿区。面对如此的大好形势，面对如此优越的生活工作条件，我们没有理由不去珍惜现在的一切，没有理由不把自己的本职工作干好。为什么不脚踏实地、辛勤工作，用干出的一份实际成绩来回报矿山？"物竞天择、适者生存"，企业是这样，我们的员工也是这样的。只有紧跟时代步伐，顺应社会形势，不断完善自身不足，迎难而上，我们才不至于止步不前，才不至于被社会所淘汰。作为公司的一员，只有通过不断学习，不断提高自身素质，练就扎实过硬的业务本领，才能胜任我们今天的工作岗位，才能有资格分享今日已经取得的丰硕成果。

神东面临高质量发展的关键时期，面对今日来之不易的大好局面，神东人一定会在十八大精神指引下，立足岗位，不辱使命，用感恩的心做好本职工作，搞好安全生产，共同见证神东矿区更加美好的明天！

安全与生命同在

安全生产是永恒的主题，它是人类生存、社会发展的最重要、最基本的要求，安全生产是人们生命健康的保障，是社会稳定和经济发展的前提。

安全是一种美，安全的美体现于维系安全的行为过程之中；安全是一种情，安全的情是一种美好的感觉状态；安全是一种理，安全的理是一个社会、一个国家、一个民族用安全文化对生活方式的理性表达；安全是一种法，安全的法是文明的体现，责任的体现。安全，就像空气，与我们的生活、工作息息相关；安全，犹如阳光，我们无法承受失去它的痛苦。

自从来到神东，每次到井下检查工作，发现矿工们在走出更衣室的时候，都会不由自主地回头看一眼"青安岗"提示牌："在岗一分钟，安全六十秒"。每次下井前都要提醒自己怎么做。

用班前班后会、事故分析会、业余培训等方式，提高矿井的安全管理水平，增强矿工的安全意识，以求做到各项事故为零。说起来简单，做起来就不那么容易了。

要真正做到"在岗一分钟，安全六十秒"，首先要以精力充沛、思想集中为前提，以作业标准为操作之基本，再以平和、快乐的心态去听从正确指挥，从而完成工作任务。对日常习惯性操作隐患进行相互纠错和监督，从每人的一言一行做起、做好，大意不得。要年如月，月如日，日如时，时如分，分如秒……

有时有人埋怨安全员天天真多事，讲来讲去就是安全意识、作业标准、安全规程，谁人不知，哪个不晓，纯属浪费时间。说也怪，谁都知道应该怎样做，不该怎样做，可就是会在无意中偶然犯错；虽是偶然，但在每一起偶然事故的背后都可以找到隐藏着的必然。

生产不能等，安全更不能等。不能等到吃了一堑才长一智，要警钟长鸣。我们一定要坚持不懈做到随时随处保持安全意识，"在岗一分钟，安全六十秒"。

安全是一个系统工程，需常抓不懈，只有当我们每个人都提高了安全意识，人人讲安全，事事为安全，时时想安全，处处要安全，我们才能有安全。"安全责任、重在落实"。让我们借着安全月这股强劲的东风，从我做起，从你做起，落实安全责任，为实现神东持续安全发展而努力，为创建本质安全型企业而奋斗。

安全托起最美矿山

6月的鄂尔多斯高原格外美丽，青青的草编织成美丽的绿衣扮靓了神东矿区；6月的矿区郁郁葱葱，凉爽的微风吹过百里煤海，乌兰木伦河水波涛鸣唱；6月的矿区最美，一台台的设备嵌在绿色的海洋里，一条条的生产线在煤海里腾空飞舞。那是安全的生产线，是最美矿山的生命线。

远远地看神东矿区绿如海洋，近近地看矿山五彩缤纷。高个儿的杨柳树玉树临风，枝枝叶叶自由舒展，仿佛整个天空都是成长的空间；矮个儿的松树、柏树、云杉、灌木枝繁叶茂，针针叶叶左右开弓，好像欲与高原风试比高下，看谁走得更远。与树相比，草无疑是低调的，但却是繁华的，成片成海，无论有树还是没树的地方都是草的家园。雨来了，滋润了大地，草便一夜之间活力四射，占据了矿山。草是矿山上最活跃的绿色天使，绿满矿山它的功勋卓著。

是谁把矿山装扮得如此美丽、如此生机盎然而又不单调？

杨树说是自然，松树说是雨水，但草说是矿上安全生产的每一吨煤，是每一个安全作业的工人。杨树摇头说，为何？绿化费是从每吨原煤里提取的，只有安全生产才能保证稳定的产量，只有产量增加才能提取更多的绿化费用，矿区才能如此迅速地恢复植被，保持整个矿山的原始生态。离开安全，一切都将是纸上谈兵，更谈不上发展。草一口气说完，用释然的眼神看着杨树和松树。此时，杨树说自己常常看见配电室电工每次作业都要办停电作业票，合闸、拉闸等作业都是两人相互配合，而且配电室门口还安装了防鼠板，听电工们说是为了防止老鼠咬坏电缆。松树说设备启机前巡视工也非常认真地先巡视检查设备，特别是确定作业区无人后才与集控员联系。草说，你们说得都对，这就是安全。在这个矿上无论是哪个工种的工人，不管是一线生产的还是后勤服务的，或者是在矿区负责环保绿化的工人，都十分注重安全。安全在矿上无处不在，时时刻刻都印在矿工们的心里。这不仅仅是矿山之福，更是每一个员工最大的财富与幸福，是安全成就了这美丽的矿山！

一年一度的安全月活动在繁忙的矿山上精彩演绎着，安全的演讲声飘过矿区，振奋了每一个人的心。在安全画廊里，员工们画了安全漫画张贴在上面，有防火的，有安全作业的，还有生态方面的。只见其中有一幅漫画上面有杨树、松树、灌木和草，它们几个仿佛在说着什么。杨树、松树、灌木和草都在想那漫画上的自己到底都说了些什么。路过观赏的人说，那幅树与草的对话真是太震撼了，居然以生态为切入点讲安全的重要性，尤其是"安全托起最美矿山"的名字太得人心了。

食品安全无小事

　　最近，关于食品安全问题的新闻，如同万物在这个季节勃发出强大的生命力一般喷涌出来。说起吃，我们已经是胆战心惊，如履薄冰。假烟、假酒、假鸡蛋、假牛奶、毒大米、地沟油还有人造脂肪，充斥我们的生活圈子。即使我们日日提防，时刻小心，但似乎总能在某个环节一不小心就中招。

　　冰冻三尺非一日之寒，食品安全问题为什么变得如此严峻？也许我们一方面可以从历史寻找原因。中国古代是一个以农业为本的社会，社会生产力水平长期低下，再加上中华民族历史上多灾多难，长期在生存问题威胁下的我们，能够填饱肚子已经不错了，哪里还顾得上食品的安全、生活的质量？所以我们以前对那些假冒伪劣产品睁一眼闭一眼。我们曾天真地认为，社会进步、生产力发展的同时会带动着我们的生活水平也一起升级，这些问题自然会销声匿迹。

　　可是到了 21 世纪的今天，我们发现食品安全的问题愈演愈烈，造假技术之先进，手段之恶劣，已经超出了大家的想象，冲破了道德的底线。那些不法商家为追求个人利益最大化，置人们利益甚至生命于不顾。以次充好，以假乱真，甚至将过期、变质、腐烂的原料经过各种巧妙的但是不符合食品卫生标准的方法加工重新出售，或者为求速成而任意使用违规违禁的激素或其他化学药品。他们利欲熏心，不择手段，使食品问题出现了前所未有的危机。马克思曾经说过：如果有百分之一百的利润，资本就敢于冒绞首的危险！商人和企业追求利润最大化是本性，可是如果他们在追求利润的过程中，没有道德律条的自律和法律法规的他律，可怕的后果当然不言而喻了。

社会转型期，传统道德早已被一些人弃如敝屣，头顶三尺有神明的敬畏之心亦不复存在。社会上弥漫着一切向钱看的风气，金钱的多少成为衡量人是否成功的唯一标准，为达目的不择手段的劣根性使得社会大面积浮躁。

在食品安全事故频发的背后，是政府相关部门不作为，监管严重滞后，处罚不力，甚至出现为谋私利而枉法的现象。主流新闻媒体曾怒斥：四个大盖帽（四家监管部门）竟然管不住一个染色馒头。由于各种利益关系的牵扯，司法部门也未能对食品卫生方面的违法行为给予相应的惩处。

食品与药品安全都与生命息息相关。有人无奈地这样说：也许我们成年人还可以去承受不安全的食品，可是我们的下一代是国家民族的未来，他们怎么能承受如此之痛？可见，食品安全问题已经不再只是普通的生活问题，而是严峻的社会问题和政治问题，它关系到我们民族的未来。

也许这个话题过于沉重，也许它离青年一代太遥远，但我们有责任有义务关注这个问题。一方面我们呼吁政府相关部门切实重视此事，负责任地履行监管职责。同时，司法机关要公开、公平、公正地惩处涉食品安全的违法犯罪。在此，我们不妨学习一下其他一些国家的做法。比如日本有一个民间自发的消费者联盟，他们能协助政府相关部门监测到不合格的产品，并通过集体一致拒绝购买的行动惩治厂家，直至使其倒闭。如果我们都不再忍让，不再将就，不再贪小便宜，而是以人类普遍正义的名义，理直气壮地对这些无良商品和商家说不，而且使尽可能多的消费者联手起来坚决拒绝，这无疑是一股强大的力量。民族的凝聚力为什么要等到在大灾大难跟前才去唤醒呢？

关注我们的商圈，关注我们的社区，关注我们的权益，就是关注国家和民族的进步。我相信，只要我们态度坚定，持之以恒，理性、正义与良知的光辉终将驱散头顶的阴霾，还我们一个朗朗的晴天。

争做本质安全人

人最宝贵的是什么？当然是生命。为生命保驾护航的是什么？是安全。安全对个人、家庭、企业来说又意味着什么呢？意味着我们焦急等待亲人下班时还能按时听到钥匙在锁孔里转动的声音，意味着企业获得不竭的动力持续而快速地发展。所以，让我们争做本质安全人，将安全工作常抓不懈。

有句俗语说得好："一根再细的头发，也有它的影子；一个再小的事故，也有它的苗子。"然而，现实生活中并不是所有人都能认识到这一点。有的人安全意识淡薄，在工作中马虎、凑合、满不在乎，把安全制度、安全规程抛在脑后，导致了事故的发生；轻则设备受损，重则人身伤亡。

用发生在我们神东的真实故事告诉大家：一个煤矿的一个矿工在处理冒顶事故时，因违章作业不幸身亡。事后，他妹妹对我哭诉了那催人泪下发人深思的经过。

那是一个普通的星期天的中午，久居外地难得归家的她回到家后，哄着两个年幼的孩子，依偎着双亲和嫂嫂围在一起包饺子。嫂嫂说："一会儿你哥就下班了，这么些年了，咱也吃顿团圆饭！"于是，饺子在家人的欢声笑语中包好了。

哥哥下班的时间已过，可还没有听见那熟悉的脚步声，煮饺子的水温了又沸，沸了再温……时钟依旧悄然地走着，一家老小，就这样由静静地等待，变得浮躁不安起来。

不知何时，天空中飘来了几朵阴云，让人隐约感觉到了什么。咚，咚咚，"回来了……爸爸回来了！"侄女欢快地叫喊着奔去开门，然而出现在她面前的不是爸爸，而是表情凝重的矿上领导。

"老王他，他……他出事了！"

噩耗传来，这个家的"天"塌了……

当看到哥哥的尸体被抬到井口时，父亲、母亲、嫂嫂、侄儿、侄女哭成一团。母亲像疯了似的向哥哥的尸体扑去，摇着喊着："我的儿，娘可怎么活啊！"嫂子哭得死去活来："孩子他爹！我们这个家不能没有你啊！"年幼的孩子抱着嫂子的腿，边哭边喊："妈妈，我要爸爸、我要爸爸呀！"

安葬哥哥的那天，风刮得很紧。一路上不时卷起的黄土，送他上路。

没多久，当她得知哥哥是因为自己违章作业而造成了此次事故时，她不禁对思念的哥哥生出了恨意：哥哥啊，你在违章时难道就没有想到你可爱、聪明的一双儿女？难道就没有想到你满头白发的双亲吗？

对此，我无言，耳边呜咽的哭声、沙哑的喊声，仍是那样的悲意凄凉，撕心裂肺。

当你听到这如泣如诉的故事时，你又有何感想呢？违章，又是违章，这简简单单的两个字，有多少人为此丢掉了生命，又有多少个家庭因为它变得支离破碎。我不禁要问：为什么这样的悲剧屡屡上演？

难道说这些以生命作代价换来的教训，还不够深刻吗？难道说家人那撕心裂肺的哭喊声，还不能够唤醒您那颗沉睡的安全的种子吗？春天走了会再来，花儿谢了会再开，然而对于我们来说，宝贵的生命只有一次。我们每个人都要珍惜这仅有的一次生命！为我们爱的人，更为爱我们的人。

当您看着白发老人呼喊儿子的时候，当您看着天真无邪的孩子呼喊爸爸的时候，当您看着哭得死去活来的妻子呼喊丈夫的时候，切莫忘了——"安全就是全家福，安全就是咱矿工的天啊！"

民以食为天

在生活中跟我们形影不离、息息相关的东西，少不了食品。俗话说得好，国以民为本，民以食为天。食品安全直接关系着人民群众的生活，影响我们每一个人的健康，更关系着子孙后代的幸福和民族的兴旺昌盛，哪怕是一块豆腐、一根豆芽，都能让你我身体残缺。哪怕是小小的一包盐，就能中断人体免疫系统的正常运行。健康，何等重要！生命，何等珍贵！最近我们不断从报纸、电视中，看到有关食品安全的新闻：南京"冠生园"事件，让人们望月饼而生畏；广东的"瘦肉精"事件，令我们望肉而却步；号称生命杀手的"苏丹红"竟出现在我们最喜欢的辣味食品中。还有近来的染色馒头、毒豆芽等事件接连发生，究竟要到什么时候才能停止？面对这触目惊心的一切，不寒而栗的事件，我们不禁要问：究竟，我们还能吃什么？我们吃得安全吗？ 2008 年 6 月 28 日，位于兰州市的解放军第一医院收治了首例患"肾结石"病症的婴幼儿。据家长们反应，孩子从一出生就一直食用河北石家庄三鹿集团所生产的三鹿婴幼儿奶粉。随后短短两个月，该医院收治的患婴人数就迅速扩大到 14 名。9 月 11 日晚，石家庄三鹿集团股份有限公司发布产品召回声明称，经公司自检发现 2008 年 8 月 6 日前出厂的部分批次三鹿牌婴幼儿奶粉受到三聚氰胺的污染，市场上大约有 700 吨。为对消费者负责，该公司决定立即对该批次奶粉全部召回。11 月 25 日，三鹿破产。国家卫生部发出通报说，截至 11 月 27 日 8 时，全国累计报告因食用三鹿牌奶粉和其他个别问题奶粉导致泌尿系统出现异常的患儿多达 29.4 万人，其中 6 人不排除因饮用问题奶粉死亡。目前仍有 861 名患儿留医，154 名为重症患儿。看看这些事件，这些数字，29.4 万人，只是一包奶粉竟会影响孩子的一生，毁掉一个家庭。我真的要问，中国的食物，是否还可以下咽？近年来，食品问题频频出现，还有最近央视曝光的"氢化油"。频频出现的食品安全问题让消费者胆战心惊。洛阳新闻部记者李翔在电视台后大门处，遇刺倒地，身中八刀死亡。在此之前，李翔是报道地沟油的记者，事后，政府相关部门立即澄清李翔的死与地沟油的调查报道毫无关系，但是为什么李翔是在搜集证据的期间遇害？知情人称，李翔关于所查获地沟油的资料也失踪了，这里我们不想多说什么，公理自在人心。看着那些令人作呕的地沟油，有毒添加剂，有害色素，让人一声叹息，但我们无能为力。我只希望，政府不要以监管不力为借口，企业不要以生产误差为跳板。

2010 年，神东布尔台煤矿发生了一起员工食品中毒事件，造成 229 人出现不同程度腹泻、头晕、恶心等症状，引起了全公司员工对食品安全问题的极大反响。究其原因，就是在食材选购过程中把关不严造成的严重后果。

造成食品安全问题的，不仅是食材生产者，还有经营者，甚至还有我们这些消费者。我们消费都有一种心理，就是比较谁更物美价廉，那么在物的质量都差不多的时候，当然会选择更便宜的，这就驱使厂家不断谋求最低的成本，以求获取最高额的利益。如果今天，我们能从根本上建立起一个诚信制度，将使得真正合法经营的人能赚钱，对钻空子的给予严惩，让造假缺德的不能生存，让消费者树立信心，让道德受到尊敬。

我们知道：燕子去了，有再来的时候；杨柳枯了，有再青的时候；桃花谢了，有再开的时候。可是，我们一旦失去了健康和宝贵的生命，还有再来的时候吗？健康，何等重要！生命，何等珍贵！我们要时刻维护自己的健康，珍爱自己的生命，而食品安全则是生命健康最有力的保证。

作为一名员工，我们有责任维护食品安全，从我做起，从点滴做起，了解食品卫生安全常识，学习食品质量安全相关的法律法规，监督和揭露危害食品安全的事件和不法分子。食品安全需要你我的参与；食品安全需要你我共同的努力。生命的美好从健康做起，身体的健康从食品安全做起，食品的安全从我开始。

作为神东人，我们要托起明天的太阳，我们有责任关注和维护员工的健康。我们要教育员工积极参与其中，在全公司传播食品安全知识，为全民健康事业尽自己最大的力量。

敬畏生命
——写在陕西陈家山矿难发生之后

　　一样的我，不一样的舞台，然而，更不一样的却是每次触及安全事故所带给我的心灵的悸动。一幕幕血淋淋的场景，一声声悲戚的哭诉，一次次艰难的生死诀别，把一个个曾经温暖幸福的画面永久定格在了人们的心中。我们也总是在创造美好的同时，却又在疏忽大意中无情地将它毁灭。

　　2004年11月28日上午7时10分，陕西省铜川市矿务局陈家山煤矿发生了瓦斯爆炸事故，在井下的293人中，有127人安全升井，166名矿工遇难。升井矿工是经过顽强自救、互救和紧急救援才得以逃生的。铜川矿务局一位工作人员证实，在七八年前，矿务局产的煤越多，赔的越多，近年来随着煤价飙升，煤炭生产成了暴利行业，加之现在地下的煤炭资源面临枯竭，趁这几年不挣一把还待何时呢？

　　究其原因，煤矿对产量、利润的疯狂追求导致了对安全管理的忽视。一些企业不顾安全条件突击生产、盲目超产，而因此付出的超额代价就是一批批井下工人的生命。

　　我们不禁要问：在生命与死神擦肩而过之时，在麻痹大意心存侥幸之时，在藐视安全之时，难道就真的忘了"安全第一，预防为主"吗？就真的忘了翘首期盼你平安归来的老父老母吗？不！因为再没有什么比健康美好的生命让母亲更加幸福了！是啊！对于世界，我们只不过是它微小的一个粒子，而对于母亲，儿女就是她的整个世界。

我们常说，安全意识一松懈，付出的就是惨痛的代价。其中一名遇难矿工才结婚几年，他与妻子有着甜蜜的约定：每天下井前或升井后都报送平安。然而无声的回应改写了一个妻子一生的幸福。当满怀悲痛的妻子颤抖着双手打开丈夫更衣室的手机时，手机上依然停留着一连串妻子的未接电话。妻子把手机紧紧地捂在胸口，就好像是要握住丈夫的生命。

有人说，安全难，难于上青天。但我要说，敬畏生命、安全不难，只要您的心中存放安全，平安就会驻留心间。是啊！安全，我们就要防范在先，警惕在前。安全，我们就要常怀责任之心，常行责任之事。因为这责任，扛着鲜活的生命！这责任，扛着家庭的幸福！这责任，扛着企业的兴旺！所以，当您看到一个未被熄灭的烟头，请您主动走上去将它熄灭；当您看到一处重物摇摇欲坠，请您不要只是躲开，要让更多的人知道危险的存在。蓦然回首，你终会发现，安全就在那"灯火阑珊"处。

此时此刻，就让我们在神东矿区这片我们始终忠爱着的热土上，共同携手播撒安全的种子，让平安与健康相伴！让快乐与幸福相随！让安全与效益同辉！让我们张开坚实的臂膀，一起笑拥安全！笑拥人生！笑迎未来吧！

神东文化的魅力

有人说，社会是一个大舞台，看谁更精彩；还有人说，竞争是一套有氧健身操，能舒筋活络，谱写跳动的脉搏；我想说，优秀的企业文化、独特的核心竞争力是企业的能量宝库，放飞激情，收获希望。

那么应该如何来理解企业文化呢？企业文化的意义在于它充盈着整个企业的方方面面。它既是企业的灵魂和潜在生产力，又是企业生存和发展的动力，更是企业立足市场的源泉。

弹指一挥间，我们神东煤矿陆续投产已经走过了二十多年的历程，曾经的拼搏创业，曾经的风雨兼程，流金的岁月见证了我们神东人负重前行、开拓创新的坚实足迹。在这二十年多的时间里，为了矿区的发展，我们所有员工识大体、顾大局，舍小家、顾大家，在平凡的岗位上做出了不平凡的业绩，用勤劳的双手描绘了神东的宏伟蓝图。光阴似箭，岁月如梭。短短的十几年时间，神东矿区筹建者们用辛勤的汗水和颗颗赤诚之心，谱写了一篇又一篇艰苦奋斗的壮美诗歌！

伴随国家经济的飞速发展，沐浴改革开放的时代春风，在二十多年的风雨历程中，神东煤炭集团始终勇立时代潮头，不断实现自我超越，立志打造世界煤炭企业的领跑者。多年来，神东坚持不断深化改革，深挖内潜，实现了连续几年的千万吨跨越，经济效益大幅攀升，走上高质量发展之路。充分利用煤炭资源赋存的有利条件，通过健全安全管理制度，加大职工安全教育培训力度，推广"五步工作法"，规范职工的安全生产行为；通过加大设备管理力度，完善"一通三防"等安全基础设施，改善了物的不安全状态；通过强化"双基"和"质量标准化"，突出现场精细化管理。

近年来，紧紧围绕建设装备精良、管理科学、高产高效的本质安全型矿井目标，大力实施"科技兴矿"战略，不断加大安全装备投入，注重新技术、新工艺、新材料的引进和应用，推动生产技术更新换代，大幅度提高矿井的技术装备水平，夯实安全管理基础，促进矿井安全稳步发展。神东以"创建一流企业"为目标，结合现代信息技术，大力开展智能化矿井建设，为实现高质量持续发展铺就了一条康庄大道。已集成矿井综合自动化控制系统、实时监控系统、数字化操作系统三大控制平台。在科技兴企，实现跨越式发展的同时，坚持走新型工业化道路，大力开展节能环保工作，不但实现了矿井优势资源的循环利用，而且还在技术应用上实现了新突破，带来了可喜的经济和社会效益。为促进矿区职工整体文化素质提升，构筑和谐矿区，秉承神东"创领文化"体系，大力弘扬"艰苦奋斗、开拓务实、争创一流"的企业精神，不断实施文化铸魂工程，使企业文化建设真正成为了神东的立足之本、创业之力、兴业之源。

诚如大家所言，神东是我们的家，我们都是这个家的亲人。今天，你用实践行动证明了你是独一无二的，你是无法取代的；明天，我们将自豪地向世人昭示，我们的神东、我们的团队以及我们的企业文化同样是独一无二的，是无法取代的。所有这一切都证明了我们的神东是这样一个充满温情和人性的大家庭；我们的团队是这样一个具有凝聚力、向心力的集体；我们的员工是这样互助互爱、团结协作的员工；我们的企业文化是这样以人为本、精诚团结的文化。一艘航船的顺利航行是一个舵手的成功，一个企业的成功是一个激情团队的成功。建设品牌，我们任重道远；畅想未来，我们激情满怀！我们坚信，有一支敢打硬仗的职工队伍，就一定能够克服前进道路上的一切艰难和险阻。

感悟文化的魅力

　　人每天过日子是生活。为什么过，怎样过，过得怎么样，则是文化。企业每天的日常工作是经营，为什么经营，怎样经营，经营得怎么样，则是企业文化。生活和经营都是过程，过程之外的就是文化。文化是精神心理情感层面上的东西，是支撑、引导、评价过程的各种因素的总和。

　　文化对内是一种力量。先进文化具有强大的生命力、凝聚力、感召力和影响力，它蕴涵着巨大的潜在力量。文化是人生、企业、国家的实力构成之一。文化对外是一种形象，是主体向外传递的统一信息。文化也是一种影响。如果文化足够强，就能够影响主体存在的周边环境。

　　文化的作用是双向的，既可以对内作用，也可以对外作用。文化的价值也是两面的，既可以是有利的，也可以是有害的。文化也是具有时间性的，可以超前，也可以落后。这些都显示了文化的多维性。

　　文化的优劣，体现在对过程的支撑作用大小、引导方向的正误、评价标准的高低上。过程是主轴，文化是围绕主轴而发挥作用的。优秀的文化为过程提供强大的精神支撑力量，引导过程朝着正确的方向前进，并对过程进展做出及时正确合理的评价，以便继续支持或纠正偏差。拙劣的文化不仅不能支撑过程，反而会削弱本来的力量，误导过程发展，并做出错误的评价，从而进一步加大偏差。过程是管理、服务、营销、生产，文化就是目标，是战略，是方向，是愿景。简而言之，优秀的企业文化就是对企业经营过程的优化。因此，塑造优秀的企业文化，首先是明确过程本身。凡是有利于过程的，就是优秀的文化；凡是有害于过程的，就是拙劣的文化。一切文化都要符合过程的当前实际状况，根据问题来确定主题。脱离实际的文化就是虚假的文化。皮之不存，毛将焉附。离开过程这条主轴，文化也就失去了意义。脱离企业经营实际，也就没有企业文化的价值。

只有在达成共识和共鸣的前提下，文化才能形成一种统一的力量。共识和共鸣来源于内心真诚觉悟，靠外力强制管理约束是做不到的。一个企业要塑造有力量的文化，首先要寻求最大公约数，也就是建立最能使大家达成共识和共鸣的基础。有了这个基础之后，再慢慢去消除分歧逐步统一。如果一开始就强行要求别人认同自己，就会导致强烈的抵触和反抗。这样企业只能招揽一些奴才或蠢材，真正的人才和英才不等到被拒之门外，自己就会选择远离或者逃离。企业要用最有号召力的理念，来感召最有战斗力的人才。企业文化要符合企业现实发展阶段，过于超前或者过于落后，都会对经营过程产生不利。一段时间内的企业文化要保持相对稳定，朝三暮四见异思迁、动荡反复的企业文化必然会伤害经营过程。所以应该先稳定当前，再与时俱进。

由上得出企业文化建设的三大纪律：一、先明确问题，再明确主题。二、先取得共识，再消除分歧。三、先稳定当前，再与时俱进。严格遵守这三大纪律，企业文化就会生机勃勃活力无限。违背这三大纪律，企业文化就会犯左倾激进主义或右倾保守主义错误。要么走火入魔误入歧途，要么死气沉沉僵化保守。

企业文化建设实际上就是经营过程再造。作为中小企业，再造经营过程一定要从最基本的方面开始。中小企业绝对不能好高骛远，期望一下子达到很高的境界。因此，要选择几个关键的突破口。首先是人员的学习，包括老板和员工。其次是环境的整洁。再次是财务的严控，定期的会议，赏罚的分明，双轨的体制，福利的恩惠，内外的沟通，这些都是每个企业必须做到的，不管是大型企业还是中小企业。这些就是企业文化建设的八项注意——学痴、洁癖、财迷、会瘾、赏罚、阴阳、饮食、内外。从这八项注意开始做起，企业文化就有了坚实的基础。

为什么要实行双轨制？这是因为过程再造需要两种力量的平衡。一种是执行的力量，也就是沿袭过去已经形成的过程，代表着旧文化的惯性。一种是督导的力量，也就是督导对过程的再造，代表着新文化的变革。企业文化就是在这两种力量较量的动态平衡中发展起来的。没有督导作用，没有执行力量，企业文化建设很容易偏离方向，受到执行者个人率性而为的牵制。很多企业文化之所以失败，就是因为没有这种双轨体制保障。支部建在连上，才能保证文化的触须伸入到基层的每个角落。

企业文化是觉悟出来的，而不是强制管理出来的，更不是瞎编乱造出来的。一切文化都来源于人的觉悟。因此企业文化首先是要以文化人。只有塑造一支有知识、有能力、有担当、有修养、有胸怀、有仁义、有觉悟、有远见的员工队伍，企业文化才能经久不衰，生命常青。没有领导员工个人修身养性，一切企业文化都是空中楼阁。这才是以人为本的企业文化。文化是通过对人的影响发挥作用的。文化是人创造的，能影响人的思维方式、丰富人的精神世界、增强人的精神力量、促进人的全面发展，反过来又能影响人、熏陶人、塑造人。优秀文化可以影响一个人、一个企业，更影响着一个民族、一个国家的前途命运。

一个企业一旦诞生，经营过程也就开始了。只要有经营过程，就需要有企业文化。因此，企业文化不存在何时导入、何时建设的问题，只存在如何再造经营过程的问题。支撑过程，引导过程，评价过程，是企业文化的全部内容。好的企业文化可以促进强化经营过程，所以任何阶段的企业都需要企业文化。没有文化的人，活着就是活着。有文化的人，知道为什么而活，知道选择活的方式，知道怎样活得更快乐。这就是区别。没有文化的企业，经营就是经营。有文化的企业，知道企业的目标和远景，知道选择什么样的战略和方针，知道怎样才能使企业存在得更有价值，这就是区别。

我与企业共成长

一

"我与企业共成长"是一种文化追求，也是一个实践论命题。有些理念，没有体验就不知道其中的奥义；有些快乐，未历经波折就总显得浅薄；一切幸福，未经过奋斗就不知道其中的珍贵。是一棵树苗，就要长出枝繁叶茂的树叶，酷暑中为人们撑起一片休憩的浓荫，严寒中化作护花的春泥。那就是成长。

企业与员工是一个共同体，企业的成长，依靠员工的努力来实现。企业给了我们最大的信任和发挥空间，那我们就应该自觉把个人的命运和企业的发展融为一体。带着强烈的责任心充满热情积极主动地去工作，恪尽职守，为企业的发展贡献自己的力量，这不仅是我们，也是企业走向成功的起点。

2012年7月，又一批年轻学子通过招考走上了神东的工作岗位，成为了千万名神东人中的一员。带着稚嫩和憧憬的年轻人，来到了神东这个热情的大家庭中。有的从生产一线一名检修工到质量检验员，有的成长为业务骨干和班组长，有的已走上了中层管理岗位。可以说，今天的青年矿工褪去了当初的稚嫩，多了一份成熟；没有了往日的胆怯，多了一份坚强。这一路走来，有欢笑，有泪水，有挫折失落，也有憧憬希望。这一切，都是成长过程中必然的代价和收获。

在和神东一起成长的过程中，他们体会到了生活的乐趣和工作的成就感，是神东让这些互不相识的人走到了一起，为了同一个目标不懈努力。工作是生活的一部分，用好的心态去对待工作的每一件事，学会快乐地去完成它。在享受工作带来的乐趣的同时，也感受到自己成长的喜悦。无论他们身处在何种岗位，无论职位高低、大小，他们都非常尊重自己的工作，肯定自己的工作，工作丰富了他们的经验，增长了他们的智慧，在工作中获得技能与经验，是他们最大的收获。

当然，在和神东一起成长的过程中，有的人也犯过这样那样的错误，他们在深感痛心的同时，也感受到了幸运，感到了自己觉醒的及时，这在今后的人生成长道路上，无疑是重要的转折。

神东给了他们发挥才智和矫正自我、不断前行的宽阔平台，他们感谢上级前辈的支持和关心，感谢那些同甘苦的兄弟姐妹。这份感谢包含着一种"身在其中"的幸福和快乐，这种快乐来自于个体与群体的彼此认同和相互承担。它使个体生命获得了极大的依靠和自信。

二

在神东这些年的经历，有一句话让我感悟至深：责任重于泰山！奉献、敬业、忠诚、责任，这四个词在人的一生中占有多重要的位置呢？

一支乐队，需要全体成员的齐心协力，否则难以呈现出余音绕梁的华章；一枝玫瑰，需要根茎的无私奉献，否则难以散发出沁人心脾的芳香；一座桥梁，需要桥墩的支撑，否则难以负载千车万人的流通；而一个企业的蓬勃发展，同样需要每一位员工的脚踏实地，需要每个员工的爱岗敬业。

新环境的陌生感、对新文化的认同、对企业的归属感……对好多新入企的青年员工来说难免会产生思想起伏和情绪波动。

日子一天天过去，一路走来，一路成长，一路收获。挥汗如雨，那是盛夏劳动的果实；与同事们说说笑笑，你会了解到另一种生命的体验，看到周围同事们一张张笑脸，终于明白原来平凡的岗位也可以产生无数喜悦。企业的大多数员工都是默默无闻的普通人，没有惊人的业绩，没有耀眼的光环，平时也许不善言辞，不说大话，从不认为自己能做出突出贡献，按时上下班，遵章守纪，努力工作，非常的平凡，也非常的普通。但是就是在这些普通员工身上才体现了一种敬业奉献的执着追求。企业的稳定、发展、壮大，归根结底靠的是这些人。苍穹之下，大地之上，无数平凡人才是企业乃至国家社会真正的中流砥柱。当这些平凡人肩上的责任凝聚起来的时候，就汇集成了整个企业的责任、社会的发展。

爱岗敬业是一种精神，是一种态度，更是一种境界。有句广告词说得好：思想有多远，我们就能走多远。当我们将爱岗敬业当作人生追求的一种境界时，我们就会在工作上少一些计较，多一些奉献，少一些抱怨，多一些责任，少一些懒惰，多一些进取；有了这种境界，我们就会倍加珍惜自己的工作，并抱着知足、感恩、努力的态度，把工作做得尽善尽美，从而赢得别人的尊重，取得岗位上的竞争优势。

个人成长与企业发展

相传佛祖释迦牟尼曾考问弟子：一滴水要怎样才能不干涸？弟子冥思苦想：孤零零的一滴水，一阵风能把它吹干，一撮土能把它吸干，其寿命几何？弟子们百思不得其解。释迦牟尼说：把它放入江河中去。

我们赞美江河的辽阔壮观，有时竟忽略了浩荡的江河也是由亿万涓涓细滴汇成的，小水滴也在融入江河时成就了自己，最终奔腾入海，成为了浩瀚汪洋的一分子。个人与集体的关系被水滴与江河完美地展现了出来。

仅近几年，应聘到神东的大学毕业生就达两千多人，他们目光清澈，胸怀梦想，渴望在这座现代化新煤都找到归宿，得到认可，实现价值。

对这些新入企的大学生来说，迈出校门，正式走上工作岗位，也意味着真正踏入了社会。而企业敞开胸怀迎接这些新生力量，又恰如这些孩子当初考入大学一样，是向他们敞开了一座全新的"大学"的门。我们许多老员工看着这些学生气还未褪尽的年轻身影，有的人也许会回想起自己刚参加工作时的情景，有的人则也许联想到了同样也是才走上工作岗位的本人的子女，表露出欣慰又不无些许担忧的神情……而我想以一个老神东人的身份对这些年轻人讲的是：此校门已非彼校门。

军训后的入职教育，是新入企大学生到神东后上的第一课，除了接受企业史、企业文化、职业纪律等方面的教育，必然也涉及个人成长与企业发展的内容。在许多年轻员工心里，认为企业发展和员工个人成长是相辅相成的，是一种相互依存的关系。没有企业的发展，就不会给员工提供好的发展环境。同时，企业要更好地发展，也离不开个人的发展，因为个人做得越好，企业才能做得越强越大。个人助企业发展，企业助个人成长。只有在集体中，个人才能获得全面发展，而个人在自我增值的同时也为公司带来了利益。海是由一滴滴水组成的，没有水也就不存在所谓的海，一滴水看似不起眼，但是却能汇聚成广阔的海洋；海洋之所以美丽壮观也正因为有无数的水滴。个人与企业的关系也是如此，相互依存，共生共荣，密不可分。

还有的年轻人进而认为，企业与个人单从表面上来看是雇佣与被雇佣的关系，但是从深层次来看就如同父母与孩子的关系。孩子读书读得好，成绩好，父母脸上有光，反之亦然，但唯一不同的是，这里的"孩子"有选择自己"父母"的权利。两者应该是相辅相成的关系，企业成长决定了个人成长，而个人的成长又促进推动了企业的成长。一个企业的发展依赖于员工的发展，员工的发展是企业发展的根源，只有员工素质提高了，企业才会赢得市场提高竞争力。就员工个人来说，人都是渴望进步的，如果一个企业不能给员工提供发展和成长的机会，员工也不会在企业里做得太久。

而我想到的是，如果没有一段较长时间的在职在岗的历练和深刻体悟，上面对个人与企业关系的认识还是多少有些简单和片面。

首先，与大学相比，加入企业这个大学校，你的身份已然完全不同。学校对你的考核主要是考试成绩和思想品德，学费则由你的家长或自己勤工俭学出。而进入企业你的收入来自你的劳动贡献，你的自然人身份已然转变为经济人或社会人。你与企业的关系是法定契约关系：第一份契约就是你正式入职后与企业签订的劳动合同，第二份契约是你通过劳动依法向企业获得劳动报酬。这两份契约，是你在企业获得身份和价值认同最根本最基础的依存。

其次，你可以将企业认同为"父母"，但现实是企业不完全等同于父母，你的亲生父母在任何时候都无条件地对你负有"无限责任"，而企业只对你负"有限责任"。当然，市场经济下，现在年轻人择业也是多向的；你认为在企业中孩子对父母有选择的权利，不称心可以主动离开。这样想本身也没错，但是否更多的是站在了一个单向的角度？难道企业这个父母就没有选择孩子的权利吗？来到企业，需要时就是父母，不需要时就选择离开，这可能是现在好多年轻人的一种共性思维。而我想说的是，过多地站在自己的利益考虑问题，未免也太自我了。

再次，我想对年轻人说的是，要记住形势比人强。企业所占有形成的各种资源，包括人力资源所构成的运行机制能量，要远大于一个个员工个人能力的简单相加。企业发展与员工个人成长不是一种简单的相辅相成和相互依存关系，而永远是集体成就个人，个人通过奉献依存于集体。一滴水只有主动融入江河，才得以保存，而"不废江河万古流"。

最后我想说的是，任何一个社会、一个团体，永远存在发展不平衡、不充分的问题，甚至还有些是你们眼里的不公平。应该如何对待呢？三句话：有能力改变可以改变的事情，有胸怀接受不可改变的事情，有智慧分辨二者的不同。

愿我们早日拥有这样的智慧。

用文化"洗脑"

"洗脑"一词虽然听起来很恐怖，但在工作、生活中每时每刻都在发生。领导在给员工"洗"，销售在给客户"洗"，父母在给孩子"洗"。每个人都或多或少地在通过"洗脑"的方式说服他人，让对方接受我们的意见并执行。

对于团队领导来说，给员工"洗脑"是一件非常重要而且必须要完成的工作内容。因为我们需要团队中的每一位成员都能接受团队的文化、团队的价值，实现团队的共同愿景。这也就是给员工"洗脑"的原因所在。

一般来说，给员工"洗脑"主要分为四个步骤：

第一步，价值灌输。"洗脑"的第一步通常都是价值灌输，即让员工接受你的理念。一旦员工接受了你的理念，"洗脑"可以说就成功了一半。很多人习惯将价值灌输称之为"画大饼"，实则这比"画大饼"要复杂很多。想要员工接受我们的理念，我们就需要建立一套完整的逻辑体系，让理念的内容能够相互支撑，这样员工才会相信。比如说，你想要员工相信公司未来有非常广阔的发展前景，那么引入一些行业的发展数据、调研报告来支撑自己的观点是非常必要的。

第二步，行为暗示。行为暗示就是通过特定的行为设计来强化员工对理念的认同。比如军队会通过一系列训练让士兵接受"服从命令"这一理念。对于团队来说，同样如此。想要员工能够接受我们的理念，就要设计出一套不断重复的行为来不断暗示员工这种理念是正确的。比如说我们的理念是让员工相信公司未来的发展愿景，那么在员工工作过程中，我们就要通过符合未来发展愿景的工作习惯来暗示员工，有一天企业会发展成我们所预想的那样。

第三步，企业文化。当员工接受团队行为的暗示以后，我们就要着手建立与"洗脑"内容相一致的内部文化。内部文化能够强化员工的归属感，也会进一步将员工相信的理念不断放大，进而相互影响。就像苹果公司不断强调的"改变世界""与众不同"的口号一样。如果建立了稳固的内部文化，员工就更愿意接受其他方面的"洗脑"内容。

第四步，模式固定。通过价值灌输、行为暗示以及企业文化等步骤，员工已经接受了"洗脑"的内容，我们接下来需要做的就是不断巩固"洗脑"的成果。通过定期的聚会、活动来继续强化我们之前的"洗脑"，否则经过一段时间的放松，原来的"洗脑"成果就会烟消云散。

"洗脑"的最终目的并不是让员工能够接受我们的观点，而是让员工真正融入我们的团队、我们的企业中去。而以上这些方法，事实上也是企业在新员工入职培训中，会考虑和实施的部分内容之一。

抽烟与煤灰

小学的时候，最喜欢的是冬天的夜晚。

冬天的夜晚，以豆点大的煤油灯为中心，母亲在一边缝缝补补，或给我们做一件新衣裳，或是哧啦哧啦地纳鞋底。我和弟弟在油灯旁装模作样地写作业。而父亲呢，则面朝炉火坐着，专心地用我写过的作业纸卷着自己种植的旱烟抽烟，或者是自言自语。

在地下的炭火炉口上，放着一把老旧茶壶，水早就开了，也没有人提起，就让它那么一直开着，水汽从弯曲细长的壶嘴里喷出来，壶盖子被水汽顶得嘭嘭嘭响。

母亲哧啦哧啦地纳鞋底，偶尔停下看一眼我和弟弟、妹妹。父亲抽着烟不说话，不间断地吐着唾沫，而那时，炉火正旺。

小时候的记忆里，大多数时候爷爷是抽旱烟的，有时也抽自制卷烟。纸是我正反面用过的作业本纸，用手撕成一个个长方条，把烟叶撒在纸中间，慢慢卷成一个一头粗一头细的圆筒，把剩下的那点纸用舌尖一舔，贴到卷好的烟筒上，粗的一头用手指一捻，细的一头叼在嘴唇上，提开炉上的水壶，把一根小木棒伸进炉子里，点燃纸烟，使劲吸一口，呸呸地吐好几口，连说："不好抽，一股子墨水味。"我和弟弟妹妹就哈哈哈地笑起来。

爷爷连续吸几口自己卷成的不香的纸烟，把一大截烟屁股扔进炉膛里，拿起火钩子，弯下身子开始掏炉膛里的炉渣。

这是爷爷每晚要重复的两个节目，一个是卷纸烟，一个就是掏炉渣。就像我和弟弟每晚要写作业一样。

爷爷把炉灶里的炭渣，都掏到地上。然后，放下炉钩子，不怕热，也不怕灰尘，直接用手把炉灰平摊开来，把还发黑的炭渣拣出来扔进盛炭的箩筐里，拣得干干净净，哪怕是豆粒大的小黑点，也拣出来扔到盛炭的柳编箩筐里。剩下的就是烧尽的灰白煤灰，爷爷会扫起来，盛到一边的废油桶里，用作地里的肥料，既壮地，又杀菌。

炉膛里没有可掏的炭渣时，不甘停手的爷爷，就把火钩子伸进炉底往下放炭渣。这时候，发黑的炭渣，或者正在燃烧的煤炭，就会哗哗哗地落到炉灶底盘里。爷爷继续用火钩子把它们掏到地上，一点点用心地拣出来。除了偶尔卷烟抽烟，爷爷会不断重复这几个动作。有时母亲会说："不要管它，自己烧完了，就会落下来。没烧透，还得再捡回去。"

爷爷不以为然："你懂啥？炉底的炭已经烧不透了，只能放下来拣出去再烧。"我觉得爷爷说得有道理。至少是看着院子里积攒的一大堆炭灰，细细的、灰白灰白的，没有没烧透的炭渣，心里很舒服。

在那样的冬夜，爷爷不止一次说过他和父亲去满来梁赶着牛车拉煤的事。我想，这也是他珍惜煤炭的原因。爷爷说这事的时候，通常是为了化解我们笑他频繁掏炉底拣炭渣的尴尬，通常他会说一句："你们懂什么，那时候……"这就开始了。

那时候，爷爷六十出头，父亲四十多岁。我们村离满来梁煤窑有三公里，来回要走十几里，他们在路上要走两个多小时，换来十个工分。这十个工分，到了年底，也不过给家里换来几斤粗粮。

爷爷说："我赶车在前，你父亲在后，跟着牛拉车的节奏一步一步地低头往前走。"他们不敢走捷径，只能顺着坑洼不平的车马路走。尤其是那段沙坡路，上坡一里多，下坡一里多。一道沙坡，上坡父子俩闷头往前推车，下坡使劲往后拽车子，上下坡要休息二十几次。那时候，爷爷只能狠下心，黑着脸喊着父亲继续往前走，给家里拉点煤好过冬取暖。

说到这里的时候，弟弟已经睡着了。母亲纳鞋底的动作慢下来，对我说："你们要好好读书，将来咱们用钱买煤取暖。"爷爷不说话，手里的动作也慢下来。我在想，出去读书，参加工作，再回到家里，还能看到爷爷坐在炉前收拾那些没烧透的煤渣吗？

参加工作后，住在哈拉沟治沙站办公室。一到冬天，大约是小雪时节，单位就买来一大堆的煤炭，比家里烧的好多了。几个办公室都用炭炉子取暖，一个冬天要烧掉四五吨。每天早上掏出来的煤灰，就堆在单位院子的南墙根，却不是灰白灰白的一堆，而是黑乎乎的一堆。一天晚上，有个人喝了酒对着煤灰撒一泡尿，那堆黑色就更明显了。我看到这种情形心里很不舒服，于是，每天下班后，我就坐在小凳子上，用火钩子一点一点地拣没有烧透的煤渣。捡回办公室，一点一点地倒在炉子里继续烧。有一次治沙站来了一个高个子戴眼镜的领导，无意中看到了那堆灰白灰白的煤灰，回头对我说："看你们这堆煤灰，就知道你们管理得很细很严，不错。"

安全生产的守护神

人们赞美花的美丽、果的甘甜，可是很少有人赞美为花果提供养料无私奉献的绿叶。人们赞美机器，享受机器给人们带来的便利，可是很少有人赞美无私奉献的检修工人。就是这样一群人，没有太多华丽的言语来形容他们，因为他们很普通，但他们却用自己的色彩，描绘出一幅幅生动的图画，同时在创造中把自己升华。

走进神东维修现场，看到的是忙碌的身影，很少有人知道他们背后的痛苦与泪水。由于生产的需要，煤矿的生产是不分昼夜的，工人们的生活是没有正常规律的，采煤班的矿工三班不停地工作。维修中心的师傅们更是一天二十四小时没有松懈的时候。他们不敢有丝毫懈怠，因为生产的每一个环节都至关重要，每一台设备都至关重要，只要是设备一有毛病，无论是吃着饭还是睡着觉，调度一个电话检修师傅立马出现在设备面前，从没有抱怨，从没有懈怠。有一个笑话这样说我们的检修工人：一位检修师傅结婚当天酒喝多了，到了闹洞房的时候人们怎么也叫不醒，办法想尽，新娘最后朝着丈夫喊了一声："调度来电话了，再不去就要停产了！"只见小伙噌一下起来就说："工装呢？"

检修工人虽然默默无闻但是至关重要。神东的每一吨煤炭都凝聚着检修工人的辛勤劳动和点滴汗水，再苦再累他们都在坚持，都在默默奉献自己火热的青春年华。

为了煤矿井下的安全生产，他们丝毫不敢怠慢，因为他们是顺利生产的守护者！

他们是今天最可敬的人！满面的灰尘，挡不住他们前行的脚步，满眼的疲惫，挡不住他们对事业的追求，这里不是战场，却备受考验，这里一双双沾满油污的双手，一件件蓝里泛白的工作服，无一不诉说着对工作的热爱，对工作的无私奉献。

他们会披着清晨的第一缕阳光奔赴检修现场，战斗于严寒酷暑，不论什么时间什么情况下，只要有采煤设备的地方，就会看到他们忙碌的身影，他们没有热情洋溢的工作宣言，只有热火朝天的工作场面。一张张布满污渍的面孔，却能绽放出美丽的笑容，坚忍不拔是他们的意志，一丝不苟是他们的信念，精益求精是他们的追求，疲惫的身体和湿透的衣服，记载着他们辛勤的劳动成果。他们是检修现场的蓝领骄子，他们是检修现场的主力军，是他们用不怕苦不怕累的精神书写着检修的辉煌。

没有人比我们更了解检修作业的多种多类，没有人比我们更了解检修有多脏，更没有人比我们知道在恶劣的环境下工作有多累，是检修工人默默地用汗水书写青春，将艰苦奋斗的精神弘扬；是检修工人在付出无数的辛劳后，用双手托起神东的太阳。

我们努力着，艰难险阻难以阻挡我们奋斗的步伐；我们坚信着，所有的付出一定会有开花结果的那天；我们期待着，明日的神东必定会在我们的参与中，在我们的见证下走得更远、攀得更高、变得更强。

致敬清洁工

对于清洁工，我总有一种莫名的亲近。

无论是小区里擦拭玻璃的阿姨，还是马路上披星戴月，不分寒暑清扫垃圾的大叔大妈，又或者是出差时为我整理房间的宾馆服务员，碰到了，我总要和他们打个招呼。我看他们，没有仰视，不会像一些文人那样慨叹——啊，您真崇高！当然，我更没有俯视，脸上露出矜持的笑，居高临下对他们说——好好干，你们的工作很有意义！我只是平视他们，日日从他们清扫过的干净的路上走过，有时见到他们，平平常常地问候一声，像对待朝夕相处的同事，抑或时常碰见的乡亲。

今天一大早，我照例在滨河公园里散步。七点钟不到的时候，就有清洁工开始打扫路面，倾倒垃圾桶累积的垃圾了。看着他们一下一下地扫，重复着单调的动作，路上的纸屑、树叶、雪糕棍就被扫走了，换来的是洁净与明亮。我油然生出了些许感悟。

打扫卫生是清洁工的工作，就像有人当总理、总经理，有人当市长、董事长一样，分工不同罢了。不能说总理、总经理、市长、董事长的岗位就如何的不可或缺，而清洁工就可有可无。试想，如果没有清洁工，我们的一条条街道、一座座城市会是一个什么样子呢？在我看来，少个把总理、总经理、市长、董事长也许没有什么大不了的，至少不会塌了天，但如果没有清洁工，恐怕就真的街将不街、城将不城、国将不国了吧。

不是有人在评"中华脊梁"吗？我以为，像清洁工一样的许许多多的普通劳动者才是真正的"中华脊梁"，没有他们的支撑，整个社会大厦就会像年久失修的桥梁一样，说不上哪天就垮塌了。任何一个社会结构都是金字塔形，权贵和精英一定是居于塔尖的那一部分，处在塔基的正是像清洁工一样的普通大众，他们凝聚在一起，才维持了这个金字塔的稳定。因此，底层人物不是维稳的对象，而是维稳应该依靠的力量。如果本末倒置，塔基的人承受的重压超过了极限，这个金字塔也会倾覆的。

清洁工天天扫垃圾，并非爱垃圾，而是爱卫生。就像医生每天给病人看病，他们不是爱疾病，而是爱健康。鲁迅们抨击丑恶与黑暗，当然也不是爱丑恶、爱黑暗，而是爱美丽、爱光明。很多人批评社会、责备政府，并不是希望中国变成殖民地，而是希望我们的国家不断强大有国格，人民日渐幸福有尊严。我的耳畔回响起了艾青的诗句："为什么我的眼里常含泪水，因为我对这土地爱得深沉！"

我写这些随笔文章，不大会赶眼下网络上的时髦，也不大会迎来送往，好多文字都是在描写普通人，有好多还是在讲述自己过往在农村的平淡经历。于是，有人问我，这样做有意义吗？我也经常问自己，写这些东西有价值吗？我看着眼前默默清扫垃圾的清洁工，忽然就明白了我和他们亲近的缘由，因为我也是一名清洁工。我用键盘和文字在做着和他们一样的清理垃圾的工作，为社会环境的净化做一些我力所能及的工作，这不就是我存在的价值吗？

一个清洁工只能打扫一段马路，不能改变整个城市的环境，但千千万万个清洁工就美化了我们生活的街道、城市和国家；一棵树撒下的只是一片绿荫，改变了不了炎炎夏日的骄阳似火，但一座森林却足以影响一个地方的气候；同样的，一块顽石对于这个社会是微不足道的，但无数的顽石就可以铺出一条路，架起一座桥，垒起一幢大厦。

有人批评"各人自扫门前雪"的做法，我倒认为这样的做法值得肯定。"一屋不扫，何以扫天下！"如果每个人都把门前雪扫干净了，至少这个世界就不会是完全被冰雪覆盖；如果我们在扫完自家门前的雪以后，还能把清扫的范围稍微扩大一点，那我们每个人出门的路就会畅通许多。

洗煤人的情怀

2006年他入职神东公司洗煤中心，清晰的记忆中他借助神东煤炭集团的快速发展，秉承高科技、高投入、高标准、高效益、高质量的理念，现代化的安全生产技术装备和洗煤人的科技创新不断提升着洗选能力，现已经破茧成蝶。在这期间，洗煤人在乌兰木伦河岸边不畏艰难，奋勇前行，用心血和汗水无私地浇灌这片干涸了的沃土，将火热的青春挥洒在这片深爱的热土，将挚爱凝聚成一种执着的力量助推洗煤厂的发展建设，用充满激情的双手，创造了一个又一个安全生产的奇迹。

时光的脚步飞转流逝，洗煤人新房子住进来，好车子开起来，享受着神东巨大的变化带来实惠的时候，也深藏一份感恩之心，将挚爱化作工作的动力，撒遍洗煤厂的每一个角落。

然而，当煤炭十年黄金期过后，面对煤炭市场下行环境，洗煤厂遇到了前所未有的艰难险阻，这种特殊的境遇，考验着洗煤人。为了共渡难关，他们像经营一个家庭一样去珍惜、爱护着自己的家园，像经营一份事业一样去点燃工作激情，积极发挥团队精神，在工作的激情中创造属于自己的奇迹！他们始终坚定不移地以年初制定的各项目标责任来约束和要求自己，团结协作、齐心协力，充分发挥个人和集体的智慧，为企业的发展贡献自己的一份力量。他们把自己的理想、信念、青春、才智毫无保留地奉献给这庄严的选择。他们用实际行动履行自己的职责，洗好每一吨煤炭，细化每一个安全环节，填好每一张记录，算准每一个数据，写好每一篇文稿。

三毛的一句话让我记忆深刻："即使不成功，也不至于成为空白。成功女神并不垂青所有的人，但所有参与、尝试过的人，即使没有成功，他们的世界也不是一份平淡，不是一片空白。"雷锋日记里的一段话让我觉醒："如果你是一滴水，你是否滋润了一寸土地；如果你是一线阳光，你是否照亮了一分黑暗；如果你是一颗螺丝钉，你是否永远坚守你的岗位。"也许每个洗煤人都很平凡，每个洗煤人的岗位也很平凡，但平凡中的他们已经不再是血肉之躯，是钢铁，是磐石。他们不仅是车间内的骁龙，更是阳光下的雄鹰。

在洗煤厂通往二层的楼梯处，有一个"鹰雁"团队的牌子。鹰，刚毅、坚强、迅敏、进取，雄踞于高山之巅，搏击于蓝天之上。雁，协作、信任、服从、关爱，组队飞行的速度比独自飞行的速度快 22%，飞行距离至少可增加 71%。鹰雁，鹰之志于高，雁之志于远。历经十年的磨砺，洗煤厂已打造出了自己的鹰雁团队，"像鹰一样强的个人"组成"像雁一样合作的团队"。

神东美容师

初春的太阳，悄悄唤醒了树上枝丫，微风像一首乐曲在我耳边婉转回荡，浓浓的白雾将矿区笼罩在了其中。喧闹的矿区大街小巷人来人往。大大小小、形态各异的车辆像河水般川流不息，摩托车、电动车、自行车带着不同声响驶向前方。

十字路口，我看到了几位身着杏黄色制服、前后印着"神东环卫"字样、头戴扁平帽的清洁工。他们手里提着铁铲和一把扫帚，在为我们的矿区道路打扫卫生。初春的寒风吹过他们的脸颊时，我心中涌起一股钦佩之情。他们就是"神东美容师"——平凡而伟大的清洁工。

炎炎夏日，火辣辣的太阳炙烤着大地，人们躲在家中享受着空调带来的清爽。此时正是中午时分，滚烫的人行道上虽然也有树木阴凉的地方，但清洁工们在烈日下埋头坚持工作。他们红彤彤的脸上挂满了豆大的汗珠，腰背之间早已被汗水浸透，手臂上不仅粗糙还有火辣辣的灼痛，汗珠不停从发际渗出，滴答、滴答地落在地上。

深秋时节，秋风横扫着道路两旁的金黄色树叶，落得漫天飞扬，遍地都是。风大的时候，叶子不停地刮在人们的脸上，发出沙沙的响声。我每天走在上班的路上，总能看见几位清洁工。他们拎着清洁水桶，将水洒向路面，洒向花池，洒向草坪，为花草树木安全过冬做好准备。由于天气较冷，洒下的水到第二天早晨就凝结成了白霜。

进入冬季，不论是黄沙漫地，还是白雪皑皑，清洁工总是按部就班地坚守在自己的岗位。一天早晨，在我上班的路上，看到一位年龄比我大的女清洁工正在洒水防尘。一位年轻人走在清洁工面前说：'阿姨这水很凉，让我来帮您洒吧。"

阿姨说道："天气这还不算冷，你们的工作很忙，不要耽误了上班办事，还是我来做吧。"那个年轻人径直接过清洁阿姨手中的水桶，将手伸进水桶试探水的温度，一瞬间，他的手掌全是紫红色的，还在不停地颤抖。年轻人忍着痛将水一波一波地洒出去。看着这一幕，我深深体会到了这种工作的艰苦和清洁工的伟大。

多年来，是他们的双手带来了矿区环境越来越好的变化。如今，那些完全依靠手工清洁的艰苦劳动，被洒水车、专用自来水管所替代。马路两旁翠绿的树木、绿茵茵的小草、芬芳的花蕊竞相争艳。清洁工们默默无闻地置身于神东矿区的每个角落，他们用一把把扫帚，扫出了神东矿区一片蔚蓝的天空。

唯一的你

—— 一位青年矿工的自述

当天边一抹清丽云彩悄然降临这个世界，让人措手不及却又惊喜万分。

1977 年 8 月 19 日，我出生在一个农民家庭，来年的 8 月 10 日，她在一个工人家庭出生。

我们有着不同的轨道，演绎着迥异的人生，没有意外的撮合，却有惊艳的初见。或许那一天阳光正好，又或许上天注定，就这样，我遇到了她。

2012 年 10 月 17 日，中国矿业大学的邂逅，她出现在人群中，穿着简单，开朗、大方，我们就这样在不经意间被缘分绑定。

轻轻握住彼此手时一阵悸动，我便为她倾心，原来这就是一见钟情。聚会结束，我迫不及待地带着她去了一家情调十足的咖啡店，从一无所知到侃侃而谈，彼此的心也越来越近。

我开始疯狂地爱上她，我们的第一次正式约会是在新世界，虽已三年过去，我依然清晰地记得曾经的每一个场景，因为那一个场景，我才鼓起勇气牵住了她的手。我告诉自己，牵住了就一辈子不要放手，不要让你离开我。

后来我们相爱了，抱着为神东煤田奉献终身的憧憬，在神东这座喧闹的矿区，一个简单的我，一个单纯的她，让彼此都甚觉安心。她告诉我：这辈子除了你，其他都不嫁！我们走遍了矿区的山间小道，我们又飞去浓情蜜意的厦门，她成了我相机里唯一的恋人，我开始想给这份爱增添一份责任。

三年相守，一千零九十五个日夜，我们经历过酸甜苦辣，也有过争吵与迷茫，但在一起的决心却从未改变。

还记得在第一个情人节，在这个意义非凡的日子里，我们依然可以紧握着彼此的手，讲述我们的精彩故事，每一段都是那么的弥足珍贵。

一生的眷恋，是共同牵手；最美的时光，是彼此遇见。纵然千帆过尽，我只愿做她爱情里的唯一。

一个采煤大学生的自述

　　时光荏苒，不知不觉中我已在哈拉沟煤矿工作两年多了。犹记得刚刚告别大学生活的我们每个人都兴奋地给自己绘制了一张蓝图。这样的蓝图承载着多少莘莘学子的梦想，可是经过社会大潮的打磨，又有多少人能执着地坚持着自己的梦想？"理想很丰满，现实很骨感"，只有慢慢地蜕变，才能真真切切地领悟到不以现实为基础的理想，全是空想。

　　青春是首歌，我的青春在哈拉沟煤矿谱写着。

　　在哈拉沟煤矿生活工作的两年里，我学会了很多，从一开始的"上下请示，左右逢源"到"以煤为业，以矿为家"，再到"立足现在，着眼未来"，这里的人、这里的事无时无刻不在影响着我，引领着我迅速成长。

　　这首歌不再是娇里娇气的《不想长大》，而是慷慨激昂的《我的未来不是梦》。

　　人生就是一场戏，我的青春在哈拉沟煤矿演绎着。

　　作为哈拉沟煤矿一名小小的职工，也作为扩能改造这场戏中一个小小的角色，所有的人都怀揣着自己的愿望努力地演绎着，也许想证明什么，又或许想得到什么。我也是……

　　"人生如戏，戏如人生。"每一个忙忙碌碌的人其实都在寻觅一个心中的舞台，而这样的舞台又以不同形式存在着，或是明媚的办公室，或是机器轰鸣的巷道。我在哈拉沟煤矿找到了属于我的舞台，在这个舞台上我和我们大学生采煤班的伙伴们尽情演绎着我们各自的青春。

"谁不知常年奔波人受苦，谁不晓儿行千里母担忧，少年壮志潮头立，击掌青春要打拼。谁不恋灯红酒绿安逸好，谁不想花前月下儿女情，用坚定的步伐追随热土，用赤诚的热血融化寒冰，用远大的抱负燃烧激情……我的青春在飞腾"。

冬去春又来，在这生机勃勃的季节放眼神东矿区，一幢幢高楼拔地而起，闪烁的霓虹灯，长虹般的马路；环境优雅的生活小区；井下干净的巷道，整齐的电缆、管路，先进的设备……

当这一幅美丽的风景呈现在人们眼前的时候，所有人的脸上都绽放出甜蜜的微笑。而这一切由岁月见证着、记忆着，它见证了神东矿区的改变，记忆了为哈拉沟煤矿付出的所有员工。哈拉沟煤矿在腾飞。

青春是打开了就合不上的书，人生是踏上了就回不了头的路，要输就输给追求。与哈拉沟煤矿相遇之时，心绪如云朵般丝丝缕缕；与哈拉沟煤矿相处之后，感悟如雨露纷飞。此时回首方知彷徨是因为不敢前行，迈出第一步之后，才发现"追求"就在前方，只有不断整理思路才能明白它，只有不断披荆斩棘才能靠近它。

当钟表上的秒针在不停地追赶着分针的时候，岁月在流逝着，青春在流逝着，而我也在奋力追赶，追赶岁月的无情，追赶生活的脚步，追赶着神东矿区煤矿那惊人的发展步伐。

小棉袄

那年还没立冬，爱人就三番五次地催儿子去试穿她新做的小棉袄。

回到家里，儿子接过妈妈手里的小棉袄，打眼一看，棉袄已现雏形，里表全新，华达呢面料摸上去柔顺而暄和。儿子急忙试穿，大小正合适，心里真是乐开了花。

人都说女儿是娘的小棉袄，而作为儿子，也是妈妈的小棉袄。想起他妈妈经常念叨的"儿子女儿不偏不倚"，顿时心里暖暖的，不由感慨：母亲就是儿子女儿的小棉袄啊！多少年来，爱人为儿女做的小棉袄，一直送着温暖，始终伴在他们左右。在他们的记忆中，每年秋收刚完结，爱人就算计着拆洗或新做一家人的棉衣。

爱人是从陕北嫁到我家的，她也承继了陕北人的勤劳精神，每年总是提早打谱，为儿女添做新衣服。家境的原因，孩子不能年年有新的棉袄穿，但她总有办法让他们穿得整齐干净而利索。

有一次爱人生病，儿子赶回老家探望。快要返回单位的时候，爱人又从木箱子里取出叠得方方正正的小棉袄，让他试穿。儿子一下子怔住了，一股羞愧感涌上心头，儿子急忙别过脸掩饰自己快要涌出的泪水：妈妈啊，不管孩儿是否淡化了对您的挂念，您都会给孩子最浓郁的爱。妈妈，不是我的小棉袄又是什么呢!

　　后来，单位有了"农转非"指标，爱人和儿子的户口都迁到了城里。爱人说，虽然城里条件好，家里和单位都有暖气，但是在上下班的路上，寒风刺骨，不能大意。记得儿子刚上班那阵子，忽然觉得小棉袄很丑，不想穿了。但在我爱人的殷切注视下，他依旧穿着去上班，心里直打鼓：等到了班上我就换下来。那天正在下大雪，寒风一阵阵地往脖颈里灌，沿途路过铁道口时，风雪劈头盖脸打来，寒风无情地朝身上袭，这时小棉袄的功效顿显，身上暖乎乎的，儿子才真正体会到妈妈的好! 单位里，也有一位老同事对小棉袄情有独钟。他说：老娘今年八十了，看我经常加班，非得让穿上她做的小棉袄。嗯，关键时刻，还是这个顶事! 听到这话，儿子默默地低下了头。

　　1984年我参加工作，成了一名警察，单位每年的暖气供应很足，单位办公室、单身公寓、澡堂里都热气腾腾的。家境较好的同事都穿着买来的羽绒服、呢子大衣，相比之下，爱人给我做的棉袄就显得有些土气了。我想，爱人整日在农村劳作，不让她做棉袄，还可以减轻她的负担，于是我也开始买棉衣。警察的工作是紧张的，总有很多事情要办，期间，我给她写信的次数少了，对爱人的牵挂仿佛也淡了……渐渐地，我淡忘了爱人做的那件棉袄，淡忘了多少年来棉袄带给我们这个家庭的踏实，还有自里到外的温暖。

　　有一年我去探望我的老母亲，母亲说：趁着我还能看得见，想给你们弟兄几个每人做一件棉袄棉裤。听到这话我鼻子发酸，母亲已经年过七旬了，头发花白却还在为我们操劳。望着母亲有些佝偻但仍然忙碌的背影，我暗暗发誓：从今以后，我要和母亲来个角色互换，我要做老人家的小棉袄! 像她照顾我们小的一样照料她到老!

一个农民工的自白

　　清晨，看见窗外下起了雪，今年的雪比往年来得早，也下得大。"瑞雪兆丰年"带给我们矿区来年的祝福。看着飘落的雪花，我情不自禁地走出家门，看着矿区两边的树已被大雪穿上了棉袄，洁净的街道也已盖上了棉被，矿区变成了洁白的天堂，给予了矿区冬日的圣洁。

　　一个在矿区长大的农民工说：在我上小学的时候，矿区也下着这么大的雪，那时矿区里没有花园，两边也没有这么多的树木，街道的下水道没有盖板，被雪给封住了，矿区的雪变得单一无色。我们那时候渴望下雪，也害怕冬天，那时候家里没有暖气，非常的冷。下雪了，我们就约上同学一起，去上湾后边的小树林，打雪仗、堆雪人，穿着厚重的棉袄，踏着厚底的棉鞋，厚厚的棉鞋踩在雪上，发出吱嘎吱嘎的声音，我们都喜欢这种声音，都来回地踩在雪上，厚厚的雪被我们踏出了深深的脚印。

　　打雪仗是一个我们爱玩的游戏。我和同学把雪捏成一个个雪团，趁同学不注意就把雪团塞到了他脖子里，那时穿的毛衣、棉衣都湿了，家里没有暖气，没有甩干机，母亲就把衣服挂在炉子旁烤着，第二天没有干，还要继续穿着上学。印象最深的是，我们在树林里抓麻雀，上湾后面的树林里，在雪地上扫开一片空地，把谷子粒儿撒在地上，上面罩一个筛子，用短棍支住，把绳子绑在短棍上，远远地牵着，天冷麻雀耐不住诱惑，也忍受不了饥饿，于是铤而走险来觅食，也往往就被捉住。后来也不知是谁提议我们将捕获来的麻雀清理干净，再从家里拿些盐巴撒在被我们清理干净的麻雀肉上，用炉子烤麻雀肉吃，当时在我们看来实在是一种美味。

现在家家户户安上了暖气，公司也有暖气，矿区的街道也变得整洁有序，矿区的雪也变得更白，映衬着我们生活的美好。有时候父亲陪着儿子在矿区的花园里堆着雪人，看见花园里，人们用手机拍着矿区花园里的美景，原来我们小时候堆雪人是一种快乐，现在是一种对生活的享受。矿区两边树下停着一排排的车，孩子们在车的玻璃上画着笑脸写着字。

矿区的雪在下，矿区的面貌在变。

走在洁白的雪上，留下深深的脚印，我端详着一棵被雪压着的树木，雪花重重地压在树枝上，雪水融化在了土里，树枝支撑着它顽强的枝干，显现着超俗的顽强。我想，我们美好生活的背后，就是我们神东矿工的肩膀，换来幸福生活；矿区的雪，折射着凄风里历练生命的顽强。

雪停了，大家清扫着街道两边的积雪。被雪洗过的地面，尘土随着雪水扫去，变得那么干净。夜晚的矿区，少了一份往日的嘈杂，月光下，矿区的街道变得明亮、纯净。

矿区的雪，每年都在下，矿区的环境，每年都在变化。每一份变化，都展露着我们不屈不挠的神东精神。雪色的白，是一种美丽的纯净，也见证着我们的生活更加美好。

爱的使者

那年，刚搬到神东矿区时，我只觉得苍凉，满天尘土飞扬。煤尘，脏乱差，以及建筑工地嘈杂的声响。

远离熟悉的城市，交通、生活，感觉陌生。

当环境无法改变时，只能改变自己，改变那颗在动荡中起伏不定的心。

我记得山荞麦花，第一次开放在工业厂区，让我略显单调乏味的世界，有了色彩，有了绿色，交相辉映。

我记得夏季的夜晚，在大柳塔火车站前广场上，响起的旋律，寂静的夜空，在妙曼的舞姿里，沉醉。我记得那个身材婀娜、舞姿极其优美的女人，她穿着黑色的舞衣，舞可以让她飞翔。那时的她，就像一只美丽的蝴蝶，我注视她，仰慕她。

当一个人沉浸在他的世界，专注雕琢时，一些光芒，会连同他的世界发亮。

尔力古湾的爱情湖有一些水潭、沼泽、芦苇。旁边的园艺场，是我去得最多的、在我的世界算一道独特风景的地方。在盛夏里，看着路旁黄的、红的、紫的花，像美的使者。

园艺场场长说，爱情湖即将消失，政府要建造楼房。那刻，在我眼中的风景还依然苍翠，默默地静立着。

我在尝试熟悉这个陌生的世界，我在这个陌生的世界里，寻寻觅觅。

一些属于我的时光，还会重来。

一些叶片在风中，婆娑起舞。

生活可以像风景一样，婉约。如果你愿意修饰它。它可以像陶器，能经得起光阴打磨。

让心去感受生活，聆听某个角落，树叶着地时，清脆的声音。

我以为，那些旧的时光，会随光阴溜走。

当我还在怀念过往，一个煤海绿洲的小镇，早已落座我的宅院旁。

我来不及弄清那些建筑，那些风格，那幅《清明上河图》。
我便开始绘制那幅在我脑海中跳跃不停的画面。

一个女人，坐在小公园的长廊凳上，看着曲径中散步的男女。很多人用镜头对着她，许多人用画笔画着她。而她在他们的世界之外，宁静，嫣然。

其实，人生有种距离，可以写意为咫尺。

只能凝视，不能靠近，就像白色的花瓣落进掌心后，那些花瓣上的斑驳，会依稀可见。

是花，是爱，也可裂帛。

秋之韵

秋，是明净，是绚烂，是埋藏在岁月风骨里的温润与美丽。没有哪个时节，能像秋日这样惹人动情。

当夏日的余热退场，秋水般明净的风就接踵而至了。

秋，像个素净温婉的女子，不动声色地穿过时光的鳞隙，晕染了季节的眉梢。

怀着一颗平静的心，寻找一份如秋的清宁，才发现人生就像一场落叶匆匆，所有的过往只是浮华一梦。

秋是一本禅意深远的经，一首浪漫高远的诗，辽阔、静谧、恬淡、绚烂和寂寥。

一片枫林，一黛远山，一江秋水，几痕江渚，数点白鹭沙鸥，秋便有了淡淡的远意。

秋意浓，无处说离愁。

无言，无语，就是一种禅境。

或是有人离去，或是有新人遇见。总道是故人好，可又有几人对故人找得回曾经的感觉。

时间渐行渐远，改变了太多那些记忆中不敢说出口的话，以为会在纸上开出繁华，却不承想最后埋在了心口，永久地腐烂。

离去的人，不会再想着挽留，反倒全变成了一种洒脱。弃我去者，昨日之日不可留，乱我心者，今日之日也渐淡薄。

只是在偶尔想起的时候，嘴角会掠过一丝感慨的微笑。

其实，我们也不过是一片叶子，随着风儿匆匆地飘来飘去，从没有一个地方我们可以称之为永远，但总会有那么一个地方是我们的秋天。

当第一片落叶落下的时候，一叶知的不是秋，而是又一轮岁月的碾过。

年纪越大，越对秋渐渐感到害怕，怕的不只是年龄的衰老，更是对身边一件件熟悉的事物逝去的伤情。

越来越明白豁达才是生活最浪漫的方式，既不憋屈，也不放荡。

东坡在诗里写道：缺月挂疏桐，漏断人初静。谁见幽人独往来，缥缈孤鸿影。

王维说：桂魄初生秋露微，轻罗已薄未更衣。

李白眼里的秋：人烟寒橘柚，秋色老梧桐。

秋天似乎就是为诗歌而诞生的，一景一物都是一诗一歌，而这种秋意寒浓在北方则更显得苍劲有力，黄色可以浸染整个城市。

南方的秋是那么不显眼，好像一出现便立刻被冬带走。持续不了几天，便荡然无存。

有时候一阵秋雨过来，来得不急不缓，却有点凉。落在台阶，像是在诉说一件陈年往事，滴滴氤氲开来，力透纸背，穿透的是叶根，直达记忆的年轮。

浸湿了的是缠绵的想念，舒展开来长嘘一口气，化作秋天天空里飘浮的几朵白云。

去拜访一位好久不见的老友，依然还是和以前一样，书籍和衣物都整齐地打理摆放着。和他聊起近况，出生不久的孩子很像他，老母亲年纪大了，去看了几次，病痛日益加深。

想起一些陈年往事，杯盏间，看得清的是现在，看不清的是未来和模糊的过去。

人生就是这样，喜忧参半，再有钱有势的人也有自己的苦恼，再简单朴素的生活也有幸福和满足。

不变的是旧习惯，变了的是来往的人群和看世界的心境。常常感慨人生迟暮，殊不知，比人老去更快的是寂然的时间。

我们还耗得起多少个秋呀，春夏秋冬年年有，最终我们将会戛然而止在哪个季节？

变化的四季，流离的年华，就这样仓皇出逃。阵阵凉风吹来，把心上的旧尘一丝不苟地打扫干净，仿若天空一般透明。

这个季节最适合认真思考，思考人生、思考天地。携一本书，泡一杯茶，把秋天的滋味就着思考喝下去，别有一番风味。

倘若有所收获，那是极好，倘若无所得，也可尽享这大好的秋光，生命的每一刻都值得好好度过。

人生不过是一半风雨，一半晴天，四季轮回才是人生的常态。

愿你活得漂亮，爱得纯良。愿你不争不抢，却有岁月打赏。

愿你等的人会来，愿你珍惜的人永在，愿你爱的人永不离开。

秋天会离开，春天会回来，愿你在春华秋实的岁月里，成为更好的自己。

愿你不负韶华，不负春秋。

去年　来年
——写在 2019 年除夕

"最是人间留不住，朱颜辞镜花辞树。"

转眼，这一年又走完了，时间来不及细算，过往来不及细看，甚至这一年都没对自己好一点，不知不觉，就这样走完。

新春来临之际，请勇敢地和过去告别，迎接新的开始，让过去的过去，让未来的到来。

愿你往后的路上，沿途皆美丽。一切最温暖的心愿，都在来年里实现。

从前种种，譬如昨日死。今后种种，譬如今日生。

学会释怀，看淡看远，与这个世界握手言和，才能向美好的生活出发。

正如释绍昙在诗里所说："春有百花秋有月，夏有凉风冬有雪。莫将闲事挂心头，便是人间好时节。"

心大了，大事就小了；心小了，小事就大了。

生命匆匆，放下了执念负累，淡看世事沧桑，心才能风清月朗，安然无恙。

席勒说时间的步伐有三种：未来姗姗来迟，现在像箭一样飞逝，过去永远静立不动。

当我们反应过来，已经行至中年。

正如欧阳修在词里所说："平山阑槛倚晴空，山色有无中。手种堂前垂柳，别来几度春风。文章太守，挥毫万字，一饮千钟。行乐直须年少，尊前看取衰翁。"

愿往后的每一天，都是你余生中最年轻的一天，一切都还不晚，珍惜当下事，不负眼前人。

在这段冷暖交织的光阴中，被岁月温柔以待，不负年华，慢慢变老……

生命，就是一场盛大的相遇。无论拥有或失去，相聚或离别，无论何时、何地，我们应怀着一颗感恩的心。正如纳兰性德在诗里所说："人生若只如初见，何事秋风悲画扇。等闲变却故人心，却道故人心易变。骊山语罢清宵半，泪雨霖铃终不怨。何如薄幸锦衣郎，比翼连枝当日愿。"感谢生命里遇见的那些事，感谢身边的那些人，感谢那一段段奇妙的缘分。余生不长，相遇了，就好好珍惜！

这世上，最美好的是珍惜，最幸福的是平淡。

正如辛弃疾在词里所说："茅檐低小，溪上青青草。醉里吴音相媚好，白发谁家翁媪？大儿锄豆溪东，中儿正织鸡笼。最喜小儿无赖，溪头卧剥莲蓬。"

看遍了一览众山小的奇景，才知道阖家欢乐的平淡最珍贵。因为工作繁忙而冷落的父母，无暇顾及的子女，都在等着你归家。

如果人生已半，最重要的是急流勇退，带着释然，回归平淡。

人生是一场旅行，走自己的路，过自己的桥，看自己的风景，一切都是最好的安排。正如毛泽东在诗里所说："风雨送春归，飞雪迎春到。已是悬崖百丈冰，犹有花枝俏。俏也不争春，只把春来报。待到山花烂漫时，她在丛中笑。"

生活得到和失去都是成正比的。所以，已拥有的，就满足；得不到的，就看开。人生苦短，唯愿笑得开怀。

生活究竟如何过，最终还是取决于我们自己如何看待。

正如冯道在诗里所说："穷达皆由命，何劳发叹声。但知行好事，莫要问前程。冬去冰须泮，春来草自生。请君观此理，天道甚分明。"

所以，无论你经历过什么，请相信时间会带走一切，什么都会过去的。

做一个豁达的人，感恩经历，不去恨，不去愁，才能真正获得自由，才能看透生活，认清生活，热爱生活。

人这一辈子，注定是趟孤独的旅程，赤条条来，赤条条去。但这一路，值得庆幸的是，因为有些人的出现，我们始终温暖。正如冯延巳在诗里所说："春日宴，绿酒一杯歌一遍。再拜陈三愿：一愿郎君千岁，二愿妾身常健，三愿如同梁上燕，岁岁长相见。"

有些人陪我们一程，有些人陪我们一生。有些人惊艳了时光，有些人温柔了岁月。感谢这些人的出现，温暖了我们好多年。

这一年，感谢你们的不离，来年，我们继续。

生活本就是泥沙俱下，鲜花与荆棘并存。看淡是非，扛得住旅途中的风风雨雨，才能遇得到雨过天晴。正如苏轼在词里所说："莫听穿林打叶声，何妨吟啸且徐行。竹杖芒鞋轻胜马，谁怕？一蓑烟雨任平生。料峭春风吹酒醒，微冷，山头斜照却相迎。回首向来萧瑟处，归去，也无风雨也无晴。"

有人问：一个人最好的状态是什么样子的？

答：微笑挂在嘴边，自信扬在脸上，梦想藏在心里，行动落于脚上。

时间宝贵，愿你成为自己喜欢的样子，不抱怨，不将就，有野心，有光芒。

"流光容易把人抛，红了樱桃，绿了芭蕉。"流年更迭，岁月，仿佛只是倏忽间的事。

过往的日子被甩在身后，眨眼之间，时光将人与物变了模样。

我们期望了一年，我们纠结了一年，我们烦闷了一年，我们辛苦了一年，我们一直腾不出时间爱自己，我们一直腾不出双手拥抱自己。

余生，愿我们对待生活，要看透过往，珍惜眼前；对待感情，要缘来抓住，缘走不求，随缘往来。

来年，愿阳光暖一点，再暖一点，愿日子慢一些，再慢一些，在漫长的岁月里，往事清零，爱恨随意。

红尘因你而缠绵

　　时光如水，总是无言，我剪断时光，将你的模样，镌刻在生命里。从爱之初的一见钟情，两情相悦，到如今的执手相看，两心相许。爱的路上，浸满了相思，也写满了幸福，一朵小花、一瓣心语都是爱恋，一份牵挂、一声祝福都是真情。蝶花相恋，红尘一醉。此生，种一枚相思的红豆，许一世柔情，爱到永恒。

　　相遇是一树花开，相知则是一世安暖，流年陌上，看一场繁花盛开，把咫尺天涯的思念，沉淀成心底的眷意，让深藏心底的懂得，在彼此的风景里花开并蒂。念起一份温暖，守候一场缘，任时光若水，相伴相随，寄情于山水，融情于文字，在生命的轮回中，续写一份真挚。

　　思念几多梦萦，听一曲冬日恋歌，似梦的旋律，拨动心弦。回眸凝望，一场最美的相遇，旖旎着缠绵的过往，荡漾着心中的期盼。撷一朵思念的云，掬一缕相思的风，遥寄于你，与思念对望，心韵悠悠，牵挂多多，溢满了深深的浓情，沾满了浓浓的相思，倾不尽的千般爱，诉不完的万般情，为你，写尽今生情爱，抒尽此生！

　　深藏一段优雅的时光，让它在流年的梦里点亮，盈盈一眸岁月的浅笑，让它在思念的情怀中畅想，明媚一路欢声的笑语，一路珍惜，一路守望，触摸丝丝缕缕的牵念，感受那惺惺相惜的温馨；一纸清香、墨韵情长，静静地坐在文字的彼岸，让温暖的感觉穿越方寸荧屏，送去我对你诚挚的祝福：愿你的人生精彩无限！

蒙蒙烟雨相思恋，琴韵幽幽相思情。是谁在三千红尘中，弹奏着心中的万千柔情；谁在风里独自听香，吟唱着那首千年不变的爱恋；谁在花开花落中，守候着每一个日落日出；又是谁沉醉在一帘烟雨中，隽永千里共婵娟的不悔眷恋。情深意浓两相知，痴心相思恋万年，缠绵的情愫，远方的思念，时时把意揣在心里，刻刻把情装在心中。

读一段文字，字里含情，你在字里，我在行间，用心灵的静谧，感知距离和温度，心里的笃定与饱满，便会浅漾溢出，庆幸拥有，且欢喜着。念一场雪，纯洁晶莹，荡涤心灵的尘埃；念一个人，灵魂对望，沉淀馨香。红尘因你，文字沾染了缠绵和味道，拙笔，把眉眼绚丽芬芳写尽，只与你涂上一抹七彩的暖香……

浅浅执笔，墨香溢散，融进一份岁月里的情怀，升腾在指尖的不只是祝福，还有季节里最美的清香。淡淡的，不浓却很醉人，一份绵绵的相遇，在文字里相聚相守。如若时光允许，许下爱情长存，情谊路上不离不弃。

千般思绪，落笔为念，写下心声，感受人间温暖，感悟情的真诚，感知心灵的渡口。默然相守着，一起走过如水的光阴，明媚了这段指尖眉梢的情愫，用心语描绘一幅相遇美丽的画卷，唯美岁月，留香流年。为你，写尽今生情爱，此情此景，可待追忆！

新春寄语
——写在 2017 年除夕

当我们撕下今天这张日历，你会惊奇地发现：后面没有了！这个事实告诉我们：历史的长河，又流逝了一年。而作为降临这个世界的我们，在年龄的账簿上又平添了一年。在过去的一年里，我们都曾努力过、奋斗过、拼搏过、付出过也收获过。然而我想，我们也对人生有了一些新的感悟吧？

借此机会，把我对人生的一束新的感言捧给大家，权当是新年寄语吧！

人生：如水、如花、如雨、如棋、如酒、如茶……

人生是一条江，发源于远处，蜿蜒于大地，上游是青年时代，中游是中年时代，下游是老年时代。上游明净而婉转，中游狭窄而湍急，下游宽阔而平静。

人生能走多远？这话不要问两脚而要问志向；

人生能攀多高？这话不要问双手而要问意志。

望高峰而却步，就看不到极顶风光；将出海又收帆，就体会不到惊涛骇浪。没见过大山的巍峨，那是遗憾；见了大山的巍峨但没见过大海的浩瀚，也是遗憾；见了大海的浩瀚但没见过大漠的广袤，依旧遗憾；见过大漠的广袤但没见过森林的神秘，还是遗憾！

因此，无论是我们人生的上游、中游还是下游，无论是我们的青年、中年还是老年，我们都应该拥有高远的志向和坚定的意志，为了追求一种境界，实现一个目标，明知大山有坎坷，大海有惊涛，大漠有风沙，森林有猛兽，也要矢志不渝，一路风雨跋涉地走下去，直至达到我们所追求的境界和目标，让我们的人生得到丰富和充实，让我们不虚此生！

因此，无论是我们人生的上游、中游还是下游，无论是我们的青年、中年还是老年，我们都应铸造"泰山不辞土壤，江河不辞细流"的度量，用我们的志向和意志去成就我们博大的人生。

因此，我们就应该明白一个道理：我们的人生，是活脱脱地来的，没有一丝羞怯。喜欢蓝天白云、丽日和风，就应常常让丽日和风沐浴青春，就应常常让蓝天白云拂拭心灵；憎恶阴霾迷雾、淫雨狂飙，就应时时把阴霾迷雾撕烂了踩在脚下，就应时时把淫雨狂飙捏碎了掷在脑后。一身正气地去追求自己的人生。

所以我说：人生是一根甘蔗，甜甜的，吃一口就少一截。因此，我们应该好好地珍惜她，用心地呵护她，细细地品味她，尽情地享受她！

祝各位闻鸡起舞，鹤立鸡群，一鸣惊人！

生命的温暖

　　是谁说过，靠近，就是一种温暖？有的时候，一个温柔的眼神，一个简单的问候，便能让心在漫长的岁月里相互依靠。

　　这世上，总有些眷恋，一往情深。你给我一个微笑，我还你一个拥抱，懂得便在心里生成，温暖着孤寂的灵魂，即便有些邂逅是短暂的，那份心香淡淡却持久着。

　　长路寂寂，我们都是孤独的人，即便是再坚强，也是需要陪伴的。光阴的屋檐下，希望有一个人，能看到彼此内心不为人知的优雅，从而因欣赏而相惜着，这个人能感受到自己内心的温度，这份遇见，无关风月。

　　世间的相遇，是缘也是宿命。时光里我们都是晚归的人，见与不见，何止想念。是谁在蒹葭水岸，写下青梅一行，让思念望眼欲穿？是谁在期盼，醉里挑灯夜话，执手看花的时光？究竟隔着多少风烟，才能为爱期许岁月静好？究竟写下多少诗行，才能让两颗心相依相暖？

　　人和人，一场缘，有的时候，你费尽千辛万苦去寻找，却等不到那个执手相依的人，而与你有缘的那个人，就在生命的下一个路口，向你微笑。最好的遇见，应在初识，初心若雪，岁月安暖，最简单的陪伴，与一人相守，最美的相逢，是走过千山万水，隔着岁月的风烟，我仍能记住你的笑。邂逅是缘，相守也是缘，缘来缘往，无从把握，有时候，那个你想方设法要逃离的人，却对你痴心不改，而你一直珍藏在心中的那份情，却对你若即若离。

一生中能遇到一个懂你的人太难，有时候在心里念着的，只是一个人的名字，和一份期待。生命中至纯至真的情，可遇不可求，如遇一缕阳光，便可明媚一季，若能邂逅一个对的人，便可以温暖一生。

光阴是岁月里开的一树繁花，风一吹，暗香盈袖，用心回味，便能装帧成画，用心书写，便是一首诗，若念起，是感动，是相逢。岁月很美，我在春天里种下一轮太阳，在冬天里便能收获到温暖，这世间的情意是上苍最美的赠予。时光一直在流逝，而我们一直在遇见。

总有一些人，花朵枯萎了也不肯丢掉，雨停了也不愿收伞，总有一些珍惜，在无声处深藏，在落寞的时候积聚力量。生命的美好，就在于邂逅。或许人生走什么样的路，遇到什么样的人早有定数，但我还是希望能遇到一个内心山水相近的人，哪怕只是一个微笑的纯美；希望能遇到一份懂得，哪怕只是一眼的相惜。盈盈一水间，脉脉不得语。最好的爱，能让孤独的灵魂绽放，每个生命都是需要温暖和陪伴的，一见倾心又怎能忘？

爱的柔软，爱的勇敢，都只为将爱与阳光，放在与你同在的地方。最好的相遇，是将爱放在心底，只愿彼此安好，生命中若能遇到对的人，如坐在花下修行，让岁月拥有美好的底色，和善良的温度。

走过流年的山高水长，总有一个人，是你心中的永远，总有一个人，温暖你的生命。

五月美

  岁月的青藤爬上了五月的窗，风帘带香的时候，总有一些花间的幽梦来扰，乱了心情，美了心境；也总有一些山水间的故事，静静地等着与风交流，从此，花迷了眼，香醉了心，沧桑的世界，谁又肯拒绝这些时光赐予的温柔呢？

  合了眼，闻着花香，耳边偶有几声鸟鸣，啾啾声中，不知道自己是刚醒来，还是刚刚准备沉醉其中？或许，我已经忘记了远方的诗意，只是贪图着现在的苟且，欲罢不能了。

  夏已临，光阴不曾负我，我怎肯负了光阴？在柔软的风里小憩片刻，在婆娑的树影中勾画斑驳，用斑斓色彩装饰我的梦，然后，我笑了。对于生命来说，露出开心的笑容，什么时候都不会晚。

  感恩，感谢。我赠时光以微笑，时光予我以温柔，若说岁月的善良在山水之间，那么沧桑的人生因为遇见美好而柔软。美无言，暗含着因果，心态好，风景就美，心情也好，如此循环往复，久而久之，生活也就遂了人意。

  世界很美似琉璃，我心澄澈似流水。不说世事无常，不说岁月凉薄，冷暖的日子，用一颗平常心去面对，花开花落，美的时光自然会留在岁月里，落在心底，暗香萦绕着，似乎让生命的每一次呼吸都带着香气，馥郁迷人，魅力四溢。

贴近生活，悲欢各异，崇尚简单，做一个安静的人吧！安然地去读这个世界的美好，直至读出岁月的安良，才肯罢手。其实，理解这个多变的世界也并不难，用一颗简单的心去品味，用心感悟世间的善良和宽容，真诚地活着，那么，生活里的小欢喜、小清欢又怎会少呢？

清欢在手，五月的时光就是一篇散文诗，读雨意，耳边有滴滴答答的雨声；读花开，耳边有窸窸窣窣的感觉；读风与草的对话，浅语轻送，私语呢喃，低语着梦呓。

听着，看着，闲着，最美的风景，最迷人的香，都在生命的内里。也只有内心的颜色才是生命的底色，纯洁、干净、漂亮，才能渲染出生命不一般的色彩，才能读懂世界的美意。

这个五月，我轻语着美好，享受着美丽，与大自然亲密接触而感觉幸福。心里装着满满的快乐，曼妙着美好的时光，遇见五月，没有任何的仪式，只有平淡中的默契作为庆贺，从而显得平淡而不乏味。

关于美好的意义，不必多说，遇见就是美！不惊不扰的，红尘有美就在身边，当简单的美盈盈开放时，我已身在美的原乡。

最美杜鹃花开时

井冈山之旅，是一场穿越时空隧道的心灵洗礼。诚如郭沫若曰："井冈山下后，万岭不思游！"

时值仲春，一场新雨清晨不期而至。雨霁初晴，空气愈发清新，阳光透过云层罅隙，斑驳地映照山野，像一帧淡淡的水墨画。近看薄明的雾岚在山腰袅绕，远望轻柔的白云在山尖漫游，心情分外舒畅。汽车越过山冈，片山的楠竹林惊现视野末梢，它们笔直修长地倚立在山边崖畔，一丛丛，一簇簇，剑指云端，全然不似蜀南竹海的朦胧和幽深，把雄壮伟岸的美淋漓尽致地展现在众人面前。刹那间，我的双眼为之一亮，阳光也透过车窗照进心房。只见那一座座墨绿的山峰，连绵起伏，逶迤不绝。一汪汪青翠的林海，随风摇曳，荡漾波澜。山风微微，送来些许清凉的暗香，宛如少女们的丝竹琴弦音，犹似天籁。林海漫涌，更若她们的衣袂翩翩，在云端之上婆娑起舞，用曼妙的舞姿引领着你不断向前。或许更美的风景，就在山的那一面？

翌日，怀一颗敬仰的心，我来到了井冈山革命博物馆。到了这里，你的心灵会受到强烈的冲击，你才会猛然间惊醒：脚下的这片土地当年真实地发生过什么！其中馆藏的三千多件文物，竟然有八百六十件是原件！一个个形象逼真的场景，一尊尊生动丰满的塑像，在声光电技术的映衬下，把一段历史真实地呈现在大家的面前。仿佛穿过了时空的隧道，跟着历史的脚步，我们走进了那个枪林弹雨的年代：黄洋界保卫战的枪声再次响起，湘赣边界革命旧址会场中毛泽东铿锵有力演讲的声音再次萦绕，八角楼的灯光再次照亮……写满井冈山语录和井冈山歌谣的背景墙，处处让人心颤。这丰满灵活的图画塑像和真实生动的场景，有力地树立了当年第一个革命根据地的丰碑形象。毛泽东、朱德等一个个伟人，也从历史的长河中向我们走来，向世人诠释着一种伟大的革命情怀，一种坚强的意志和精神。是的，"井冈山精神永放光芒"！近年来党和国家领导人曾多次前往井冈山，深切缅怀老一辈无产阶级革命家的丰功伟绩；而开放发展、美丽怡人的井冈山更是吸引了世界的目光。

谁都不曾想到，在几座环绕的山林之中，在几湾水平如镜的稻田之边，在几个泥墙灰瓦的院落之后，革命旧址群竟隐卧于群山之间。毛泽东、朱德、陈毅等革命先辈曾在这里生活起居过。在这里，他们曾运筹帷幄，骁勇作战；曾挑灯夜读，笔耕不辍；也曾肩挑背扛，刀耕火种。他们也让这里走向世界，镌刻进历史的丰碑。看，那弹痕累累的墙壁，就是一位饱经沧桑的老人，在深情地述说着当年的故事和传说。人们纷纷在毛泽东旧居前的读书石旁合影留念，我想，他们留下的不只是自己的身影，更想带走的是伟人的灵魂和精神。传说故居后有两棵红豆杉，几度枯又荣。这不正是历经沧桑的井冈山吗？是八角楼的灯光把它照亮，从这里走向了灿烂的朝阳。与革命旧址群相望的，是点缀在山间的一幢幢民房，其美观漂亮的外观，无不显示出村民的殷实和富裕。一位太婆用山涧的清泉招待走渴了的我，富裕了的井冈山人民，依然用质朴的微笑迎接着远方的客人。

走过一段凹凸不平的石头路，几排简陋的旧房子呈现在大家面前，这是当年的红军医疗所。如今每间屋子都基本保持着当年的原貌，有红军手术用的简单医疗器械，有用木头或者竹子做成的担架，墙壁上竟然还珍藏着当年医护人员冒着枪林弹雨去采摘的中草药。我真的不知道，有多少仁人志士的鲜血，就倾洒在足下的每一寸土地里。沿着当年红军采药的山间小道前行，于曲径通幽之处，是绝美的水口瀑布。正是杜鹃花盛开的季节，"万壑树参天，千山响杜鹃。山中一夜雨，树杪百重泉"。是那烈士的鲜血浇灌了这里的杜鹃花吗？崖壁上，山林间，沟谷畔，一株株高大茂盛的杜鹃花，或紫红，或雪白，在山间灼灼盛开着。白者尤其楚楚动人，其瓣薄如蝉翼，在眼前微微颤动。看那一道雪白的瀑布从山崖垂挂而下，在山谷之间轰鸣着，恰似一曲壮美的交响曲，震撼了我的心灵。

　　这花的鲜艳就一直涂抹着群山的色彩，从笔架山直到高耸入云的黄洋界。沿着高高的石梯拾级而上，两旁的树林渐渐归隐于若有若无的云海之中。走进高高伫立的炮台，当年的战争场景犹然在目，看到了楠竹做成的钉子，响起了敌军哀号的声音。走进半腰的山间小道，仿佛看见朱德高大的身影，那"朱德记"的扁担，也在他的肩上颤悠悠地回响。高高的纪念碑，就是历史的见证。在黄洋界之巅，凝眸远眺，罗霄山脉犹如天然的屏障，护佑着这一方土地的神圣。唯有杜鹃花那娇艳的花朵，无论是在舒缓的山坡，还是在幽深的峡谷，抑或壁立千仞的悬崖，都能看到它不屈不挠的身影，与山风争鸣，与日月争光，与风雨抗衡，它们自由恣意地怒放着生命，灿烂着自己的青春。传说敌人当年曾烧光这座山，但春天来临，杜鹃花又开遍了山崖，因此井冈山的杜鹃花又叫映山红。星星之火可以燎原，我才有机会从嘉陵江一路走来，问道武当，追忆黄鹤，踏花东湖……这，难道不是当年红军战士用生命谱写的青春赞歌吗？这难道不是井冈山的精神写照吗？

井冈山的美，就在杜鹃花开时！在这里，你不仅可以饱览山河的秀美，更可以聆听历史的声音，洗涤心灵。井冈山的杜鹃花何止十里长廊，它那鲜红的色彩已经照亮了神州大地，从鸭绿江畔的长白山，到南海之涯的五指峰；从皑皑白雪的青藏高原，到辽阔无边的大草原……君不见："四面重峦障，五溪曲水萦。红根已深植，今日正繁荣。"

雪景情思

2016年正月初五清晨，来了一场春雪。遥望雪天，感慨万千。遂下笔几个小篇，与友人共飨。

篇一：雪的自白

我站在云端眺望人间，踌躇着，斟酌着，是否应该飘然落下。我看见那黑色的柏油路，那似绿非绿的树木，那可爱的城郭，之后，我最终选择降落。

我不顾一切地从云端向下跳，想覆盖住那黑色的柏油路，可是大风把我吹开，叫我别白费功夫。我呻吟着，挣扎着，依然飘落下来。我讨厌那黑色与灰色，想用那洁白的躯壳去覆盖它，可是来往的汽车，销蚀着我的躯体，我呻吟！挣扎！却无法反抗！

我落在了树叶上，感受着树叶带给我那丝丝温暖，却也被那无情的大风打落了，我哭泣着，眼泪洒满了大地。

我落在了房屋、汽车、树木等地方，到处都可以看到我的身影，任由朔风吹打着我，但我仍然想改变些什么。我在大街小巷里闲游，看见了和我一样纯洁的孩子，我追着他们和他们一起玩耍，一起游乐，但太阳却消融着我，警告我，这样做没用。我呻吟……挣扎，唤来了傍晚妈妈，她替我挡住了痛苦，夜深人静，我悄悄地潜入孩子们的心底，悄悄地……但是阳光终究挣脱了傍晚妈妈，又来消融着我。

我怒吼……咆哮……日日忍受欺凌的我终于起来反抗了，风越吹打，光越销蚀，我越坚强，越勇敢，多靠了我那心底的一个声音。我不顾一切地去改变这世间，带上我那颗温暖的心。

雨兄弟也试图改变些什么，但他不能，他只有带走一些灰尘、一些沙石。

我越下越大，昼夜不停，试图让人们醒悟，我坚信，终有一天，他们会被我所净化，所感动的！他们终究会知道，保护我和我的母亲以及我的兄弟姊妹们的重要性！

篇二：片片初雪片片情

早上起床，驻足窗前，惊喜立刻涌上心头，窗外，一场期盼了很久的雪不期而至。片片雪花像一个个白色的精灵，摇曳着轻盈的身姿翩翩而降，飘飘洒洒。

按捺不住喜悦的心情，急匆匆下楼，仰望天空，任漫天的雪花温柔地抚摸我的头发，亲吻我的脸颊，仔细聆听雪落的声音。张开双臂，想把这恬静与柔美尽情拥抱。伸手接一片雪花，双手紧握，感觉它将融化在我的手心里，也融化在我的内心里。闭上眼睛，品尝这甘甜清凉的味道，只想把这珍贵的感觉悄悄收藏。

这是一场初雪，是鄂尔多斯今年的第一场雪。虽然它喜迎春早，雪片也是那么或大或小，可它还是一样的纯洁温婉，一样的深情款款，一点也不影响我对它的喜爱之情。

雪越来越大，很快，它们就从一个个小巧的精灵，变成了一只只毛茸茸的白蝴蝶，挥动着翅膀，在我身旁欢快地跳跃着，尽情地嬉戏着，调皮地将我团团围住。北风也是那么轻柔地吹着，生怕惊吓了这些可爱的生灵。雪落地沉积，很快，大地就银装素裹了。

在城市中生活了很多年，虽然也邂逅了大大小小很多场雪，但在城市中，为了车辆和行人的安全，那些穿着橘黄色服装的环卫工人总是会及时地清扫路面上的积雪，我很久都没有见过这么完整、这么彻底的雪景了。透过这雪花，我恍然回到了童年，回到了儿时的小山村。

在我的记忆里，总记得家乡的雪特别的大，那真是"地白风色寒，雪花大如手"。每到下雪，都是鹅毛大雪，如棉花，似柳絮，随风而下。天地间连成白茫茫一片，好似在天地间拉起了一片帷帐，很有一派"千里冰封，万里雪飘"的壮观场面。雪下厚之后，放眼望去，所到之处，银装素裹，朦朦胧胧，如诗如画，白得刺眼，白得可爱，真仿佛置身于一个粉妆玉砌的童话世界。

在冬日里，乡村总爱办喜事，我总也忘不了那一场场雪地里噼里啪啦的鞭炮声，总也忘不了那红红的喜字，那红红的盖头。忘不了家乡父老乡亲那淳朴开心的笑脸和忙碌的身影，忘不了那乡村上空升起的袅袅炊烟。

因为有雪，风景如此美丽，空气如此清新。因为有雪，步伐变得轻快。雪，洗去了尘埃，荡涤了灵魂。雪，滋润了每一个人的心田，给人们带来了来年的希望。

有人说，天空中的每一片雪花都是一个祝福，我觉得，每一片雪花也代表着一个希望。在这美丽的雪天里，希望漫天的雪花带给我爱的人，和爱我的人满天的祝福与希望。这个春天充满温暖，只因有你的深情陪伴，祝愿我的朋友亲人爱人一生平安。

篇三：暮雪倾城

春天是一个乍暖还寒的季节，所有的寒气尚未退场，就流露出春的气息。只有车流如旧，奔跑、蠕动，或者停滞。从拥挤堵塞中走来的女人，来不及脱掉冬日的面具，就无可奈何地穿上了春天的外套，清瘦的树影伫立在街道两边或隔离带中，默默地梳理着往日的光阴。

我猜不出这些雪花会飘成何许模样，或者会延续到什么时候，我只是担心这些雪花还来不及舒缓，就被冷风给吹散了，或者被城市的呼吸给融化了。若是在久远的年代，这些雪花自然会演变为初春的高原雪景吧？或者，呈现"千树万树梨花开"的景象。那时有低矮的老墙，围着安静的时光，厚厚的积雪覆在墙头，撒满鸡鸣与狗吠的声音。

眼前的雪花自然没那阵势，也没那欢畅，只是轻微地飞扬，轻微地旋落，不见落地的模样，只见被风裹走的迹象，地面上是浅浅的湿痕，脚踩上去不滑，也不虚浮。空气中弥漫着一丝雪的味道，更多的则是城市的气息，与我共同呼吸，并给了我赖以生存的睡眠、静思以及平凡而有梦的时光。

雪还在下。时间渐渐地滑入暮色之中，这个多年来与我耳鬓厮磨的城市，纵然有诸多现代化元素的堆砌，也拥有着一种由内而外的气韵。暮色中，那气韵渐渐地发散开来，覆住了假装睡眠的楼房，覆住了假装安静的街道，覆住了假装漫无边际的车流，覆住了假装哑巴的广告牌匾。暮色愈来愈深，行人渐渐稀疏，而雪花却像翩翩飞舞的蝴蝶，在如诗的意境中径自放飞它轻灵的思绪。那些飞舞究竟是从什么时候开始破茧成蝶的，居然被我忽略掉了，即使到了此时，也依旧像一条源头太远的河流，若明若暗，时断时续。

城市的温度似乎总留在冬天之内，雪落在地上就不想化了。柏油路面上的冰凌，泛着青幽幽的光，照着飘飘摇摇、纷纷扬扬、铺天盖地而来的暮雪。傍着暮色走在雪中，天遥地远，只有雪，在身前，在身后。左左右右全是雪，都是雪，唯有雪。掉光了叶子的树渐渐被雪勾勒出一些明快而简洁的线条，如果有心，你会发现每根枝条的走向与弧度都是唯一的，看上去雪白又晶亮。坚守着最初信念的那些叶子则被雪装扮成毛茸茸的模样，甚至连整个树冠都蓬松起来。街心花园低矮的灌木丛上则堆满了从天上落下来的软云，一团团、一片片，连绵不断，呈现深深浅浅的意境。

穿大街，走小巷，我看到漫天雪花悄悄地拼接出一条银白的路，脚踩上去感觉软软的，让人沉迷，让人流连。那些熟悉的场景，熟悉的店铺，熟悉的曲里拐弯，都被暮雪化了妆，简洁、明亮，变得柔软。小巷原本安静，此时更见寂宁，雪落在呢子大衣上的声音，若不细听便悄悄地匿了它的踪迹。远处，大大小小的脚印叠加着印在雪地上，像是在诉说着什么，深浅不一。一些车痕偶尔会合，偶尔交错，全无规律可循，像是生活，总在预料之外。

此时，头上也许正有一些稀疏的星星在闪闪烁烁，却被暮雪裹住了光芒，我没有看见它们，即使看见了，也会借星星的眼去看这一场倾城之雪吧。无须锦上添花，眼前的雪花好像有着千情万绪的表达，它们一片接一片地从天上落下来，深切切像内心花朵放射出的馥郁。车灯穿过密密的雪晃过来，温和、温柔，不像平日那样刺眼，也不像平日那样总让人辨不清距离，灯影过处，一些雪花明亮，一些雪花幽暗，恰似我们的生活，一半欢愉，一半忧伤。

红尘三千丈，暮雪倾城时。我看到自己过去的身影，也看到自己未来的走向。

若干年后，若干年后的若干个春天，不思量，自难忘，这蝴蝶翩舞的时光。

人老了，要留住七张底牌

第一张：老伴。少年夫妻老来伴，相伴一生的夫妻到老才最重要。家常饭，粗布衣，知冷知热结发妻。老了才真正懂得知冷知热的老伴才是这一生最宝贵的财富。

我们首先要把握好自己手上的第一张底牌，那就是老伴！偶尔给老伴制造一点小惊喜，更不能因为照顾子女而忽视了老伴，要记住老伴才是陪我们到老最久的人。

第二张：老窝。人到老年要有个避寒挡雨的属于自己的家。要记住：父母的家永远是子女的家，而子女的家永远不是父母的家。

俗话说得好，金窝银窝不如自己的老窝。因此，保护好自己的老窝，有家在，永远都是幸福的。

第三张：老底。中老年人手中要有点积蓄，掌握好自己的老底，掌握好手中这张同样十分重要的底牌。钱不是万能的，没有钱是万万不能的。

我们不仅要舍得花钱，也要给自己留一点老底，要兼顾好平衡。

第四张：老本。身体是人生的本钱，对于中老年人尤为重要。硬朗的体质是财富，也是自立的本钱，更是对儿女们的最大付出和支持。

只有身体健康才有更多的机会享受幸福快乐的生活，身体健康是一切的基础。

第五张：老友。人说有朋自远方来，不亦乐乎。老了的时候还能约上几个老友，做点喜欢的事儿。遛遛狗、逗逗鸟、跳跳舞、下下棋，有老友在的日子总是不那么孤单。

人到老年更要多交朋友，多与人来往。网络开拓了与远隔千里之外的人交往的平台，通过微信就能更多地交友、会客。

第六张：老来俏。人到中老年适度"老来俏"不仅是个人身心健康的需要，也是现代文明的需要。白发一经染黑就显得年轻许多；胡子勤刮可使颜面保持整洁，容光焕发。

老来俏不仅美化了自己、增添精神，而且也美化了社会，成为一道"夕阳风景"。还利于社交活动，益于身心健康。正如谚语所说"老要时髦，少要乖"。

第七张：老来乐。人到老年依然要保持快乐的心态，这是强身健体的要素之一。而且，到了我们这个年纪，就是活一天，乐一天；乐一天，赚一天。

如果花钱能买到快乐，那就去学如何花钱；如果偶尔偷偷懒能换来快乐，那就学会科学地偷懒。反正，一切以让自己快乐为前提！

唯愿一路终老

爱一个人，其实很简单。她让你流泪，让你失望，尽管这样，她站在那里，你还是会走过去牵她的手，不由自主。相遇是很奇妙的事，请一定做好准备，人生旅途中你很可能会突然遇见这么一个人，她扰乱你心湖，打破你平淡的生活，让你的世界从此变得不同。

爱情的天意不在于上天让你遇见了谁，她还是那个她，只在于你在哪年哪月遇见了她。愿在我最美的时光，遇见最美好的你。努力使自己更优秀，好让彼此早点遇见，也努力相爱，让爱在彼此间成长，也让彼此在爱中成长。

真正的爱情，要懂得珍惜，没有谁和谁是天生就注定在一起的。对自己好点，对心爱的人也要好点，一辈子其实不长，能遇心爱的人，是很给力的事。好的爱情，战得胜时间，抵得住流年，经得起离别，受得住想念。

在爱情里，一定要学会知足，因为能遇到对的人，已经不容易，她能对你好，就更应该珍惜。最美的爱情，没有天荒，也没有地老，只是想与你相伴一生，仅此而已。

爱就是让对方住进你心里，理解就是在心里和对方生活在一起。爱情需要经营，请相信，无论世事怎么变迁，爱情仍然是最为古老最为美丽的故事。只要我们多一份信任，多一份宽容，多一份爱心；少一些责难，少一些猜忌，少一些逃避，我们就一定能和所爱的人执子之手，与子偕老！

　　所谓情路，不过就是两个人相依相爱相伴的一程又一程，有的路很快就走完了，有的路却能走很远，一生不长，花期荼蘼，也抵不住荏苒时光，唯愿一路终老。

　　每一份感情都很美，每一程相伴都令人迷醉。有生之年，只诉温暖不言殇，花味渐浓，茶味渐醇，倾心相遇，安暖相陪。静守一份安然，淡墨红尘，默然相爱，寂静欢喜。

医院的温暖

今天我拿起了久违的笔，怀着一份感激的心情，发自内心地描述一下北京大学第三医院运动医学科全体医务工作者兢兢业业的工作热情以及对待病人无微不至的关怀态度。

这个秋天，似乎真的比往年冷了许多，尤其对于我来讲。我是因车门撞击造成肩部肌腱断裂，被收入北京大学第三医院治疗的。无情的病魔在我的脸上结下了霜，在我们的印象里，那是一个陌生而又恐怖的名字，它离我们那么遥远——我一直都相信，那是只是在鲁迅的文章里才会发生的事情，却单单发生在我的身上。对病情的无知令我如此恐慌，远离战友亲人让我如此无助，我以为看到的眼神都是冷漠。

入院后，我见到的是崔国庆教授，他和蔼可亲的笑容、专业的病情分析和医疗计划给我吃了定心丸。对于我胡乱搜索拼凑的有关肩关节病的种种疑问和担心，他从来不愠不恼，总是耐心讲解，尽力满足我的要求，每天早晚两次查房，询问饮食就寝等状况，不管刮风下雨，从不间断；住院医师经常来到病房仔细了解病情，不厌其烦地嘱咐一些注意事项，让我感受到亲人般的温暖；护士长和主管护师，每天带着天使般的微笑，服务热情周到，嘘寒问暖，铺床叠被，精心护理，随叫随到，让我感受到亲人般的关怀。

入院治疗一个周以来，通过我自身的感受和病友们的聊天，运医一区的医务工作者总体给我的感受是：不是亲人，胜似亲人。你们对病人的责任感、对工作的一丝不苟，令我们感激和钦佩。在医患关系如此紧张的当今社会，你们以全心全意的努力和付出，诠释了医患关系的真谛！

　　这充分体现出了运动医学科的全体医生和护士们在科室主任领导下的团队协作精神，更体现出了北京大学第三医院运动医学科的管理才能，他们是一个团结的集体。我们住在这样的医院感到放心，有一种家一样的安全感和幸福感！

　　最后让我用世界著名文学大师泰戈尔的一首诗结束我的感激之情："把我的生命从尘埃中捡起……在光明中高举，在死的阴影里把它收起。和你的星星一同放进夜的宝盒。早晨，让它在礼拜声中开放的鲜花丛里找到它自己"。谢谢你们，运动医学科一病区的医务工作者们，是你们的无私奉献把一个个尘埃中的生命捡拾，救民于疾患。你们就像一片洁白的云，用博大的爱意，簇拥在人民大众的蓝天周围，让温暖的阳光永远普照在这片土地上！我将永远赞美你们，我心中的医务工作者！

心灵游走在文字里

　　静谧时，我喜爱读些将人生的道理点缀在故事里的故事，让心灵游走在文字里，沉浸在故事的酸甜苦辣、喜怒哀乐中……心灵在与文字共舞，带来的释然与静宁，如同一缕春风，摩挲着每一寸渴望的肌肤，任由脑海中那冗长的思念与牵挂以及期望，都随着文字的铺叙，慢慢沉淀。拍拍双手，扯扯衣角，抖掉岁月的尘埃，坦然从容淡定地，一头扎进苍茫的未来……

　　细细品读文字，感知生命的过往，那种与字韵的融合，在绵绵的思绪中，诠释文字附着的生命和灵性的颜色，进入心灵深处，渲染一颗素心，在时光里搁浅……生活里尽管遭冷漠，尽管守望着天真，尽管忍受着孤独，就会以淡定的心态保持心理的平衡，以宽阔的心胸去面对生活，才会在一本书中读懂生活的静好与不羁，悟透命运的浮与沉，在时间里感受到时光的温醇与静好！

　　与文字的相逢，真正懂得生活的况味，倾心与眷恋……正如史铁生在《我与地坛》结尾处的一段话："但是太阳，他每时每刻都是夕阳也都是旭日。当他熄灭着走下山去收尽苍凉残照之际，正是他在另一面燃烧着爬上山巅布散烈烈朝晖之时。"那种与字韵的融合，像酿一缕斜阳，掐一寸茶香，于心痕浅浅处，握一盏香茗，静静欣赏那纤纤茶丝在水中身姿轻盈地舒展，任思绪，伴随袅袅茶烟弥散……

将心灵的脉动揉碎在字里行间，就好像遥望天空里的星辰，在深邃的夜海中投射出点点光华。有豁达的胸襟，有恬静的心态，有冷静的头脑，去应对和适应处境或不良际遇。人生的无奈，必须去接受。无奈与无助是需要拿出勇气去面对的！不能改变天气，可以改变心情。接受生活中的阳光，留下的是无奈的背影。季羡林说："不圆满才是人生。"殊不知，人生就是因为有些许遗憾才显得完美！真实的生活不是韩剧，人世变幻，做个从容的穿行者，只有真正懂得生活的人才会知道，那些柴米油盐酱醋茶的烟火，才是真实的生活。往前一步就是韩剧，退后一步便是人生。

其实每个人、每一天的生活都是故事的内容，每个人都在努力地让故事演绎得完美无憾！正因生活中有了苦难与悲欢，才会更加珍惜一米阳光的重量，一缕微笑的可贵，一丝温情时光的难得！不管是清傲寒霜的菊，还是素雅简洁的莲，都无法避开尘世。真正的平静，从来和外界的喧嚣无关。

从书中获得有了向往，向往中有了激情，激情中有了拼搏，拼搏中有了快乐，快乐中有了感动，感动中有了幸福。

让生活充满阳光

还没有适应过来的工夫，自己就已经五十多岁了，不想去想这个年龄的问题，可是眼角悄悄爬上的皱纹，头发里悄然冒出的白发，还有越来越苗条的身材，却时刻提醒我，我已经不再年轻，我的青葱岁月正在渐渐远去……

和学校宿舍的同学们一起开心的场景仿佛就在昨天，忽然间我们都已经为人妻、为人母了，看着彼此现在的照片，都在感叹，我们的变化真的很大。而且现在我们聊天的话题不再是漂亮的衣服、好用的化妆品，而是都成了孩子，给孩子买什么玩具、吃什么补充营养、学什么特长……我们都在适应这些改变，并努力去胜任这个角色，享受着所有这一切带给我们的快乐。

曾经有一段时间，看着那些比自己年龄大的同学，身材走形、面色发黄，想象着自己也有一天会变成这个样子，心里就特别的恐慌，每天都会对着镜子慢慢地看，看看眼角是不是又多了皱纹，看看脸上的皮肤是不是又多了几个斑，白头发是不是又多了几根，总是在网上查各种资料，怎样保养皮肤，怎样才能不长白头发……让自己感到很累，也特别的压抑。其实后来一想，人怎么可能永葆青春呢？谁都会慢慢老去，我们需要做的就是适应每个阶段的变化，学着去发现每个时期的不同的美，这样我们就一直会活得很开心、很快乐。

结婚也已经快三十年了，从当初的甜甜蜜蜜的恋爱时期一下子步入了柴米油盐的家庭生活中，磕磕碰碰也是难免的，但我们还是一路走来了，渐渐地从爱情变成了亲情，谁也离不开谁了，都说老伴是没有血缘关系的最亲的人。是啊，父母终会老去，而子女会有属于他们自己的生活，只有我们才能彼此陪伴，彼此相守。不管遇到什么样的事情，要想想两个人能够走到一起是难得的缘分，要珍惜所有的一切，等到我们老去的时候，坐在摇椅上回忆所有的过往，也会是一件很幸福的事情。就像歌里唱的那样："我能想到最浪漫的事，就是和你一起慢慢变老，一路上收藏点点滴滴的欢笑，留到以后坐着摇椅慢慢聊；我能想到最浪漫的事，就是和你一起慢慢变老，直到我们老得哪儿也去不了，你还依然把我当成手心里的宝。"

时光太瘦、指缝太宽，时间总是在不经意间悄悄地流逝，好好珍惜眼前的时光，让自己的每一天都过得充满阳光。

我的援藏情
—— 一位神华援藏干部的自述

沐一缕雪域高原的风，浴一场援藏时光的雨，让心在激情澎湃和平淡如水中盈满温润。回首，有过去可以回忆，有明天可以奔赴，有温暖可以慰藉，有清冷可以深耕，这样的日子，是我想要的援藏岁月。一切静好。

七年前的清晨，手里攥着部队填发的转业证，走在熙熙攘攘的人群中，"感谢"这美好的一天，让我结束了二十四年的军旅生涯。但夜晚走在夕阳里，心里总有那盏没有熄灭的灯，让人惆怅万分。

选择援藏，再燃镰刀铁锤下宣誓时的那份激情。绝不是头脑发热的冲动，而是对生活的一份尊重和喜爱，更是对宁静生活和不惑岁月的冒险闯关。

回眸，援藏的日子，每天都很清澈，溢满了坚定和喜欢。

人生，每天都有不同的风景，掩映着不同的心情，留下一片岁月的来来往往，时间更替，不是人人能做到叶落有声、花开有影，唯内心深处的感动，永远不会变。

决定报名援藏的前天晚上，因被家人劝说正六神不定时，想起了转业后所在单位的邹和徐，把心底想说的全盘托出，大舒一口气，再也没有犹豫的悲喜，更没有石破天惊的波澜，支持与鼓励让我有了面对雪山草原的坦然。

西藏，不全是想象中的雪山素洁、草原碧青，更没有想象中的秋叶飘落、烟雨润泽，只有学会适应，生活才会平淡下来，内心才能恢复当初的绚烂。

无论是花开花落的季节，还是飞沙走石的时光，四年半的风刀已经在脸上雕刻出知天命的痕迹。人生的经历就是一场充满挑战的体验，除竭尽全力在岗位上拼杀之外，尤其历练了用平和和淡定取代少年轻狂才有的抱怨。

生活在高原上的援藏干部，自愿把温暖许给他人，把深情留给妻儿，把孤独施与自己。多少个梦中的魂牵，与爱的人陪伴到老，没有了穿梭的时光和遥远的距离，只有人间的一片欢笑。

岁月漫长，不可能尝遍所有生活的滋味。援藏岁月，静好便是最好。偶有的凄冷，让人不急于看透所有风景。偶有的喜悦，让人不急于舔食心中感动。世间的万物，只有简单最妙，人性映得韵致，内心照得明朗。

岁月所赐，自有它的深意，不必执着于眼前的得失。

素有援藏干部能镀金一说，总有言过其实之嫌。援藏只是岗位的变动，艰苦地区工作不是埋怨的资本，只是磨炼前行、砥砺前行的平台，人间自然没有好逸恶劳、坐享其成的美事，只有一分耕耘一分收获的兑现。

长路漫漫，总会遇到为你撑伞指路的贵人，不仅在黑暗中为你点灯，也会在寒冷中为你披衣，让你感受人间的最美，但关键是自己要保持头脑清醒，问一问自己是不是值得别人为你施舍美好的那个人。

最美的风景不一定在终点，沿路都会有鲜衣骏马，关键是要有一颗感恩的心，识得是否有人愿意与你同行，识得是否有人愿从群马中牵出你这匹千里良驹，识得是否有人愿意赠予你善良和温暖……

任援藏的岁月流去，只要拥有一份坦然和执着，何尝不能收获一份优雅和心安。

心若安宁，适应四季。把工作的繁重，乐观地视为一份虔诚的修行。把冷夜的孤独，当作享受一曲捡拾细碎光阴的记忆。

掸阅人生。曾经逝去的日子诸多美好，令人怀念。往日的峥嵘祥和，令人回味。

尽管淡然，但轻松让人畅快地度过了一个个昼夜轮回，真正找到本真的自己，不再是烦恼和心忧缠身。

援藏就是一场旅行，若能看到一些美丽，领略一处明媚，途经一场花开，便足矣！

不求来世，只恋今生。能来援藏，无论得与失，无论升与迁，皆为六年倾心的缘分。

时光如贼，唯愿自己在未来的一年半时间里，还继续是一个只当局内人、不当旁观者的援藏使者。

西藏，雪域高原的一方净土

天上西藏，雪域高原，人间净土，静待君来！

2015年春夏之交，在西宁乘坐天路列车，经过二十二小时的飞驰，第二天到达拉萨。现在随着交通的便利，去西藏的人越来越多，带回很多关于高原的信息，交流中发现每个人对西藏的关注和感受不同，欣赏的东西也不一样，留下的记忆更是千奇百怪。慢慢被激活的心，忍不住想把自己在西藏的一些感受写出来。

西藏壮美的自然风光和独特的风土民俗享誉世界。那瑰丽的雪山圣境，五光十色的圣湖，像上天撒下的颗颗星光璀璨的明珠，似繁星点缀在美丽的雪域高原上，令千千万万的游客心驰神往，无不渴望踏入这片神秘的土地。

这里是离天国最近的地方，近得似乎能顺手摘下天上的星星，近得仿佛能听到天上神仙的呢喃密语。白云身边绕，薄雾脚下飘，虚幻缥缈，让你几乎忘却了到底人在何处，似乎置身于仙山梦境。

这里是一个大美的地方，自然、纯净、原始，呈现出雪域高原的万种风姿和千般魅力。

这里是一个神秘的地方，原始文化和现代文明共存，原住藏民和外来访客共融，俗世喧嚣和澄静信仰共生，宗教和民俗交织，她让你仿佛是在尘世和天国中进行穿越。

圣洁西藏

辗转西藏的九天，几乎行走了大半个高原，也多了和藏民接触交流的机会。去之前，对西藏的了解不多，很肤浅。上学期间，从书本上读"西藏平叛"，知道了达赖喇嘛，从收音机里听到了班禅额尔得尼、才旦卓玛这些拗口的名字。近些年，从电视新闻看到了西藏的美丽、神秘及和平解放后天翻地覆的巨大变化。这次走进西藏，才真正领会了西藏山之高、天之蓝、云之美、水之灵、空气之稀薄，才深深体会了藏民的纯朴和善良！

西藏号称是地球上的"第三极""世界屋脊""阳光天国"。名胜古迹众多，既有独特的雪域风光，又不缺失南国的妩媚，是大自然和人文的自然融合，有着独特魅力。整个雪域高原平均海拔 4000 米以上，昆仑山、冈底斯山、喜马拉雅山横亘全境，雪峰林立。洁净湛蓝、五光十色的纳木措、羊卓雍措湖像璀璨的明珠镶嵌在高原上。雅鲁藏布江像一条洁白的哈达，曲曲弯弯飘逸在雪原上，峡谷两岸是人口、城镇聚居地，也是西藏比较富饶的地方。颇具特色的藏家民宿，屋顶四角的经幡和房顶的五星红旗迎风飘扬。首府拉萨周边，布达拉宫、罗布林卡、甘丹寺、大小昭寺、色拉寺、哲蚌寺等佛教圣地云集，八廓街特色商品琳琅满目；班禅后藏领地——日喀则的扎什伦布寺、夏鲁寺游人如织；山南地区琼结，埋葬松赞干布和文成公主的藏王墓，充分见证了西藏是我中华民族不可分割的一部分；泽当的雍布拉康第一家皇家寺庙，扎囊的桑耶寺，江孜的白居寺、抗英遗址（红河谷），见证了西藏的悠久历史文化；林芝林木葱茏茂密，胜似江南；乃堆拉山口哨所见证了中华民族的爱国精神。

藏族是个纯朴善良的民族。在这个占中国领土八分之一的雪域大地上，神秘地居住着二百六十多万藏、汉、回、满、蒙、门巴、珞巴、夏尔巴等民族人口。这里的天湛蓝、云洁白、水纯净、人天真，这里农村生活近乎原始。广袤无垠的草原上，满山遍野的牛羊在高低不一的山坡上悠闲吃草，雄鹰在天空翱翔。这里没有交通拥堵，没有世俗喧嚣，有的只是亘古悠远的风和天高云淡，有的只是闲庭信步和淡定从容，有的只是令我难以忘却的藏民族的超越物质追求的精神！

近些年，虽然西藏人民的生活水平有了很大的改善和提高，但普通藏民的生活还是相对贫穷的。在旅游景点，你会遇到成群的小孩围上来索要钱物以及兜售纪念品的大姑娘和小媳妇。藏民是纯朴的，在那些偏远的地方，缺乏商业化地区的藏民，对远方的客人友善而充满好奇；藏民是善良的，秉承"不为今生，只求来世"的信念，充分展现他们对佛教的虔诚！在各地通往拉萨的道路上，时不时地见到朝觐的信徒们从遥远的故乡开始，手戴护具，膝绑护膝，尘灰满面，长发及肩，不惧辛苦，口诵六字真言"唵嘛呢叭咪吽"，三步一磕，五步一叩，直至圣地。在藏区的寺院、玛尼堆、神山神湖等宗教圣地，藏传佛教信徒手摇转经筒，顺时针方向步行转圈，以示对神佛的虔诚。在西藏，那洁白的哈达、高扬的经幡、林立的玛尼堆、佛塔下的经轮、神秘的天葬，还有那些永远磕不完的长头，用胸膛丈量信仰的信徒……此情此景，行进在广袤高原，内心有一种从未有过的惊奇与震撼！这是对一切未知事物，对有坚强信仰的人的一份敬畏。如今经雪域高原洗礼的我，似乎已经顿悟，心里多了一片清明，多了一份平和、纯洁、善良。

多彩西藏

在西藏，雪山是人们崇拜的神，很多雪山都有美丽的传奇故事，白色是雪山的颜色，是最圣洁的色彩。藏族人自古就有崇尚白文化的传统，认为洁白、无瑕最能表达和象征人的真诚、纯净的心愿，所以哈达一般都是白色的。在山间、在佛堂、在千年的老树身上、在藏族人家的房前屋后，我们都能看到洁白的哈达。哈达缭绕着大地，也飘舞在天空。那一朵朵盛开的云就如哈达在天空中织的如意网，她们有时如花朵，白得厚重而一尘不染，有时又如一条轻纱做的哈达环绕着群山。有蓝天就会有盛开着的白云，就会有飘动的哈达。你会被这种神圣的白色包围着，让你为这种纯净、真诚而感动。

红色在西藏是耀眼而神圣的，无论是僧人穿的绛红色的袈裟或是用圣柳垒成的布达拉宫红墙，还是藏族少女们以红色为主的藏袍，总让人感到一种凝固的美，挥之不去。置身在雄伟、宁静、祥和的布达拉宫，我脚踏着红色的木地板，手扶着红色的层层扶梯，满眼是身着红色袈裟的僧人，还有不灭的酥油灯。你会被这红色包裹着，耳边萦绕着如红色一样浑厚悦耳的梵音。站在宫顶的平台，抬眼望去，看到的就是红色白色的墙和蓝色的天，而红色在这里是那么充满着活力，那是一种只有生命才会有的活力，她像火焰把生命的热情在雪域高原尽情地燃烧。

金黄色在西藏应该是指阳光和佛的色彩，她是神圣而不可侵犯的。金色是一种敬意，也是一种寄托，更是一种光芒，这种光芒可以普照大地，可以普度众生，她是神的色彩，也是人的色彩。

西藏的色彩，总会使人感到神圣，总能把人变得神圣……

此情成追忆

在那东山顶上，
升起白白的月亮，
年轻姑娘的面容，
浮现在我的心上……

这首如同从天上的云端里飘出一般美妙的《在那东山顶上》，相信大家都很熟悉。可是这首歌的词出自谁的笔下，相信知道的人却并不多。

如果不是来到西藏，来到这雄宏神圣的布达拉宫，我可能一生也不会想到，这首为大众所熟悉的歌曲里，还蕴藏着一个缠绵悲伤的爱情故事。神秘的布达拉宫坐落于拉萨市中心，在藏族人眼里视为神明所在。

它始建于一千三百多年前，是西藏第一位赞普松赞干布为文成公主所建，总高度为我们现在的十三层楼高，是集宫殿、城堡与寺庙为一体的藏式建筑。布达拉宫分为红宫和白宫，红宫主要用来供放佛像和历代达赖的塔陵，白宫用来议政和寝居。

布达拉宫依山而建，共有九百九十九个房间。说是宫殿，其实更像是寺庙。沿台阶上去，可俯瞰整个拉萨市市容。台阶两旁排列着刻着经文的薄石板，空中悬挂着五彩的经幡。

在布达拉宫内，唯一一位没有陵塔的是六世达赖，而这神秘的"无"里，更隐藏着一段令人心动的悲伤而破碎的故事。

传说五世达赖在北京被顺治帝册封后，由于担心被大清皇帝扣留，急急地赶回西藏，不巧路上感染了风寒，抱病于床上，不久就圆寂了。当时的摄政王是没有威信的，他担心五世达赖归天的消息传出后，自己的地位不保，为了借五世达赖神灵般的威望发号他自己的施令，他对外将五世达赖死亡的消息封锁了长达十五年之久。直到事情败露，按五世的遗嘱找到的转世灵童仓央嘉措，已然在民间长到了十五岁，这就是史上的六世达赖。

仓央嘉措在山野间无忧无虑地长成了一位英气少年，青藏高原清冽的雪水，养育了他粗犷热情的性格。他和所有的藏族男孩一样，喜欢骑马驰骋在广阔的大草原上。然而，突然有一天，他被当作活佛请进了神秘的布达拉宫，离开他亲爱的家人，开始了他悲剧的人生。

十五六岁的热血少年，用尽一切努力也适应不了禁锢般的寺院佛教生活，白天，他念经打坐，到了晚上，他便悄悄溜出去，会见他青梅竹马的心爱的姑娘。他曾经写下很多优美的情诗，其中，最广为流传的就是这首"在那东山顶上"："如果不曾相见，人们就不会相恋；如果不曾相恋，就不会有痛苦的熬煎。"这正是踏上悲剧人生之旅，甜蜜爱情只是短暂的插曲，很快，他违反教规，私会女子的事情被政治对手所利用，他们把这一情况报告给了清政府，康熙帝下旨将六世达赖解送进京。突如其来的变故犹如晴天霹雳，少年年轻绚丽的梦被震得粉碎。

我在布达拉宫的殿堂内虔诚地祈祷，祈祷后一种传说才是六世达赖真正的结局，我一心一意地希望，来自民间的他弃掉别人安在他头上的活佛光环，重归于民间，在辽阔的开满了格桑花的大草原上，自由自在地生活，身旁，伴着他诗歌里那心爱的姑娘。

梦中的西藏

在无边的暗夜，天上没有星月指引，我孤独地在夜幕笼罩的空中飞行。向下俯瞰，黑色的山峦起伏连绵，隐约，还有黑绿的森林。四周没有一点光亮，只有我，在暗夜中穿行。不知道自己是谁？似鸟非鸟，又像是一片幽魂，轻飘飘地，孤独地飞行。

这是我曾记在日记里的梦境。自我有记忆起，这个景象反复出现在我梦中。初做这个梦时，我还只是几岁年纪的小孩子，那时记不清有多少个夜晚，被一种莫名的恐惧和难以言说的感受惊醒，恍若隔世。后来渐渐长大，这个梦也跟着我一路走来，再梦到那无边的暗夜时，心不再害怕，更多的则是细细感受那夜空中飞行的缥缈感觉，直到成年以后，这个梦才离我远去。

我不是一个唯心的人，直到来到西藏，我惊异于这人世间竟然有和梦境如此相似的地方。难道，冥冥之中真的有着千年的轮回？

从拉萨火车站出来的一瞬间，我感到视力突然好起来：湛蓝的天空忽地低了，大朵的白云似乎触手可及。如黛的山峦也近了，近得可以看见山间的纹路和植被。那种置身原始大自然的真实感，让人的心一下宁静下来，一切的喧嚣都远去无踪，一切的烦恼都烟消云散，整个身体在这清冽纯净的空气里，飘忽而轻，轻得想要飞起来。那一刻，我的眼眶禁不住有些潮湿了。

贡嘎机场距离拉萨市八十多公里，这大概也是离市区最远的机场了吧。坐在接机的大巴上，耳旁响起西藏姑娘婉转优美的歌声。窗外起伏连绵的山峦，山顶不绝的白色云雾，一切都在告诉我们，这，就是从远古走来的西藏。西藏，我来了。

到了拉萨市，已是下午三点多。这个时间若在内地的话，太阳已经不再毒辣，而这里不愧有日光城之称，手里撑着的阳伞，几乎遮不住半点阴凉，刺眼的阳光把每一个角落都一照无遗，让人无处可避。有爱美的女子为了防晒，大热的天在脸上蒙一块方巾，颇有点西藏女侠的意思。

同事的头开始疼起来，这是高原反应的表现。我还好，只是觉得行动突然迟缓了，每迈出一步都很费劲，走在平整的路面上，却有登山之感。头不痛但稍有些晕，像是喝了两杯啤酒的那种晕法，很有些奇妙。

拉萨市不大，旅行社却不少，几家旅行社人员不约而同向我们介绍林芝两日游。林芝在西藏有高原小江南之称，距拉萨市五百多公里，是西藏旅游的首选景地。因为那里海拔比拉萨低些，初涉高原的人到林芝去适应一下，再回来高原反应会消减一些。

一大早，我们便踏上了林芝之旅。一路上，延绵起伏的山峦被绿色的植被覆盖着，雄宏巍峨地屹立在川藏公路两侧。山间到处可见黄色的、粉紫的和蓝色的不知名小花，一丛丛、一簇簇散落在绿色草甸上，像一个个好客而又羞涩的藏族少女，向我们露出天使般的笑容。它们默默等候在这无人的山谷里，就是为了远方而来的客人认真地看它们一眼吧？又或者，它们本就是前世在佛前许了愿，只为有一天，它们心爱的人能在这寂静的山谷里出现。

黑色的雄鹰从山腰掠过，打断我的思绪，又飞向湛蓝的天际。我顺着鹰的踪迹追寻过去，立刻被眼前的美景吸引住，再也不能错开眼珠。由于我们是向海拔低的地方行进，眼前的山峦也从初始的浅绿演变成深绿，那浓郁的绿色植被上又长出一丛丛茂密的灌木，碧绿滴翠，浓郁异常，远看上去，倒像是黑色的了。而两旁的山谷，高低错落，远近相接，每座山都看不见山顶，因为无一例外的，都被大团大团白色的云环绕着。那云，如烟似雾，凝在山与天之间，蓝天、白云、青山、碧水，组成了一幅美丽的画面。

太美了！从来没有和天如此地接近过，这就是世上最纯洁的圣地了吧，这就是人间最后的净土了吧？看到这美景，诗人想吟诗，画家想作画，而我，只想静静地感受这静寂到令人窒息的美，静静的，什么都不去想，只把自己融进这自然，融进这美景。

可是，我的心却被一种奇特的感觉抓住，有些恍惚。眼前这浓郁深黑的山峦，为何这样熟悉？熟悉到就像回到了旧地，回到了故居？一瞬间，儿时那频繁出现的梦境重又回到我的脑海。天哪，这起伏不绝的山川，这茂郁浓密的墨树，这从没见过的景物，难道不是和我梦境中的一模一样吗？

既然世间有和梦境如此相似的地方，那也许，冥冥中也真的有前尘后世的轮回？那萦绕在我梦中的梦像，痴痴地跟随了我三十几年，它为什么如此的执着？难道，它在履行它前世许下的誓言吗？前世，我也是一位女子吗？为什么在那无边的暗夜恋恋不去地飞行了那么多年，是因为不舍她心爱的人吗？

我在肃穆的心情中望着眼前早已在梦境中出现过的景象，

自问，无人回答。山川是静寂的，飞鸟是静寂的，连不停流淌的雅鲁藏布江也是静寂的。也许，一切不需要答案，一切早有安排。我来了，从遥远的地方，来到西藏，来到这无人的山谷，或许，本就是为了还我千年前许下的心愿。

夜幕下的布达拉宫

一些灯灭了，一些灯还亮着，夜幕里的布达拉宫是一座光的城堡。

天上的黑暗是垂直倾泻下来的。在寒冷的高处积压着太多太多的黑，几乎所有的空间，哪怕一根草茎的内部，都被黑暗做了库房。布达拉宫，它的建筑呈台式一层层往上升，它的光也是一层层上升，要把垂直压下来的黑暗顶住，顶住。

它的四周，群山披着雪冠，高举银白的灯盏，照亮头顶幽暗的天空。在雪山顽强的抵抗面前，伸手不见五指的黑夜，始终无法征服这片土地。这里的夜晚，很像是假寐的白昼，而这里的白昼，才是真正光明的领地，是被天光、雪光、心光交相辉映的光明世界。

从公元七世纪到今天，历经大火和战乱的布达拉宫，一次次从废墟里站起身来，擦去额头的灰烬，抖落岁月的风尘。一千三百多年的光阴，他遥望的姿态和方向，从来没有改变过。

夜晚的布达拉宫，不再像白天那般气势雄伟，在光晕笼罩下，宛如轻纱背后柔美的面庞，带着一丝羞赧，透出几分妩媚。从远嫁的文成公主到痴情的仓央嘉措，一些流传的故事被记起，一些柔软的回忆被触及。在西藏，这座宗教和政治的最高堡垒，同样滋生了许多爱情的传奇。

一阵冷风吹来，我拢了拢身上的风衣。这时，我看见一个窗口亮起了灯光。那是诵经的喇嘛，还是沉思的智者？当他点亮灯盏，是否知道整个宇宙正在默默地注视着他？

清冽的空气中，灯光似乎被风吹动，继而有了一种摇曳的错觉。仰望头顶的天琴星座，一瞬间，我仿佛听见有人正在拨动着琴弦。

"那一天，我摇动所有的转经筒，不为超度，只为触摸你的指尖。那一年，磕长头匍匐在山路，不为觐见，只为贴着你的温暖。"

渺茫的歌声从天际传来，在夜幕里的布达拉宫轻轻荡漾。

伊犁，我赞美你

在中国版图的西北角上，在一个如诗如画的地方，太阳升起的地方，永远住着这样一群人：深沉的眼眸，雪莲般朴实的心灵。灵巧的双手描绘着令人叹为观止的"塞外江南"。这里，是如画的伊犁，他们，是淳朴的伊犁人。

我知道，伊犁的美是震撼人心的。那山，那水，那人；那奔驰的骏马，那辽阔的草原，那醉人的花香；那悠久的历史，那浓郁的风情……我被一种美的情绪激励着，感动着。西域传奇在这里滋长，边塞神话被他们勤劳的身影开创。

一条大河从我的梦中向西流过，水波粼粼。无数美丽的传说穿越时空，养育着我们，也养育着一茬又一茬生命。峻美的天山。辽阔的草原。牛羊遍地。四季牧歌。一群剽悍的汗血马奔驰而来。力量角逐着力量，蹄声撞击着蹄声。群山沸腾了。草原沸腾了。古老的神话迸射出迷人的光彩……这就是伊犁的草原，哺育伊犁人的牧场。

一阵细雨淋湿了我的思绪。站在伊犁乡村小镇中的晨雨中，忽隐忽现的远山睿智而多情。那一刻，许多风朝我涌来，顷刻间又匆匆离去……不能说可克达拉还距我很远。多少次，我走近它的歌声，又在它的期待中放飞自己。在这片青青草地，那些幽幽花香，那些歌唱的鸟，都曾与我亲切交谈，也与我相互致意……

　　我曾经无数次走近赛里木湖。不论山花烂漫的初春，烈日炎炎的盛夏，也不论松果飘香的深秋，白雪皑皑的寒冬……有时，我匆匆走过，去远方寻找儿时的残梦；有时我也栖息湖畔，任汉唐的涛声从我的手指间奔涌而过，而那片水，故乡的水，永远地掀起了我内心的波澜。

　　曾几何时，美丽的伊犁也饱受炮火，满目疮痍的身躯被贴上不平等条约。1851年，《中俄伊犁塔尔巴哈台通商章程》是清政府同沙皇俄国签订的第一个不平等条约。伊犁，从此在水深火热中煎熬，同时，她也在反抗，终于，她的怒吼，响彻大江南北，挣脱着帝国主义枷锁——觉醒了。

　　如今的伊犁，幅员辽阔，资源充裕，有着得天独厚的优势。多个民族间友好共处，科学技术发展先进而又突飞猛进。伊犁，我赞美你，我永远不会忘记，伊犁的山、水、人，那奔驰的骏马，那辽阔的草原，那醉人的花香，那悠久的历史，那浓郁的风情……

千年不朽胡杨林

　　新疆的大漠戈壁寂寥、浑厚、久远，像饱经风霜的西北汉子。这里生长着一种非常特殊、生命力极强的树种，这就是胡杨。胡杨抗风沙、忍干旱、耐盐碱，对防风固沙、改善环境有非常独到的作用。乌苏市西北部的胡杨林就像一道绿色屏障，忠诚地守护着人类生存的家园。春夏之时，胡杨树青翠摇曳，一些珍稀动物和鸟类也不时地在林间穿梭，远离人类的角落也充满了勃勃生机；到了秋天，金黄色的叶子与土黄色的沙子交相辉映，沙沙作响，景色十分迷人。置身其中，仿佛到了世外桃源，使人有一种返璞归真的闲适和快感。

　　有人说："胡杨树活着千年不死，死了千年不倒，倒了千年不朽"，胡杨因此被无数人赞誉为"英雄树"。真是这样吗？一次偶然的机遇，改变了我固有的看法。

　　恍惚中，楼兰古国走进了我的梦里，也有可能是我进入了楼兰古国的梦境里。它是那么遥远，却又近在咫尺；它是那么真实，却又虚无缥缈。

　　在漫天黄沙之中，我看到了熟悉的身影，是胡杨，坚强地矗立在大漠的风沙之中。有的树枝繁叶茂，金黄的叶子随风飘零；有的树已经只剩下树干，依旧挺拔站立；有的树已经倒在沙漠之中，却依旧带着不屈的坚韧。在沙尘暴中，我更深刻体会到对胡杨的赞美：活着，一千年不死；死了，一千年不倒；倒了，一千年不朽。

2018 年夏天，我和新疆的朋友同游了位于乌苏市西北部、世界上最大的甘家湖梭梭林国家级自然保护区。这里的梭梭和胡杨是典型的混交林，胡杨的高大挺拔和梭梭的低矮柔顺形成了鲜明对比。也许正因为此，防风固沙的作用才得以显现。我们参观了部分护林站，目睹了护林员工作生活的艰辛和寂寥。他们长年累月与大漠戈壁为伴，默默地守护着这片略显沧桑的林子。他们顽强的身躯，如同这块土地上艰难生长着的胡杨和梭梭林。他们收入很低，也不引人关注，但他们的根已经牢牢扎在了这块贫瘠的土地上。可能自己也曾是治沙造林工作者的缘故，平时接触了太多的护林人，耳闻目睹了林业人太多的艰难和辛酸，因而我对他们的崇敬之心也油然而生。

一天的行程里，我们大部分时间都是在保护区内转悠，汽车过后，扬起一道道浓浓的尘土。大家赏景照相，对大漠风情和大自然的神奇感慨不已。但视野里一些现象也着实令人痛心，尤其看到许多干枯的胡杨树，奇形怪状的，似堆堆白骨，无奈地、无助地裸露在荒无人烟的茫茫沙漠上，有的树干已经腐朽，仿佛在无声地、痛苦地倾诉着世事沧桑。有的胡杨半埋在干涸的沙土里，露出的枝丫像挣扎着伸出的手在控诉着什么……那情那景，对人心灵的冲击和震撼是巨大的。原来，胡杨并非如人们所说的那样是千年不死、不倒、不朽啊！此情此景，我不知道是该为这些大自然的生灵悲哀，还是该为我们人类自己悲愤。

我很疑惑为什么会这样？保护区的职工不无忧虑地说："近年来，流入保护区的水越来越少，水位下降了，气候也干燥了，不但胡杨，一些梭梭也难以生长了。春天，一些人还拿着铁铲之类的工具，总是和我们'捉迷藏'似的，在林子里疯狂地采挖药材，有的把树根都挖了出来。林子里千疮百孔，我们既生气又无奈。有时外面来的人说是来看风景，但带着炊具和食品在林子里生火做饭，剩下的垃圾遍地都是，叫我们防不胜防。这里林子一旦着火了，周围没有水，离城市和居民点远，扑救都来不及。这样下去，这块林子还怎么保护下去？"听到这些发自内心的忧虑，一向喜欢绿色、痴爱森林的我更加忧心忡忡了。

回到城里后，我惴惴不安的心似乎一直还在甘家湖、胡杨林、梭梭林里徘徊。我利用闲暇时间寻访了一些乌苏市和原来曾经在甘家湖一带生活工作过的老人们。他们大都情绪激动地为我描绘几十年前那一带生机盎然的景象：当年，这片原始状态的乐园渠系众多，湖泊遍地。夏天，人们经常在密林深处脱光了衣服尽情地洗澡、戏耍。人们挽起裤腿、拿起筐子下到水里，就可很轻松地捞到各种野生的鱼儿，味道特别鲜美。那时，很少有沙尘暴，到处都是绿油油的各种树，芦苇长得也很茂密。野马鹿、野兔、黄羊、野猪等见了人也不怎么害怕，还经常好奇地朝人张望。空气好像洗过了一样，非常清新。人走到那里，就像走进了现在的生态风景区，浑身都很轻松。现在，那些曾经的美好记忆永远不会有了。一位老人激动地说："你没有看到吗？到处都在开荒造田、种棉花，水都不够用了，还指望着那些树木能浇上水？现在大家都富裕了，都想大口吃肉，在林子里放牧、到林子里打猎也是禁止不了的啊！这样下去，怎么得了？"

是啊！怎么得了？这叫我情不自禁地想到了1998年发生在长江流域百年不遇的特大洪水。那场特大洪水的主要原因除了气候、自然、围湖造田外，长江上游的植被特别是林木遭到严重砍伐，使得森林涵养水源的功能降低，沿岸生态环境的极大破坏造成江水泥沙含量增多，等等，也是大洪水不可避免的重要原因。因此，才有了党和政府 2000 年开始实施的"天然林保护工程"，才有了党的十八大把"生态文明"建设提升到治国理念的五位一体，才有了前任总书记胡锦涛 2009 年 9 月 22 日，在联合国气候变化峰会开幕式上，关于对环境进行综合治理的庄严承诺，也就是向全世界人民表明中国政府和人民大力发展林业事业的决心。

纵观横比古今中外的人类发展史，为了从地球上攫取一些蝇头小利，人为破坏生态环境因而对生存环境造成严重创伤的事例比比皆是。人类如果以牺牲环境换来经济的发展，回过头来再拿出钱来治理和改善环境，那代价是非常巨大的，也是难以奏效的，更是非常愚蠢的。过去，人类已经把地球母亲伤害得太深，如果再不警醒，地球上的最后一滴水将是人类的眼泪。这真不是危言耸听。世界各地频频出现的各种瘟疫、各种疑难杂症，海啸、冰冻、酷暑、雾霾、泥石流等极端气候、气象、地质等所造成的灾难，已经使人类束手无策。人类已经到了还大自然以本来面目的时候了。

森林对人类的起源、进化、发展、进步等等所产生的决定性作用已经成为常识，而森林减少或者遭到破坏，对人类生存与发展将会带来多少灾难性的后果，又有多少人真正关心过？近年来大家所熟知的气候异常等现象，事实上是自然界生态系统遭到严重破坏的结果，这种生态的失衡，势必也会对农田、水利、草场以及我们生活的家园带来许许多多不利影响。这许多不利影响，直接受害者，可是我们每一个人啊！难道，我们真就无动于衷吗？

看来，建设生态文明社会，保护生态屏障，确保生态安全，不仅仅只是喊喊口号这么简单，需要人们拿出实实在在的行动！

我常常天真地想：既然大家都明白这个道理，实现人与自然的和谐统一非常重要，那么，我们每个人是否先从小事做起？爱护那些令人心旷神怡而又美丽可爱的花花草草；尽可能多地植树造林，尽可能多地绿色出行，减少碳排放，能走路就不要坐车，能坐车就不要自己开车；我们每个人是否能够少吃些肉？我们的一些同胞们是否能少在林地里面种庄稼？我们国家的退耕还林、退牧还草的政策是否能够真正落实？像目前党中央实行的新政如"八项规定"一样深入人心，人人都紧绷着神经，人人都想着生态环境保护，那该有多好！保护森林，就是在保护我们自己；营造绿色环境，就是在营造我们自己的生存空间。只有让新疆维吾尔自治区倡导的"环保优先，生态立区"的理念真正化作每个人自觉自愿的行动，使我们有一个绿意盎然的生存空间，使我们有一个鸟语花香的和谐社会，使我们有一个安居乐业的幸福人生，那才是乌苏人民的大幸，新疆人民的大幸！

四季周而复始，人类生生不息。前人为我们留下了许许多多宝贵的财富，我们这一代人吃用的是先人们留下的遗产，我们也在抢夺着子孙后代的饭碗。是为自己的子孙后代留下青山绿水，还是扔下满目疮痍？是给后人栽下参天大树，还是留下漫漫黄沙？活在当下的人们啊！我们不该活得太自私，我们应该有一个正确的答案和明智的选择。

回来的当晚，本来很疲乏，但躺在床上却夜不能寐，甘家湖、胡杨、梭梭、护林员、大漠戈壁……一直在我的脑海翻滚，古人"春来江水绿如蓝"的诗句总挥之不去地在脑海萦绕。下床打开台灯，拿起纸笔，一种难以抑制的情绪汩汩而出：

傲立荒漠根相连，春绿秋黄层林染。

修成铁骨成屏障，庇护人类好家园。

无奈繁华风吹尽，徒留清白在人间。

而今垂暮沙尘掩，空叹不朽数千年。

之后，身心轻松了一些，重又躺在床上。恍恍惚惚中，我来到了一片很大很大的丛林，只听树叶沙沙、泉水咚咚、鸟儿喳喳，这里就是胡杨林。我欢叫着在林子里狂奔，似乎有花香在牢牢吸引着我。抬头，透过婆娑的树影，我看到了湛蓝的天空有几朵洁白的云在悠悠飘动；低首，松软如毯的草地上满是金黄的叶子；仔细捡起一片放在鼻下嗅闻，叶子散发着草药的清香，随即鼻子就痒痒的，打了个喷嚏，睁眼定神，原来自己还躺在床上，天已亮了。

打开窗户，看到外面的世界依然一片灰蒙。是雾？是霾？PM2.5 的含量有多少？这个我真不知道。当我伸懒腰想痛快地呼吸时，一股不太"沁人心脾"的气味让我霎时咳了几下，这个我真知道，我"享受"到的，是免费的汽车尾气、饭馆烟气、酒店油气、垃圾箱臭气等等混合烹制而成的"饕餮盛宴"……

回首这一路，并没有别人说的那么无趣，也没有原来想象的那么荒凉。塔里木河与车尔臣河在大漠中勇往直前，胡杨在大漠中坚忍不拔，我在大漠中穿行，漫天飞沙里，梦回楼兰。

美丽的青海湖

青海湖，还是那样广阔。

在中国，要论西部面积最大的湖泊，就当说青海湖了。它也是中国最大的咸水湖。在神话传说里面，人们就知道，它是王母娘娘的西海，而且二郎神的方天画戟也是在这里炼就的。所以就给这湖蒙上了神秘的面纱，令人心驰神往。

青海湖的确是神秘的，也是神奇的。它是高原明珠，是青藏高原上的蓝宝石。不知是谁的呼唤在这里千年地传响着，不知是谁的期盼在这里千年地传递着，也不知是谁的思念在这里千年地流淌着。它就这样从远古走到了今天，日复一日，年复一年，日夜不停地流淌，它依旧那样的蔚蓝、美丽、迷人。

要说西湖是江南美女的话，那么青海湖就是高原姑娘卓玛。西湖，是江南水乡的一位十分古典的美女，她的确很美，从古至今，美了几千年了。可是，青海湖，却是一位具有浓郁西部风情而又极具藏族特色勤劳善良的姑娘，她的名字叫卓玛。她也美，美了不知道多少年了。西湖，有西子的故事，白素贞的传说。而青海湖也有它的历史风韵，它有文成公主的故事、王母娘娘的传说。

那是在遥远的大唐时代，中原文明名扬四海。地处西南的吐蕃是游牧民族，自然无法与中原大唐相提并论。松赞干布是个杰出的头领。他想发展吐蕃，就想到一个很好的方式，与大唐和亲。当时各国都派使节前来和亲，吐蕃的使节最终以睿智得到唐太宗赏识，唐太宗就答应了吐蕃的和亲请求。

文成公主远去吐蕃，经过青海湖的地方有连绵不断的群山，她感到翻过这座山就又是一重天，远离家乡的愁思难免触景而生。唐太宗为了宽慰她，就用黄金打造日月模型各一个，命长安的人快马加鞭赶到这里，送给文成公主，让她带在身边，以免思念中原。从此以后，这里就被人们称之为日月山了。人们传说文成公主经过青海湖的时候看到一条河，从这里可是就要骑马了，这样才方便进入草原。她又感到无比伤悲，因为与家乡的距离一天比一天远了，不禁痛哭失声。她这一哭竟然感动了天地，结果在这里产生了"天下江河皆东去，惟有此水向西流"的景象。这条河便成了倒流河，自东向西流入了青海湖。

青海湖是文成公主离别中原走上高原的门户，是青藏高原的标志。珠穆朗玛峰是高原女神，是藏民心目中的女神。青海湖就是高原仙女，是藏民心目中的美丽姑娘卓玛，是圣湖，是圣水。

青海湖有一个著名的鸟岛，这里是真正意义上的鸟的天堂。群鸟翔集，蓝天碧水之间飞动着这么多鲜活的生灵，而且是在这样广阔的天地之间，不能不令人叹为观止。鸟的生命如此自由洒脱，人的心好像也随之飞起来了。那样令人心驰神往，那样令人跃跃欲试。就是一个感觉，好想飞起来。在鸟岛边，湖水清澈见底，水根本就没有颜色，就是泉水一样的透明，蝌蚪、湟鱼游来游去。飞鸟在觅食，游鱼在嬉戏。但是你远远地看，湖水就是蓝色的了。

再看那湖边金黄金黄的油菜花，在蓝天下像是地毯一样铺展开来，湖水蓝得令你心跳加快，激动得不得了，而且有的地方简直就是青绿色，青绿得令人咋舌。而油菜花又是金黄金黄，金黄得令人无法想象。蓝色与金黄色交相辉映，青绿色与金黄色又对比鲜明，的确恍若仙境，美不胜收。

蓝色的湖面，蓝色的天空，真不知是湖在天上，还是天在湖上。分也分不清，看也看不明。湖面上只是一片蓝，蓝得要人的命，蓝到极点就变成了青绿色，青绿得像是一个童话般的世界。难怪要说是青海呢，的确是青绿色的海了。

青海湖，还有一个与时代挂钩的产物，那就是环青海湖世界自行车拉力赛。这样极具现代气息的体育赛事在青海湖展开，让它闻名中外。那一天全世界的优秀自行车赛车手齐聚西宁，向青海湖进发，环绕着这片中国内陆最大、世界闻名的湖泊进行人类体力极限的角逐。这样的竞技令人感慨，为什么要在这里，这里恐怕与世界上任何一个地方都有所不同，那就是这里是高原，在高原上走路普通人都会感到胸闷，何况骑自行车了。然而，人的体力是有限的，青海湖的魅力却是无限的。面对它，骑着自行车绕着它走，你会觉得它不动，你在动。你在看它就那样平躺在蓝天下，而它也似乎在看你，看你在做什么。

青海湖也许会会心一笑：不自量力的人类，你一圈又一圈地绕着我走，还能把我变小吗？你以为你是呼啦圈，还想给我做瘦身运动吗？是啊，人类的确很难在短时间内将青海湖面积缩小，不过时间和岁月却会做到。每年青海湖都在缩小，高原日照使湖水不断蒸腾，再加上沿湖用水量由于人口增加而加大，种种因素影响着湖的变化，不过高原上也受全球气候变暖的影响，雪山融化，冰雪融水注入湖里，所以青海湖湖水还是那样大，那样广阔。

青海湖边仿佛又响起了《在那遥远的地方》这首耳熟能详的西部情歌，姑娘卓玛也许又转过身来回眸一笑了吧！不管有没有卓玛姑娘在，那微笑却永远在高原传扬。青海湖，不就是卓玛吗？它永远在笑着，永远那样美丽，那样迷人。

青海湖之秋

青海湖的初秋宛若江南的 5 月，遍野是绿油油的青草和金灿灿的油菜花，映衬着静静的湖面，诗意盎然，画意情浓。

信步湖畔，微风轻拂，湖面波光微澜，清澈的湖水映照着明净的天空，如梦似幻，湖色温馨，令人心旷神怡，久久不愿离去。

我喜欢漫步于湖边，看水清天蓝的景色；喜欢坐在草坪上，看波光粼粼、变化无穷的湖面，让人着迷，让人遐思。我更喜欢坐在游船上看那透明的湖底，喜欢水下大大小小的石头，握在手中，光滑可爱，不忍丢弃。

轻轻地坐下来，放眼青海湖，湖面是那么宽广，那么美丽，我在心里暗暗琢磨，是什么造就了这绚丽多彩的自然奇观？徜徉湖边，放眼望去，我看到了汇聚而来的好多小溪流，这才明白，正是由于它不拒小溪的宽大胸怀与豁达而淡然的心境，才有了今天美丽而迷人的画卷。若一个人也能如此，不是也可以有这样灿烂的壮丽人生吗？

不远处有羊群，那羊群就像天空上的片片白云，悠然自乐；也有三三两两的羊儿，看过去好似天上一朵朵离散的小云。走过去，我看到一个放牧者，那清纯的脸上，满是幸福的笑容，悠闲自在，与世无争，安居而乐。他的财富如此简单，幸福的感觉却如此让人羡慕。我心想：这里没有高楼、汽车、宽广的街道，也没有都市里的繁忙，更没有川流不息的人群，有的只是恬淡的惬意。原来我们所向往的生活快乐，不在于我们拥有了多少物质，而在于我们得到了多少心灵的安宁。我喜欢这样的简单，喜欢这样的朴实，喜欢这样与世无争的生活。也许这样的生活，才会让快乐离我们很近，近到我们的心坎里。

坐在青青绿绿的草坪上，眸中是一望无垠的天空。茫茫宇宙，人是什么？我又是谁？我追求的到底是什么？如果有一天我离开了人世，谁又会记得我曾来过人间？我要那么多物质的东西做什么？活着为什么不好好地欣赏人生的风景，为什么不好好地去享受生活的快乐？平时计较的那些事，现在看来是多么的可笑和无聊啊。若有了湖一样的宽容之心，又怎么会有那么多的忧愁和困惑呢？学会放手，学会放下，学会放弃，那将会得到多少快乐啊。

我知道江南西湖的水是淡的，而青海湖的水是咸的。为什么会是这样呢？我边走边想，两湖相差不远，怎么会如此不同？难道就如人生一样，甘苦与共，苦乐自知？

暮色渐渐而来，躺在柔软的草坪上，感觉一切都是那么纯美，那么简单。淡淡的天空，静静的湖水，辽阔、高远。我忽然之间领悟了，人是多么的渺小啊，有的人为了梦想奋斗一生，有的人却连个梦都没有。心有多大，舞台就有多大；梦有多远，脚步就能走多远……

晚霞里的青海湖更美，那么幽雅，那么淡然，那么神情自若。夜晚过后，明天又是一个崭新的开始，温暖而明亮，博大而友爱。

阿尔山温泉神韵

　　美丽的阿尔山市位于内蒙古自治区兴安盟西北部，全称"哈伦阿尔山"系蒙古语，意为"热的圣泉"。阿尔山清泉韵飘四方，清澈的泉水潺潺流淌着千年的故事，婉约着如诗的岁月，在美丽的祖国奏响一曲优美的旋律，轻轻地回荡在内蒙古的脉脉群山。

　　阿尔山是内蒙古重要的旅游城市，步入城市只见群山环抱，幽静怡人，夏季到来就会绿树成荫，柔纱轻挥，景色优美。

　　阿尔山景色让人心醉，天蓝蓝，云柔柔，放眼望去如同盛开着朵朵百合花，微风过处幽静含香。

　　这座小城四周环绕着森林，流翠欲滴，绿舞漫纱，层层叠叠起伏连绵，就像美女的青丝带，那环绕在森林中的山川河流，放眼望去看不到帆影，看不到垂钓人的踪影。阿尔山仿佛在诉说"藏在深闺人未识"，宛入云深不知处，只缘身在此山中。

　　阿尔山清泉胜在自然，韵在温婉，阿尔山温泉诉说着一个美丽的传说：很久以前，一个放牛的人看到一条蛇在草地上，他为了保护自己，就把蛇用铁器打伤了，受伤的蛇慢慢爬到泉水旁，泉水飞流直下，在蛇身上流淌，奇迹出现了，蛇的伤口竟痊愈了。放牛人看到这情景，知道泉水能疗伤，从此以后人们纷纷用泉水去疗伤，神奇的效果就在眼前。

　　阿尔山相继发现了七十六眼自然泉水，这里是世界上地下最富有的矿泉之乡。地下矿泉有温泉和冷泉之分，温泉水可以洗涤沐浴，冷泉可以饮而壮身。关于温泉，当地流传着美丽的故事：传说在清朝，有一个蒙古王爷因为吃野味成瘾，有一天派一个名叫敖力吉别的奴隶去兴安岭打猎，敖力吉别在密林里用强弩射中了一只梅花鹿的腿，那只梅花鹿带伤逃进了老林，追到它的身旁时，见那只梅花鹿安闲地正在用舌尖蘸水清洗伤口，等敖力吉别上前捕捉它的时候，那只梅花鹿拔腿便跑。它居然用泉水泡好了腿伤，三蹦两跳地不见了。敖力吉别好奇地望了望那一潭冒着热气的泉水，觉得不可思议，在空手而回后只好对王爷说明实情。王爷不信，反而说他是胡编乱造，便令手下亲信将敖力吉别的一条腿打断，并令其到泉水中去医治伤腿。敖力吉别自己也不相信那泉水能治好他的断腿，但在无奈之际也只好拄着一根木拐，瘸着腿走到那眼热泉来撞大运。真是神泉——他到热泉洗了伤口后，那条折断了骨头的伤腿当真完好如初了……

　　阿尔山清泉韵在美好的疗效。正是因为这水的奇妙特效，这里开了疗养院，疗养院内有旅馆，还有民族特色的蒙古包供人们休闲、疗养之用。泉水神奇，令人受益匪浅。步入矿泉区，在长五百米、宽四十米的草地上，密密匝匝排列着四十八个泉眼。晶莹澄澈的泉水汩汩而出，久旱不涸。有的相隔咫尺，有的相距数丈，温差却大得叫人不敢相信。冷泉只有1℃，温泉不凉不热，高热泉则像滚沸的开水，终年升腾着热气。矿泉的排列形状也极为有趣，像一个南北躺卧的人体形，有"头泉""五脏泉""脚泉"，里面细看还能分出"眼泉""胃泉"等。

这些不同部位的泉水对治疗人体相应部位的器官病痛，有着神奇的疗效。

阿尔山温泉水流是上天赐予的一剂良药。在温馨的夏天，大量的中外游客来游玩、休闲，神泉的故事就越传越广，也越传越奇妙。阿尔山这一块风水宝地就像娇羞的新娘，面纱初披，朦胧着一片神秘色彩，婉约着醉人的风景；阿尔山泉韵婉约着一份美好，轻奏着一曲歌谣在世间回荡，萦绕不息。

洗温泉是来阿尔山的最美享受，其次是畅饮阿尔山的冷泉，清凉剔透，入口含香，丝丝甜润。纯纯的泉水清澈透明，手及之处，是温婉寒韵。在几十眼地下泉水中，最清凉而又解暑的要算是五里亭冷泉水了，这里的泉水透着凉意，丝丝入口，凉爽到极致。

泉水来自地下千米深处；经过化验，其水质除了蕴藏有其他矿泉水中的营养元素之外，还含有其他矿泉水没有的营养元素"氡"。专家曾经鉴定，在中国矿泉水中，千米以下并含有宝贵元素氡的，独此一家。阿尔山清泉韵在不息的品格，是大地赋予的美好宣言。

珍贵的东西，都有它自己的独特品格，氡也不例外，那就是极容易在空气中挥发。在五里亭下畅饮时，主人不断提醒："多喝点，灌进瓶子里，一会儿那东西就飞了！"我想这可以壮身提神醒脑，不能包治百病，也会益气凝神，有益健康的。

列车缓缓行驶，慢慢远去，离开了美丽而神奇的阿尔山，我不禁赞叹其韵，折服其魂。潺潺的泉水似乎还在我的眼前流动着。喷涌的流泉，你诉说着千年的故事，温婉着美丽的传说，我眺望着圣洁的阿尔山，思绪轻轻飞舞仿佛回到了远古时代，看到了传奇的故事，美好的一切，就在眼前。阿尔山山清水秀，泉水不息流淌着文明古国的不朽文化，凝结着神奇的韵致，给华夏大地汇聚一幅如诗如画的画廊，让我们徜徉其中流连忘返！阿尔山清泉萦绕回旋，涤荡着文明古国的特色，温婉着不息的豪情，奏响一曲永不停息的欢歌……

情醉阿尔山

没到过阿尔山的人，你如何知道在祖国大兴安岭腹地，还有这块瑰宝？如果说风情的阿尔山一年四季都是在万花筒中旋转的话，不选春季鲜花如锦，不选夏季绿色绵延，也不选冬季皑皑白雪覆盖，我独喜阿尔山五彩斑斓的秋天。最喜欢金秋里的阿尔山上，洁白的桦树、铁红的叶子、金黄色的针叶松，以及每一朵飘荡的白云、圣洁的湖水、袅袅的炊烟，还有牧人的吆喝以及白云般蠕动的羊群……不到阿尔山的人，如何能感悟到这里的美丽呢？"自古逢秋悲寂寥，我言秋日胜春朝"，凡到过阿尔山的人，才最能体味刘禹锡诗中的韵味。

与阿尔山结缘，是 2015 年的秋天。当年随内蒙古网球协会的同事到内蒙古长线旅游，初进阿尔山时已是夜晚了，来了就住在了山上。晚饭后，几个网友出来拍夜空，阿尔山的夜空如一块蓝色的宝石悬在上空，远远近近有亮的、微亮的、眨眼的、不眨眼的星星点缀在天幕。静谧的山路上，我们用相机记录下这阿尔山的夜空之美。

我是第二天的一早，被阿尔山的美丽所彻底震撼的。走出农庄小院的门口，远处的山峦尚绵延在黎明前的黑暗里，我们在一条河边架上相机，想捕捉这里日出红日上升时的山川与河流。天渐渐地亮起来，红日如待嫁的新娘，在厚厚的云层后面，先为云彩镶了金边，再让周围的景色一点点地呈现。脚下的枯草上已结了冰花，这条不冻河水里有不怕冷的牛前去冬泳。河是暖水河，河面上有升腾的雾气，远处，牧人的屋顶已有袅袅的炊烟在微明的天空中拉直。从小生长在毛乌素沙地，如何见过这等美妙的景色？

太阳是在云层里一点点挣脱，最后一跃，才让天空豁然开朗。阳光下，河水里的牛越来越多，远处山峦上的松树、樟子松、白桦、云杉等以及不知名的乔木，开始一点点展现，将这里点缀得如童话世界一般。太阳越升越高，天空中的云朵如羊群，山坡上的羊群如云朵。在如画的世界里，柏油路面如黑色的飘带，向远处努力地延伸，最喜人的是路边上有针叶松的落叶，镶嵌在路的两边，柏油路中间是一条黄线，两边的针叶松落叶也是两道黄黄的细条，不在现场，你不可能体味到这如诗如画的世界，就连柏油路面上都镶有金边。那种美，很难描述，阿尔山的风韵、她的美，是一步一景，她的神奇，是既有苍凉的凄美，又有浑厚的壮美。如果说阿尔山是个美女，她的眼神一定是摄人魂魄的。我们徜徉在阿尔山自然景观的秀美奇特里，将镜头对准天池、麒麟峰、天河峡、仙人洞……在妙笔天成的诗画里收获。与她的初见就销了我们的魂魄，我们也就把心留在了这里。

阿尔山是勾人魂魄的。后来在十一长假，全国的众多美景中，我依然独选阿尔山。夜以继日，长途奔袭，就是为了再次体会阿尔山秋季之美。我们是在细雨中进入阿尔山小镇的，雨夜的小镇呈现一种别样的美丽：泛着乳白色灯光的两行路灯穿街而过，两旁的店铺林立，霓虹灯闪烁，道路两旁全国各地纷至沓来的汽车排成长龙，魅力阿尔山不单单是吸引我自己，她以她的独特招惹着众多游客的前来。

风情的阿尔山就是如此任性，魅力的阿尔山独在秋日的收获季节魅力四射。她风情万种，她树树皆秋色，山山唯落晖，她以自己的独特之美静静仰卧在祖国的北方，以自己的纯美在秋的季节里尽情挥洒美丽与曼妙，让所有的目光都在这里定格。

夜幕下的桂林

　　第一次与桂林邂逅，就是在夜里。那时的我正在前往桂林开会的路上。当火车开到桂林时，天已经黑了，而我因为第一次到桂林而兴奋得无法入睡。也许，这是老天的有意安排，让我看一眼那夜幕下的桂林。有时候，最是那一眼，就足以注定一生的情怀，正如我和我的桂林。

　　很小的时候就听过"桂林山水甲天下"的话，但那时候，桂林在我心中并没有留下什么痕迹，甚至连想象的画面都没有。如今，透过车窗，我第一次真实地看到了桂林，看到了夜幕下的桂林。她真安静，静得像个梦，静得像个酣睡的小姑娘，而我仿佛能听到她均匀的呼吸。夜的黑纱罩在她身上，倒让她平添了几分神秘几分韵味，也给了我无尽的遐想。我出神而贪婪地望着她，生怕一眨眼她就要消失在我的视线里一样，我想，我已经喜欢上她了。

　　火车的长鸣利剑一般划破夜的宁静，我的心为之一紧，生怕这无情的长鸣惊醒了正在安睡的她。夜幕下的桂林，安静而温婉，让我无法忘怀，美丽的邂逅，就这样浪漫而永恒地烙在我心头。

　　1991年的夏天，我带着满心欢喜来到桂林，一是来参加会议，二是兑现与好友在桂林的约定。在好友的陪同下，我游览了桂林的部分景点，说桂林山清水秀一点都不为过。独秀峰的峻峭挺拔，象鼻山的肖似生动，漓江的清澈柔情，四湖（木龙湖、桂湖、榕湖、杉湖）的灵秀温婉，真的让我流连忘返。

夜幕下，桂林在散去一天的喧嚣之后，恢复宁静，繁华褪去，留下的是质朴和本真，此时的她应该是最安静最温婉的，也是最美丽的，别有一番风情。

桂林是美的，而我独爱夜幕下的她。自那次美丽的邂逅之后，便是无数次的魂牵梦萦。值得欣慰的是，每次火车经过桂林的时候总是在夜里，为此我欣喜不已。长途火车让人身心俱疲，车厢里满是熟睡的乘客，而我虽累虽困却无眠，窗外，是夜的世界，宁静而安详，我出神地望着窗外，望着夜幕下的她，竟忘了疲惫。那眼神，有些贪婪，又有些留恋，有些不舍，又有些期待。她还是那么安静，仿佛全世界都与她无关，她不会感觉到黑夜里有一双眼睛在注视她，而我却分明能感受到我的内心被她的静美轻轻地撞击。夜很静，她也很静，我能听到她的呼吸和我的心跳。

夜色如流水般游走于她的发际，她在安睡，均匀而轻柔的呼吸让我感到安宁，感到温暖。夜的黑纱轻柔地罩在她的身上，我看不清她的脸，但我并不心急；朦胧的夜色让她的美多了几分神秘，让我的心多了几分遐想。多想就这样一直看着她，直到夜色退去，东方破晓。然而，火车的长鸣再次划破夜的宁静，我知道我又要与她别离，别离的情思在心头缠绕，慢慢地绕出一幅夜的画，画里有安睡的她，还有我那融在黑夜里的眼。火车渐行渐远，我在心头轻轻地说：再见桂林！

夜幕下的桂林，安静、温婉，流水一般柔和；夜幕下的桂林，本真、静美，别有一番风情。请允许我写下这样一句话：夜幕下的桂林，我心爱的桂林！

山城的记忆

重庆真是一个魔幻之都，以它独特的魅力，吸引着成千上万的人纷至沓来。

重庆最美的所在，源自它依山傍水的地理结构，两江汇流形成一个三角洲，在这方小小的土地上，耸立着一座座高楼大厦，如春笋一般屹立在奔腾的江水上，何其壮美。

重庆的路也极美，由于依山而建的格局，使得重庆的道路曲折委婉，时而上坡，时而下坡，仿佛一条又一条在地上游走的蛟龙，一会儿盘成一个 C 形，一会儿又弯成个 S 形。

游玩重庆，最有意思的交通工具是乘坐轻轨，那些穿梭在高楼大厦和奔腾的江水之间的列车，见证了重庆的繁华与美丽，经过的每一个地方都是一处美景，仿佛游走在画廊中，让人流连忘返、目不暇接。

重庆最美的时刻还是在晚上，当夜幕渐渐降临，所有的灯都一盏一盏被点亮时，重庆才慢慢浮出水面。为了能亲眼见证这一美丽时刻，我特意去了重庆的南岸区。每到五六点的时候夜幕开始降临，太阳渐渐地西沉，解放碑附近的高楼一点点亮起来，那些小小的灯，把高楼大厦的外形一点点地勾勒出来，五彩缤纷的霓虹灯，给城市带来了生机与美丽，仿佛是流淌在城市里的血液，带着蓬勃向上的朝气，带着所向披靡的活力，带着妩媚动人的魅惑，把黑夜驱赶。这时如果能骑着电动车或者摩托车，游走在这些被灯光照亮的城市里，我想该多么幸福，仿佛游走在画中，游走在幸福中，游走在梦中。

如果欣赏重庆最美的夜景，就要乘坐观光游览船。坐在船中，慢慢地荡漾在江水中，仰望两岸巍峨的高楼，沉寂在这繁华而动人的温柔之中，忘记烦恼、忘记忧愁、忘记感伤，尽情地享受此时此刻，然后放空一切，真正地伴随着游船，来一次彻彻底底的逍遥游。除此之外，还可以选择乘坐缆车，站在那天空中飞翔的小格子里，从江的这一头，飞向江的那一头，把重庆的美景都看透，体验一把鸟儿的快乐，自由自在地感受风，感受梦，感受满目的繁华。

重庆是我心中永远的伊甸园，它是浮在江水上的天空之城，我真想成为它怀抱中的孩子，为此，我知道该何去何从。

清晨的重庆，睡眼蒙眬，在弥漫的麻辣香中缓缓醒来。这便开始了一天忙碌的生活，或奔走，或急促，直到半夜才静了下来。

想来我曾经来过三次重庆，虽然不能算是半个重庆人，但对重庆的山雨，还隔叶障目。在我记忆中，山城似乎永远都是那么的繁忙，那么的炎热。白天人潮如流，在街道上在巷道中来回穿梭。或许只有这如火的城市才能承载这一方水土。

六月，重庆的正午，让人总有一丝恐惧。也许是一天当中最安静的时候。街上疏落的行人，三三两两地走着，就连汽车驶过时的汽笛也是那么的疲乏，昏沉沉的。或是知了的歌声，也充斥着厌倦。太阳西行，慢慢地也就进入了一天最为热烈的时刻。而此时，城市像疲倦的老人，静静地沉睡着。

夜幕降临，山城从沉睡中慢慢地苏醒。闪烁的霓虹灯，街店的吆喝接踵而至。这时出门散散步，或是邀二三好友，散漫地走进一家餐馆，都显得那么的闲适。当广场的歌舞齐至，人们便开始了自己的夜生活。

午夜里，在街边的小店，要上几个凉菜，再来几杯冰镇啤酒，褪去这一天的繁忙，也放下这紧蹙的心情。或是小酌家常，或是高谈国事，都是一种洒脱。

待万家灯火消退，一片寂静笼罩的城市，仍是那样的闷热。一夜的欢畅，传来的是空调呼呼的声响，一点悠悠的虫鸣，或是一片淡淡蛙歌，将人们慢慢地引入梦乡。这预示着，山城又将再一次沉睡下去。不多时天边又将悄悄地挂上一抹曙光，向人们透露出淡淡的微笑，不时送来一丝丝难得的清凉。

黄河绝唱

　　黄河，从茫茫天地间孕育，穿破莽莽唐古拉喷涌而出，蹒跚东流到此，在美丽的准格尔乾坤湾我再次目睹了清澈透明见底的黄河水。如果说陕西的黄河壶口是气势磅礴的壮汉，那么在乾坤湾，黄河就是一位清丽婉约的淑女，我们的黄河母亲仿佛又回到了她的少女时代。

　　虽说天下黄河贵德清，但准格尔的乾坤湾更显示了她的静美飘逸，一下子让人错觉恍惚在江南的水乡。黄河岸上硕果累累，果香四溢。果园假若是她的宝宝，那么婆娑摇曳的垂柳好似她披肩的秀发；如果说郁郁葱葱的柳树是黄河的霓裳羽衣，那么红颜似火的果叶就是她吹弹可破的脸颊。如果说近处威武霸气的丘陵山峰是她身边的近卫士兵，那么远处威武挺拔的吕梁山脉就是她梦中的白马王子！

　　在黄河岸边，听自然而无拘无束的流淌声，犹如漫卷心灵的阳光，温暖而惬意。聆听着灵魂深处遥远的绝唱，我的心终于像河水一样平缓了，尽管河面有微风涟漪……是啊，我将在黄河两岸奔跑，怀揣着浓浓的眷恋与心中的信仰，以往我都行在时间的河流里，如今在清澈见底的黄河边，我像是赶赴一场心灵之约，在这里不必洗涤尘世的烦扰，纯洁的灵魂就会把时间永远留住……

黄河从莽莽天际横空出世，从浩瀚的大西北、神秘的丝绸之路、河西走廊、漠漠荒原，一路北上南下，奔入东海。她带来了无边无垠的久远和深沉，带来了空灵迷茫的大漠孤烟和苍茫空旷，带来了长河落日的诗情画意，带来了磅礴大气的浩瀚云水，带来了秦砖汉瓦的质朴——而这一切，都在黄河奇石上体现得淋漓尽致，这种文化绵延数千里，历经数千年。黄河不但孕育了黄皮肤的中华儿女，而且也孕育了千姿百态的黄河奇石，令人叹为观止。

黄河岸边幸福的人民沿河而居，临水而立。远处，群山无语，苍茫矗立，犹如淳朴的西部汉子稳重而朴实，黄河水系星罗棋布的泉眼汇聚成涓涓细流流向黄河岸边。伸手轻轻抚摸黄河母亲的脸颊，清冽绵柔的河水一下子淌过心田，淌过所有的植被，然后用它清澈透明的脉络流串激醒所有的生命，清澈的河水倒映着青山，倒映着蓝天，美极了。黄河水像一位文静的姑娘，天天都静静地从黄河源头流淌着，伴随着起伏的群山，伴随着善良朴实的人们，构成了一幅美丽的画卷，此时多想化作黄河里的一枚鹅卵石，永远陪伴在黄河母亲身边……

黄河代表的不仅是华夏文明，更是中华民族的尊严！不错，黄河的的确确是中华民族尊严的一种象征，也是我华夏民族的精神图腾。从它的发源地——青海念青唐古拉山开始，这一路，它穿高山、绕平原、飞峡谷、跃丘陵，呼啸奔腾，浇灌着沃田万顷，簇拥着工厂如林，接纳着四十多条支流，拥抱着无数峻岭高山，气势磅礴锐不可当。征途中，有多少重重障碍在阻挠着它，可它从不断流。不管多高的山、多峻的岭，它从不退缩，依然浩浩荡荡，澎湃汹涌。它正以亘古不竭的水流和万载不息的波涛诠释出了中华民族不屈不挠的精神！它以自己的声音告诉世界：中华民族，永不退缩！

泰山点滴

天气竟然昏暗下来，裹挟着电闪雷鸣和斜风骤雨，去往济南的列车此时正途经泰安，我只能透过车窗远望雨雾下的莽莽雄山了。同时也为这两天的行程琢磨起来。在济南，朋友和我商量行程后决定等个好天气再上泰山，至于能不能看见日出，那就得碰运气了。

我们抵达泰安时，竟然出了太阳，一下子打破了脑子里《雨中登泰山》的臆想。于是打车前往岱庙，这是皇帝祭祀泰山的地方，总的来说泰山还是一座道教名山，信奉当地生化护佑的女神碧霞元君——泰山老奶奶。

庙宇有城墙环护，宫殿式建筑年代久远，油漆斑驳，御碑、石刻比比皆是，都是历代名人雅士游历泰山后留下的感悟颂扬之词，也为后人研究当时的历史留下了宝贵的书法作品。来不及细看，只能用相机拍下来有空再咂摸味道吧。

北方人喜欢种植柏树、槐树、银杏，至少目前留下来的以这几种居多。这里面就有"唐槐"与"汉柏"。柏树老了易开裂，槐树老了会烂心。而国学最喜欢研究的就是"形与相"了。你看树干开裂了，有句老话就叫"树大发权，孩大分家"，当然还会有更多艺术哲学的领悟。那老槐树空心了积累了腐质泥土，一粒树上的种子落下来长成了新树，就成了"母子连心"。

抽象的规律总要经由生动的譬喻才能演绎为经典,《易经》讲的都是这些吧。

山水林荫

出岱庙,穿岱宗坊,直奔一天门,沿着孔子登临处、天阶、红门开始了一路攀爬。这条登山石阶依山伴溪,在没有景点的路段,我们便改为溯溪而行,呼吸山野间花草流水气息也很惬意,偶尔被溪水浸湿了鞋子,一会儿就干了,留下的只是清凉感受。

路边的石刻太多,也会匆匆而过,只对一些描绘出胸臆有所触动的才会驻足观看。一路上小店摊贩不少,旅游纪念品、拄杖、矿泉水、小山货,这些商贩就住在山上过着从容逍遥的日子。路边散养着自家的鸡群,雄鸡抖着红冠凤尾,踱着刚健的方步在草丛里捉虫觅食,那派头俨然是泰山的精灵了。

过了三官庙,我们斜插经石峪。高山流水之亭是一座四柱石亭,柱上楹联"天门倒泻一帘雨,梵石灵呵千载文",横批"源头活水"。暴经石上刻的隶书《金刚经》,有些经文已经水蚀风化了,听瀑流观水下经文就能够明心见性吗?此刻,我能感受到的只有涧溪的哗然与山风的清凉。

柏洞附近的四槐树据说是唐朝程咬金所植。这也有草顶的茶棚,布置得自然整洁,绣球花开得正鲜艳,主人还用山涧里捞来的浮木做成根雕、桌、凳,供人休憩,路人络绎不绝。

十八盘

南天门，几乎还只是一点影子，十八盘却像挂在山崖间的窄窄绳梯。过了中天门，山势陡峭起来，陡壁之下的峰回路转，倒是不用日晒了，那就开始来耗体力，玩心跳吧。

只要连续走上八十级台阶，就会气喘吁吁，心慌不已，汗水也会漫出来，于是只能停下来，靠着护墙短暂休息。然而路还是要走的，三五分钟后便继续前行，我采用之字形路径向上爬去，腿部似乎要舒缓一些。拄着登山竹杖奋力撞击着石板，掷地有声的竹节里发出脆亮的声响，笃、笃、笃笃……震动着耳膜，也坚定着信心。

此时可以静下心来，一路欣赏领会摩崖石刻的意境，转移疲劳的感受，云步桥的亭子上刻有"跋险惊心，到此浮云成梦幻；登高极目，从兹俗虑自销沉"。山间的苍松，崖壁的碧草黄花，无不向我们展示着强劲不屈的生命力。杜甫当年的"会当凌绝顶，一览众山小"的信念诗句，鼓舞了无数后来之人。在疲惫不堪之时，仍能够发出坚毅的豪言壮语，激励共勉，这就是不屈不挠战胜万难的英雄主义气概。

如此十八盘倒成了朝圣泰山之旅了。从翠屏斋开始的十八盘成了最后的冲刺，可脚下的石阶变窄变陡了。每个人都躬着身子，喘着粗气，静下心走好脚下的每一步，目标就在头顶之上，上到南天门才算成"仙人"。

我们终于都拖着身疲力竭的身体，能够站在南天门前享受胜利的欣喜。

玉皇顶看落日

进到南天门，已近下午六点了，太阳开始西下，我们闲散地走在白花花的天街上，这里已经形成了繁华的街市；不再是印象里拿扫帚、葫芦当招牌的窄小街面。

穿过中升坊，我们直奔玉皇顶而去。清辉落日映红墙，望着夕阳沉浸，心情逐渐平复下来。忽然天籁间传来了清亮的欢叫，唧唧呀呀不绝于耳，一阵阵黑色的剪影在空中徘徊掠过。

——燕子，那是燕子！她们在夕阳前翩然起舞，在1545米的上空欢送着落日，这些玉皇顶的精灵呀，忽而聚拢，忽而散逸，像一只扇动巨大薄翼的黑蝴蝶，如此的欢歌雀舞，让我激动不已。

拱北石观日出

泰山观日出地标就是日照峰——拱北石。翌日四点半，我们走出了山顶酒店，东方灰蒙蒙的有了些红亮光，远山还是肃穆不清的景象。天边的乌云逐渐暗红起来，慢慢地放出些霞光。霞光的天际飘着些许灰色的云，天空逐渐放亮，周围的景色也清晰起来。从玉皇顶到日照峰站满了人，大家翘首远望着东方。

慢慢地，天边的灰云被加热变红，然后又发白，似乎逐渐要被融化掉。太阳光芒快要出来，于是举着相机，专心等待那乌云中的第一缕红，随着那一抹红阳在乌云中冒出额头，发际间开始赤热变白——蛋黄般的太阳从卵翼下脱壳而出终于跳了出来，在天际的乌云下放出矞矞皇皇的光芒。这光芒逐渐四射照亮了天边的白云，映射到近处的树梢上，也反射出点点晶光。此刻的拱北石也披上了红装，调整角度给拱北石和太阳来张合影，有了石头的掩映，更衬出来太阳的耀眼光芒。天上舒展的鳞状羽云和耀眼的太阳在一起组成了翱翔蓝天的"白羽凤凰"图。而拱北石也显出直冲霄汉的雄浑气势。

太阳升起，普照万物，褪去了那抹喜气红装，再看玉宇清明。瓦蓝的天空飘着些许烟云，玉皇顶和碧霞元君祠都白净起来了，远处是滚滚云潮，真有"天外天"的感觉。此时庙宇洞开，香烟缭绕，道士们清心唱经早课，香客们虔诚顶礼膜拜。

"为你读诗"黑龙江

  黑龙江，祖国的东北边疆，现在已是冰天雪地，雾凇素装，一片纯净洁白的世界。大自然神奇地创造出了美丽的三江平原，并赋予它诗意般神奇的色彩，令人心驰神往。"齐齐哈尔"，一个天然的牧场，仙鹤清幽的故乡，碧绿清澈的嫩江水流经你的心间，给了你勃勃不息的生命活力，一年四季景色奇异，各具特色。在这片人杰地灵的黑土地上，歌声荡漾，美酒飘香，牛羊成群，骏马奔腾，天高云淡，花草芬芳。

  一个网站叫"为你读诗"。听着"为你读诗"优美的诗文朗诵，我神游在白山黑水之间，广袤的黑土之上，高大的小兴安岭是你不屈的脊梁，奔流的三江浪涛是你不息的情潮。

  不见了，宁古塔里，那流放者悲鸣的哀叹，无望的目光，遍野的尸骨，哀嚎的豺狼，思乡的诗篇，不眠的寒颤。

  不见了，北大荒上，那荒芜的土地，凄凉的荒烟，夺生的沼泽，要命的泥潭，冰封的荒原，寂寥的村庄。

  不见了，那"百里无人断午烟，荒原一望杳无边。行来白草黄沙地，正是严霜朔雪天"的北大荒。

  不见了，那"风雪边陲宁古塔，配军一去少回程。昏灯孤苦熬长夜，冷月独明窥短檠。柴米自筹需稼穑，衣衫无措靠连缝。江南遥望浑如梦，凄楚悲歌醉酒朋"的宁古塔。只见宁古塔中，镜泊湖畔，游人如织，笑声欢畅；只见北大荒上，小麦、大豆、玉米成方成片，一望无边。只见农场里果实累累，林场里异木参天。

今日的北大荒早已成了不是江南胜似江南的鱼米之乡。林立的高楼，飞架的桥梁，现代化的工厂，无不展示着东北的兴盛。站在望江楼上，倚栏遥望：碧绿的嫩江水，一泻千里，奔腾南去。真感心情爽朗，满目流光。走向松花江，宽阔的江上渔帆点点，浪花飞溅。松花江水，从古一直流到今，又从今不断地流向远方，流向未来，滋润着两岸的土地，孕育着美好的希望，书写着一个又一个动人的故事，挥洒着一个又一个美丽的传奇。一曲《太阳岛上》唱遍了大江南北、长城内外，唱出了新时代人爱情的美好，唱出了新社会生活的甘甜，唱出了太阳岛优美的自然风光。一首《乌苏里船歌》，唱出了东北人世代生活在三江流域，用勤劳、勇敢、智慧和激情创造着一个又一个辉煌的物质和精神文明。一曲曲悠扬的音乐，表达着人们的善良朴素的情感，一首首动听的歌曲，抒发着人们对美好生活的追求和向往。

在这里，我看到了"捏把黑土冒油花，插双筷子也发芽"的肥沃黑土上，水量充足，黑土生金，物产丰富，清流千里，绿满青山的动人景象。

在这里，我看到了闻名天下的人参、貂皮和鹿茸。

在这里，我看到了冰雪中傲然挺立的松柏，寒风里奔跑的老虎。真美啊，祖国的东北！真好啊，美丽的北疆！

三江汇流入大海，千里美景夺眼来。冰雕莹莹透情怀，仙鹤款款舞深爱，好一份柔婉的生命景观。"寒江雪柳日新晴，玉树琼花满目春。历尽天华成此景，人间万事出艰辛。"是人民改变了这里的山，这里的水。大庆油田，从荒原上喷出第一桶油开始，新中国便开始了新的工业征程。现代工业文明从此在中华大地上日新月异地发生着变化。当年开垦北大荒的热血青年，他们把青春、激情、生命永远地留在了这片神奇的土地上，墓碑旁那风中摇曳的野花，是他们美丽的笑脸，风中飘散的果香，还和着他们不散的气息。

今天，我听着"为你读诗"的诗文朗诵，神游在这片黑土地上，感悟着生命的美好，感悟着历史的沧桑变迁，感悟着四季的风光变幻、人情冷暖，展望着祖国的东北边疆更加美好辉煌的未来。

缅甸厨师的哲学

我点了三道菜：姜丝鱼片、咸鱼煎蛋、冬菇芥蓝。

在缅甸北部这个人口寥寥，又落后得好似一百年都不曾发展的小城勐拉，居然能够在这间唤作"湄公餐馆"的小店的菜单上看到如此"纯中式"的菜肴，既欢喜，又迷惑。而等那三道菜一一被端上来时，我的欢喜和迷惑，全部变成了因难以置信而生发的惊叹。

宛如霏霏细雨的姜丝，密密地罩在嫩白如初降雪花的鱼片上，恍若一场牵动人心的艳遇。掺和着咸鱼的蛋液，被煎成一个金黄澄亮的大月亮，毫无心机地仰视众生。饱满的冬菇和修长的芥蓝，亲密地依偎着，有长相厮守的温馨。

道道菜肴，色泽鲜丽，卖相绝佳，味道呢，更是一等一的好，每一口都让人舍不得吞咽。这名出色的掌勺人姓丁，是老板兼厨师。过去，他向一位中国香港厨师学艺，时间长达十年。

这晚，客人不多，我们闲聊。他一丝不苟地说道："学烹饪，如果一板一眼地死记烹饪的步骤，是于事无补的；最重要的是，学艺者必须下足功夫去钻研烹饪的原理。炒菜，多几滴水或少几滴水，味道完全不同；切肉，必须顺着肉的纹理，否则，那肉一定作怪，不管你下什么料去调弄，都煮不出好味道来。把原理一搞通，厨艺肯定差不到哪儿去。不过呢，话说回来，厨师一定要对所有的肉啊菜啊有一份强烈的感情，菜和肉才会乖乖地听话。"

我看着那张菜式不多的菜单，冒昧地问道："你天天做着同样的几道菜，反复练习，千锤百炼，才能做得这样精彩吧？"

他睃了我一眼，不答，起身从柜子里取出了一本厚厚的菜谱，递给我。我只翻了几下，便眼花缭乱，哇，那菜式数不胜数，单单一只鸭子便有八宝鸭、香酥鸭、北京烤鸭、卤鸭、辣熏鸭等做法。

他一脸自豪地说："我曾在金边一家豪华大饭店当主厨，菜式千变万化，不管客人点什么，都难不倒我。现在，到这小城开餐馆，客人喜欢的菜肴，来来去去都是这几样，我只好把这本菜谱收起来了。"

"空有一身武艺而无用武之地，不是很可惜吗？"我又问。

他轻轻地耸了耸肩，答道："不必听人使唤而事事自己做主的这种自由，比什么都重要。"

说毕，他的脸上浮起淡若浮云的微笑。这位厨师，不但精通厨艺，而且深谙生活的艺术。

其实他自己就是一朵云。云不肯守着一成不变的形状，它不受天空的囿限，千变万化，自我负责而又活得潇洒自在。

贵州息烽集中营

息烽集中营位于息烽县城南六公里，旧址在息烽县朗乡，占地几十亩，是抗日战争时期国民党军统局设立的监狱中规模最大、管理最严、关押人员级别最高的一所秘密监狱，由设于息烽阳郎坝的本部和玄天洞囚禁处组成，其前身是国民党南京陆军监狱在此设立的秘密监狱。它与重庆白公馆、渣滓洞集中营、江西上饶集中营同为抗战期间国民党设立的四大集中营，它是正义与邪恶、革命与反革命、光明与黑暗较量斗争的场所。

息烽集中营从 1938 年 11 月建立至 1946 年 7 月撤销，先后囚禁过共产党人、抗日爱国将领、新四军干部、进步人士和爱国青年等一千二百多人，包括杨虎城将军、中共四川省委书记罗世文、中共川西特委军委委员车耀先，以及韩子栋（《红岩》中华子良原型）、许晓轩（《红岩》中许云峰原型）等一批各地党组织的重要骨干。人们熟悉的"小萝卜头"宋振中就曾被关押在这里。

军统内部称重庆望龙门看守所为"小学"，称重庆白公馆、渣滓洞监狱为"中学"，息烽集中营所关押的则是从全国各地押来的"要犯"，称之为"大学"。"案情"重大的革命志士从"小学"转囚于"中学"，再进一步转囚于"大学"，特务们称之为

"升学"，而"留学"则是处死的暗语。

在缅怀厅，我们排成行，手持洁白的菊花，向伟大的革命烈士致以最崇高的敬意，一鞠躬，二鞠躬，三鞠躬……

随后，从革命历史纪念馆出来继续参观集中营。走进集中营旧址，你就会看到那道带有电网的高大院墙，一排排坚实的牢房，俯视着集中营每一个角落的岗楼，无不显示出当年这所集中营的森严和恐怖。这里四面崇山峻岭，古树参天。山里有湖，有洞，地形隐蔽险要。集中营设监狱八栋四十三间，监房按"忠孝仁爱信义和平"八字命名，称为"忠斋""孝斋""仁斋"等等，其中"义斋"是关押女犯人的地方，在这里我们停留了许久，因为这里曾关押过共和国年龄最小的烈士——小萝卜头。本是只知道糖是甜的、天空是蓝的、生活是快乐的年龄，不知道什么是信仰、主义，他要的只是自由快乐的成长岁月，这样一些简单的愿望他都不曾得到满足……

革命驿站西柏坡

　　为了更加深刻地理解中国共产党的历史，了解党在中国革命的最关键时刻是如何力挽狂澜，取得最后的胜利，我带领公司党群系统的几位同志参观了中国革命圣地——西柏坡。

　　在前往西柏坡的大巴上，导游简单地向我们介绍了相关的历史及西柏坡的概况。1948 年春，毛泽东、周恩来率领中央机关离开延安，从陕北吴堡川口东渡黄河，辗转千里，来到太行山东麓、滹沱河北岸的一个小山村。从此，全中国和全世界都知道了西柏坡。在这里，党中央指挥了震惊中外的辽沈、淮海、平津三大战役；召开了具有伟大历史意义的中国共产党七届二中全会，为新中国的诞生做了政治上和思想上的准备。西柏坡位于河北省省会石家庄向西九十公里，平山县西部。群山环抱中的西柏坡，依山傍水，美丽而宁静。岗南水库万顷碧波如玉，柏坡岭上遍山松柏叠翠。春光明媚，村里村外绿树成荫，花木掩映中农舍俨然。坡上岭下，麦苗青青如染，山花点点如燃。山风轻拂，空气中飘动着松柏的气息，清香袭人。走进西柏坡，就走进了历史的坎坷与辉煌。听了导游的介绍，我已经对这次的参观迫不及待了。

　　经过一个多小时的车程，我们来到了这片朴素而又神圣的土地。下了车，在短暂的合影后，我们就马不停蹄地来到了中共中央旧址。1949 年 3 月 23 日，中共中央和解放军总部离开西柏坡迁往北平后，将机关留下的办公用具、日用品及房舍等移交给了当时的县政府。西柏坡中共中央旧址大院原来位于西柏坡村东头，有房屋四十多处。1955 年，因修建岗南水库，中共中央和解放军总部旧址及西柏坡村一起搬迁。1970 年冬在距原址北 500 米、海拔提高 57 米的地方开始对旧址进行复原建设。主要有毛泽东、朱德、刘少奇、周恩来、任弼时、董必武的旧居，中国共产党七届二中全会会址，中央军委作战室旧址，中共中央九月会议会址，中共中央接见国民党和谈代表和苏共代表米高扬的旧址，中央机要室旧址，中央机关小学旧址及防空洞等。在复原过程中，基本保持了原貌，屋内陈设按原状进行了布置，展品主要是当年领袖们的办公和生活用品。

中共中央旧址大院，由若干个普通的小院组成。自东而西，依次是周恩来、毛泽东、刘少奇、任弼时、董必武的旧居，后院是朱德旧居，还有军委作战室和机关食堂。大院里的建筑全是普通的民居式平房，素墙黑瓦，横屋厢房，只是在每个小院周围加筑了不太高的围墙。看着这一切，我们的思绪便自然地联想到了井冈山的大井小井，想到了延安的枣园杨家岭，那室内的简单摆设是何等的相似相仿。室内木桌木椅、油灯土炕，朴素简陋一如山区的农家。只是多了笔墨、书籍、地图等物品，寻常中又显得不同寻常。屋角窗下，茂槐修竹，蓊蓊郁郁，淡泊宁静中透出一种飘逸的诗意。

毛泽东的小院紧挨着周恩来的小院，推窗便可笑语相问。他们的院子外面有一个大碾盘，听导游讲，每遇重大问题难以决断，毛泽东常来推碾，周恩来在一旁帮忙，一圈一圈，两位巨人推动着历史的车轮轰轰向前。刘少奇和任弼时两个湖南老乡又成了西柏坡上的近邻，岳麓红枫湘江碧水化作这太行山村里的几多风雨，几多情怀。董老的房间里有一架古老的纺车，那是董夫人从延安带来的，嗡嗡的纺线声，常伴着董老窗前的灯光，迎来西柏坡的黎明。后院那三间窑洞式建筑里住着朱总司令，前面有一块宽大的土坪，老总当年常于晨风中在此习拳舞剑，一展身手。置身此处，至今仍觉英武豪壮之气扑面而来。

中共中央大院与周围农民的村庄院落屋宇相接，鸡犬相闻。毛泽东的小院里有一株梨树，主席常剪枝、浇水，秋日里树上挂满了黄澄澄的香梨，毛泽东总是让警卫员给乡亲们送去，自己一个不留。那些穿灰布军装的人是农家炕头上的常客，纯朴的山民也会带着大枣、花生到大院来串门，来来往往，如同走亲戚一般融洽自然，亲密无间，共产党人在这里如鱼得水。西柏坡山村那一座座普通院落里汇聚起人间最伟大的力量，要创造一个崭新的世界。渐渐地，我们胸中开悟，"共和国从这里走来"不再深奥难懂。

毛泽东旧居的西北，一间低矮的土砖房，是解放军总部兼军委作战室。几张宽大的杉木桌几乎占据了所有空间，桌上摆放着几部老式手摇电话机和军用电台，墙上挂满了发黄的军用地图，划出美丽弧线的红色箭头依稀可见。当时这里的生活和工作条件十分艰苦，工作人员绘图、制表用的红蓝铅笔都是从敌人手里缴获来的。为了节省铅笔，他们就用红蓝毛线标图。虽然当时条件艰苦，但是大家的革命热情却十分高涨。就是在这个屋子里，作战室的全体人员曾设计、研究、讨论了中国人民解放军军旗的图案。七届二中全会通过了关于军旗的决议。1975年，在淮海战役中被俘的国民党第十二兵团司令黄维特赦后来到西柏坡，当他看了这四间小平房后，无限感慨地说，毛主席真是英明伟大，在这四间小平房里就把国民党的几百万军队打败了，国民党当败，蒋介石当败。在这里，我们拂去厚厚的历史烟尘，去寻找当年"铁马金戈，气吞万里如虎"，感受"运筹帷幄，决胜千里之外"。1948 年 5 月至 1949 年 3 月，中央军委在这间屋里组织指挥了举世闻名的三大战役，创造了世界战争史上的奇观。东北战场，我军让开大路，占领两厢，尽管林彪的迟疑让毛泽东怒不可遏，但林、罗、刘还是在西柏坡数电敦促下，关门锦州，打狗沈阳，首战辽沈，大获全胜。淮海战场，邓小平、刘伯承、陈毅吃着黄百韬，夹着黄维，看着杜聿明，华野、中野硬是"吃下了一大锅夹生饭"。平津战场，四野挥师入关，林彪、聂荣臻联手攻克天津，北平守将傅作义将军选择了光明。整整十个月里，这间屋子灯火通明，电话电报声声不断，西柏坡与各大战场之间文电交驰。小山村里的毛泽东身居陋室，胸中自有雄兵百万，他就像一个艺术家，指挥着四大野战军组成的交响乐团，把人民解放战争中血与火的华彩乐章演奏得行云流水般的淋漓酣畅。毛泽东坐在从石家庄缴获的大沙发上，潇洒地点燃了香烟，袅袅青烟中，蒋家王朝灰飞烟灭。

中共七届二中全会会址坐落在山坡西南茂密的小松林中，是一间长三十米、宽十五米，可容纳百人的土墙砖顶大统房，室内简陋的陈设至今仍保持着当年开会时的样子。主席台是一张条形木桌，铺着白色的床单，对面两排沙发和八排木桌木椅是中央委员们的座席。墙上挂着两面党旗和毛泽东、朱德的画像。毛泽东浓重的湖南口音和中央委员们暴风雨般的掌声一起，从这里飞向长城内外、大江南北，宣告着一个伟大时代的到来。听导游讲，当时由于条件简陋，许多参加会议的同志都是自带板凳，开完会后再自己带走。若非亲见，真难以置信，当年的开国元勋们正是在这简陋的会场，坐在这样的凳子上，召开了政治局九月会议、政治局扩大会议；也正是在这"寒碜"之地，召开了我党历史上著名的具有深远历史意义的七届二中全会，毛泽东向全党提出了"夺取全国胜利，这只是万里长征走完了第一步""中国的革命是伟大的，但革命以后的路更长，工作更伟大，更艰苦"的号召，并发出"务必使同志们继续地保持谦虚、谨慎、不骄、不躁的作风，务必使同志们继续地保持艰苦奋斗的作风"的进军令。北京人民大会堂庄严巍峨，那些匆匆走过的人们是否还记得山坡上这空荡荡的会址，还有这会址内用木板钉成的简陋桌椅？

参观完了七届二中全会会址，我们来到了离这里不远的西柏坡纪念馆。首先看到的是纪念馆门口的一组五大书记的雕像，望着那高大的领袖群体塑像，我心中不禁感慨万千。进入纪念馆，依次参观了每一个展厅。首先是序厅"光荣的平山"，这里介绍了抗日战争时期平山的光荣历史。然后是一、二展厅"中央工委在西柏坡"，介绍了工委在西柏坡召开中国共产党全国土地会议，领导华北地区的解放战争、军工生产和经济建设等重大事件。三展厅"决战前夕"，介绍了大决战前全国政治、经济、军事形势。四、五、六展厅"大决战"，介绍了党中央和毛主席运筹帷幄、决胜千里和辽沈、淮海、平津三大战役的战场及人民支前情况。无疑，正是辽沈、淮海、平津的大决战以及无数为建立新中国的献身者，才赢得了天安门广场上五星红旗的高高飘扬。七展厅"中国共产党七届二中全会"。八展厅是"新中国从这里走来"，介绍了党中央毛主席离开西柏坡赴京建国的情况。九展厅"难忘的岁月"，展出了当年领袖和工作人员的一些工作和生活照片。十展厅"历史不会忘记"，展出了现在各级党、政、军领导及社会名人等参观回访西柏坡的历史照片。

观看着纪念馆中大量的照片、信电、衣物、武器等记载解放战争历史的实物，不由得使人想到了近年来大量涌现的描写三大战役的纪实小说与影视剧，想到了当年领袖们在此小小指挥部内运筹帷幄而决胜于千里之外的情景，心中充满了敬佩、感激与动力。

　　告别西柏坡已是黄昏，西边天上燃烧着橘红色的晚霞，映红了莽莽苍苍的峰峦，这片黄土地正孕育着新的勃勃生机，青山翠水，柏坡岭上如塔的松柏，都诵唱着改革奋进的高歌。

　　我想，西柏坡作为我国新民主主义革命的最后一个驿站，不但是伟大的人民解放战争走向胜利的见证，更是中国人民革命历史记载的永恒。她将使我们铭记那段光辉历史，不断激励我们努力为祖国走向更加美好的明天创造灿烂的辉煌。

鸭绿江的涛声

　　丹东的早晨，天灰蒙蒙的，下起了小雨，在好友的陪同下，我们乘车前往"抗美援朝纪念馆"参观。"抗美援朝纪念馆"坐落在离鸭绿江不远的一座山顶上，依坡而建的台阶，远远望去，非常壮观。山顶上的广场高高耸立着"中国人民志愿军抗美援朝纪念碑"，向东望去，丹东市的江边建筑、鸭绿江、朝鲜的新义洲尽收眼底。

　　据说，"抗美援朝纪念馆"的旧址，在抗美援朝战争年代，曾经是彭德怀元帅指挥抗美援朝战争设在国内的一个指挥部。随着战争的结束，在此基础上，后来改建成为现在的"抗美援朝纪念馆"。但是，一些当年指挥部的房屋建筑，至今仍然保留着。

　　抗美援朝纪念馆始建于1958年，前身是1953年创建的"辽东省地志博物馆筹备处"。1954年11月2日，经辽宁省文化局批准，成立了"安东历史文物陈列馆"，原辽东省地志博物馆筹备处撤销。1957年7月，安东历史文物陈列馆开辟了"原始社会""历史文物"陈列室，同时设有"抗美援朝纪念"专室等共十二个陈列室。

　　1958年9月29日，经辽宁省文化局上报中央文化部批准，将"安东历史文物陈列馆"改为"抗美援朝纪念馆"。郭沫若同志题写了馆名，先后接待国内外观众达百万人次。

1990年10月24日，正值中国人民志愿军赴朝参战四十周年之际，全国政协副主席、原中国人民志愿军副司令员洪学智，率中央代表亲自来丹东为该馆奠基。辽宁省和丹东市的党政军领导以及部分原中国人民志愿军的老首长、老战士参加了奠基仪式。在中央的亲切关怀和全国各方面的大力支持下，抗美援朝纪念馆新馆工程于1991年9月6日破土动工，1993年7月27日，即朝鲜停战协定签字四十周年落成开馆。中共中央政治局常委、书记处书记胡锦涛参加开馆仪式并为纪念馆剪彩。

新馆是由陈列馆、全景画馆、纪念塔三大建筑主体组成的建筑群，融中华民族的传统风格和现代建筑特色于一体。总占地面积18万平方米，总建筑面积13790平方米。陈列馆的平面布局是呈品字形的三层建筑，建筑面积5800平方米，楼高19.4米，上有5个民族风格的小亭，外墙为灰白花岗岩剁斧石贴面。陈列馆的中央为序厅，序厅的正面以"抗美援朝、保家卫国"浮雕群像为背景，正中是毛泽东和彭德怀的巨型圆雕像，两侧分别是志愿军战歌和中共中央军委主席毛泽东同志组建中国人民志愿军命令。

全景画馆为高28.4米、直径46米的圆形建筑，建筑面积3350平方米，分上下两层，上层为全景画陈列厅，下层为空军专馆和临时展厅。纪念塔由塔基群房和纪念塔主体组成，塔高53米，象征1953年朝鲜停战协定签字，抗美援朝战争取得伟大胜利。塔面用高粱红花岗岩剁斧石贴面。塔基群房建筑面积2900平方米，外墙为灰白色花岗岩蘑菇石贴面。

纪念塔正面是邓小平同志题写的"抗美援朝纪念塔"七个鎏金大字，背面是记载志愿军英雄业绩的塔文。

抗美援朝纪念馆以抗美援朝战争史为基本陈列，主要陈列内容分布在陈列馆、空军专馆、全景画馆和露天兵器陈列场。陈列馆以新颖的艺术形式和现代陈列手段，通过翔实的历史资料、丰富的文物，全面地反映了伟大的抗美援朝战争和抗美援朝运动。

　　陈列内容分四大部分：第一部分"抗美援朝战争馆"，设六个展厅，反映自 1950 年 10 月至 1953 年 7 月期间，中国人民志愿军在朝鲜战场上与朝鲜人民并肩作战打败美国侵略者的英雄战绩，歌颂志愿军的爱国主义、国际主义和革命英雄主义精神。第二部分"抗美援朝运动馆"，设两个展厅。主要反映在抗美援朝战争中全国人民掀起的轰轰烈烈的抗美援朝运动。第三部分"中朝人民友谊馆"，设一个展厅。反映中朝两党、两国人民用鲜血凝成的战斗友谊。第四部分"英雄模范烈士馆"，设一个展厅。记载抗美援朝战争中英雄们的光辉业绩，缅怀战争中英勇牺牲的烈士。

　　陈列馆全部陈列内容分布在 10 个展厅内，展线 440 米，陈列面积 1630 平方米。展出历史照片 500 余幅、文物 1000 余件，辅以复原陈列、电动沙盘、电动图表、影视设备等现代化陈列设施，利用全封闭玻璃通柜式展线，以及自然光、灯光结合的采光方式，生动地展示了抗美援朝战争的历史。

　　全景画馆陈列有全景画《清川江畔围歼战》。画面以抗美援朝战争第二次战役为背景，以清川江畔三所里、龙源里、松骨峰等阻击战为重点，形象地反映志愿军在战场上的英雄气概。画面高 16 米，周长 132.6 米，配置地面塑型、灯光和音响效果，艺术地再现了壮观的战争场面和恢宏的战争气氛。

　　露天兵器陈列场，面积 2000 平方米，陈列抗美援朝战争中我军使用的飞机、大炮、坦克等重型武器装备，以及志愿军缴获敌人的重型武器，供游人参观。

抗美援朝纪念馆共收藏文物 19500 余件，分为两大系列，即抗美援朝文物和历史文物。现收藏抗美援朝文物 12100 余件，其中国家一级文物 47 件，如原志愿军副司令员洪学智同志的一级自由独立勋章、平壤以北道路调查材料和朝鲜交通调查图，志愿军参谋长解方同志在谈判时期使用的照相机，志愿军政治部主任李志民同志的一级国旗勋章、一级自由独立勋章，第十九兵团司令员杨得志同志的一级国旗勋章，第九兵团司令员宋时轮同志的卡宾枪，魏巍同志的《汉江南岸的日日夜夜》手稿等。在烈士当中，有抱炸药冲敌阵与敌同归于尽的杨根思，有挺胸膛堵枪眼视死如归的黄继光，有战友伤、自己上、炸死敌军的一级爆破英雄伍先华，有双腿伤、忍痛爬、捐躯开路的许家朋，有子弹打光拉响手榴弹冲向敌人的孙占元，有卧火海忍剧痛、维护潜伏纪律的邱少云，有抢修桥梁保畅通英勇献身的杨连第，有战终日、歼顽敌、屡建战功的杨春增，有冒严寒跳冰窟救少年的国际主义战士罗盛教……

该馆还收藏有历史文物 7391 件，其中瓷器 826 件、铜器 126 件、钱币 2687 件、书画 355 件，其他工艺品 627 件。历史文物中有国家一级文物 4 件，即战国时期的叶脉纹双钮铜镜、青铜短剑、元代的乳白黑釉花大罐、清乾隆年间的象牙雕塔。

当地人把"抗美援朝纪念馆"习惯地简称为"抗馆"。我们进去之后，正好赶上一位讲解员开始介绍，赶紧凑了过去，跟上了听讲解的队伍。

纪念馆内很大，分了好些展区。我们看着战争留下的遗物，认真地听着讲解。我们走过了"上甘岭""战场"，看到了战士们休息的"猫儿洞"；看到了毛岸英牺牲后，彭德怀写给中央领导的信；看到了在抗美援朝战争中，牺牲了十八万中国人民志愿军将士……

发生在上世纪50年代的抗美援朝战争，过去曾经给我们留下深刻印象的，仅仅是小学和中学的课文，是《上甘岭》《黑山阻击战》《奇袭白虎团》等影片。现在，魏巍撰写的那篇《谁是最可爱的人》，已经被铭刻在展览馆外的石墙上。

我们走上了展馆的顶端，参观立体仿真全景展览。我们站在自动旋转的看台上，看着当年那激烈壮观的战争场面，天上轰隆隆的飞机声、往地面投炸弹的爆炸声；战争双方大炮的轰炸声，战士们肉搏的厮杀声；运输给养车辆的隆隆声，山崩地裂血肉横飞的淹没声。声声入耳，声声震撼，我们的心，再也无法平静，再也无法用文字用语言去描述那场正义与邪恶的战争。我们更加敬仰中国人民志愿军将士，更加缅怀奉献出自己宝贵生命的每一位亲人。立体仿真全景展览，把我们的时光带回了上世纪的50年代。

为了夺取抗美援朝战争的胜利，中国人民志愿军广大指战员不怕牺牲，浴血奋战，前赴后继，许多英雄儿女的鲜血洒在了朝鲜的土地上。这些烈士，他们响应党中央和毛泽东主席"抗美援朝、保家卫国"的号召，为了支持朝鲜人民抗击侵略者，用自己的生命换取了三千里江山的和平和祖国的安宁，祖国人民将永远怀念他们。

可是，近年来，国外许多有关这段历史的著作"有偏见和曲解"，掩盖了历史真相，对抗美援朝战争做了极其错误的评论，说什么"战争对中国并不是迫在眉睫"，事实真的如此吗？朝鲜内战爆发后，美国在大规模入侵朝鲜的同时，便派遣军队入侵台湾海峡，侵入我国领土台湾，用军舰炮击我国商船，用飞机侵犯我国东北领空，轰炸扫射我国边境城镇乡村，杀伤我边民。这种赤裸裸的侵略行径，任何人都会明白，这是美国对中国采取的战争行动。这是中国人民为什么进行抗美援朝战争的根本缘由。

况且，毛泽东早在全国政协第一届全国委员会第三次会议上非常明确地指出了这一点。"大家都明白，如果不是美国军队占领我国的台湾、侵略朝鲜和打到了我国的东北边疆，中国人民是不会和美国军队作战的。但是既然美国侵略者已经向我们进攻了，我们就不能不举起反侵略者的旗帜，这是完全必要的和完全正义的，全国人民都已明白这种必要性和正义性。"对此，就连当年英国部分国会议员也"承认中国人是有道理的"。难道战火烧到北京城才算有必要吗？

中国人民志愿军和朝鲜人民军的英勇奋战，不但对于中国和朝鲜民族存亡有决定性意义，对于亚洲各民族和世界人类的安危也有极大的意义。帝国主义者在朝鲜冒险如果得到成功，武装侵略的强盗们就会打着"联合国"的旗帜到处如法炮制，那时不但中国首当其冲，世界其他地方的战争危险也会极大地加重。在朝鲜击碎了侵略者的妄想，就可以保卫朝鲜和中国的安全，也可以挽救在危险中的世界和平。

车过卦台山

我们从天水市区出发，沿卦台山旅游专线公路北行，过秦安，出中滩，一处平坦的峡谷河川映入眼帘。平川中小巷交错，阡陌纵横，肥沃的田野已被春姑娘的巧手绘成了翠绿，原本土黄的山野顿显生机盎然。不远处，群山叠峦，山体似神龙盘蜒雄卧，龙首处，古老而神秘的卦台山突兀耸立，山上亭台楼阁若隐若现，一条蜿蜒盘旋的山路直通其间。再看山坡上，松柏苍翠，野草青青，迎风怒放的杏花、桃花，星星般点缀在山洼里，一派春的芬芳。

一个地名，绽放文明最初的笑容；一种图腾，以蝴蝶的姿势，保持着飞翔的永恒。

进山门，穿午门，古柏苍苍，石碑铮铮，鼓楼、钟楼分列左右，太昊宫赫然立于前方，太昊宫两侧分别是东西朝房，与午门俨然构成一座四合院。太昊宫是卦台山伏羲庙的正殿，坐北朝南、飞檐斗拱、盘龙绕柱、透花雕门、彩绘梁柱，煞是富丽堂皇。殿前香火缭绕，几分肃穆，几许清静。

山北水南，山南水北。混沌的世界在你的指间和谐，成一个黑白分明的圆。远处，粗糙的农具逐渐擦亮日子；远处，朴素的渭河飘成丝绸，正翻动鱼形的花纹；再远处，一朵含羞的花正被一抹晨曦迎娶……

一个手势，让逼仄的道路豁然开朗，夜晚也露出风清月白的表情。谁正用诗歌的手掌翻动厚重的家谱？谁又能忘怀封面那鲜活的指纹？带给文明最初温度和呼吸的人，我们敬畏地以祖先命名。

　　车过卦台山，我泪光盈盈的幸福，被叶子和清风反复擦亮。山，一片历史宽阔的前额；台，前额下一簇醒目的浓眉；卦，浓眉下八道智慧的目光。

　　绕卦台山殿堂修建、颇具特色的建筑还有一圈"城墙"，这是卦台山的城堡。仔细观察，城堡周围有些地方更是特别，棱角明显的土台突出于城堡之外，据说这是采用"天圆地方观"修建的城墩，城墙上建有六个，中间两个，分别代表了八卦中天、地、水、火、风、雷、山、泽八种自然物象。

　　不敢走近，走近你，我会看清你双眸中的血丝，以及血丝中那风雨飘摇的蜀国。蜀国已是满身裂痕的瓷器，你怎能用一块"九伐中原"的丝绸包裹？"远志"味苦，你又怎能用它来疗治一腔雄心？

　　不敢走近，走近你，便是走近狼烟深处的剑影刀光，以及剑影刀光中让人伤心的半壁江山和一滴清泪。

　　如今，就让我成为你沙场之上最后的一名士卒，隔着风云滚滚的历史，用沉默代替仰慕和回忆。

　　如今，我只能在三米开外，凝视然后拜谒，凡人与英雄之间的那段距离，或许应该就叫痛苦，丰富与深刻的痛苦。

　　巍巍卦台，悠悠渭水，亘古的群山灵地丝毫未改往日的容颜，守护着卦台千古的渭水经脉也是盘蜒依然。往昔画卦于圣台的羲皇得到了朝圣者虔诚的供奉和祭奠，而古卦台那人文遗迹所附丽的博大精深的传统文化和人生哲理更需要登临者的传承和深思。

感叹莫高窟

　　怀着对敦煌的憧憬与神往，在经历了茫茫戈壁的长途跋涉后，当我醒过神来的时候，终于明白自己已经站在了敦煌莫高窟面前，真想大声高喊：我来了！但是，出于对悠久历史和灿烂文化的敬仰，也出于对如来佛祖的敬畏，我只能默默地、虔诚地审视着这颗点缀在茫茫大漠之中的人间明珠。

　　步入寺区，环顾一下，莫高窟周围是戈壁、沙漠、不毛的秃山，而这里却独具一片青翠，泉水叮咚，树木繁荫，不能不让人感到神奇。首先映入眼帘的"大牌坊"雄伟壮丽，气势不凡，坊额上"石室宝藏"四个苍劲有力的大字系于右任先生题写。敦煌莫高窟以它创建年代之久、建筑规模之大、壁画数量之多、塑像造型之美、保存之完整，以及艺术之博大精深而闻名天下，享誉国内外。

　　汉唐雄风吹拂着敦煌，丝路驼铃吟咏着敦煌。"敦，大也，煌，盛也。"莫高窟背靠鸣沙山，面对三危峰，上下五层，窟区南北全长一千六百多米，现存洞窟大小不一，上下错落，密布崖面，洞窟里有栩栩如生的塑像，婀娜多姿的飞天，精美绝伦的壁画，构图精巧的莲花砖，烘托出了一个充满宗教氛围的佛国世界。莫高窟始凿于公元 366 年，从隋至元，历代多有增建，是我国也是世界现存规模最宏大、保存最完整的佛教艺术宝库，是一个有一千六百余年历史的旷世奇葩。现保存有十六国、北魏、西魏、北周、隋、唐、五代、宋、西夏、元等十个朝代的洞窟 735 窟，壁画 45000 平方米，彩塑 2415 尊。其中壁画是莫高窟艺术的精髓，规模宏大、题材广泛、艺术精湛无与伦比。壁画内容有佛像、佛教史迹、经变、神话、供养人等题材和装饰图案。窟中飞天壁画最为传神。飞天绕在上空，有的脚踏彩云，徐徐降落；有的昂首挥臂，腾空而上；有的手捧鲜花，直冲云霄；有的手托花盘，横空飘游。那迎风摆动的衣裙、飘飘翻卷的彩带，使飞天飞得那么轻盈巧妙、潇洒自如、妩媚动人。洞窟的佛像造型精美，栩栩如生，大小不一，最高的 43.5 米，最小者高不盈尺。造像为泥质彩塑，神态各异。1900 年发现了著名的藏经洞，大量的历史文物和艺术精品震惊天下，同时也开始了外国强盗抢偷洞窟文物的丑恶历史。1987 年莫高窟被联合国教科文组织列入《世界遗产名录》。随着电影《敦煌》的放映，使得敦煌更加驰名，来此游览的人也越来越多，许多外国游客专程前来观瞻。有一位学者看后感慨地说："看了敦煌石窟，就等于看到了世界的古代文明。"

现在，当魂牵梦萦的奢望终于变为现实的时候，面对无边大漠，面对苍凉遗址，万般感触涌上我的心头。我感慨中华文明的源远流长与博大精深，感慨帝国列强的恃强凌弱与野蛮掠夺，感慨辉煌的过去逝者如斯，感慨今日之中国正在谱写着新的华章！

大漠废都——统万城

　　7月，骄阳似火。经过一段艰难的旅程，终于到了神往已久的统万城。在高处环望四周，只见黄沙弥漫，人烟稀少，植被稀疏，西部的苍凉与雄浑在这里展现无余，赤裸高耸的城垣似乎在诉说着悠长的历史在这里留下的悲壮而哀婉的故事……

　　西晋灭亡后，中国历史进入了东晋与十六国的南北对峙时期，也就是常说的五胡十六国时代，进入内地的匈奴、鲜卑、羯、氐、羌等民族相继建立了十几个政权，使北方陷入了一百多年的战乱纷争当中。公元407年匈奴族首领赫连勃勃叛变了后秦，在鄂尔多斯南部建立了大夏国，经过多年征战，大夏国迅速强大起来，其疆域包括今天陕西秦岭以北，内蒙古河套地区，山西太原、临汾西南及甘肃东南部，是北方强国。在"朔方水北，黑水之南"建国都为统万城，意思是"一统天下，君临万邦"。当时为何定国都于此呢？根据史书记载：公元413年赫连勃勃途经此地，被当地美景所陶醉，说："美哉斯阜，临广泽而带清流，吾行地多矣，未有若斯之美。"于是在这一年便征发十万北方各族人民，用了六年的时间（418年竣工），修成这一座都城。其规模宏大、富丽堂皇为许多史书所记载。城分皇城、内城、外城三重，呈回字形。内城现在依然清晰可辨，历经一千五百多年的风雨而不倒，可见其坚固。

其南北长 527.1 米，东西长 608.9 米，大致呈长方形。城墙除一小段被流沙淹埋外，其余的高出地面 2—10 米，西南一墩台高 31 米，为原角楼。据说刚建成之时，城墙高十仞（一仞为五六尺），基厚三十步（一步为五尺），方圆数里，四角有角楼，四周有三十六座敌楼，东南西北四座城门分别叫作招魏、朝宋、服凉、平朔。皇城内有宫殿、鼓楼、钟楼等建筑，宫殿前列有大鼓、飞镰、铜蛇、龙兽等器物，整个都城台榭高大，飞阁相连，雕镂图画，穷极文采。《统万城铭》是这样描绘的："崇台霄峙，秀阙云亭。千榭连隅，万阁接屏。……温室嵯峨，层城参差。楹雕虬兽，节镂龙螭。……"可见当时之繁华。显赫兴盛五百多年的古城有多少文人墨客为之折腰。唐代诗人许棠在《夏州道中》写道："茫茫沙漠广，渐远赫连城。"另一位唐代诗人贾耽说："无定河边暮角声，赫连台畔旅人情。"将统万城的苍茫与景致写得极有诗意。一位放羊的陕北老汉向我们走了过来，讲述了几段统万城的故事和传说。统万城的城墙是用白泥和着米汤、羊血经过蒸煮然后夯筑而成的。负责监造的大将军比干阿利极为残暴，如果发现墙面能用铁锥刺入一寸，便把工匠处死，尸体也被筑入墙内，因此城墙坚硬如铁，这独特的建造工艺在世界上恐怕也是首屈一指。城东南有一洞，传说通过地道与延安相通，赫连勃勃的姐姐就屯兵于此，并有撒豆成兵之术，她曾告诉赫连勃勃，如果有敌人来犯就向洞里喊一声，延安就会很快有兵来援。赫连勃勃半信半疑，有一天他想试一试此招是否灵验，便向洞内喊了一声，果然有大批兵马蜂拥而至，来者看无敌人来犯便怏怏而退。赫连勃勃又试了一次，结果和上次一样，从此对此招深信不疑。后来，敌人果然真的来犯，赫连勃勃向洞内喊话希望援兵到来，他姐姐以为又在戏弄她就没有派兵，结果统万城陷落，大夏被敌国所灭，赫连勃勃由于自己的随意导致了国破家亡的悲剧。听着这美丽的故事和传说，我的心灵不禁被这废墟所震撼：刀光剑影、血雨腥风、悲欢离合、兴亡衰败，历史的变迁在这里无情地演绎，深厚的文化意蕴令人沉思默想。

强大的大夏曾想问鼎中原，一统天下。417 年，赫连率铁骑突入中原，攻破长安，不再满足单于的称号，自称皇帝，俘获十万生灵，囊括无数财富回到北方，强国之势初露锋芒，这一举动足以使史家震惊。然而在邦国林立的北方，吞并与反吞并的斗争是异常的残酷，强国往往是流星一瞬。当时鲜卑建立的北魏，对大夏已觊觎很久。425 年，赫连病死，由次子赫连昌继位。427 年，北魏太武帝拓跋焘兵渡黄河，攻击统万，城破，几万官民、三十万匹马、上千万头牛羊被洗掠一空。赫连昌逃到甘肃天水，被击杀。431 年，其弟赫连定继位后收其残部再次准备逃往天水，中途被吐谷浑所截击，赫连定死，存在二十五年的大夏王朝就此灭亡。大夏的灭亡也宣告了一个民族的消亡，从此匈奴和其他民族逐渐融合，最终退出历史舞台。

雄踞北方长达五个世纪之久的统万城在公元 10 世纪的时候，惨遭厄运。当时，中国西北强大的西夏用兵于北宋，兵临统万，北宋统治者惧怕西夏踞统万城强大而不可敌，于是想出常人不能想出的奇招，将统万城数十万居民迁往今榆林、绥德、宁夏等地，从此统万城变成空城并逐渐被黄沙吞没，并被世人遗忘。直到明朝时被一地方官发现，统万城才重见天日。现在统万城已被列为国家级重点保护文物，并且是陕北重要的旅游景点，每日游人如织，它的人文价值和历史价值再次引起华夏儿女的关注。

昔日的繁盛早已成为过去，往事也大多成为传说，只有岁月依然在这片土地上流淌，但留给我们的思考还在不断延续。

是暴政，还是人为破坏了环境，还是穷兵黩武失去民心，使盛极一时的帝国轰然倒塌，我们不得而知。我们只知道，一个民族或国家要长盛不衰，是需要大智大勇的。历史是一面镜子，镜子里也许有智慧和勇气的灵光。

秦始皇陵随想

一

出西安临潼，东去五公里处，即是赫赫有名的秦始皇陵。

时值隆冬，三秦大地也像北国天地，一片冰雪世界。在旷野中，朔风劲吹，寒冷刺骨。残雪覆盖枯草，天色苍黄，愁云惨淡，原野寂寥。

一座巨大的土丘横在眼前，土丘内，即所谓"千古一帝"——秦始皇嬴政的墓穴所在。

公元前 221 年，秦始皇统一天下，建立了当时世界上最强大的国家。这位在生前骄横跋扈、性情不定的始皇帝，在死后留下的陵墓依然扑朔迷离。

陵墓南依骊山，北临渭水，属风水宝地之列。据史料介绍，秦始皇十三岁甫继位，即下令为其修陵墓。由丞相李斯负责筹划施工，动用七十万人之众，前后历时三十八年始建成。其工程之浩大世所罕见。

整个土丘是由人工堆积夯实而成。经过两千多年的风蚀剥离与人为破坏，土丘的高度已由初始的百余米减至现在的五十米左右。但是，远远望去，依然是一座巨大的山丘。考虑到当年人们是在极其原始的条件下劳作，其工程量之大，令人叹为观止。

据考古勘察，土丘深处埋藏有巨大的地宫。它东西长 460 米，南北长 390 米，秦始皇的寝陵就在地宫里。

关于秦地宫最早的历史文献记载是司马迁的《史记》："始皇初继位，穿治郦山。及并天下，天下徒送诣七十万人，穿三泉，下铜而致椁，宫观百官奇器珍怪徙藏满之。令匠作机弩矢，有所穿近者，辄射之。以水银为百川江河大海，机相灌输，上具天文，下具地理。以人鱼膏为烛，度不灭者久之。"

司马迁展示了始皇陵的情景：穿三泉而建的地宫充满穷奢豪华的陪葬品，有以水银来表现的百川大海，有防止盗墓的机关弩矢，宫顶装饰天文星宿之象，地上模拟统一后的中国疆域，还有用鲸鱼油做成的长明灯，照亮了整个地宫，经久不熄……

秦始皇以水银为江河大海的目的，不单是营造恢宏的自然景观，在地宫中弥漫的汞气体还可使入葬的尸体和随葬品保持长久不腐烂。而且汞是剧毒物质，大量吸入可导致死亡，因此地宫中的水银还可毒死盗墓者。

专家估计，以水银营造百川大海，至少需要水银百吨。这些数量巨大的汞矿是从哪里来的呢？据考证，四川东南一带是春秋战国时期汞矿的主要产地。当时川东南一带的汞携带者跨长江、溯嘉陵江而上，走巴山，过汉水，经过千里栈道运到关中，其艰辛可想而知。

秦始皇陵是由无数人的白骨堆成的。在当时科技落后、交通不便的情况下，材料要从四川、湖北等地运来。骊山的河流本来是由南向北流入渭河的。为防止河水冲击，保障陵墓的安全，就改变了河道方向，使其由东向西流。同时骊山是一座土山，石料缺乏，大量石料需从渭北诸山采运，这些全靠人力搬移，其艰难程度难以想象。

陵园四周有陪葬墓四百余处，闻名世界的兵马俑方阵就是其中一部分。

据史料记载，在陵墓完工之际，为了防止墓穴秘密外泄，秦始皇将参与施工的工匠全部封死在墓内做了殉葬。秦始皇死后下葬的同时，还让许多宫女陪葬。

陵墓的周围原有大量的地面建筑，如内外城、宫殿等。但是，早在两千多年前项羽入关时即付之一炬。

两千多年来，秦始皇陵虽然经历过多次破坏，但由于它那厚实的封土覆盖与严密的防范措施，核心的地宫至今仍然保存完好。对世人来说，充满神秘色彩的地宫至今仍是一个巨大的谜。

二

长期以来，我们对首次统一中国的这位始皇帝多有赞誉。年轻时读中国历史，知道秦始皇兼并了割据称雄的齐、楚、燕、韩、赵、魏六国，建立了我国历史上第一个统一强大的封建帝国，心中不禁肃然起敬。毛泽东在他那首《沁园春·雪》中，对秦始皇赞赏有加，将其视为"英雄""风流人物"大加褒扬。领袖的壮丽诗篇，将国人引入英雄崇拜的潜意识中。

随着年龄的增长、阅历的增加，渐渐地，对原来的认识有了些许变化。知道了秦始皇不但有统一中国的伟业，还有着"焚书坑儒"、实行独裁专制的妄举。以首创专制统治的秦朝为界，原先春秋战国时期的百家争鸣、百花齐放戛然而止！就像有人说的那样，"秦汉以降无国民"。自秦朝以来的中国史开始成为一部奴隶史。从此，再也难以见到春秋时期人们灵动的人性、光鲜的思想、勇敢无畏的精神和敢作敢为的气质。中国历史上再也没有产生过像孔子、老子、孙子那样的大师，有的只是规规矩矩、老老实实、因循守旧、逆来顺受的奴隶。

那些所谓的"大师"、学人们充其量也不过是对先贤们的思想加以整理、诠释而已。

偶然也有一些像岳飞、苏轼、方孝孺那样杰出的人物，但那也只不过是至高无上的君王们的陪衬而已。稍不如意，他们也将遭遇厄运，在劫难逃。

为保持统一稳定，防止臣民捣乱，在思想上进行控制，取消言论自由，实行愚民政策；对持不同政见者，轻者口诛笔伐封杀，重者实行肉体消灭。这就是秦始皇留给后代统治者们千古不易的金科玉律。

到了明清时期，这些金科玉律被发展到了极致。"万马齐喑究可哀"，清人龚自珍为此发出了无奈的哀鸣。

而今，遥望着这位"伟大"独裁者的陵墓，我浮想联翩。

哦，多么壮丽的陵墓，多么宏伟的"业绩"！但是，透过这壮丽陵墓的表象，宏伟"业绩"的幕后，穿过悠悠岁月的时空，我仿佛见到了冷月映照下的旷野上的累累白骨，我感到从陵墓深处正在渗出一股股阴森可怖的冷气。周围的北风在呼号，那不是千年前冤死的灵魂发出的悲鸣吗？从远古奔流而来的滔滔渭河啊，浸满了无数人辛酸的泪水。夕阳残照下，那如血的地面上，不正是从他们体内流淌出的殷红血迹吗？我分明嗅到了那一缕缕飘荡在空气中的血腥味。

想到这里，我身上不禁打了一个冷战。哦，我们这位可敬的始皇帝，难道你就是这样对待你的臣民吗？难道你就是以这样的姿态君临天下而受到你的后来者们的无比青睐吗？

三

往事越千年，历史已经发展到 21 世纪。埋葬在地下深处的这位始皇帝，他就在我的脚下。

他真的死去了吗？好像未必。我隐约感到那阴森可怖的墓穴中正散发着腐臭，那里放射出的封建专制的罪恶阴魂还在腐蚀着人们的灵魂，缠绕着人们健全的思维。

这个独裁者的鼻祖，浑身涌流过专横、暴虐、荒淫血液的肌体，因为久躺地下，难道其脉搏真的就停止跳动了吗？

我经常听到这样的说法，从五四运动起，就出现了"打倒孔家店"的呐喊。殊不知，以孔孟为代表的儒家文化完全是被后来的统治者歪曲利用了。他们将其精华完全弃置不用，而仅仅利用其"君君、臣臣、父父、子子"的名分，为自己的长久统治寻找依据。须知，孟子的名言"民为本，社稷次之，君为轻"，这可是孔孟学说的精华。孔子的一个重要思想是"仁"，"施仁政"与"仁者爱人"。可惜儒家学说这些重要理念都被统治者弃用了。

中国从秦代起，把人民变成了奴隶，"千古一帝"秦始皇自是功不可没。但是，我要说的是，他身边的人也脱不了干系。尤其是法家代表之一的韩非，其学说直接影响了秦始皇。他的"法、术、势"学说旨在建立君主的绝对权威，在他的笔下，人民就是一群畜生，君主就是放牧者。儒者、商人等皆是社会的蠹虫，在被消灭之列。其学说之奥妙，深对秦始皇及其后来者们的胃口，正中下怀，被奉为至宝。秦始皇在读到其著作后，相见恨晚，当即奉为上宾。可以说，在后来一系列将人民变为奴隶的行动中，秦始皇只是一个前台表演的角色，而真正的幕后策划者乃"无名英雄"韩非也。

繁华褪去，一抔黄土掩风流

来宁夏，自然是冲着这里的历史而来，更确切地说，是冲着西夏的历史而来。这个在丝绸之路上神秘消失的王国，消失得那么彻底而让人想从现在向历史张望。曾经这里繁华几许，又为何在音乐的最高潮时却戛然而止，留下了散落在西夏大地上几个零落的音符？或许今天的学者已对那段历史拼凑出一点点原型，如同博物馆展出的、经过修补的瓷器，但今天对于我们这些普通的游者来说，感官上的、视觉上的冲击也许更现实些、更真实些。

西夏国，曾经的兴庆府，今天的银川，在我未踏上这片土地之前，我一直认为这里是山区与沙漠的结合体。当我走进这里，就立刻修正了这个印象，至少一眼望去，山还是在很遥远的地方，即使从老城区（原来的兴庆府）去贺兰山也需要四五十分钟的车程，山脚下现在被保护起来并开发的是三号王陵，据说是西夏开国皇帝李元昊之墓，这里一眼望去，却是荒草萋萋、一抔黄土掩风流的真实写照了。

西夏王陵一直被誉为东方金字塔，也许更多的是从其历史价值而言，现在的王陵早已非其原始的轮廓，剩下的突兀的黄土堆只是陵墓无法被烧毁的部分了。当年成吉思汗屯兵在此，久攻不下西夏城，很容易想象他会下令对西夏的帝王将相陵寝做些什么了，烧！同中国古代很多帝王一样，陵寝可烧的东西全部烧光，宫殿捣毁，只剩下这一抔黄土守望着曾经的过往，以至于直到上世纪 70 年代才被发现，原来是个王陵，经考证，这就是史书零星记述的西夏遗迹。对于这些"零星"，我们是可以理解的，自己的国都与文化被荡平，人家自然不会对你大写特写，对于大宋王朝，自然也不会把曾经的附属国后来独立出去的国家拿出来说事，何况在大宋看来，西夏本就是化外之地、蛮夷之邦。至于金国，游牧民族为主，文化的事相对少些，不记述或少记述是可以理解的。何况是个战败国，也没有大书特书的理由，尤其在成王败寇的历史文化背景下。

经介绍，在贺兰山下的大大小小的王陵，基本都被盗掘一空，剩下的这些黄土堆真的算是徒有其形了。当我们走过历史，尤其那些拓跋氏后裔站在这里凭吊先祖的时候，此情此景，又作何感怀呢？这个曾经与宋、金三足鼎立的王国，如今境况却是这般，虽然那两个"国"情况也不算良好。

皮之不存，毛将焉附？随着王朝的没落，西夏的文化也基本荡然无存，包括独立的西夏文字。西夏李元昊创国的时候，为更好地发展本民族，创立文字、兴建学校，在汉字的基础上再进行会意，如今看起来字形相对复杂，但意思却相对容易懂。然而没有强大载体的文字与文明，最终还是消失了。

幸好，还有这一抔黄土，让人追忆那个年代，牵带出一点点关于历史的零星碎片，散落在贺兰山下，曾经的王侯将相、曾经的功名利禄于今何益？后人称颂还是唾之？千秋功过任评说！倒是当时风流倜傥、随心所欲的李元昊享尽了人生乐趣。为名而名？为权而权？为利而利？恐怕不尽然，都说帝王荒淫无度，穷奢极欲，若他日你为帝，又会如何？

西夏王朝辛酸的背影

早春三月，贺兰山刚降了一场雪，山坡上留有一道道雪痕，在阳光的照耀下格外刺眼。早春的戈壁滩上，漫天黄沙打在脸上麻麻的。我准备从阿拉善左旗到银川西夏王陵，去寻访神秘的西夏。出发前在下榻的宾馆跟当地的朋友商量，回答是："路不远，只是没什么好看的，几个土堆而已。"于是，我抬头看天，只有阿拉善高原的天这么高远、湛蓝，一点也没有被污染。我说："这里的雪不会下了，不知那里下没下雪？"朋友说："我陪你去，为了圆你一个愿望，就辛苦一趟了。"他拉开车门，我转身上车。

我们过了贺兰山，到了银川郊区，已是中午。我跟朋友来到西夏王陵，这里却是疾风凛冽，飞扬的沙尘掠过地面，荒草满地滚动着，乌鸦在光秃秃的树上嘎嘎地叫着，看不出春天的迹象。我被大门口的西夏文字"大白高国"难倒，看上去像是汉字，但笔画很繁复，远看好像很熟悉，细看一个都看不懂。朋友问我："认得不？"我摇摇头。西夏文字难道是"天书"吗？西夏作为一个独立的王国，有自己的语言和文字。创造自己的文字，是西夏最辉煌的文化成就。可是随着蒙古大军的铁蹄践踏，大量西夏典籍消失殆尽，西夏文字也一度消失于人们的视线之外。清朝学者张澍说，西夏文字"乍视字皆可识，熟视无一字可识"。张澍在甘肃武威县的清应寺内发现了《凉州重修护国寺感通塔碑铭》，石碑正面刻的是西夏文，背面则刻汉字，尘封已久的西夏历史和文化，随着西夏文字的重现而被史学家们慢慢地解读，西夏王朝曾经灿烂的文明，也一点点地拂去了历史的沙尘。在那生僻的文字背后，却没有写出自己的历史，在那繁复的字义里，究竟藏着多少秘密呢？这也不失一种寻幽探秘的意趣。

我走在曾经是西夏的土地上，朋友跟在我的后面，也许来的次数多了，或许只是几个土堆，没有兴趣，他不时地捡起地上的石头扔向远处，百无聊赖的样子。我扫视着那一个个黄土堆，这就是我仰望的西夏吗？可是，此时的西夏，被一堆堆黄土掩埋，一座座王陵孤零零地伫立在那里。据介绍，在方圆五十三平方公里的陵区内，分布着九座帝陵、二百五十三座陪葬墓，是中国现存规模最大的皇陵。进入陵区之后，蓝天深邃，斜阳西下，一座座兀然独立的塔形黄土堆渐次跃入视线时，那"头枕青山，脚蹬黄河"之势、"北斗七星"之状、浮屠形式的陵台，表明笃信佛教的党项人、对佛教推崇备至的西夏帝王，希望死后能像佛祖和高僧一样转世，可是最后国已不国，就不由自主地陷入了神秘的氛围之中，让人仿佛置身于一个巨大的历史谜城，每座陵园，都缠绕着解不开的谜团。黄土夯就的陵塔依旧矗立在荒原之上，给人以强烈的历史沧桑感。

对于西夏，我只有想象。因此，这些王陵，早在我的心头，负上了沉重的包袱。我对被日本学者称为"东方的金字塔"的王陵没有一点自豪感，却感受到阴森森的气息，一种凄凉之感。也许是那些死去的灵魂在游动，找不到归家路了吧。我的心头沉甸甸的，聆听大地的回声，仿佛回荡着西夏人不甘的情愫。

在这一个个黄土堆般的陵墓旁边，怎么也看不出九百多年前的西夏盛世，那个党项人李元昊建都称帝的雄姿。曾经"东尽黄河，西界玉门，南接萧关，北控大漠，地方万余里"，约八十三万平方公里的疆域，存在了一百九十多年的帝国，几乎荡然无存。党项人最初是个游牧民族，但在隋唐时代与汉族融合之后，也学习汉族的农业种植技术，开始开凿水渠，种植水稻、小麦、豆类等多种作物。西夏国内并没有铁矿，但其铸剑水平却在中原地区之上。夏国剑被誉为"天下第一剑"，在兵器中举世无双，连宋朝的皇帝都以佩戴西夏剑为荣。西夏还出产良弓强弩，其强弩可将宋军的盔甲射穿。这里盛产青盐，青盐以稍带青绿色而得名，品质纯净，比内地白盐更优。造纸术早在汉代就已经发明了，但西夏的造纸术却并非学自中原，而来自敦煌。聪明的西夏人不但学以致用，而且结合本民族特色，在造纸的过程中还使用了多种添加剂，可以节约纤维材料，并增加纸的不透明度及平滑度，还可以防蛀。在陵区博物馆里，看到了在陵区地表遗存的大量的兽面纹、花卉纹瓦当、绿琉璃瓦，花纹砖等，以及精工制作的石雕栏柱和男女像力士石座等大型构筑物。还有曾经的传统大屋顶建筑，规模宏伟、庄严肃穆，可惜都在蒙古大军的铁蹄和大火中消失了。在不经意间脚下就会出现一块绿琉璃瓦碎片，朋友说："这是陵塔上的瓦片，原来黄土堆上是有宏伟的建筑的，可惜已经毁于战火。"西夏的灿烂文明，王朝曾经的辉煌，也湮没于大火之中。我随手捡了一块细看，擦去黄土，阳光下那一抹绿釉，依然光彩夺目。沉甸甸的瓦片，也许渗透着西夏人的鲜血，又被火焰烧灼，显得格外厚重。

一个有着近二百年历史的王朝，怎么说没就没有了，怎么就神秘地消失了呢？

成吉思汗的蒙古军队，因为西夏不纳贡，不配合作战，先后六次征讨西夏，在1227年，成吉思汗率领大军包围夏都兴庆府达半年之久，西夏人拼死抵抗，蒙古军队付出了极其惨重的代价。成吉思汗病逝前，降旨对西夏"以灭之"。恰恰在成吉思汗死后一天，夏末主李睍献城投降，蒙古人于是发了疯似的倾泻为一代天骄复仇的决心，屠城、杀戮、掘墓、焚书，"白骨蔽野，数千里几成赤地"。西夏王陵也未能幸免，曾经红墙绿瓦、角楼飞檐、阙台高耸、碑亭肃穆，更有那瑰丽的陵台、献殿，但所有华丽堂皇都随着入侵者燃起的大火化为乌有，西夏就此灭亡。不仅消亡了一个王朝，也葬送了一个王朝的灿烂文化。将生命停止在风景美妙的一点上，当然有意义，可是当一个王国消亡在某一个时代，而且国民都被遣散，没有了踪影，是伤神揪心的悲哀。和平总是幸福的事，不用过度紧张地去谛听那永无休止的隆隆战鼓，看那倒毙的人们和遍地的鲜血……

这一座座王陵，却只换来史官们的几行墨迹？于是，西夏这块土地也有了一层层的沉埋。堆积如山的灿烂历史消失不见，后人只好从那些废弃的建筑、出土文物和残缺的经卷中，努力寻找着这个古老王朝的踪迹。在《嘉靖宁夏新志》中发现了明确的记载："李王墓，贺兰之东，数冢巍然，即伪夏所谓嘉、裕诸陵是也，其制度仿巩县宋陵而作。人有掘之者，无一物。"由此，人们恍然大悟：原来贺兰山下的宏伟墓群，是西夏王陵！还记载了明代安塞王朱秩炅的《古冢谣》："贺兰山下古冢稠，高下有如浮水沤。道逢古老向我告，云是昔年王与侯。"这首诗形象地描绘了当时西夏王陵的情景。

1907年，俄国地理学家同时也是海军中校的科兹洛夫又组织了一次"死城之旅"——前往 14 世纪著名旅行家马可·波罗在游记中曾经提到过的充满传奇色彩的黑城。他决定前往这座传说中的"死亡之城"。为能使自己顺利进入黑城进行"考察",他事先找到了黑城当地的"管理者"达希,并送给达希一些"名贵的礼品"。在达希的帮助下,科兹洛夫和他的四名考察队员"轻装"向前,很顺利地进入了黑城,在这里开始了他的挖掘。这一天是 1908 年 3 月 19 日。他们在城内的街区和寺庙遗址上挖出了十多箱绢质佛画、钱币等文物。从此展开大规模的挖掘。科兹洛夫说:"我永远不会忘记当我终于在一号废墟里发现一个佛像时的那种全身充满了惊喜的感觉。"同年5 月,科兹洛夫又从当地雇用了一批民工,开始了在黑城第二次挖掘,这是一次大规模的野蛮挖掘,"死亡之城复活了,一群人开始在这里活动,工具磕碰出响声,空气中尘土飞扬"。在黑城周际一共挖掉了三十多座塔,几乎毁了黑城百分之八十的塔!他不仅挖走了抄本书籍两千多种,还挖走了三百张佛画和大量木制的、青铜镀金的小佛像。科兹洛夫在圣彼得堡展出了他从中国黑城带回的文物文献,轰动一时。俄国著名汉学家伊凤阁在成堆的文献中发现了一册《番汉合时掌中珠》,原来这是西夏文、汉文的双解词典。科兹洛夫两次背驮来的,竟是中国中古时期西夏王朝一百九十年的历史!这个公元 1038 年崛起的少数民族王朝,以弱小的势力先后与北宋、辽及南宋、金形成三足鼎立,并迅速将自己的政治、经济、文化推向了顶峰。俄国人科兹洛夫走了,留给我们的是一个伤痕累累的黑城。科兹洛夫在野蛮挖掘的同时,他也很清楚地知道自己那么做意味着什么,但是贪欲还是占据了他心灵的上风,科兹洛夫让黑城伤痕累累!科兹洛夫因为他的野蛮行为,在离开黑城时似乎"良心"有所发现,他在自己的"考察记"中这样写道:

"随着考察队与死亡之城距离的增加，不由自主的难过之情越来越强烈地控制了我。我仿佛觉得在这毫无生命的废墟中，还存留着为我所亲近、珍视以后将不断与我的名字联系在一起的东西，还有一些我舍不得与之别离的东西。我无数次地回望这座被尘土遮盖的城堡，在和自己苍老的朋友告别时，我带着某种可怕的感觉意识到，喀拉浩特城（黑城）现在只耸立着一座孤零零的塔了，这座塔的内容已经无可挽回地死亡了——被人类的好奇心和求知精神给摧毁了……"失色的黑城，成了今天那些仍然在关注着西夏文化的人们永远的心痛。不是一切都在王陵中发闷，无数不知为何而死的怨魂，只能悲愤懊丧地深潜地底。终究能够袒露出一帧风干的历史，让我用沉重的脚步来匆匆抚摩。

当我伫立在西夏故地的时候，一切静默，留下的只有眼前被风雨蚀过的高大的黄土堆以及布满孔洞的断壁残垣，残留着党项民族的粗犷和曾有的帝王之相。黄昏的阳光洒在陵区间，投射着长长短短的斑驳阴影，那曾经的王朝基业、曾有的辉煌，一切都在金戈铁马、血雨腥风中随风而逝。我摸了摸王陵的土地，当成西夏的版图，那树上枝丫挂住的沙棘，是西夏的旗帜吗？西夏的灭亡，不仅仅是因外来侵袭吧？政治昏庸，吏治腐败；经济萧条，进出口受限；军备废弛，战斗力下降，战事频繁；外交失利，等等，都是灭亡的关键因素。那宫廷发生为无数后人耻笑的丑剧，后夫腰斩了前夫，情人间争风吃醋，杀儿弑母，欺兄霸嫂，父霸儿媳……宫闱之乱，倾城覆国，这便是西夏人的悲哀。时至今日，一个个记录心酸历史的西夏文字，大白于天下后，竟能镌刻山河，渗透人心。曾经的西夏，在我的心里不断清晰，也不觉得陌生。西夏消亡后，还有新的王朝再生。如此循环往复，一个王朝诞生了，意味着另一个王朝死去。历史不好分清，更爱哪一个？或者，谁是谁的替身？

风过后，王陵死一样的寂静。也许有谁听见过，并没有留意。我看见陵墓上有箭镞留下的坑坑洼洼，有硝烟燃烧过的痕迹。那是失声的西夏，那藏在坟墓里的耳朵，是否仍在倾听……我在望不到边际的陵区中茫然前行，心中浮现出那马蹄声，那呐喊声，那如注的热血，那幽怨的哭泣，那痛苦的诀别……随着一阵号角，又一阵烟尘，都飘散远去。我相信，他们在战死时，也许会回过头来望一眼自己的领地，临行前，对熟悉的国家投注一个目光。然后，他们挣扎着倒下了，化作黄土堆一座座。我看见陵区的地上，风吹得荒草疯跑，鸟也无影无踪，石头也守口如瓶。

太阳就要隐入贺兰山了，天边的火烧云渐渐加深。没想到贺兰山的雪化得这样快，才一下午的时间，山坡上已不见斑斑雪痕。在太阳的余晖下，那一座座王陵的背影暗淡悲凉。我没有记住王陵主人的名字，只是记住了几号墓，是因为历史离我太过遥远，"看着你的背影发抖"，那背影太过沉重。

西夏陵随想

西域是神秘的地方，去了两次宁夏，对神秘的西夏王国产生了兴趣。

上次去，参观过宁夏博物馆，知道了在一千年前正值中国封建社会经济鼎盛的北宋时期，在西部有一个"大夏"之国，它与塞北的"辽国"和大宋王朝同时并存，平分秋色；后来又与南宋和大金，鼎足而立。被人形容是"三分天下居其一，雄踞西北两百年"。是什么力量支撑着西夏王朝能够与经济强盛的宋朝和强悍的辽金共存，并赢得了极高的地位和尊严？这些问题一直是萦绕在我心头的一个谜。

这次再去银川，有幸前往银川市西约三十公里贺兰山东麓的西夏王朝皇家陵寝参观，了解了一些古代西夏国的事情，亲身感受到西夏历史的积淀。

西夏王陵园区占地五十三平方公里，陵区内分布着九座帝陵、二百五十三座陪葬墓，是中国现存规模最大、地面遗址最完整的帝王陵园之一。1988年被国务院公布为全国重点文物保护单位。被世人誉为"神秘的奇迹""东方金字塔"。其中，三号陵是西夏开国皇帝李元昊的"泰陵"，为西夏王陵九座帝王陵园中占地最大的和保护最好的一座。这座陵园外围存有残缺的土城墙，围墙里偏后的位置是高约二十米的高大灵台，李元昊的灵台没有建在中轴线上，而是偏西位置，据说他是畏惧上天，而不敢与上天争道。灵台锥形的夯土台远远看去就像"金字塔"，前面有祭奠用的献殿，陵台至献殿有一条鱼脊梁封土，封土下为墓道。墓道里面封着，也不知道有没有遭到过盗掘。

随后，参观了西夏王陵博物馆和艺术陈列馆。在成吉思汗时代，蒙古人的金戈铁马横扫了欧亚大陆，那时的中国版图大概是现在的三倍。成吉思汗这个蒙古草原上的血性苍狼，六出蒙古，至死也没等到在自己眼皮底下的西夏国向他投降。

赵匡胤从后周夺得帝位后，一直对手握兵权的将军心有疑虑，宋初赵匡胤削藩镇的兵权，引起党项人首领李氏家族的不满。虽然他们一开始服从宋的命令，但两者之间的矛盾不断加剧。

到宋真宗时，在中国的版图上，一边是一个被懦弱忧郁的所谓天子按照黄老无为思想统治的宋王朝，一边是一个集结着草莽枭雄的党项部。这个在六盘山下艰苦生存环境中挣扎的民族，窥视着中原丰肥的资源，常常在与宋朝接壤的边境制造麻烦，纸醉金迷中的宋真宗不想摩擦多多，封党项族首领李继迁为夏州刺史、定难军节度使，认为封官许愿可以息事宁人。宋仁宗时只好签订协议，表面看西夏暂时向宋称臣，北宋却要每年向西夏进贡。

统治者对外妥协，挺不直腰杆子，随时都会带来不幸。从一组雕塑看到，至李继迁孙子李元昊时，元昊对父辈向宋称臣的卑躬屈膝很反感，有一次跟着父亲会见宋朝使臣时故意把头别向外不看使臣。二十八岁那年，元昊继承了父亲的王位，他将中原皇帝赐予的李姓去掉。元昊这样做，是无形中和宋王朝掰手腕，看到宋王朝没有反应，他就掂出了对手的分量。从此，他制造各种外交摩擦，挑衅宋仁宗派来的使臣，与宋王朝分庭抗礼。他利用宋王朝忙于和契丹作战之机，加紧了政治、军事和文化建设的步伐。元昊的所作所为，终于激怒了赵恒的继承者宋仁宗，下令削去元昊西平王的爵位，断绝贸易往来，悬赏缉拿元昊。宋仁宗在历史矛盾盘根错节之时，做出这些举措，也有他的苦楚，可这正中元昊的下怀。你不仁我不义，他调兵遣将，吹响了进攻宋王朝的号角。特别是好水川一战，元昊出色地表现了他作为一个优秀军事家的指挥才能，当鸽子展翅于好水川那荒凉的山川上时，也是千万颗宋朝将领的头颅纷纷滚落在党项部的马脚下之时。一败涂地的宋王朝只得承认偏居西北一隅的党项部的合法性，元昊和宋王朝平起平坐！

公元 1038 年，元昊建立了西夏王朝。元昊所建立的西夏王朝横亘在契丹建立的辽帝国、北宋王朝和蒙古之间，其国土虽然狭小，但战略位置非常重要。因为这些特殊的位置，注定了西夏王朝从建立起就要与外部进行不懈的抗争和不断的战争。

李元昊作为一个巨人的倒下，也意味着一杆在天穹中猎猎飘扬的大旗的黯然降下。元昊的死亡是西夏从鼎盛走向衰退的分水岭，这一幕宫闱之争也是金国完颜部和蒙古最喜欢看到的一幕。更不幸的是，西夏处在金国与蒙古之间，成吉思汗担心受到与金结盟的西夏的牵制，决定先对西夏开刀。西夏国民众是骁勇的，他们并没有屈服于成吉思汗的刀剑。当蒙古人的铁骑兵团旌旗蔽日兵临城下时，他们将都城兴庆府改名为中兴府，发誓要中兴辉煌的西夏。银川，这座古老的城市，这座留下了西夏人与蒙古人拼搏的中兴府，也因此成为偏居在西北的西夏党项族民众的圣地。蒙古人在讨伐西夏的二十多年间发动的六次大规模战争中，都无法攻下中兴府。但是，一场亘古少见的大地震摧毁了中兴府高大坚实的城墙，西夏国最后的绝唱，在银川古城内外悲戚地响彻……

西夏的党项人吸收了大量的中原文化，他们忠义，而善于心计的成吉思汗明知自己无法攻入西夏人的最后一个堡垒，在他弥留之际，嘱托幕僚玩了一个手段，忠义的西夏人不幸中计，党项人从此走向劫难。一个有着强健生命力的民族，建国一百九十年的西夏国在1227年7月灭亡。入城后党项人被成吉思汗的劲旅铁骑像宰杀牲口一样斩尽杀绝。据传，现在我们这个中华大家庭中，已找不到党项族人了。骁勇的党项人就这样消失了。

同时也要看到，大宋王朝是个畸形的王朝。宋的物质文明和精神文明在封建时代是空前绝后的，是封建时代的巅峰；而从历史上看没有比宋朝更窝囊的了，与别人打仗胜不了几次，最后都是以割地赔款画句号。宋朝的皇帝被辽金掠去做了俘虏。到了南宋，好不容易出了杨家将、岳家军打退了外来侵略，可是在岳飞乘胜追敌的时候又出了奸臣秦桧背后使坏，害死了忠臣。还有高俅等人的腐败，逼出了众多好汉上梁山聚义、造反。

据说北宋的年财政收入是明朝的十倍。一些人富得流油，宰相的工资一年就有三百万人民币。蔡京一顿饭仅包子一项就要花掉一千三百贯钱，意味着五十户中产阶级一年的生活费总和才抵得上蔡京一顿蟹黄包子。还有，宋朝的土地制度与以前不同，可以自由买卖。最终是百分之八十左右的土地，被只占人口百分之十几的官僚、地主、寺院所占有，占人口百分之七八十的农民却只占有少量的土地。农民以土地为生，却没有土地，日子没法过。宋朝给人的印象，是一个富庶、繁华的朝代，却有大量的平民遭受欺压，甚至日子过不下去，也是一个畸形不和谐的朝代。这些矛盾几乎都可以寻到一个根源：统治者的政策。

西夏、大宋都是建立在中国的土地上，假如强盛的大宋王朝继承了西夏人团结抗争的精神，西夏人多一些中原地区的先进科技，生活得到改善，两者融合共处，和谐共存，说不定中华民族的后来会比现在还要强大。

故宫的墙

　　我又梦见故宫，不知为什么，对这座无比宏伟的皇家宫殿有着如此深的感情，梦里游荡无数次，总惦记着。

　　北京去了无数次，故宫去了五次。这次是和一个同样痴迷的人进去的。我带了张地图，开始旅程。

　　早晨八点半，故宫睡得正安宁，推开铜钉大门，一缕阳光掠过，万籁寂静，雕龙的台阶，红墙绿瓦的宫殿，那一刻，能感受的是一种无比的宏伟与尊贵，仿佛世界只剩下一个人和这座宫殿。这里是明清皇宫，历经沧桑，容颜不改，它不高大，但有气魄，那种气魄能让任何一个自信满满的建筑师低下高傲的头颅，能让任何一个参观者感受到中华建筑的精髓和神韵，我们为它折服，折服于它的历史和它深厚的文化底蕴。

　　故宫的墙呈暗红色，高高地围在殿宇四周，抬头看着，一种压迫感油然而至，难怪古人说"一入宫门深似海"，这墙，望不到尽头的高大凝重，宫里宫外，多少爱恨，不得而知。多少故事随着岁月随着墙中锈色黯然老去。幸好不是傍晚，朋友笑着说："否则看着这血色，无法安眠。"想必傍晚，这座深宫一改往日安然祥和的模样，不知有多少无法安宁的幽魂在此夜夜游荡，这里曾歌舞升平，这里曾历经浩劫。故宫的墙，为什么是暗黑的红色，阴冷的红色？"那是皇帝的愿望，红墙如血，即使人的血洒在上面，一夜风干，不留半点痕迹，谁也不知道谁曾来，谁又去。"朋友说这墙是有故事的，不过是无法得知的故事。岁月尘封多年，该睡去的让它睡去，我们又何必追究？

一路走去，在一个庭院的角落，看到一个木质长形底座遗落在门中间，有深深的折痕。细看锈迹斑斑，想必曾是铡刀的底座，边缘红黑痕迹点点划过，依然触目惊心。朋友愣住，指着它笑道："拖到午门斩首的用具？"我笑了。不是影视剧看多了的缘故，听着这话，可笑又可悲，沧海桑田，这刀座早已失去了往日的威严，而我们也不能体会那一刻的悲痛与恐惧，一切皆玩笑而已。

比起气势宏伟的正殿，朋友和我更喜欢旁侧的寝宫，悠闲地漫步于每个无人的小门巷落，隔着雕花的窗户静静观看布满风尘的遗物。有的是塑料的、玻璃的，若为今日的工艺，不值一钱，几百年前，却是稀世珍宝。琉璃、玛瑙、珍珠、宝石、玉佩，曾经的色泽丰润，却在岁月的闲置中黯然失色，寂寞几个世纪，容颜不再。难怪有人说，这些东西、饰物，特别是玉，得人养着，沾染了人的灵性灵气，才会越发晶莹剔透，而离开人，这些物品如死去一般，了无生机，在故宫无数珍宝中，在这些寂静的角落，渐渐被人遗弃遗忘，沾满厚重的尘埃，想必有那么一日，会变得与俗物无异。

午间，太阳正辣，穿进一个不知名的庭院，和朋友找了根古木大红柱子背靠着坐下。四周很静，没有游人的脚步和喧哗，没有持续的音乐和导游的解说，一切自然和谐，仿佛回到五百年前的景致。背靠红柱我在想，纷繁如云，陈年旧事一一显现。脚步声把我惊醒，满目红墙让我愣住。朋友举手在我面前晃了晃，笑道："怎么，想起皇帝了？"我摇了摇头，不记得想起了什么。

最后见的是珍妃井，不知是真是假，故事太多，没人记得来龙去脉，依稀中有一张照片，里面的她笑得安详从容，天资聪颖的她，却落了个凄凉下场。还好，有人记得，还好，有人纪念。历史长河多少人物，留段情缘，留个名，也算万幸。匆匆走过，不想太多，这里多少人多少事，就算有人羡慕，也未必幸福。

临近关门时刻，和朋友从神武门走出，再次看看红色的宫墙，一如往昔，落寞庄严。

故宫，我一次又一次地来去，却始终无法看透。

跋

    我一向习惯把自我的苦与乐灌注在笔尖。多年来，与纸和笔相依相伴，搀扶着走过了多少快乐和落寞的日子，也排解了多少剪不断理还乱的愁怀。

    我之所以想要出书，不外乎也就是希望让一些亲友、同事和读者，通过我所写的这一篇一篇的小东西，来透视、来思考、来解剖像我这一类心理阳光、思想简单、生命恬淡的人究竟是怎么生活的。

    说实在的，如果人们读了我所写的这些小东西之后，能够不由自主地去品味自己的生活经历，能给自己的生活增添一点小情趣，我也就心满意足了。至于其他的，我从来也没有深思熟虑过。我的社会生活挺简单的，我的心灵挺透明的，我的思想也挺纯粹的，我根本就想不出来那一些深刻、复杂以及功利性的社会问题，也琢磨不透现实生活当中那一些深奥的、玄妙的、实惠的事情。

    在这些文字里，都是自我与自我心灵的对话，不需要解说，只要自我懂得就是。于是留下了些近乎胡言乱语的文字，日子长了，不知不觉就攒下了这些叫作游记、散文、随笔、诗词之类的东西。

    记得第一次在鄂尔多斯报纸《青年文学》专栏上发表的

处女作《乡音》，在这篇散文里，不仅仅表达了对爱人的赞美，对家乡的眷恋，也寄托了对未来人生的无限憧憬。这篇散文的素材来自我与爱人城乡两地分居时爱人给我邮寄的一封来信。在她的信中，我感受到了祖国永恒的春天正在来临，来自爱人的乡音久久地在我心中激荡。每当想起这些，我就浑身充满力量。

对于过往的那段经历，无论在"村官"任上，还是在公务员岗位上，或是在企业职场中，我不能说放下就放下，因为那些经历影响了我的一生。从满怀理想到前途迷茫，从青春少年到雪染双鬓，我生活的轨迹无不是循着那条无法改变自我命运的路在走着。我的人生，我的命运不能掌握在自我的手里，所以我无奈，我叹息。以至于我的青春梦慢慢老去，直到有一天，或许会随光阴一起走向另一个世界。

此刻，有机会把这些零散的文字编在一个叫《绿野形踪》的集子里，信手翻开才发现辑文成册很有必要。这就像把文字变成一颗颗沙砾，铺在我经历的生活道路上。沙砾上留下了一串串歪歪扭扭的脚印，那是我记录在生活日记中的最好印迹。当我回过头来，会看见那些若隐若现的划痕，从而揭开了我所有的记忆篇章。

当我还年轻的时候，那些深深的脚窝里盛满了自我的狂热，还有盲目的自大和无知的不可一世。当我从梦中醒来的时候，却发现自我的青春已然不知所往。所能默写的只是无能为力的苍白呓语，所能证明自我生命苟延的，只有染霜的银发。

年轮总是很轻易地烙下苍老的印记。在混沌的思维中，拂去哲学的临摹，我们变得一贫如洗，唯有不老的传说和没有歌唱的乐音，还伴在身边。

我在虬枝中攀折，试图将杂乱无章的枝条理顺，让枯木能够逢春。于是有了自嘲，有了自我，有了一本充满感情色彩的《绿野形踪》。

今天，这本书出版了。书中记录着我的心路历程，记录着世界最美好的景色，记录着华夏儿女的智慧品德，记录着人世间的酸辣苦涩。或许书中还有几许梦想，那是我一生迷恋过的希冀和期盼。即使我的梦想已经迈过年轻，变成没有青春美丽的迷茫。

这也就是我想要编集这本集子的原委。无非是把些散乱的东西凑到一处，将它们印出来，装作"书"的模样，聊以自慰。或也使我看到这几十年中的"实在的成绩"，而生出些许动力来。倘真能如此，也算是圆了我的一个夙愿罢了。

2022 年 10 月 1 日夜

图书在版编目（CIP）数据

绿野形踪：张永智作品集 / 张永智著 . -- 北京：作家出版社，
2023.9

ISBN 978-7-5212-2230-2

Ⅰ.①绿… Ⅱ.①张… Ⅲ.①中国文学—当代文学—作品综合
集 Ⅳ.① I217.2

中国国家版本馆 CIP 数据核字（2023）第 045629 号

绿野形踪：张永智作品集

策　　划：北京东方文渊文化传媒有限公司
作　　者：张永智
责任编辑：杨新月
装帧设计：孙惟静
出版发行：作家出版社有限公司
社　　址：北京农展馆南里 10 号　　　邮　　编：100125
电话传真：86-10-65067186（发行中心及邮购部）
　　　　　86-10-65004079（总编室）
E-mail:zuojia @ zuojia.net.cn
http://www.zuojiachubanshe.com
印　　刷：北京盛通印刷股份有限公司
成品尺寸：152×230
字　　数：714 千
印　　张：61.5
版　　次：2023 年 9 月第 1 版
印　　次：2023 年 9 月第 1 次印刷
ISBN 978-7-5212-2230-2
定　　价：188.00 元（全二册）

作家版图书，版权所有，侵权必究。
作家版图书，印装错误可随时退换。